Knaur.

Knaur.

Im Knaur Taschenbuch Verlag
sind von dem Autor bereits erschienen:
Nackte Seelen
Totenspur

Über den Autor:
Luc Deflo ist der meistverkaufte Thrillerautor Belgiens und mit seiner Reihe um Untersuchungsrichter Jos Bosmans und Kommissar Dirk Deleu auf die Top Ten der Bestsellerliste abonniert. Für »Pitbull«, den neunten Band der Reihe, wurde er mit dem renommierten Hercule-Poirot-Preis ausgezeichnet. Luc Deflo lebt mit seiner Familie in Brüssel.

Weitere Informationen zu Buch und Autor finden Sie unter:
www.knaur.de
www.deflo-luc.blogspot.com

Luc Deflo

INS BLANKE MESSER

Thriller

Aus dem Flämischen von
Stefanie Schäfer

Knaur Taschenbuch Verlag

Originaltitel: *Lokaas*
Originalverlag: *Uitgeverij Manteau / Standaard Uitgeverij nv*

Besuchen Sie uns im Internet:
www.knaur.de

Vollständige Taschenbuchausgabe Juni 2009
Knaur Taschenbuch.
Ein Unternehmen der Droemerschen Verlagsanstalt
Th. Knaur Nachf. GmbH & Co. KG, München.

Redaktion: Angela Troni
Umschlaggestaltung: ZERO Werbeagentur, München
Umschlagabbildung: Fine Pic®, München
Satz: Uhl + Massopust, Aalen
Druck und Bindung: CPI – Clausen + Bosse, Leck
Printed in Germany
ISBN 978-3-426-50234-1

2 4 5 3 1

Jede Ähnlichkeit der Personen und Ereignisse
in diesem Buch mit realen Personen oder
wahren Begebenheiten ist rein zufällig.

Für Diane, Tess und Tris

Mein Dank gilt Safia Aberzak, Linda Cloostermans,
Johan Dewolf, Johan Herings,
Geert Van Rompuy und Guy Wilms.

1

Die grüne Hölle. Helle Lichtflecken funkelten wie Glasscherben zwischen dem dichten Laub, als Pieter Daelemans um einen dicken Busch herumschlich. Eine Schnecke schleppte mühsam ihr Haus bergan, und der blonde Junge wich der silbrigen Schleimspur mit einem Seitwärtsschritt aus. Ein Knacken. *Der Zweig! Zu spät gesehen.*

Pieter kämpfte sich durch das Unterholz und lauschte angestrengt. *Ein Rascheln! Hinter mir!* Mit weit aufgerissenen Augen blickte er sich um. Sein kleiner Brustkorb hob und senkte sich heftig, und er suchte Schutz hinter einem Ahorn. Mit angehaltenem Atem spähte er durch die gezackten Blätter. *Stille. Kein Rascheln, kein Vogelzwitschern.*

Stille. Bleierne Stille. Es überlief ihn eiskalt, und doch rannen ihm Schweißtropfen über die glatte Haut. *Da ist er! Da, vor mir!*

Die dürren Zweige erwachten zum Leben. Sie schlängelten sich über den Boden, wanden sich um seine dünnen Beine. Höher und höher, bis zu seinem Hals. Pieter Daele-

mans zerrte am Ausschnitt seines T-Shirts und rannte los. Stolpernd, mit geblähten Nasenflügeln. *Immer weiter! Ins Sonnenlicht!*
Pieter Daelemans, neun Jahre jung. Auf der Flucht.
»Fang mich doch ...!« Diese schleppende Stimme.
Er ist hier! Pieter stockte der Atem. Seine Lippen waren wie ausgetrocknet. Er drehte sich auf dem Absatz um. *Da!* Er spurtete zu einem Ginsterstrauch und versteckte sich unter den widerspenstigen, tief hängenden Zweigen. Sie zerkratzten ihm das Gesicht. Als er die Hand vor den Mund schlug, fühlte er etwas Klebriges. *Ein Tier.* Er steckte den Zeigefinger in den Mund und schmeckte Blut.
»Fang mich doch! Wo bist du?«
Die Stimme kam näher, klang jetzt anders, drängend, befehlend, gereizt. Pieter Daelemans zog die Beine an und zwängte sich noch tiefer in den dichten Strauch hinein. Schwitzend und keuchend. Er schürfte sich die Knie an einer trockenen Wurzel auf. Jeder einzelne Knochen im Leib tat ihm weh.
Der Junge lauschte angestrengt. Keine knackenden Zweige mehr. Auch ein Rascheln. Totenstille. *Er ist in die andere Richtung.* Pieter Daelemans atmete auf. Doch gerade als er sich ein Pfefferminz in den Mund stecken wollte, fuhr ihm der Schrecken in die Glieder. Eine behaarte Hand schloss sich wie eine Schraubzwinge um seine Schulter.
»Fang mich doch!«
Pieter drehte den Kopf, biss so fest er nur konnte in die Hand und riss sich los. Er trat nach den Fingern, die nach seinem Knöchel griffen, und während er keuchend wei-

terstolperte, verfolgte ihn heiseres Geschrei. »Aaaah! Verdammt noch mal, Pieter, bist du verrückt geworden? Komm sofort zurück! Jetzt bin ich dran! Du schummelst schon wieder!«

Eric Daelemans geriet ins Stottern, wischte sich den Schweiß von der Stirn und schaute seinem Sohn, der wie vom Teufel gehetzt davonrannte, kopfschüttelnd hinterher. So machte das Spiel keinen Spaß mehr. Vater Daelemans schüttelte seine rechte Hand aus, in der die Zähne seines Sohnes einen unregelmäßigen kreisförmigen Abdruck hinterlassen hatten. Kleine rote Male, fast bis aufs Blut. Daelemans verbiss sich den Schmerz und lief seinem Sohn nach. Rasch verkürzte sich der Abstand zwischen dem hochgewachsenen Mann und dem Neunjährigen.

»Pieter! Hör auf! Komm schon, wir wollen nach Hause. Die Mama ...« Die Worte blieben ihm im Halse stecken. Sein Sohn verschwand plötzlich im Nichts, als hätten ihn die Brombeersträucher verschluckt. Instinktiv griff er nach dem unerreichbar flatternden T-Shirt und musste mit offenem Mund zusehen, wie sein Sohn einer Stoffpuppe gleich den steilen Abhang hinunterstürzte. An dessen Fuß lag, etwa zehn Meter weiter unten, der von Entengrütze überwucherte Teich.

Daelemans fühlte, wie ihm das Blut zu Kopfe stieg. Er hielt sich an einem überhängenden Ast fest, schwang die Beine über den Rand und rutschte mit den Füßen voran die Böschung hinunter. Er schürfte sich die Beine auf, die Hände, das Gesicht, spürte jedoch keinen Schmerz. Er hatte nur noch Augen für den zusammengekrümmten Körper seines einzigen Sohnes. Reglos lag er da, die Beine in einem unnatürlichen Winkel abgespreizt, das Gesicht zentimetertief im sumpfigen Boden, kaum eine Handbreit vom Wasser entfernt.

Als Pieter Daelemans endlich die Augen öffnete, fing er an zu schreien. Hoch und schrill, Todesangst in den blauen Augen.

»Ganz ruhig, Pieter! Ich bin's, Papa! Hast du Schmerzen?« Daelemans streichelte seinem kleinen Sohn gehetzt über die schweißnasse Stirn, doch der Junge wollte nicht aufhören zu schreien. Seine Miene war angstverzerrt. Der Vater packte ihn an den Handgelenken und schüttelte ihn durch. Das Geschrei hörte abrupt auf. Die Augen des Jungen waren weit aufgerissen, die Wangenmuskeln völlig verkrampft. Kein Laut kam mehr über die Lippen seines engelhaften Gesichts, und er wurde kalkweiß um die Nase.

Eric Daelemans bückte sich und klopfte ihm auf den Rücken.

»Pieter, was ist denn? Beweg mal die Beine. Steh auf! Hilf mit! Tu doch was, Pieter!«

Anstatt zu antworten, streckte Pieter stumm den Arm aus und zeigte über die Schulter seines Vaters hinweg.

Eric Daelemans lief es eiskalt den Rücken hinunter. Schaudernd zog er die Schultern hoch. *Irgendetwas ist da. Oder irgendjemand. Hinter meinem Rücken.*

Voller Angst und mit schweißnassen Händen drehte er sich abrupt um. Wie gebannt blieb sein Blick an einem schlaffen Körper hängen, der etwa zwanzig Meter weiter in einer Astgabel hing.

Während ihm ein süßlicher Verwesungsgeruch in die Nase stieg, erbrach Daelemans seinen Mageninhalt ins Wasser.

2

Montag. Drei Tage später.

Wieder ein glühend heißer Sommertag in Mechelen. Es war erst elf Uhr, dennoch glich der Asphalt schon flüssigem Gummi. Knirschend hielt der Golf am Straßenrand. Der Fahrer, Ermittler Dirk Deleu, war mit den Gedanken bei seiner gebrauchten Waschmaschine. *Wird die Buntwäsche jetzt auf sechzig oder auf neunzig Grad gewaschen?* Bosmans' Anruf hatte ihn vorhin aus seinem Sortierdilemma herausgerissen.

Deleu verbrannte sich die Finger am glühend heißen Armaturenbrett und stieß einen Fluch aus. Ohne den Wagen abzuschließen, ging er hinüber zum Polizeipräsidium. Unterwegs kickte er eine Hamburgerverpackung in den Rinnstein. Im engen Treppenhaus war es etwas kühler. Bosmans' Büro dagegen war von dicken blauen Rauchschwaden erfüllt, wodurch der Raum noch stickiger wurde, als er ohnehin schon war. Deleu betrachtete seinen Freund, den Untersuchungsrichter, und wischte sich mit dem Handrücken den Schweiß von der Stirn.

»Dewolf also.«
»Dewolf, Dirk«, seufzte Jos Bosmans. »Commandant Johan Dewolf. Die Leitfigur der Ultrarechten.«
Deleu zog sich einen Stuhl heran und setzte sich rittlings darauf, wobei er die Arme über die Lehne baumeln ließ.
»Wie lange hat seine Leiche in dem Baum vor sich hingemodert?«
»Laut Gerichtsmediziner höchstens eine Woche.«
»Die Todesursache?«
»Zwei Kugeln. Genau in die Schläfe. Das Werk eines Profis.«
»Hat ihn seine Frau identifiziert?«
»Nein, ein Muttermal. Ein Muttermal hinter dem linken Ohr. Und das Gebiss. Es war unversehrt. Der Zahnarzt konnte es zweifelsfrei zuordnen. Dewolf war Junggeselle. Er hat allein in einem Haus draußen in der Nähe von Evere gewohnt.«
»Und?«
»Nichts Verdächtiges. Keinerlei Anzeichen für eine Auseinandersetzung, keine Blutspuren«, unterbrach ihn Bosmans.
»Wie lange wurde er schon vermisst?« Dirk Deleu kratzte einen eingetrockneten Essensrest von Bosmans' Schreibtisch und betrachtete ihn eingehend.
»Apfel.«
»Wie bitte?«
»Apfel. Das ist ein Stück Apfel. Willst du's noch essen?«
Deleu schrak aus seinen Gedanken auf und schnippte den Krümel in Richtung Abfallkorb, aber er landete irgendwo mitten auf dem Schreibtisch.

»Die Verstümmelungen wurden ihm mit Salpetersäure zugefügt. Das Zeug ist frei im Handel erhältlich.« Der Untersuchungsrichter trommelte auf seinem Schreibtisch herum. »Keine erkennbaren Gesichtszüge mehr, keine Fingerabdrücke.«

Dirk Deleu starrte ins Leere und erschauerte. »War er schon tot?«, fragte er bedächtig, während er eine zerdrückte Belga aus dem Päckchen zog.

»Van Grieken behauptet, wie gesagt, die Schüsse seien die Todesursache gewesen. Er meint, die Verstümmelungen seien Dewolf post mortem zugefügt worden. Aber habe ich das nicht auch bereits erwähnt?«

Der Ermittler warf Bosmans einen gereizten Blick zu und kratzte sich an der Schulter. Die Stelle juckte wie die Pest. Überall juckte es einen bei diesen tropischen Temperaturen. Er fühlte sich müde. Chronisch erschöpft und verlebt. Die dicken blauen Vitaminkapseln halfen kein bisschen. Er zog tief an der Zigarette und behielt den Rauch einen Augenblick in der Lunge. Bosmans kratzte mit einem Fingernagel über das Papier, während er den Autopsiebericht durchblätterte. Das Geräusch ging Deleu maßlos auf die Nerven. Er seufzte und wischte sich über die Stirn. »Eine Abrechnung«, murmelte er, während er auf die Kappen seiner Docksides starrte. »Also, wie lange wurde er schon vermisst?«

»Er wurde nicht vermisst. Er war auf Dienstreise in Paris. Offiziell jedenfalls.«

»Hat man im Wald irgendwelche Spuren gefunden?«

»Nein, dieser Daelemans und sein Sohn haben alles umgepflügt.« Jos Bosmans blätterte rastlos in dem Autopsiebericht herum. »Dewolfs Wagen stand im Euroshopping-Parkhaus. An der Innenverkleidung des Kofferraums klebte Blut. Sein Blut.«

»Er war nackt, als er gefunden wurde«, fuhr Deleu fort. »Was ist mit seinen Kleidern?«

»Steht alles in der Akte. Die solltest du dir vielleicht vorher mal durchlesen«, grummelte Bosmans. »Sie lagen im Teich, mit einem Stein beschwert.«

»Blut auf der Uniform?«

»Ja. Literweise.«

»Habt ihr der Entourage von Dewolf schon auf den Zahn gefühlt?«

»Nein. Wir werden Ewoud Dewolf verhören, seinen Vater. Dabei bleibt es.«

Deleu zog die Augenbrauen hoch.

»Ich habe keinerlei stichhaltige Indizien. Da kann ich wohl schlecht die gesamte Ultrarechte vorladen.«

»Ich habe gehört, dass es derzeit in der Parteispitze ziemlich kracht.«

»Stimmt. Seit dem spektakulären Wahlsieg in Brüssel ist ein interner Machtkampf entbrannt. Die Haie haben Blut gewittert. Parteichef Somers bekommt zu spüren, dass an seinem Thron gesägt wird. Weißt du übrigens, wer vor kurzem in der Brüsseler Parteizentrale gesichtet wurde?«

»Wer denn?«

»Verspaille.«

»Der ehemalige Staatsanwalt Claude Verspaille! Woher weißt du …«

»Ich habe so meine Quellen«, antwortete Bosmans grinsend.

Deleu erinnerte sich an Verspailles erzwungenen Rücktritt, als wäre es gestern gewesen. Der Staatsanwalt hatte Beweismaterial manipuliert, um Bosmans auszubooten, aber letztendlich selbst den Kürzeren gezogen. Daraufhin hatte Verspaille vor laufender Kamera würdevoll seinen Rücktritt verkündet, angeblich aus freien Stücken, während Bosmans ihn in der Zange hatte und hinter den Kulissen die Fäden zog.
»Aha, und jetzt sucht sich dieser Schmierenkomödiant ein warmes Plätzchen in der Politik«, seufzte Deleu.
»Er sollte sich in Acht nehmen«, zischte Bosmans. »Seit Brüssel hat die Staatssicherheit die Partei im Visier. Na schön, lassen wir das.«
Deleu schnalzte mit der Zunge. »Warum macht sich jemand die Mühe, Dewolfs Identität zu verschleiern, indem er sein Gesicht verstümmelt und die Fingerabdrücke unkenntlich macht, und ritzt ihm dann ein Hakenkreuz in die Brust?« Er schob den Stuhl zurück und stand auf. Seine Knie knackten.
»Dirk, Maud lässt fragen, ob du vielleicht irgendetwas brauchst.«
»Wer lässt fragen – Maud oder Barbara?«
»Meine Frau.«
»Nein, vielen Dank«, antwortete Deleu griesgrämig. Seitdem er und Barbara beschlossen hatten, sich scheiden zu lassen, bohrte Bosmans unablässig in seinem Privatleben. Der Ermittler ging zur Tür, den Mund zu einer Grimasse verzogen.
»Fahr bitte heute mal nach Molenbeek in die Rijkswachtkaserne und hör dich dort ein bisschen um.«

Deleu riss Bosmans' Bürotür so stürmisch auf, dass sie gegen die Wand krachte. Eine dicke Polizistin auf dem Flur schreckte zusammen, und auf ihrem Tablett mit dem Kaffee für die Kollegen fielen zwei Becher um. Der heiße Kaffee verbrühte ihr die Finger, und sie musste sich sichtlich beherrschen, nicht alles fallen zu lassen. Das alles bemerkte Deleu nicht einmal.

Bosmans starrte durch das schmutzige alte Fenster und krempelte die Hemdsärmel hoch. *Diese verfluchte Hitze! Johan Dewolf. Der schwarze Wolf. Commandant der Rijkswacht von Molenbeek. Recht und Gesetz. Hartes Durchgreifen. Null Toleranz. Nach dem Sieg der Ultrarechten hatte er freie Hand. Molenbeek, nein, ganz Brüssel lag ihm zu Füßen. Unkontrollierbar. Wie lange schon? Einen Monat. Seine Herrschaft hat exakt einen Monat gedauert. Die kürzeste Diktatur des einundzwanzigsten Jahrhunderts. Bis jetzt zumindest. Wer hatte ihn ermordet und warum? Wenn wir doch nur schon die Antworten parat hätten.*

Die Postfiliale auf der anderen Straßenseite vibrierte in der heißen Luft. Es versprach ein langer, brütend heißer Sommer zu werden. *Hat die Mendonck eine Wohnung mit Klimaanlage?* Auf der anderen Straßenseite schlenderte Deleu zu seinem Golf. *Deleu. Ausgerechnet mit der Mendonck!*

Bosmans wusste natürlich schon länger, dass die beiden Kollegen ein Verhältnis hatten, aber seitdem Barbara sie zusammen erwischt hatte, war der Teufel los. Bosmans hatte ihren Augen angesehen, wie sehr sie litt. Barbara war den beiden zufällig im Vrijbroekpark begegnet, wo sie auf einer Bank herumknutschten. Während sie mit der Kleinen im Kinderwagen spazieren ging. Der Untersuchungsrichter stieß einen herzhaften Fluch aus. *Die ganze Mechelner Kripo weiß Bescheid, aber Deleu tut, als könne er kein Wässerlein trüben. Deleu und Mendonck, zwei verletzte Seelen auf dem Weg nach Nirgendwo.*

Bosmans knüllte das leere Päckchen Belga zusammen und versuchte, das Fenster zu öffnen. Der Griff klemmte. Als das Fenster endlich mit einem Ruck aufschwang, traf ihn die Hitze wie ein Hammerschlag. Er zog das Nikotinpflaster vom Unterarm, roch daran, fragte sich, ob er das Ding vielleicht falsch herum aufgeklebt hatte, und warf es achtlos aus dem Fenster.

3

Dienstagnachmittag.

Das ganze Team hatte sich vollzählig in Bosmans' kleinem Büro versammelt, Dirk Deleu und Nadia Mendonck in sicherem Abstand voneinander. Pierre saß rittlings auf dem Waschbecken, und Walter Vereecken, der mit seinem Rollstuhl von allen Seiten eingeklemmt war, fummelte nervös am Kragen seines lilafarbenen Sommerhemds herum. Verstappen saß im halboffenen Hawaiihemd auf einer Ecke von Bosmans' Schreibtisch. Neben ihm stand ein beleibter Mann in Polizeiuniform, auf dessen Stirn sich dicke Schweißtropfen abzeichneten.

»*Wer* blockiert verdammt noch mal unseren Konferenzraum, Pierre?«, grollte Bosmans.

»Die Damen von der christlichen Krankenversicherung«, wiederholte der Gefragte. »Sie veranstalten heute einen Ausflug nach Mechelen und haben den Raum ein Jahr im Voraus reserviert.«

Bosmans fluchte und murmelte etwas von blöden Weibern.

»Tut mir leid, Commissaris, ich befürchte, wir müssen uns mit dieser Räumlichkeit hier begnügen.«
Der grauhaarige Sechziger setzte seine Uniformmütze ab und nickte. Er befeuchtete mit der Zunge die Lippen und blickte rastlos abwechselnd zu Deleu, der sich mit den Fingern gegen die Stirn tippte, und zu Vereecken, der eingehend die Reifen seines Rollstuhls inspizierte.
»Kollegen«, wandte sich Bosmans an die Ermittler, die jetzt ohne Ausnahme den Fremden in ihrer Mitte taxierten.
»Meine Damen und Herren. Commissaris Perdieus hat wichtige Informationen für uns. Sie bestätigen, was wir bereits vermutet haben, weshalb die Hakenkreuz-Hypothese definitiv ausgeschlossen werden kann. Ich habe den Commissaris heute hierher eingeladen, damit er sein Wissen an uns weitergibt und uns auf den neuesten Stand bringt.«
Der Uniformierte fuhr mit beiden Daumen über den glänzenden Schirm seiner Mütze. »Johan Dewolf hat mich Anfang Juni aufgesucht.«
»Ich dachte, es wäre umgekehrt gewesen«, unterbrach ihn Bosmans, und seine Augen verengten sich.
»Stimmt«, gab Perdieus zu. »Tatsächlich habe ich mich zuerst an ihn gewandt. Ich wollte wissen, wie er das Ausländerproblem in Molenbeek gelöst hat.«
»Mit Salpetersäure«, warf Pierre grinsend ein. Die dumme Bemerkung verfehlte ihre Wirkung.
»Ich habe auf einige Anregungen von seiner Seite gehofft«, fuhr Victor Perdieus fort. Während er offenbar gründlich darüber nachdachte, wie er sich am besten ausdrücken sollte, herrschte absolute Stille im Raum. »Er sagte mir, er

wolle sich erst selbst ein Bild von den Zuständen in Mechelen machen, bevor er mir Ratschläge geben könne.«

»Von den Zuständen«, wiederholte Deleu höhnisch.

»Der Commissaris ist noch nicht fertig«, brummte Bosmans.

Perdieus trank von seinem lauwarmen Wasser und fuhr fort: »Nach vierzehn Tagen kam er dann zu mir«, er wandte sich an Bosmans, »das war Anfang Juni, wie ich eben sagte ...« Er geriet ins Stocken. Der Untersuchungsrichter unterbrach ihn mit keinem Wort. »Also, damals erzählte mir Dewolf, seiner Meinung nach seien Drogen und Ausländer die zentralen Probleme in Mechelen, angesiedelt in den Vierteln rund um den Sint Romboudsturm, in den Wohngegenden mit einem hohen Ausländeranteil. Der Infektionsherd sei das Zakouskie, ein marokkanisches Jugendcafé, betrieben von einem gewissen Murat Marouf. Dort sollten wir am besten ein paar Mal gezielt hart durchgreifen. Unangekündigte Razzien hielt er für ein probates Mittel.«

»Typisch Rijkswacht«, flüsterte jemand.

Perdieus ließ sich nicht aus dem Konzept bringen. »Commandant Dewolf war der Überzeugung, es gebe immer und überall interne und externe Schwachstellen. Das ist im Grunde alles. Mehr gibt es nicht zu sagen.« Er wischte sich ein Schweißrinnsal von der breiten Nase.

Die anwesenden Ermittler glichen einer Meute hitziger Jagdhunde, die gespannt auf den erlösenden Befehl ihres Herrchens warteten.

Bosmans grinste und sagte: »Einer nach dem anderen, Kollegen!« Dann schnippte er mit den Fingern.

»Wieso erfahren wir erst jetzt davon?«, rief Deleu.

Vereecken saß mit offenem Mund in seinem Rollstuhl, und es war seinem Gesicht anzusehen, dass ihm dieselbe Frage auf der Zunge gelegen hatte.

Perdieus warf Bosmans einen hilfesuchenden Blick zu, aber der schaute weg.

Als nicht sofort eine Antwort kam, rief Pierre: »Also, warum?«

»Tja, das ist eben das Problem. Ich konnte unmöglich aus dem Nähkästchen plaudern, ohne den gesamten Stadtrat gegen mich aufzubringen, bis auf den Vlaams Blok natürlich. Seitdem die Grünen regieren, ist die Zusammenarbeit äußerst schwierig geworden, und die mühsam gebildete Opposition stellt sich sowieso bei jeder Kleinigkeit quer. Am meisten Schwierigkeiten bereitet uns dieser Naib Abram, der marokkanischstämmige Abgeordnete der Grünen.«

»Es passt Ihnen wohl nicht, dass er im Stadtrat sitzt?«, fragte Deleu provozierend.

Perdieus runzelte die Stirn.

»Mir auch nicht!«, mischte sich Pierre ein.

Deleu sah ihn erstaunt an.

»Ja, ihr wohnt in einem schicken Villenviertel am Stadtrand«, ereiferte sich der Kollege. »Wir dagegen …«

»Entschuldige mal«, unterbrach Deleu ihn von oben herab. »Mijnheer Vindevogel, ich wohne zur Untermiete in der Consciencestraat.« Er war stinkwütend.

»Aufhören!«, rief Bosmans. »Jetzt reicht's! Über eure politischen Ansichten könnt ihr in der Kneipe diskutieren. Commissaris?«

Perdieus zuckte die Achseln. Er wirkte müde, wie ein Beamter, dem sein Vorgesetzter kurz vor Ende seiner Dienstzeit noch einen Auftrag aufhalst. Da erlöste ihn ein unerwartetes Ereignis aus der unangenehmen Situation. Draußen raste ein schicker Sportwagen mit hoher Geschwindigkeit durch die enge Gasse, und als er mit quietschenden Bremsen anhielt, war die Aufmerksamkeit der versammelten Mannschaft für einen Augenblick abgelenkt.

Frank Tack parkte seinen knallroten Boliden, ein Camaro Cabrio Baujahr 1988, in zweiter Reihe und blockierte dadurch einen Fiat Panda und einen Renault Mégane.

Tack schaute in den Spiegel, entblößte die Zähne und leckte mit der Zungenspitze darüber. Dann schloss er den dritten Knopf seines Ralph-Lauren-Polohemds und riss die Augen weit auf. Auf dem Kragen waren drei unregelmäßige kleine Flecken. Er reckte das Kinn und inspizierte Unterkiefer und Hals. Nicht die kleinste Schramme. Mit dem Handrücken wischte er darüber, als wollte er ein paar lästige Gewitterfliegen verjagen. Gestützt auf Tür und Lenkrad hievte er seinen muskulösen Körper hoch, stemmte sich auf den schwarzen Ledersitz und sprang mit einem geschmeidigen Satz aus dem Auto.

Während er die Stufen zum Kommissariat hinaufstieg, fuhr er sich mit den Fingern durch das kastanienbraune Haar. Sein Lächeln gefror. Das verdammte Haarspray klebte also doch! Der Anblick der wohlproportionierten Sekretärin zauberte das Lächeln zurück auf sein kantiges Gesicht.

»Also gut«, sagte Bosmans. »Rekapitulieren wir die Tatsachen noch einmal. Da die Angelegenheit politisch ziemlich heikel war, hat Commissaris Perdieus beschlossen, den Vorfall nicht zu erwähnen. Das ist im Nachhinein nicht mehr zu ändern. Noch Fragen? Apropos, Commissaris, wissen Sie eigentlich, wie wir auf Sie gekommen sind?«
Perdieus schüttelte den Kopf. Er war mit den Nerven am Ende. Wieder wurde er durch einen unerwarteten Zwischenfall gerettet. Die Tür sprang auf und knallte Deleu gegen die Schulter, woraufhin dieser gegen das Waschbecken stolperte und hinfiel.
»Huch«, sagte der breitschultrige Playboy, der in der Türöffnung stand. Er streckte die Hand aus und half Deleu auf.
»Meine Damen und Herren, darf ich vorstellen, Frank Tack«, sagte Jos Bosmans. »Frank arbeitet für das Brüsseler Drogendezernat und wird uns bei den Ermittlungen unterstützen.«
»Spezialeinheit?«, fragte Vereecken.
»Yep«, antwortete Tack und nickte allen Anwesenden kurz zu. Nadia Mendonck behielt er ein wenig länger im Blick, zwar nur für den Bruchteil einer Sekunde, dennoch deutlich wahrnehmbar.
Keiner sagte etwas. Alle Augen waren auf Jos Bosmans gerichtet. Adjutant Tack schüttelte den Kollegen die Hand. Nadias hielt er ein bisschen länger fest.
»Frank ist der Mann, der vor zwei Jahren der Rijkswacht den entscheidenden Hinweis für den größten Heroinfund aller Zeiten gegeben hat. Hundert Kilo auf einen Schlag«, erklärte Bosmans.

Niemand machte Anstalten, diese Information zu kommentieren.
»Jetzt kommt schon!«, sagte der Untersuchungsrichter mürrisch. »Die hundert Kilo, die in einem Container versteckt waren, der für die Niederlande bestimmt war. Den hat die Haarlemer Steuerfahndung sogar persönlich bewacht!«
Niemand reagierte.
»Amateure!«, murmelte Bosmans.
»Schon gut«, beschwichtigte ihn Tack. »Das war doch keine große Leistung, Mijnheer Untersuchungsrichter. Wir machen alle nur unseren Job.«
Bosmans wandte sich Perdieus zu. »Und, haben Sie inzwischen erraten, wer uns den Tipp gegeben hat, mal bei Ihnen nachzufragen?«
Der Polizist, der inzwischen wieder zu Atem gekommen war, kniff die Augen zu Schlitzen zusammen.
»Naib Abram«, verkündete Jos Bosmans triumphierend.
»Ich würde Ihnen ja gerne glauben«, murmelte Perdieus.
»Was wollen Sie damit sagen?«
»Wenn Sie recht haben, befürchte ich, dass er es nur aus politischem Kalkül getan hat. Ich verdächtige ihn schon seit Monaten. Er hält eine schützende Hand über seine Komplizen, während seine grünen Mäzene sich Joints drehen und munter an ihren Schafwollpullis weiterstricken. Naib Abram, die Politmarionette, und Murat Marouf, der Pate. Der Schutzpatron dieses jungen Araberpacks. Ein Herz und eine Seele, die beiden.« Offenbar war der Commissaris auf eine Provokation aus.

Bosmans Miene verhärtete sich. »Können Sie Ihre Behauptungen auch beweisen, Commissaris?«
»Noch nicht.«
»Nicht mehr«, korrigierte Bosmans.
»Idiot«, zischte Perdieus und drehte sich ruckartig um.
»Commissaris!« Der scherzhafte Unterton war verschwunden.
»Sollten Sie weitere Fragen an mich haben, müssen Sie mich wohl oder übel vorladen. An einen anständigen Ort. Ihre Fragen können Sie dann meinem Anwalt stellen.«
»Darauf können Sie Gift nehmen, Mijnheer«, rief Bosmans Perdieus hinterher, der mit großen Schritten zur Tür marschierte. »Wo möchten Sie Ihre Aussage denn machen?«
Niemand lachte. Außer Bosmans. Er schaute hinauf zur Zimmerdecke und ließ die Fingerknöchel einen nach dem anderen knacken.
»Die Bereitschaftspolizei von Mechelen ist bestimmt ganz wild darauf, uns zu unterstützen«, bemerkte Deleu.
»Die Einsatzpolizei von Mechelen wird tun, was ich ihr befehle«, erwiderte Bosmans. Triumphierend blickte er sich um. »Und die Rijkswacht ebenso. Noch Fragen? Niemand?«
»Murat Marouf dealt nur mit weichen Drogen«, gab Deleu leise zu bedenken.
»Ach, ja?«
»Dafür begeht man doch keinen Mord.«
»Am Brüsseler Nordbahnhof schlitzen dir die Junkies für eine Kippe die Kehle auf«, bemerkte Nadia Mendonck. Sie zog am Kragen ihres knallgelben Tops und kontrol-

lierte den kunstvollen Knoten oberhalb ihres Nabels. Ihre Finger- und Zehennägel waren passend lackiert – leuchtend gelb.

»Das sieht mir ganz danach aus, als wollte uns jemand absichtlich auf eine falsche Fährte locken«, murmelte Deleu. »Diese Verstümmelungen. Bestimmt eine Abrechnung. Ich bleibe dabei: Es steckt eine Racheaktion der Rechten dahinter. Und es werden noch weitere folgen. Ich warne euch …«

»Werden für Haschisch Morde begangen?«, fragte Nadia Mendonck, ohne Frank Tack anzusehen.

Er drehte sich in ihre Richtung, »Nein. Für Dope gibt es momentan überhaupt keinen Markt. Das Zeug dient nur dazu, etwas Stärkeres darunterzumischen. Das ist die neueste Methode. Aber Morde, für Shit? Sicherlich nicht, Mevrouw.«

»Nadia.«

»Nadia«, wiederholte er, zog die Augenbrauen hoch und lächelte. Er besaß ein entwaffnendes Lächeln, dieser Frank Tack.

»Okay«, sagte Bosmans. »Es wird Zeit, an die Arbeit zu gehen. Wir werden Dewolfs Lebenswerk vollenden. Du, Dirk, fühlst mal Naib Abram auf den Zahn, diesem Mechelner Stadtratsmitglied. Und zwar ganz offiziell.«

Deleu reagierte kaum. Er blickte immer noch Frank Tack an. Tack, der nur noch Augen für Nadia zu haben schien. Und der vor Selbstsicherheit nur so strotzte.

Bosmans versuchte, die Brillengläser mit seinem Taschentuch sauber zu wischen. Doch je länger er rieb, desto undurchsichtiger wurden sie. »Ich werde mal mit der Presse

reden«, fügte er grinsend hinzu. »Ach, und ehe ich es vergesse: Walter, du wühlst dich heute Nachmittag durch die zentrale Datenbank in Brüssel. Schick außerdem ein paar Kollegen ins Archiv. Ich will Informationen über ähnliche Morde in der Vergangenheit. Verstümmelungen, Verätzungen mit Säure. Du weißt, was ich meine. Nimm ruhig auch Kontakt mit den Kollegen im Ausland auf und faxe ihnen den Autopsiebericht und die anderen Unterlagen durch. Vergiss es, Deleu. Das mit der Abrechnung aus rechten Kreisen, meine ich.« Bosmans warf einen Blick auf seine Armbanduhr. »Am Samstag, um die gleiche Uhrzeit wie heute, will ich die ersten Ergebnisse sehen.«
Deleu beeilte sich, nach draußen zu kommen, und legte Nadia den Arm um die Schultern.
Sie schüttelte ihn ab. »Es ist zu heiß.«
Der Ermittler sah sie mit großen, fragenden Augen an.
»Nicht hier, Dirk. Nicht bei der Arbeit.«
»Warum denn nicht? Schämst du dich etwa meinetwegen?«
»Nein, so habe ich es nicht gemeint.« Nadia stieg in ihren Wagen.
Deleu öffnete den Mund, sagte aber nichts.
»Ich bin keine Jagdtrophäe, Dirk!«
Er stand da wie angewurzelt und blickte dem davonbrausenden Clio nach, bis er um die Ecke verschwand.

4

Dienstagabend, 20.00 Uhr.

Pierre seufzte und ließ sich neben Verstappen in den unauffälligen Ford Mondeo sinken. Die beiden bildeten die Vorhut für die Männer in kugelsicheren Westen, die noch damit beschäftigt waren, Material in zwei Kleinbusse zu laden – das Sondereinsatzkommando der Drogenfahndung.

»Die Machos da werden immer erst dann aktiv, wenn das Schlimmste vorüber ist«, murmelte Pierre.

»Genau«, bestätigte Verstappen. »Wenn wir schon die Steine an den Kopf bekommen haben und uns verletzt auf dem Boden wälzen.«

Tatsächlich lautete der Befehl, dass das Sonderkommando erst eingreifen solle, wenn es zu Handgreiflichkeiten kam oder wenn sich herausstellte, dass es im Zakouskie etwas zu holen gab. Andernfalls sollte die Razzia abgeblasen werden. Bosmans hatte sich unmissverständlich ausgedrückt. Das Ziel bestand darin, so viele Jugendliche wie möglich wegen Verdachts auf Drogen- oder unerlaubten

Waffenbesitz vorläufig festzunehmen. Natürlich nur, um einen legalen Grund für ihre weitere Vernehmung zu haben.

Nadia Mendonck, die den Lockvogel spielte, schlug die Tür ihres Clios zu und eilte auf den mit laufendem Motor wartenden Mondeo zu.

»Hi, Kollegen. Na, in Topform?«, fragte sie, während sie eine Strähne ihrer blonden Locken um den Finger wickelte. Nadia Mendonck, gerade achtundzwanzig geworden, sah aus wie eine frische Frühlingsblüte. Als könne ihr die sengende Sonne nichts anhaben. »Wollen die da hinten vielleicht einen Bürgerkrieg anzetteln?«

»Denen ist kalt«, murmelte Pierre.

»Murat Marouf ist kein kleiner Fisch«, warnte Verstappen. »Der Kerl stand schon mal unter Mordverdacht. Allerdings konnte man ihm nichts nachweisen. Ein Unfall, hieß es damals. Sie konnten ihn nicht einbuchten.«

Etwa hundert Meter vom Zakouskie entfernt bog Pierre in eine Gasse ein, und Nadia sprang aus dem Auto.

»Hast du dein Handy dabei?«

Verstappen bestätigte mit erhobenem Daumen.

»Jan übernimmt die Hintertür, Pierre, du bleibst am Eingang. Gebt mir zehn Minuten.«

Pierres emporgestreckter Mittelfinger kam zu spät. Nadia marschierte bereits energisch auf das Zakouskie zu.

Ein Dutzend Köpfe drehte sich in ihre Richtung, als sie wie selbstverständlich das Jugendcafé betrat, in dem sich etwa fünfundzwanzig Gäste befanden. Die meisten sahen jünger als zwanzig aus. Es war nur eine einzige Frau unter ihnen, und sie saß neben einem eleganten Mann an der

Bar. Murat Marouf! Unergründliche schwarze Augen starrten Nadia an. Die schöne Mulattin neben ihm spitzte die Lippen. Misstrauisch.
»Hallo, kann ich hier irgendwo telefonieren? Ich bin mit dem Auto liegengeblieben.«
Einer der Jungs zeigte zur Bar hinüber. Auf Marouf.
Nadia Mendonck seufzte und ging auf ihn zu.
»He, Kleine, wo steht denn die Karre? Ich kenn mich aus, ich arbeite in einer Autowerkstatt.«
Einer der jungen Männer fasste die Polizistin an der Schulter. Dabei verfehlte er nur knapp den breiten Gurt ihres Schulterholsters. Nadias Herz setzte ein paar Schläge aus. Diese Szene stand nicht im Drehbuch.
»Vielen Dank für das Angebot, aber ich rufe lieber den Automobilklub an, ich bin Mitglied.« Sie wurde puterrot, und unter den Achselhöhlen bildeten sich Schweißflecken.
Der junge Mann breitete lächelnd die Arme aus. Aus den Augenwinkeln sah Nadia, wie Marouf geschmeidig vom Barhocker rutschte und zu einer Gruppe Jugendlicher hinüberging, die sich im Hintergrund um einen altmodischen Flipper scharten. Plötzlich ertönten erregte Rufe auf Arabisch, und im Nu herrschte in der Kneipe ein Gewimmel wie in einem Ameisenhaufen.
Nadia Mendonck fuhr der Schreck in die Glieder. Verzweifelt griff sie nach ihrem Handy, allerdings so nervös und ungeschickt, dass es ihr aus der Hand rutschte und klappernd zu Boden fiel. Umstürzende Stühle, Fußgetrappel, zersplitternde Biergläser. Die Jugendlichen drängten sich vor der Toilette, schubsend und fluchend.

»Halt, Razzia!«, schrie Nadia. »Alle stehen bleiben! Sofort!«
Pierre, der gerade auf die Uhr blickte, hörte es zweimal dumpf knallen und ließ seine Zigarette fallen. »Weiber!«
Beide Ermittler hechteten gleichzeitig aus dem Wagen. Keuchend zog Verstappen sein Handy aus der Gesäßtasche und wählte eine eingespeicherte Nummer. »Tümmler! Tümmler!« Das Heulen zweier Sirenen war die Antwort. »Verdammt! Du musst hintenrum!«, rief er.
Aber Pierre, der ihm vorauslief, schien auf einmal blind und taub zu sein. Er holte das Letzte aus seinem dürren Körper heraus. Verstappen zögerte, rannte ihm dann allerdings fluchend hinterher. Das Viertel bestand aus einem undurchdringlichen Labyrinth von Gassen. Er wusste nicht mal, wo sich die Hintertür der Kneipe befand.
Genau in dem Moment stürmten zwei Jugendliche aus einer Tür. Yussuf Benaoubi und Said el Hidrissi drehten gleichzeitig ihre Mopeds auf und machten, dass sie wegkamen.
Pierre stürmte als Erster in den Laden, die Waffe im Anschlag. Nadia Mendonck stand im hinteren Teil, den schweißnassen Rücken an einen Türrahmen gestemmt. Kopf und Pistole schwenkten synchron von rechts nach links. Sie hielt zwei Jungen in Schach, die jedoch nicht sonderlich beeindruckt wirkten.
Pierre gesellte sich zu seiner Kollegin. »Keine Panik. Ich habe alles unter Kontrolle.« Er ging in die Toilettenräume, wo ein halbwüchsiger Marokkaner gerade den Abzug betätigte. Der rauhe Fluch des Polizisten ging im Rauschen des Wassers unter.

Verstappen bezog am Eingang Position und behielt die restlichen Anwesenden im Auge. Keiner wagte auch nur, sich von der Stelle zu rühren.

Als Pierre aus den Toiletten herauskam, schob er drei Jugendliche vor sich her. Zwei von ihnen stieß er grob gegen die Theke, den Dritten trat er in den Hintern. »Beine auseinander und Hände auf die Theke! Wird's bald! Du da, Beine breit! Ein Stück zurück. Okay. Und jetzt eins nach dem anderen. Taschen ausleeren. Mit der linken Hand. Immer schön langsam.«

Murat Marouf drehte sich auf seinem Barhocker um und starrte Pierre mit stechendem Blick an.

»Popeye Doyle«, sagte er aufreizend gedehnt. »*The French Connection*. Lass mich überlegen … einundsiebzig, oder? Jedenfalls im vorigen Jahrhundert.«

Pierres Blick wurde eiskalt, aber keiner der beiden Männer zuckte auch nur mit der Wimper. Jan Verstappen näherte sich vorsichtig. Er war auf das Schlimmste gefasst. Nadia Mendonck durchsuchte keuchend die Toiletten.

Murat Marouf machte sich ganz offen lustig über sie, noch dazu, ohne sich vom Fleck zu rühren. Es war oberpeinlich. Diese starren Augen über der Hakennase. Augen, mit denen er einem zu verstehen gab, was für ein unbedeutendes Insekt man war. Dazu dieses arrogante Grinsen. Und diese Haare. Glatt nach hinten gekämmt, glänzend vor Brillantine.

Als die Spezialeinheit in die Kneipe stürmte, war längst alles vorbei. Lediglich einen jungen Marokkaner fingen die Männer noch an der Hintertür ab. Er hatte zwei Gramm Marihuana und ein Butterflymesser in der Socke.

Bei einem Jugendlichen fanden sie fünf Gramm gelber Tunesier in der Gesäßtasche. Keine Amphetamine, keine harten Drogen, weder auf dem Boden noch in den Klos.

Am Brusselsepoort steuerte Pierre Vindevogel den Mondeo durch den stockenden Verkehr.
»Wo steckt denn die Mendonck?«, fragte Verstappen.
»Die ist lieber bei Tack und seinen starken Männern geblieben«, erwiderte Pierre trocken. *Diese dämlichen Dealer und Hehler sind uns immer einen Schritt voraus*, dachte er. Doch dann wanderten seine Gedanken zu der schönen Mulattin, die neben Marouf an der Bar gesessen hatte. Mein Gott, was für ein Schuss!
Es war, als könne Verstappen seine Gedanken lesen.
»Die hübschen Frauen dürfen sicher bleiben, was, Pierre?«
»Äh, was hast du gesagt?«
»Na, die Dunkelhäutige an der Bar. Die darf doch hierbleiben, oder?«
Pierre schaute seinen Partner verwirrt an. *Blöder Besserwisser. Der Schwiegersohn von Verspaille als mein neuer Partner, das hat mir gerade noch gefehlt. Verdammt noch mal! Mein guter alter Walter. Eine ziemliche Nervensäge war er zwar, aber mit dem konnte man sich wenigstens vernünftig unterhalten. Über Kartenspielen, Bogenschießen, über alles eigentlich, auch über Frauen. Und man konnte einen mit ihm heben. Dieser erfolgsgeile Idiot dagegen führt sich auf, als wären ihm den ganzen Tag hundert blutrünstige Marokkaner auf den Fersen.* Pierre kniff die Augen fest zu. Es war zu heiß zum Reden. Im Grunde auch zu heiß zum Denken.

»Mach das aus.«
Verstappen sah ihn an.
»Dieses Gedudel. Mach es aus.«
Verstappen betrachtete lächelnd das Autoradio. »Nicht ablenken, Vindevogel. Ich hab doch recht, oder?«
»Womit denn?«
»Na ja, dass von dir aus die Männer abgeschoben werden können und die Frauen in Belgien bleiben dürfen.«
Pierre zuckte mit den Schultern und blickte aus dem Fenster. *Wieder ein Dienstagabend zum Teufel. Wenigstens hat Marouf die Aussage verweigert, sonst hätte ich wieder nachts arbeiten dürfen. Das Training kann ich jedenfalls vorerst vergessen. Nicht mit diesem Hanswurst als Partner. In der Zwischenzeit schießt Fille Janssens, unser Vize-Schützenkönig, einen Pfeil nach dem anderen ins Schwarze, der elende Scheißkerl. Jede Wette.*
Pierre kniff die Augen zu Schlitzen zusammen und nickte vor sich hin. In Gedanken malte er sich aus, wie ein zischender Pfeil Verstappen in die Brust traf. Mitten ins Herz. Pierre öffnete die Augen, lächelte, blickte nochmals in den Spiegel und zeigte seinem Gegenüber siegessicher den gestreckten Daumen. Er beobachtete seine ausgestreckte rechte Hand. Sie zitterte nicht. Sie bewegte sich keinen Millimeter.

5

Dienstagabend, 21.00 Uhr.

Im Balkweg in Zemst stellte Yussuf Benaoubi seine Honda Dax vor der bröckelnden Garagenwand ab und blickte sich gehetzt um. *Niemand zu sehen. Keine Bullen.* Er wich einem glitschigen Ölfleck aus, betrat die Garage und zog das Tor ins Schloss. Auch im Inneren war der Boden ölverschmiert. Die einst roten Fliesen waren inzwischen rostbraun. An einigen Stellen waren schwere Eisenhaken in die Wand geschlagen, an denen die unterschiedlichsten Raritäten hingen. Eine kleine Sammlung von Armeehelmen, eine Sense, ein selbstgebautes Hängeregal mit Blechübertöpfen darauf, ein rostiges Damenfahrrad und sogar ein verrußter Frittiertopf. In der linken hinteren Ecke lehnte ein mannshoher Stapel Bierkästen an der Wand. Die glänzend gewienerte Harley Davidson Fat Boy, die neben dem Heizungskessel auf ihrem Ständer ruhte und deren Vorderrad eine Waschmaschine von unbestimmter Farbe berührte, passte dagegen so gar nicht ins Bild.

Die Razzia. Ob die Bullen hinter mir her sind? Yussuf schloss die Augen, und die Ereignisse der vergangenen Tage liefen wie ein Film vor seinem inneren Auge ab. Er dachte an Murats Auftrag, Abram zu beschatten. *Abram, diese dreckige Ratte, die mit dem Drogenpäckchen Dewolfs Haus betritt. Ich warte im Gebüsch. Fünf Minuten später kommt er wieder raus. Er geht an mir vorbei, nur knapp einen Meter von mir entfernt. Ich wage es nicht, mich zu rühren.* Yussuf Benaoubi erschauerte und ballte die Hände zu Fäusten. *Zu lange gewartet. Der Verräter ist verschwunden. Sein Fahrrad ist auch weg. Ich habe ihn verloren.* Seine ängstliche Miene wich einem selbstzufriedenen Grinsen, als er an die wilde Fahrt auf dem Rückweg zu Marouf dachte. *Murat hat sich gewundert. Aber er war zufrieden. Er kann stolz auf mich sein. Murat ist cool!* Murat hatte ihm ans Herz gelegt, niemandem von der Sache zu erzählen. Yussuf Benaoubi hatte gestrahlt. Der Einzige, der davon wusste, dass er Abram bis zu Dewolfs Haus gefolgt war, war Said el Hidrissi, sein bester Freund. *Dewolf, den jetzt die Würmer fressen. Heute steht es in allen Zeitungen.*

Diese verdammte Harley versperrte schon wieder den Durchgang zum Garten. Der Teenager trat grinsend gegen das vordere Schutzblech, setzte dann einen Fuß auf das überbreite Trittbrett und schwang sich auf den nietenverzierten Sattel. Yussuf riss eine Lederfranse vom Sattel ab, schnippte sie achtlos zwischen die aufgestapelten Farbdosen und öffnete das kleine Tor, das in den Garten führte. Von da aus gelangte er in sein kleines Hinterzimmer.

Seitdem er vor einem Monat nach einem Riesenstreit von

zu Hause ausgezogen war, hauste er hier in Zemst, hinten im kleinen Taubenschlag. Früher hatte seine Unterkunft als Abstellraum des großen Schuppens gedient, der in besseren Zeiten die Werkstatt eines Bauunternehmers beherbergt hatte.

Vanderauwera, der pensionierte Hell's Angel, dem man besser aus dem Weg ging, wohnte über der Garage. Als Yussuf ihm mal zufällig begegnet war und ihn gebeten hatte, sein Motorrad nicht direkt vor dem Gartentor, sondern etwas weiter hinten abzustellen, hatte er lediglich ein Ende seines herunterhängenden Schnurrbarts gezwirbelt, die Zähne entblößt und auf den Boden gespuckt. Das war die einzige Unterhaltung gewesen, die sie je geführt hatten.

In der Woche zuvor war es zu einer heiklen Situation gekommen. Vanderauwera hatte Besuch gehabt. Aus seiner Wohnung dröhnte lautstark altmodische Rockmusik, und die Konversation auf dem Balkon war nicht gerade aufgeschlossen multikulturell. Die Kerle waren rabiate Ausländerhasser. Als die erste leere Bourbonflasche an der Metallschiebetür zum Lagerschuppen zerschellte, hatte sich Yussuf wohlweislich hinuntergeschlichen und die Kette um die eisernen Handgriffe geschlungen.

Jetzt ging er über die krumm und schief verlegten Bodenplatten durch den Garten auf die verrostete Doppelschiebetür zu. Der Jugendliche erschrak, als er mit den Fingern über den unregelmäßigen Spalt in der Mitte fuhr. *Nichts!* Vorsichtig drehte er den Schlüssel im Schloss und schob die Tür ein Stück weit auf. Sie knirschte in den Führschienen. Der achtzehnjährige Marokkaner mit der spitzen

Nase sperrte die Augen auf und hielt den Atem an, denn der Pappschnipsel, den er zwischen die Schiebetüren zu klemmen pflegte – effizienter als die teuerste Alarmanlage –, war verschwunden.
Yussuf Benaoubi sah sich gehetzt um und beobachtete den rostigen Balkon auf der gegenüberliegenden Seite des Gartens. *Der war's. Dieser schmierige Harley-Freak da oben. Der Drecksack hat Lunte gerochen. Hätte ich doch bloß die Jointkippe nicht in den Garten geworfen!*
Der Junge rollte die Tür ins Schloss und rannte so schnell er konnte die eiserne Wendeltreppe hinauf. Auf der vorletzten Stufe blieb er stehen. Er ging in die Hocke, hielt die Luft an, griff sich mit einer Hand an die Stirn und wischte sich die Schweißtropfen in die Haare. Er hörte Geräusche in seinem Zimmer. *Die Bullen! Nein, unmöglich. Das Garagentor war fest verschlossen.* Angestrengt starrte Benaoubi ins Dunkel. *Vanderauwera! Der elende Mistkerl hat einen Zweitschlüssel!* Er atmete ein paar Mal tief ein und aus. Das half. *Ich muss Said anrufen. Aber der geht garantiert nicht dran. Dieser Feigling. Gut, also nur wir beide, bleicher Fettsack. Dann wirst du jetzt eben die Zakouskie-Connection kennenlernen.* Yussuf Benaoubi, die designierte rechte Hand von Murat Marouf, lachte breit. Er griff in die Gesäßtasche seiner Jeans und klappte mit einer geschmeidigen Bewegung sein Butterflymesser auf.

6

Donnerstagabend, 23.00 Uhr.

Als Deleu, völlig außer Puste vom Treppensteigen, Nadia Mendoncks Wohnung betrat, war sie nicht zu Hause. Er betrachtete den Haustürschlüssel in seiner Hand.

Jetzt bloß nicht besitzergreifend werden, Dirk!

Obwohl er einen Schlüssel von ihrer Wohnung besaß, war es ungewohnt für ihn, allein hineinzugehen. Deleu nahm sich eine Dose Bier aus dem Kühlschrank und öffnete sie.

Das Designersofa mit dem Leopardenmuster sah zwar schick aus, war aber ziemlich unbequem. Er rutschte auf dem steinharten Möbelstück hin und her, und sein Blick fiel auf den Toaster in der Küche. Wie hypnotisiert starrte er ihn an. *Nadia und Dirk. Dirk und Nadia.* Als er die Dosenlasche abbrach und durch die Durchreiche warf, spukte ihm Barbaras Bild im Kopf herum. An, aus, an, aus. Er schloss die Augen und trank einen großen Schluck. *Donnerstag. Am Samstag muss ich Rob abho-*

len. Charlotte nicht. Die ist noch zu klein. Was soll ich mit Rob anfangen? Hierher können wir nicht, so viel ist klar. Verdammt noch mal, Nadia könnte Robs Schwester sein! Deleu grinste, obwohl er nicht wusste, warum. Er nahm noch einen kräftigen Schluck, fühlte sich allerdings nicht erfrischt, sondern nur noch müder.

Eine ganze Woche schlafen. Das würde mir guttun.

Er seufzte, warf sich eine Erdnuss in den Mund und lutschte daran. Als sich das Salz aufgelöst hatte, zerkaute er sie langsam.

Salpetersäure ins Gesicht. Was wissen wir eigentlich über Johan Dewolf? Sein Vater ist ein wohlhabender, einflussreicher Industrieller, der ungekrönte König zumindest der europäischen Teppichindustrie. Stur und unzugänglich wie ein Granitbrocken im Hochgebirge. Rechtsgerichtet selbstverständlich. Schon dieser Name! Ewoud … Du meine Güte.

Flankiert von drei Staranwälten, hatte der Mann während seiner über vier Stunden langen Vernehmung kein Wort zu viel gesprochen. Emotionslos hatte er das Geschehen über sich ergehen lassen. Erst als Bosmans ihn gefragt hatte, wo sich seine Gattin aufhalte, hatte er geblinzelt. Es stellte sich heraus, dass seine Frau im vergangenen Herbst verstorben war. *Krebs macht keinen Unterschied zwischen Reich und Arm. Jedenfalls noch nicht. Du bist ein Trampeltier, Jos Bosmans. »Das wusste ich nicht, entschuldigen Sie.« Herrgott noch mal!*

Deleu trank noch einen Schluck und zog, ohne das Päckchen herauszuholen, eine Belga aus seiner Jackentasche. Nadia hasste es, wenn er in ihrer Wohnung rauchte. Egal.

Deleu steckte sich die Zigarette zwischen die Lippen und dachte: *Wer A sagt, muss auch B sagen,* dann zündete er sich die Belga an. Was wusste Ewoud Dewolf vom Treiben seines Sohnes? Dass er es gewesen war, der den nicht allzu hellen Johan bei der Rijkswacht untergebracht hatte, wusste jedes Kind. Das konnte man ihm auch nicht weiter verübeln. Doch was hatte sich hinter den Kulissen abgespielt? Es gab da gewisse Gerüchte, zum Beispiel, dass Dewolf junior politische Ambitionen gehegt habe. Natürlich auf Drängen seines Vaters. Dieser Mord musste eine politische Abrechnung in rechten Kreisen sein!

Deleu dachte an seinen Sohn.

Was wäre, wenn Rob auf die schiefe Bahn geriete? Er schüttelte den Gedanken ab und ließ die Schultern kreisen. Nadias Wohnung war zwar trendy, aber brütend heiß. Deleu kreuzte die Finger und schwor sich, dass sein nächstes Auto eine Klimaanlage haben würde.

In der Hocke und mit dem Rücken an das Sofa gelehnt – seine Lieblingshaltung zum Nachdenken –, versuchte Deleu, sich zu konzentrieren. Tags zuvor hatte er Dewolfs Kollegen bei der Rijkswacht auf den Zahn gefühlt, aber sie hatten alle dichtgehalten. Wahrscheinlich irgendein dämlicher Ehrenkodex. Vielleicht wäre es besser gewesen, Tack auf sie loszulassen. Der war schließlich einer von ihnen.

Heute hatte er Naib Abram vernommen. Auch dieser Besuch hatte nichts Brauchbares ergeben. Das Geschwätz des Stadtratsmitglieds von der Agalev, den flämischen Grünen, hatte zu seiner hübschen kleinen Villa gepasst: aufgeräumt und glatt gebügelt. Abram hatte genau das

Gegenteil von dem erzählt, was der alte Perdieus behauptet hatte, nämlich, dass er Marouf nur vom Hörensagen kenne. Er sei dem Mechelner Drogenbaron niemals persönlich begegnet. Seine gespielte Empörung wirkte jedoch so fadenscheinig wie eine alte Gardine. Und dann dieser ängstliche, verschlagene Blick! Der hatte Deleu noch am meisten fasziniert.

Er seufzte wieder, beschloss, lieber keinen Streit mit seiner Freundin zu riskieren, und ging mit der brennenden Zigarette im Mund hinaus ins Treppenhaus.

Ach ja, diese Razzia heute, bei der Nadia der Lockvogel ist. Deshalb ist sie noch nicht zu Hause. Sie wird doch nicht …? Nein, Blödmann, das war gestern! Oder vorgestern! Aber wo war sie dann gestern?

7

Freitagnachmittag.

Im Balkweg vor Haus Nummer sechsundsiebzig zog Rasha Benaoubi die Handbremse an. Widerstrebend lehnte sie ihr Fahrrad gegen das Mäuerchen vor der Garage, pustete sich eine Locke aus dem Gesicht und seufzte. Sie war extra noch drei Mal um den Block gefahren, aber es hatte nichts genützt. Der bärtige Mittvierziger in dem verschossenen Klappstuhl beobachtete sie immer noch mit Argusaugen. Er tat so, als sei er in seine Zeitung vertieft, aber Rasha spürte seinen stechenden Blick. Es war, als könne der Mann mit den dicken Wangen und den tiefliegenden Augen durch ihr Sommerkleid hindurchschauen. Er hielt eine Hand auf den Oberschenkel gelegt, ganz weit oben, fast im Schritt. Seine zu kurzen Beine, die aus einer abgeschnittenen Jeans hervorschauten, berührten kaum den Boden. Ausgetretene Sandalen und weiße Tennissocken mit drei ausgebleichten farbigen Streifen komplettierten den lächerlichen Anblick.

Rasha strich ihr geblümtes Baumwollkleid glatt und ging,

ohne den Mann eines Blickes zu würdigen, auf die Garage zu.

Unter dem blinden Plastikschild neben dem obersten Klingelknopf steckte ein Papierchen. Rasha glaubte, aus dem Gekritzel »Vanderauwera« herauslesen zu können. Der Name in der Mitte lautete »Familie F. Kuypers« und ganz unten stand gar kein Name. Typisch Yussuf.

Rasha drückte auf den untersten Knopf. *Wie ich solche Situationen hasse! Alle im Viertel reden nur noch über ein Thema. Die Razzia.* Nachdem Yussuf spurlos verschwunden war, hatte ihre Mutter sie gebeten, hier einmal nach dem Rechten zu sehen. *Warum macht sie es nicht selbst? Sie kommandiert uns nur herum, rührt sich aber nicht vom Fleck. Kein Wunder, dass sie so dick wie ein Nilpferd wird.* Rasha hatte ihren Vater bittend, fast flehentlich angesehen, doch wie gewöhnlich hatte er den Kopf abgewandt und wie immer dieses arabische Quasselprogramm angesehen. Ein eigener Fernseher in ihrem Zimmer war aber nicht drin. Rasha warf einen Blick auf die sportliche Armbanduhr, die Tim ihr geschenkt hatte. Eine Dreiviertelstunde hatte sie gebraucht, um mit dem Fahrrad von der Lange Schipstraat bis hinaus nach Zemst zu fahren. *Gleich muss ich den ganzen Weg wieder zurück.*

Sie verwünschte ihren jüngeren Bruder und drückte über zehn Sekunden lang auf den Klingelknopf. *Seit Yussuf hier wohnt, bekomme ich Tim kaum noch zu Gesicht. Oder liegt es an Tim? Diese aufgebrezelte Tussi letzte Woche hat ihn anscheinend sehr interessiert. Ach, ich bilde mir nur was ein. Er liebt mich!* Yussuf, das perfekte Alibi, um sich mit Tim treffen zu können, war anscheinend nicht zu

Hause. Die Kuppe ihres Zeigefingers wurde schon weiß. *Du blöder Angeber! Wo treibt sich der große Mijnheer denn jetzt schon wieder rum?*
Rasha erinnerte sich daran, als sei es gestern gewesen. An jenen Tag, als ihr Bruder mit einem gestohlenen Autoradio nach Hause gekommen war. Ihre Mutter hatte sich mit einem lächerlichen Tschador verhüllt und sich wohlweislich zurückgehalten. Ihr Vater dagegen hatte sich die Haare gerauft und vor lauter Verzweiflung den Kopf gegen die Wand geschlagen, bis er blutete. Etwas unternommen hatte er allerdings nicht. Schließlich war Yussuf der große Boss im Haus. Yussuf sprach fließend Niederländisch. Yussuf konnte alles regeln. Yussuf hatte belgische Freunde. Und das Allerwichtigste: Yussuf war ein Mann. Immer hieß es: Yussuf hier, Yussuf da.
Rasha erschauerte. Sie presste ein Ohr gegen die Sprechanlage, hörte aber nichts. Nicht mal ein Summen. Als sie in die Aldi-Tüte an ihrer Hand sah, drehte sich ihr der Magen um. Der Ziegenkäse stank, und die frisch kleingeschnittenen Auberginen und Zucchini waren inzwischen erschlafft wie verwelkte Blumen.
Rasha drückte nochmals auf die Klingel und murmelte einen verhaltenen Fluch. Der künstliche Nagel ihres Zeigefingers hing nur noch an einer Stelle fest. Sie versuchte, das hart erarbeitete Kleinod wieder anzudrücken, aber es gelang ihr nicht. Sie riss das Ding grob ab und erstarrte gleich darauf vor Schreck, als sich ihr eine stark behaarte Hand auf die Schulter legte. Ihr lief ein kalter Schauer über den schlanken Körper, und ein durchdringender Moschusgeruch stieg ihr in die Nase.

»Kann ich Ihnen helfen, junge Frau?« Die fleischigen Lippen des glotzenden Zeitungslesers bewegten sich kaum. In seinem sorgfältig getrimmten Bart hingen große weiße Schuppen.
»Nein, danke.« Rasha rüttelte an der Türklinke.
»Ist abgeschlossen, damit keiner einbricht«, sagte der Mann. »Suchen Sie jemand Bestimmtes?«
»Ich wollte meinen Bruder besuchen. Er wohnt im Hinterhaus.«
»Ach, dieser spillerige Marokkaner.«
»Genau der.«
»Hm«, brummte der Mann und fummelte an seinem Bart herum. »Den hab ich schon seit ein paar Tagen nicht mehr gesehen.«
Weiße Schuppen. Überall. Sie rieselten herunter wie Schneeflocken.
»Vielen Dank«, sagte Rasha und drehte sich um.
»Wenn Sie wollen, kann ich Ihnen die Tür aufmachen.«
Argwöhnisch blickte sie über die Schulter.
»Sie brauchen keine Angst zu haben. Ich wohne hier. Gleich nebenan. Ich bin Frank Kuypers.«
Der Mann zeigte auf die mittlere Klingel. Als sein kurzer, behaarter Arm dicht an ihrer Wange vorbeistrich, trat Rasha instinktiv einen Schritt zurück.
»Hier, sehen Sie? F. Kuypers, das bin ich.« Das junge Mädchen starrte auf seinen Finger und rührte sich nicht. Kuypers wippte von einem Bein auf das andere. »Soll ich Ihnen vielleicht meinen Ausweis zeigen?«, fragte er gereizt.
Das Mädchen zuckte mit den Achseln.

»Sie brauchen keine Angst vor mir zu haben. Sehe ich etwa wie ein Ausländerfeind aus?«
Rasha spürte, wie sein Blick über ihre Brüste wanderte, und schluckte. Plötzlich wurde im oberen Stockwerk ein Fenster aufgerissen. »Fraaank!« Eine schrille Frauenstimme.
Rasch schaute der Mann hinauf. »Ja, Schatzi?«
»Was machst du da?« Ein breites Gesicht lugte über den Rand der Fensterbank. Wie ein Frosch im Schilf.
»Nichts, Schatzi. Das junge Mädchen hier möchte seinen Bruder besuchen und kommt nicht rein.«
Der Kopf verschwand ebenso schnell, wie er aufgetaucht war. »Essen kommen«, glaubte Rasha zu verstehen. Inzwischen hatte ihr der lüsterne Gartenzwerg das Garagentor aufgeschlossen.
»Ruf einfach ein paar Mal hinten im Garten, falls die Tür zum Schuppen auch abgeschlossen ist«, murmelte er, als er wieder zurückging. Dann drehte er sich noch einmal um. »Und nichts anfassen in der Garage, verstanden, Schnuckelchen?« Seine Augen funkelten bösartig, als er das letzte Wort im Flüsterton anfügte.
Da haben wir's. Typisch. Rasha ignorierte die Bemerkung und durchquerte die Garage in Richtung Garten. Auch sie kletterte über den Sattel des Motorrad-Oldtimers. Im Garten wuchs weder Obst noch Gemüse, und im dürren Gras lagen überall leere Whiskyflaschen herum. Vor den Schiebetüren zum Schuppen waren mindestens drei zu Bruch gegangen.
Geschickt wich Rasha den Glasscherben aus und lächelte. Ihre neuen Buffalos, weiß mit einer mindestens

sieben Zentimeter dicken Sohle, boten mehr als ausreichend Schutz, falls sie aus Versehen in eine Scherbe treten sollte.

Sie zerrte an den rostigen Handgriffen, aber die Türen bewegten sich nicht. In der Mitte schienen sie allerdings einen kleinen Spalt auseinanderzugehen, waren also wohl nicht abgeschlossen, sondern klemmten irgendwo an den Seiten.

Rasha Benaoubi drückte ihre Schuhsohle gegen den linken Bügel und riss mit aller Kraft an dem rechten. Knirschend rollte die Tür über die Schienen. Das junge Mädchen atmete tief ein und trat argwöhnisch durch die Doppeltür. Nach zwei Metern wurde es stockdunkel in der Lagerhalle, und ein Lichtschalter war nirgends zu entdecken. Von links oben fiel ein wenig Sonnenlicht herein. Rasha lief zur Treppe und rief den Namen ihres Bruders, erhielt jedoch keine Antwort.

Fluchend erklomm sie die steile Treppe. Oben angekommen, atmete sie tief ein und ließ ihrem Körper Zeit, sich zu erholen. Die Tür hinten rechts stand einen Spalt offen. Als ihr Atem regelmäßiger wurde, setzte sie sich in Bewegung. Ein starker, süßlicher Geruch stieg ihr in die Nase. Sie guckte in die Aldi-Tüte und runzelte ihre hübsch geschwungenen dunklen Augenbrauen.

»Yussuf? Yussuf? Bist du da? Ich bin's. Rasha. Mama hat mir was zu essen für dich mitgegeben. Yussuf!« Sie ballte die Fäuste. Ihr Ärger gewann allmählich die Oberhand, sie vergaß ihr Misstrauen und ging mit großen Schritten auf den Türspalt zu. Der Geruch wurde penetranter, je näher sie kam. *Wie lange hat dieser Schlamper seine Mülltüten nicht rausgebracht?* Mädchenhaft, aber energisch warf sie ihre schwarzen Locken zurück und ging mit in die Taille gestemmten Händen auf die offene Tür zu.

Irgendetwas ließ sie unvermittelt innehalten, und sie blieb vor dem Türspalt stehen. Vorsichtig spähte sie hindurch. Einen Moment später schnappte sie entsetzt nach Luft. Der Schrei blieb ihr im Halse stecken. Sie schlug die Hände vors Gesicht, und ihr Mund verzog sich zu einer Grimasse.

Rasha Benaoubi schaute in die gebrochenen Augen ihres Bruders. Kreischend flüchtete sie die Treppe hinunter, die Plastiktüte noch immer krampfhaft in der Hand. Sie schrie, dass es einem durch Mark und Bein ging.

8

Der Mann auf dem Sofa öffnete urplötzlich die Augen. Als hätte man Rashas schrecklichen Schrei bis nach Mechelen hören können. Deleus Rückenmuskeln waren verspannt, und er hatte einen salzigen Geschmack im Mund. Er rieb sich über die Lippen und schaute schlaftrunken auf seine Rolex.

Oh nein. Schon halb drei. Was ist heute für ein Tag? Samstag? Nein, Freitag. Ich muss ins Rathaus!

Er rappelte sich auf und schwankte ins Schlafzimmer. Nach und nach fiel ihm alles wieder ein. Gestern Abend hatte er versucht, seine Freundin zu erreichen, aber ihr Handy war ausgeschaltet gewesen. Bosmans hatte ihm erzählt, dass die Razzia ein Flop gewesen sei, Nadia aber alles gut überstanden habe.

Und dann? Eingeschlafen auf ihrem Sofa.

Deleu zog die Tür zum Schlafzimmer auf. Es war leer, das Bett unberührt. Er eilte ins Treppenhaus und sprang in den Aufzug.

Freitagnachmittag. Muss denn keiner von diesen Leuten arbeiten?

Die Terrassen der Lokale am Grote Markt waren voll besetzt. Deleu blieb am Brunnen auf dem Botermarkt stehen und spritzte sich ein wenig Wasser ins Gesicht. Das kühle Nass rann quälend langsam in den Kragen seines offen stehenden Sommerhemds.

Er bog um die Ecke, weil er eigentlich durch die Boucherystraat, die kaum drei Meter breit und daher immer schattig war, zum Rathaus spazieren wollte. Er war mit Naib Abram verabredet, unter dem Vorwand, einige ergänzende Informationen zu benötigen. In Wirklichkeit wollte er die Behauptung des Politikers überprüfen, Murat Marouf noch nie begegnet zu sein. Außerdem hatte er einen Termin mit einem Standesbeamten. Besser, man informierte sich gründlich, bevor man sich scheiden ließ. Der Song »It's a thin line between love and hate« von den Pretenders dudelte ihm im Kopf herum. Seine ohnehin schmalen Lippen verwandelten sich in eine abwärts gebogene Kerbe.

Plötzlich verzog sich die Kerbe zu einer derart angewiderten Grimasse, als hätte man einer Hyäne eine Portion Tofu vorgesetzt. Der Anlass für seine plötzliche Missstimmung saß auf der Terrasse des Eiscafés Negrita: Nadia Mendonck und Frank Tack. Über das ganze Gesicht lachend, einen Rieseneisbecher vor der Nase. Nadia tupfte sich mit einem Taschentuch die tränenden Augen ab. Tack, der gerade mit dem Feuerzeug die Wunderkerze anzündete, bleckte dabei die Zähne. Den protzigen roten Camaro hatte er so vor dem Café geparkt, dass nicht mal mehr die Fahrradfahrer durchkamen.

Mein Gott, was für eine Qualle!, dachte Deleu, zog den Kopf ein und machte rechtsum kehrt. Den Blick starr zu Boden gerichtet, drehte er eine Runde um den Grote Markt. Als er sich gerade verstohlen in den Eingang des Rathauses hineindrückte, klingelte sein Handy.

»Deleu.«

»Dirk, ich bin's, Jos. Was machst du gerade?«

»Ich schaffe Ordnung in meinem Leben.«

»Hm … Kennst du den Balkweg in Zemst?«

»Ja. Nein. Wieso?«

»Kennst du ihn, oder kennst du ihn nicht?«

»Ja, doch. Warum? Komm schon, rede nicht so um den heißen Brei herum.«

»Wir haben da einen Mordfall. Fahr mal hin und sieh dich um.«

Der Ermittler gab sich nicht die geringste Mühe, seinen tiefen Seufzer zu unterdrücken. »Aber ich habe einen Termin mit diesem marokkanischstämmigen Stadtratsmitglied von den Grünen. Erinnerst du dich?«

»Fährst du bitte sofort hin?«

»Ja, ja, ist ja schon gut!«

»Ruf mich an. Ach, und wimmle die Presse ab, ja? Behaupte einfach, jemand sei die Treppe heruntergefallen oder meinetwegen geschubst worden. Die Sache scheint ernst zu sein.«

Anstatt zu antworten, eilte Deleu zu seinem Golf, der eine ganze Ecke entfernt am Ring stand. *Dieser blöde Idiot mit seinen Faxen und seiner Aufschneiderei. Genau der Richtige für Nadia. Mit einem Cabrio vor der Tür.*

Die Parkplatzsuche in der Stadt hatte er schon immer ge-

hasst, aber das Laufen auch. Vor allem bei diesen Temperaturen. Manchmal konnte Deleu nicht mal sich selbst leiden. Als er die Haupteinkaufsstraße überquerte, hätte ihn beinahe ein schwarzer Kleinwagen erfasst.
Deleu eilte auf die andere Straßenseite, auf der Suche nach Abkühlung, die es jedoch nicht gab und wohl auch nie mehr geben würde.

9

»Was ist denn passiert?«, fragte der Mann vor dem Haus im Balkweg unverhohlen sensationslüstern.
»Nichts, Mijnheer«, antwortete Deleu mit undurchdringlicher Miene. »Es sei denn, Sie wollen sich freiwillig als Zeuge melden.«
»Nein danke«, murmelte der Mann. »Ich weiß nichts.«
»Ist das Ihre Garage?«
»Ja … nein«, stotterte er. »Genau genommen ist es eine Gemeinschaftsgarage. Wir haben alle einen Schlüssel, ich, Vanderauwera, der obendrüber wohnt, und der Marokkaner hinten im Taubenschlag. Ist er tot?«
»Wie kommen Sie denn darauf, Mijnheer …?«
»Kuypers. Ich habe eben einer jungen Marokkanerin die Tür aufgemacht, und ein paar Augenblicke später ist sie schreiend weggelaufen. Hat er sie etwa verprügelt? Bei denen weiß man ja nie.«
»Würden Sie jetzt bitte von der Tür wegbleiben, Mijnheer Kuypers?«
Der Angesprochene warf einen raschen Blick über die Schulter.

»Immer schön langsam, Mijnheer. Sind Sie sicher, dass Sie keine Zeugenaussage machen wollen?«
»Ja, ganz sicher. Ich weiß von nichts.«
Als Dirk Deleu, keuchend von der steilen Treppe, das Hinterzimmer betrat, wich er instinktiv zurück, da ihn ein greller Lichtblitz blendete. Er rieb sich mit den Fingerknöcheln über die Augenlider und sah den diensthabenden Polizeifotografen, umgeben von einem roten Schleier. Der Mann war von dem plötzlichen Eindringling genauso überraschte, grinste aber, als er Deleu erkannte.
»Linke Sache, Dirk.«
Der Ermittler nickte langsam und abwesend. Auf dem Boden lag die Leiche eines jungen Mannes. Deleu ließ die Szenerie einen Moment lang auf sich wirken. Obwohl er den Anblick bereits unbewusst aus den Augenwinkeln heraus wahrgenommen hatte, vermied er es zunächst, den toten Jungen direkt anzusehen. Er wollte sich die genaue Lage der Leiche einprägen, so wie er sie beim Eintreten spontan erfasst hatte.
Ermittler Jef Vanderkuylen inspizierte ein Loch in der Wand über der Eingangstür.
»Was ist das?«, fragte Deleu.
»Ein Geschosseinschlag. Schweres Kaliber, wenn du mich fragst. Die Spitze steckt noch drin.«
Deleu antwortete nicht und ging zur Tür. Auf der Schwelle drehte er sich um und kniff die Augenlider zu Schlitzen zusammen. Die Umrisse des Mobiliars verschwammen, und die Welt um ihn herum wurde undeutlich. Er konzentrierte sich ganz auf den Jungen, dessen Leiche auf dem Teppich lag, die Beine gespreizt, der Körper nach

rechts gekrümmt. Es sah aus, als wäre sein Rückgrat gebrochen. Sein T-Shirt war im Rücken hochgeschoben und blutverschmiert. Die Jeans mit den abgeschnittenen Hosenbeinen war knapp über der Poritze festgezurrt. Deleu stieß ein seltsam unpassend wirkendes Lachen aus und räusperte sich.

Sein Sohn Rob besaß ebenfalls solche eigenartigen Angewohnheiten. Der Hintern seiner viel zu großen Jeans hing ihm regelmäßig bis in die Kniekehlen. Barbara war anfangs die Wände raufgegangen. *Barbara.* Deleu schluckte und blickte beiseite. Dort stand ein Sperrholzwandschrank, der den Spuren nach zu urteilen unzählige Male auf- und abgebaut worden war. Der Junge war ungefähr in demselben Alter wie Rob. *Erst das Gesamtbild, Deleu. Dann die Einzelheiten. Der erste Eindruck ist entscheidend!*

Der Junge mit den dicken Locken, um den ging es. Dicke Locken, die sein linkes Auge teilweise bedeckten. Der Teenager, dessen Leben jäh ein Ende gesetzt worden war. Deleu lief es kalt den Rücken hinunter, und er biss sich auf die Unterlippe. *Business as usual.*

Die linke Wange des jungen Migranten ruhte auf seinem linken Oberarm, sein rechtes Auge starrte glasig hinauf zur Decke. Seine Lippen sahen gräulich aus, und sein rechter Arm lag in einem Neunziggradwinkel vor dem linken, die Hand zur Faust geballt. Vorsichtig näherte sich Deleu, ein Taschentuch an die Nase gedrückt. Die Hand des Toten war nicht ganz zur Faust geschlossen, Zeigefinger und Daumen waren gekrümmt. Das weiße T-Shirt war mit Flecken und Streifen verschmutzt, die zwischen Braun und Ocker rangierten. Geronnenes Blut und Wundwasser. Deleu bückte sich. Unterhalb des Schulterblatts, wo das dünne Kleidungsstück eingerissen war, sah er eine deutliche Stichwunde, die von einer schmalen, doppelschneidigen Klinge stammte. Um das zu erkennen, musste man kein Gerichtsmediziner sein. Die Wundränder waren gleichmäßig glatt und nicht an einer Seite rissig.

Der Ermittler presste sich die Faust gegen die Stirn, schloss die Augen und steckte sich die Finger in die Nasenlöcher, doch der Leichengeruch drang durch das mit Aftershave besprenkelte Taschentuch hindurch. Deleu schob das T-Shirt ein kleines Stück hoch. Der Unterleib des Jungen wies grünliche Flecken auf. *Abdominale Totenflecken. Er muss schon mindestens zwei oder drei Tage hier liegen. Starker Verwesungsgeruch. Daran ist nicht allein die Hitze schuld.* Deleu warf einen verstohlenen Blick über die Schulter, wie ein schwänzender Schüler, der sich ertappt fühlt. Der Fotograf war gerade dabei, seine Ausrüstung zusammenzupacken.

»Hast du alles?«

»Drei Filme à sechsunddreißig Aufnahmen.«

Der Fotograf wartete nicht auf eine Antwort. Er hängte sich seine grüne Fototasche über die Schulter und marschierte mit großen Schritten zur Tür. Er sah sich nicht um. Routine. Entwickeln, abliefern und auf zum nächsten Einsatz.

Deleu nahm es nicht mal zur Kenntnis. In Gedanken versunken, ging er zu dem Einbauschrank mit der Schiebetür, der den größten Teil der fensterlosen Wand in Beschlag nahm.

»Jef?«

»Ja, Dirk?«
»Was wissen wir über ihn?«
»Yussuf Benaoubi, achtzehn Jahre alt. Marokkaner, vorbestraft wegen Drogenhandels. Die Eltern wohnen in der Lange Schipstraat, das habe ich überprüfen lassen. Der Junge ist hier erst vor einem Monat eingezogen. Ein Einzelgänger. Außer ihm wohnen in Zemst keine Marokkaner.
»Nein, und jetzt gar keine mehr«, stellte Deleu fest, und es klang weder zynisch noch mitfühlend, sondern einfach nur tonlos. »Welche Hausnummer in der Lange Schipstraat?«
»Zweiundsiebzig, genau gegenüber von der früheren Polizeidienststelle, in der ich über fünfzehn Jahre lang gearbeitet habe.«
Deleu schaute Vanderkuylen an. Sein fröhliches Gesicht mit den hervorstehenden Zähnen und den geröteten Wangen verlieh dem vierundvierzigjährigen Ermittler einen jungenhaften Charme.
»Hm … Wer hat ihn gefunden?«
»Seine Schwester. Die Arme war völlig verstört. Wir haben vorgeschlagen, sie ins Krankenhaus bringen und psychologisch betreuen zu lassen, aber die Mutter hat es verhindert. Sie ist jetzt zu Hause. Wir haben den Eltern geraten, wenigstens den Hausarzt kommen zu lassen. Würdest du es ihnen bitte noch mal sagen, wenn du hinkommst, Dirk? Die ersten Stunden sind meistens entscheidend.«
Deleu nickte und rieb sich steif mit dem Taschentuch den Hals. Blitzschnell drückte er es wieder an die Nase. Vanderkuylen grinste.

»Was ist?«, fragte Deleu gereizt. »Hat's dir den Geruchssinn weggeätzt?«
»Nein, der ist mit weggeschlagen worden«, erwiderte Vanderkuylen und bog die Nasenspitze bis auf die Wange.
Von der Treppe her hörten sie metallisches Klappern. »Die Ameisenbären sind da«, stellte Vanderkuylen fest.
Deleu ließ den Blick noch einmal über den toten Jungen wandern. Er wusste, dass er an diesen Ort des Unheils zurückkehren würde. Allein. Wenn hier nur noch ein makaberer Kreideumriss zu sehen sein würde. Eine leere Hülle. Er inspizierte das mindestens vier Zentimeter breite Einschussloch über der Tür. Auf dem Fliesenboden lagen Gipsbröckchen.
Als der Ermittler zur Tür ging, betrat der letzte Kriminaltechniker den Raum, ein kräftiger, glatzköpfiger Mann mit einem flachen Samsonite-Koffer. Er trug eine Chirurgenmaske vor Mund und Nase. Deleu warf dem Jungen auf dem Boden einen letzten Blick zu.
»Jef?«
»Ja, Dirk?«
»Bitte kümmere dich darum, dass die Kugel und die Einschlagstelle gründlich untersucht und vermessen werden.«
Vanderkuylen stand bereits heftig gestikulierend am Spülbecken, auf dem der kahle Spurensucher seinen beeindruckenden Koffer aufklappte. Er warf Deleu einen giftigen Blick zu, doch der bemerkte es nicht einmal. Er war ganz auf den toten Jungen fixiert.
Irgendetwas stimmt nicht an dieser Szenerie. Nur was?
Vanderkuylen zog die Schranktür unter der Spüle auf. An

der Sperrholztür war mit zwei Schrauben ein Metallring befestigt. *Daher stammen also die beiden Spitzen, die aus dem Holz hervorragen.* Um den Ring war ein halbvoller Müllsack gespannt, der an einer Seite herunterhing. Die Buchstaben INCOVO leuchteten im Halbdunkel auf.

»Und keinen Müll wegwerfen, okay, Jef?«

Vanderkuylen rollte die Augen zur Decke und wollte eine passende Bemerkung darüber fallenlassen, aber Deleu war schon weg.

Seufzend lief er die Treppe hinunter.

10

Während Deleu in der Garage die Harley bewunderte, betrachtete Johnny Vanderauwera, Langzeitarbeitsloser und pensionierter Hell's Angel, den Revolver des toten »Kanaken« – wie er ihn in Gedanken bezeichnete –, als handle es sich um eine seltene Reliquie. Mit respektvollem Blick drückte er den Entriegelungsmechanismus rechts oberhalb des Griffs. Der Schnelllader fiel zu Boden. Vanderauwera versuchte, ihn aufzufangen, griff ins Leere, lachte nervös und hob ihn auf. Er hielt die Trommel vor das rechte Auge und kniff das linke zu. Drei der sechs Patronenhülsen wiesen in der Mitte eine Vertiefung auf. Drei volle und drei leere Hülsen. Jetzt musste er nur noch herausfinden, wie man die Dinger herausbekam. Er drückte auf den kurzen, kräftigen Stift hinten an der Trommel, und die Patronenhülsen wurden um einen halben Zentimeter herausgeschoben. Johnny Vanderauwera grinste, so dass man seine kariösen Zähne sah, und trank noch einen Schluck von dem J&B. Der Whisky war lauwarm. Seitdem er das zugefrorene Eisfach mit dem Schraubendreher malträtiert hatte, trank er keinen Whisky on the rocks mehr.

Mit einem Klicken drückte er die Trommel wieder hinein. Es gelang ihm gleich beim ersten Mal. In Mechanik war er schon immer ein Ass gewesen. Zwar konnte er kaum zwei und zwei zusammenzählen, aber alles, wirklich alles, was er auseinandernahm, konnte er auch wieder zusammenbauen. Seine Harley wartete er seit Jahren selbst.
Während er die Smith & Wesson in der Hand wog und den Kolben befühlte, schloss er die Augen. Die Phantasie ging mit ihm durch, und er stieß ein leises, langgezogenes Stöhnen aus. Er öffnete das rechte Auge, zielte auf das Transistorradio in Form einer Heritage Softtail, kniff das linke Auge zu und schnalzte mit der Zunge. Wie in einem billigen Westernfilm blies er den schwarzen Rauch weg, der sich in seiner Phantasie aus dem kurzen Lauf kringelte. Er ließ die Waffe um den Zeigefinger rotieren, stockte aber mitten in der Bewegung.
Heulende Sirenen.
Das Geräusch kam rasch näher. Er drehte sich um und überlegte, die Waffe in seinem Schlafzimmer zu verbergen, das gleichzeitig als Rumpelkammer und Stauraum diente, doch ihm fiel so schnell kein geeignetes Versteck ein. Mit zitternden Händen schob er die Waffe unter seine verschlissene Federkernmatratze. Der Flaschenhals stieß klirrend gegen das Glas, als er sich noch einen Whisky eingoss.
Sobald der erste Streifenwagen vor dem Haus anhielt, schlich er zum Fenster. Vorsichtig spähte er durch einen Spalt zwischen den verschossenen Gardinen und sah drei Streifenpolizisten aus dem Auto springen. Kuypers stand bereits aufgeregt winkend in der Eingangstür. Ein

zweites Fahrzeug, ein Krankenwagen, blieb mitten auf dem schmalen Balkweg stehen.

Kuypers, du widerlicher Schleimer.

Ein Mann kam aus dem Garagentor. Ein Kerl mit langer, spitzer Nase. *Garantiert ein Bulle in Zivil.* Er ging eilig zu einem alten Golf, der ein Stück weiter weg geparkt war.

Scheiße! Hab die Ratte gar nicht kommen sehen.

Vanderauwera schaute auf die drei eintätowierten Punkte auf seinem linken Handballen. Während er an dem Standspiegel vorbeiging, der drei Jahre nach seinem unfreiwilligen Umzug noch immer im offenen Kamin lehnte, bewunderte er sich. Als er die Muskeln anspannte, schwollen die Adern auf seinen sehnigen Armen, die aus der ärmellosen Lederjacke hervorschauten. Er nahm eine rostige Hantel vom Kaminsims und setzte sich rittlings auf seinen Sessel. »*No pain, no gain*«, flüsterte er, während er in den Spiegel blickte und das selbstgestochene Tattoo *Maaike forever* auf seiner Schulter anstarrte.

11

Der Golf erwachte stotternd zum Leben, und die Temperaturanzeige kletterte rasend schnell in den roten Bereich. Deleu holte sein klingelndes Handy aus dem Handschuhfach.

»Jos?«

»Dirk?«

»Die Sache stinkt.«

»Was soll das heißen?«

»Ich weiß es noch nicht. Aber da ist was faul. Ich möchte noch mal in die Wohnung. Allein.« Deleu fluchte. Der Handwerker mit dem vollgepackten Renault dachte gar nicht daran, ihn einfädeln zu lassen. Deleu kurbelte auch das rechte Seitenfenster herunter. *Nur noch mit Klimaanlage. Nie wieder ohne.* Mit Vollgas raste er auf den Brusselsesteenweg.

»Ich bin unterwegs zu den Eltern des Jungen.«

»Was hast du vor, Dirk?«

»Ich möchte das Mädchen vernehmen.«

»Welches Mädchen?«

»Die Schwester. Sie hat ihn gefunden.«

»Okay, aber sei bitte vorsichtig.«
»Was willst du denn damit sagen?« Deleu fuhr dem Renault bis an die Stoßstange auf.
»Ich will damit sagen, du sollst keine Dummheiten machen. Nichts, was gegen die Vorschriften verstößt.«
Die Verbindung riss abrupt ab. Deleu verfluchte den Busfahrer, der ihm die Vorfahrt genommen hatte, und warf das Handy in das offen stehende Handschuhfach. *Barbara ist eine Idiotin. Alle Frauen sind Idiotinnen. Die wollen doch alle nur das eine. Geborgenheit. Immer müssen sie sich in alles einmischen. Und von allem Besitz ergreifen. Ständig wollen sie Klamotten kaufen! Klamotten, die dann sowieso nur im Schrank hängen.*
Als der Verkehr wieder ins Rollen kam, streckte er den Kopf zum Fenster hinaus. Der frische Wind tat ihm gut. Er dachte an die wunderbaren Urlaube in den Cevennen zurück, und es versetzte ihm einen schmerzhaften Stich.
Camping Les Sources. Der gemütliche Patrick, Jean-Claude, der Pétanque spielende Grundschullehrer, und Ludo Pastis, der jeden Morgen den Swimmingpool reinigte. Ludo, der rebellische Bruder von Gilles, dem Patron von Les Sources. Gilles, der grauhaarige Kommisskopf, der mit seinem altertümlichen Fahrrad über den Campingplatz patrouillierte und die Gäste zur Ruhe anhielt. Auch Barbara wird den Campingplatz vermissen. Ganz bestimmt. Und Rob? Ach nein, Rob hatte den ruhigen, beschaulichen Ort schon lange bis obenhin satt. Nicht genug Action. Nicht genug Weiber, denen die Jeans weit unter dem Bauchnabel auf den Hüften hängt.

Deleu zog den Kopf wieder ein und atmete tief aus, bis ihm schwindelig wurde. *Im Eiscafé Negrita, verdammt noch mal! Nie wieder setze ich einen Fuß da rein, nicht in tausend Jahren.*

Dann stiegen die Bilder in ihm auf. Unwillkürlich. Er konnte sich nicht dagegen wehren. Wie wild gewordene Insekten, die ins versengende Licht flogen. *Der Junge hört, wie sich jemand am Schloss zu schaffen macht.*

Deleu griff nach seinem Notizheft und klemmte es zwischen Lenkrad und Oberschenkel. Er kritzelte »Schloss untersuchen« und warf das Heft auf den Beifahrersitz.

Ein Einschussloch über der Tür. Ist der Junge in Panik geraten und hat auf den Mörder geschossen, in dem Moment, als er die Tür öffnete? Was hätte Rob in einer solchen Situation getan? Würde mein achtzehnjähriger Sohn einfach drauflosschießen? Hätte ich selbst auf den Eindringling geschossen? Ohne nachzudenken, ohne Skrupel? Oder hätte ich erst abgewartet? Angst. Schweißnasse, klamme Hände. Todesangst.

Deleu schlug die Hand vor die Augen und spähte zwischen den Fingern hindurch. Dann fuhr er sich mit der flachen Hand über das Gesicht.

Der Mörder klingelt. Der Junge öffnet die Tür. Er wird bedroht und weicht zurück. Er gerät in Panik und schießt. Er trifft nicht. Keine Blutflecken in der Nähe der Tür. Was dann? Dann ist es zu spät! Der Angreifer reißt den Arm des Jungen hoch und sticht zu. Kraftvoll und zielstrebig. Erbarmungslos. Gefühllos. Deleu umklammerte das Lenkrad. *Aber wo ist die Schusswaffe? Die hat der Täter mitgenommen. Warum? Wieso bringt jemand einen acht-*

zehnjährigen Jungen um? Er fuhr mit dem Zeigefinger über seine Achsel und leckte daran. Es schmeckte salzig. Dann schlug er mit der Faust auf das Lenkrad.
Deleu parkte seinen Golf vor dem blauen Tor der ehemaligen Polizeidienststelle. Der Bordstein trug noch immer eine gelbe Markierung. Vor der Hausnummer sechsundsiebzig auf der gegenüberliegenden Straßenseite stand ein Mann mit Fotoapparat im Anschlag. Er kniete sich hin und nahm sorgfältig das kleine Haus ins Visier, von dessen Fensterläden die Farbe abblätterte, als sei es ein bedeutendes historisches Bauwerk. Deleu stellte sich den ehemaligen Wohnsitz eines Heimatdichters vor, mit verbeulten Kupfertöpfen, einem offenen Kamin, den dazugehörigen verrußten Garkesseln und gestickten Sinnsprüchen über den niedrigen Türen. Dazu einen Federkiel. Einen Federkiel in einem geschnitzten Federhalter. Ein überdimensional großer Kiel, der in der Feder irgendeines tropischen Vogels steckte. Deleu graute vor dem kommerziellen Klischee.
»He! Was machen Sie da?«
Der Mann, der aussah wie ein Hund mit einem Hut auf dem Kopf, drehte sich langsam um.
»Hä?«
»Was machen Sie da?«
»Ich arbeite.«
»Ach ja? Das Mietshaus einer x-beliebigen Migrantenfamilie – wirklich ein tolles Motiv!«
»Red keinen Quatsch und geh weiter! Ich war zuerst da! Die bekommen wir sowieso heute nicht mehr zu Gesicht. Ich stehe jetzt schon seit einer Stunde hier herum. Für

welche Zeitung arbeitest du, Kumpel? Dich kenn ich noch gar nicht.«

»Woher wissen Sie, dass es hier etwas zu holen gibt?«, fragte Deleu zurück und ignorierte die Frage des anderen.

Der Mann grinste. Er hatte außergewöhnlich große Eckzähne. Irgendwie passend.

»Bist du Freiberufler?«, brummelte er.

»Laatste Nieuws«, behauptete Deleu.

»Fest angestellt?« Der gelangweilte Blick des Mannes wich einem misstrauischen Gesichtsausdruck.

Deleu nickte.

»Wow. Volltreffer. Ich bin Freiberufler. Hey, Mann, wir sollten zusammenarbeiten! Du schreibst den Text, ich schieße die Fotos!«

»Woher wussten Sie, dass es hier …«

»Polizeifunk«, blaffte der Mann mit dem Hundegesicht.

»Ach so, okay«, sagte Deleu und klang, als gebe er nach.

»Du die Fotos, ich das Interview. Die Aufnahmen müssen allerdings erste Sahne sein.«

Der Mann richtete entschlossen seine wuchtige Nikon F4 auf das Haus. Deleu beugte sich nach vorn und klingelte, doch selbst nach dem vierten Mal wurde nicht geöffnet. Er drehte sich um und zuckte gelassen die Achseln. In dem Moment ging die Haustür einen Spalt auf. Der Ermittler trat einen Schritt nach vorn und gab sich wirklich redlich Mühe, die Türöffnung vor dem Paparazzo abzuschirmen, indem er sich so breit wie möglich machte.

»Monsieur Benaoubi?«, fragte Deleu auf Französisch, in der Annahme, dass die Familie nicht gut Niederländisch sprach.

»*Oui.*«
»Polizei.« Er zeigte seinen Ausweis. »Es geht um Ihre Tochter.«
»Kommen Sie rein«, sagte der Mann, ein Marokkaner um die fünfzig mit grauen Schläfen. Er blinzelte ein paar Mal und stützte sich schwer atmend auf der Kupfertürklinke ab. Hinter Deleus Rücken unternahm der Möchtegernfotograf alle möglichen Verrenkungen, um irgendwie eine Aufnahme zu ergattern.
Deleu drehte sich mit einem hämischen Grinsen zu ihm um. »Versuch es mal bei Abram. Der ist leichter zu erwischen. Wohnt in einer Villa mit gepflasterter Auffahrt. Parasit!«
Er folgte dem Südländer, der einen Fez und eine Strickjacke von unbestimmter Farbe trug, ins Wohnzimmer. An der Wand hing ein Ölgemälde mit einer grasenden Schafherde. In einem Sessel saß eine Frau und strickte, wobei ihre Stricknadeln in höllischem Tempo aneinanderklapperten. Der Marokkaner ließ sich, ohne ein Wort zu sagen, auf ein geblümtes Sofa fallen und sah weiter fern. Der arabische Sender strahlte ein religiöses Programm aus. Heftig gestikulierende Menschen, monotone, kehlige Laute. Die mollige Frau hob den Blick.
Der Ermittler schaute in ihre rotgeränderten Augen und räusperte sich. »Mein herzliches Beileid, Mevrouw. Mein Name ist Deleu von der Kripo Mechelen. Könnte ich mich vielleicht einen Augenblick mit Ihrer Tochter unterhalten?«
Fatima el Kamali warf einen nervösen Blick auf den Rücken ihres Mannes. Sie nickte und zeigte auf eine Holz-

wendeltreppe, die ins obere Stockwerk führte. Deleu zögerte und sah seinerseits den Paterfamilias an, doch der schien sich nicht um das zu kümmern, was um ihn herum geschah.
Die Wendeltreppe, die das Wohnzimmer in zwei Hälften teilte, schien himmelhoch. Als Deleu hinaufsteigen wollte, stieß Ali Benaoubi plötzlich einen Fluch aus, sprang auf, drängte den Ermittler von der Treppe weg und bedeutete ihm, sich hinzusetzen. Die Frau seufzte und fuhr mit dem Stricken fort. Deleu nahm auf einem Resopal-Küchenstuhl Platz, der nicht in das mit Nippes überladene Wohnzimmer passte, und wandte sich dem Fernseher zu, der den Raum mit arabischer Musik und dem befremdlichen Anblick eines fanatischen Vorsängers füllte.
»Möchten Sie etwas trinken?«, fragte die Frau und legte ihr Strickzeug weg.
»Danke, gern.«
»Was kann ich Ihnen anbieten?«
»Was Sie dahaben«, antwortete Deleu zögernd.
»Cola, Limonade, Eistee, Wasser?«
»Ein Glas Wasser, bitte.«
Die Frau schlurfte in die Küche, wobei ihr dicker, blauschwarzer Pferdeschwanz auf ihrem Rücken hin und her schwang. Oben wurde mit lautem Knall eine Tür zugeschlagen. Das Kauderwelsch im Fernsehen war inzwischen verstummt, und man sah nur noch Schnee. *Schnee.* Deleu rieb sich den feuchten Hals.
Die Marokkanerin brachte ihm ein Glas Mineralwasser, und während sie sich mit einem Taschentuch die Augen

rieb, stellte sie eine kleine Flasche mit dem restlichen Wasser daneben.
Als Deleu von dem lauwarmen Evian trank, dachte er bei sich, dass sie einmal eine sehr attraktive Frau gewesen sein musste.
»Bitte schenken Sie sich selbst nach«, bat Yussufs Mutter tonlos und ließ sich wieder auf das Sofa mit der selbstgehäkelten Überdecke sinken.
Sie schüttelte einige lose Haarsträhnen aus dem Gesicht und griff nach ihrem Strickzeug. Dann knarrten die oberen Treppenstufen. Ali Benaoubi schob seine Tochter vor sich her. Fügsam ging das Mädchen hinunter. Sie setzte sich Deleu gegenüber, ohne ihn oder ihre Eltern anzusehen.
»Machen Sie's kurz«, knurrte ihr Vater und zappte verbissen weiter.
Deleu betrachtete das Mädchen. Die Schwester des ermordeten Yussuf war unbestreitbar eine Schönheit, trotz ihrer verweinten Augen. Sie besaß etwas Mystisches. Etwas Orientalisches. Etwas Ungreifbares. Er schluckte und trank von seinem Mineralwasser. Das Mädchen starrte traurig vor sich hin. Ab und zu warf sie einen Blick in Richtung ihrer Mutter, die ununterbrochen weiterstrickte.
Deleu begann.
»*Juffrouw.* Ich möchte Ihnen gern einige Fragen stellen. Fühlen Sie sich dazu in der Lage, diese …«
»Machen Sie's kurz«, brummte Ali Benaoubi erneut.
Deleu sah sich um. Benaoubi blickte ihn mit grimmiger Miene an.

»Ist es Ihnen lieber, wenn ich sie mit aufs Präsidium nehme?«, erwiderte der Ermittler.
Vater Benaoubi schwieg, und die Holzperlen seiner Gebetskette wanderten paternosterartig unter seinen breiten Daumen hindurch.
»Was wollten Sie bei Ihrem Bruder?«
»Ich sollte ihm etwas zu essen bringen und seine schmutzige Wäsche abholen.« Sie warf einen vorwurfsvollen Blick in Richtung ihrer Mutter.
»Darf ich Ihnen einige Fragen stellen?«
Das Mädchen schaute ängstlich zu seinem Vater hinüber und dann auf die Standuhr. »Ich muss noch mein Fahrrad aufpumpen. Wenn ich es morgen früh mache, komme ich wieder zu spät in die Schule.«
Deleu rieb sich über die Bartstoppeln. Typisches Symptom für einen posttraumatischen Schock. Die banalsten Dinge erscheinen plötzlich lebenswichtig.
»Haben Sie Ihren Bruder gefunden?«
»Ja.«
»Stand die Tür offen?«
»Ja.«
»Woher wussten Sie, dass …?«
Die junge Frau schloss die Augen und biss sich auf die Unterlippe.
»Wie sind Sie hineingekommen?«
»Ein alter Mann hat mir die Garage aufgemacht. Er hatte einen Schlüssel.«
»Sind Sie früher schon einmal dort gewesen?«
Rasha Benaoubi runzelte die Stirn und faltete die schmalen Hände im Schoß.

»Sind Sie vorher schon einmal bei Ihrem Bruder gewesen? Oder war sonst irgendjemand von Ihrer Familie schon dort, und ist Ihnen dabei vielleicht irgendetwas Verdächtiges aufgefallen?«
Deleu klang verzweifelt, denn niemand antwortete. Der Ermittler schaute zu Ali Benaoubi hinüber, der noch immer so heftig auf der Fernbedienung herumdrückte, als wolle er den Fernseher in die Luft sprengen.
»Hatte Ihr Sohn schlechten Umgang?«, wagte Deleu erneut einen vorsichtigen Versuch.
»Nicht alle Marokkaner sind automatisch Kriminelle!«, warf die Mutter ein. Frenetisches Stricknadelklappern.
»Er hat Drogen verkauft«, brummte Vater Benaoubi. »Wenn man achtzehn ist, allein wohnt und keine Arbeit hat, dann gerät man an Drogen.«
Seine Frau stieß einige unterdrückte Kehllaute aus. Auch wenn man kein Arabisch konnte, hörte man unmissverständlich einen Fluch heraus.
»Ich schäme mich«, bekannte Benaoubi, das Gesicht in den Händen. Der Fez fiel zu Boden und rollte quälend langsam über den Teppich. An der grobgeschnitzten Löwentatze des Wohnzimmertischs blieb er liegen. Ali Benaoubi raufte sich die lockigen Haare. Die Stille war unangenehm. Deleu musste unwillkürlich an den eigenhändig gegossenen Estrich seiner Veranda denken. Auch auf dem konnte man nicht gerade Billard spielen.
»Ich habe alles für ihn getan, was in meiner Macht stand«, sagte Benaoubi leise.
Seine Frau musterte ihn vorwurfsvoll. Rasha Benaoubi blickte erschüttert auf ihre Hände.

»Hatte jemand von Ihrer Familie einen Schlüssel zu der Wohnung?«, fragte Deleu mit rauher Stimme, nachdem er sich von seinen Grübeleien losgerissen hatte.
»Nein«, antwortete Fatima el Kamali. »Weg ist weg. Nicht wahr, Ali?« Sie pfefferte das Strickzeug quer durch den Raum. Das Wollknäuel flog hinterher und prallte gegen den Glasschrank.
»War Ihr Sohn vielleicht depressiv?«
Keiner antwortete. Keiner fühlte sich persönlich angesprochen.
»Hatte er Freunde?« Deleu wandte sich nun ausdrücklich an Rasha.
Sie spürte es instinktiv und hob den Blick.
»Er war oft im Zakouskie«, antwortete stattdessen Mutter Fatima.
Deleus Herz setzte ein paar Schläge aus. »In diesem marokkanischen Jugendcafé?«, fragte er mit aufmerksamem Blick. »Mit wem war er befreundet? Können Sie mir ein paar Namen nennen?«
Fatima el Kamali zuckte mit den Schultern, schloss die Augen und seufzte.
»Einer seiner Freunde heißt Tim«, sagte Rasha. »Aber der geht nicht ins Zakouskie. Er hat Yussuf immer davon abgehalten, Drogen zu nehmen. Tim hat Yussuf mit ins Tsentroem genommen.«
»Tim, und wie weiter?«, fragte Deleu.
»Tim De Meyer. Er ist groß, blond, hat Sommersprossen und …«, das Mädchen zögerte, »… schöne blaue Augen.« Sie stieß die letzten Worte heftig hervor und sah dabei ihren Vater an. Mit zornigem Blick.

Ali Benaoubi schwieg weiterhin.
»Hat Ihr Bruder manchmal selbst Drogen konsumiert?«
»Nein, er gehörte wie Tim zu den *Straightedgers*, jungen Leuten, die freiwillig enthaltsam leben. Sie nehmen keine Drogen, trinken keinen Alkohol, rauchen keine Zigaretten, essen kein Fleisch und praktizieren keinen Sex vor der Ehe.« Sie betonte jede Silbe. »Trotzdem durfte Tim keinen Fuß hier reinsetzen. Nur, weil er ... er ...« Das Mädchen sprang auf und rannte zur Treppe. Die Eltern rührten sich nicht.
Deleu trank in einem Zug sein vergessenes Glas Wasser aus und ging zur Tür. Er zögerte einen Moment, drehte sich aber dann noch einmal um. Fatima el Kamali machte Anstalten aufzustehen.
»Bitte bemühen Sie sich nicht. Ich finde allein hinaus. Und rufen Sie bitte Ihren Hausarzt an. Ihre Tochter hat einen Schock erlitten.«
Die Benaoubis wirkten verstört. Hilflos. In den mandelförmigen Augen der Mutter glänzten Tränen. Sie nickte, als habe sie verstanden, und sah dann vorwurfsvoll zu ihrem Mann.
»Er glaubt, der Koran könne alle Probleme lösen.«

In der Eingangstür streckte Deleu dem Möchtegern-Paparazzo die Zunge heraus. Der Fotograf hatte bereits einen halben Film verschossen, bevor er begriff, dass er veralbert wurde.
Deleus klingelndes Handy bereitete dem Schauspiel ein abruptes Ende. Den Apparat zwischen Wange und Schulter geklemmt, sprang er in den Golf und raste los.

»Hallo?«
»Dirk?«
»Ja?«
»Ich bin's, Jos. Komm bitte sofort in die Uniklinik!«
»Jos, ich habe …« – klick – »… etwas herausgefunden.«

12

Dürfte ich jetzt bitte mal ausreden? Ich habe heute noch ein paar andere Dinge zu tun!« Der Gerichtsmediziner räusperte sich. »Erstens: Der Junge war seit knapp zwei Tagen tot. Zweitens …«

»Sind Sie hundertprozentig sicher?«, unterbrach ihn Bosmans zum x-ten Mal.

»Wir haben Maden der blauen Schmeißfliege gefunden, von denen sich noch keine verpuppt hatte«, erklärte Van Grieken, und es klang derart routiniert, dass niemand es wagte, ihn noch einmal zu unterbrechen. Der Gerichtsmediziner schaute gereizt Pierre an, der daraufhin zu Boden blickte, ehe er seine Ausführungen beendete. »Die blaue oder grüne Schmeißfliege gehört zu den ersten Insekten, die sich auf einer Leiche niederlassen. Sie legen Eier, aus denen nach vierundzwanzig Stunden Maden schlüpfen. Diese Maden verpuppen sich nach etwa zehn Tagen. So, das war's.«

»Sie haben gerade von maximal zwei Tagen gesprochen«, wandte Bosmans wagemutig ein. »Woher wissen Sie denn, dass die Maden genau zwei Tage …«

»Weil wir die Viecher unter dem Mikroskop seziert haben und anhand von …«

»Schon gut, schon gut! Bitte fahren Sie fort.«

»Der Tod muss unmittelbar eingetreten sein. Der erste Stich war tödlich, denn er durchbohrte die Nieren. Die übrigen Stiche waren …« Der Gerichtsmediziner zögerte.

»Ja?«, fragte Bosmans forsch.

»Waren … Wie soll ich sagen? Sie wurden post mortem zugefügt. Wenn Sie mich fragen, würde ich sagen, sie dienten nur dazu …«, wieder zögerte er, »… dem Mord einen anderen Charakter zu verleihen. Eine andere Dimension. Einen anderen Anschein. Dieser junge Mann wurde professionell ermordet, und dann hat der Täter nach seinem Tod, der augenblicklich eintrat, noch mehrmals mit dem Messer auf ihn eingestochen.«

»Ein Profi, der instinktiv handelt und anschließend versucht, seine Treffsicherheit zu verschleiern?«, fragte Frank Tack.

»Genau. Wie gesagt, ich kann das nicht belegen, es ist und bleibt reine Spekulation. Dem Jungen wurde das Handgelenk umgedreht, und zwar von einem sehr kräftigen Menschen, denn es war ausgerenkt. Und dann die Schmauchspuren an der rechten Hand. Aber das habe ich ja bereits erwähnt.«

»Also hat der Junge geschossen?«, fragte Bosmans.

»Ja, so viel ist sicher.« Der Gerichtsmediziner schob den Bericht in seine Aktentasche und verschloss sie. »Ich lasse Ihnen dann also die Kopien zukommen?«, fragte er routiniert, während er die Tasche, an der die Griffe fehlten, unter den rechten Arm klemmte und zur Tür ging.

»Danke, Doktor Van Grieken«, murmelte Jos Bosmans, ohne aufzublicken.
Pierre brach als Erster das Schweigen, nachdem der Arzt gegangen war. »Wie sieht es mit der ballistischen Untersuchung aus?«
»Übermorgen haben wir die Ergebnisse«, antwortete Bosmans und fuhr dann fort: »Gut. Ich bleibe dabei. Sämtliche Fingerabdrücke in der Wohnung müssen identifiziert werden.«
Die Tür flog mit einem Knall auf, und ein keuchender Deleu platzte herein. »Das Zakouskie … Der Junge ist ab und zu ins Zakouskie gegangen.«
Für einen Moment herrschte absolute Stille.
»Drogen. Zakouskie. Dewolf!« Frank Tack schaute mit abwesendem Blick hinauf zur verräucherten Decke und hieb sich mit der Faust in die Handfläche. »Vielleicht gibt es einen Zusammenhang. Wir müssen die Wohnung auf Spuren von Drogen überprüfen.«
»Wie kommen Sie denn darauf?«, fragte Bosmans skeptisch.
»Die Wohnung war von oben bis unten auf den Kopf gestellt. Der Mörder hat nach irgendetwas gesucht.«
Tack musterte Deleu.
»Der Vater des Toten vermutet, dass sein Sohn ab und zu gedealt hat«, sagte Deleu. »Wobei ›dealen‹ natürlich ein dehnbarer Begriff ist.«
Bosmans klopfte sich mit den Fingerknöcheln an die Stirn, als suche er nach einem Hohlraum. »Der Revolver. Wir müssen die Waffe finden. Vielleicht ist es sogar dieselbe wie die, mit der Dewolf ermordet wurde.« Er griff nach

seinem Handy und wählte eine einprogrammierte Nummer. Es dauerte eine halbe Ewigkeit, bis im kriminaltechnischen Labor jemand abnahm. »Ja, ich möchte, dass das Projektil aus Dewolfs Kopf mit jenem verglichen wird, was wir in der Wand von Benaoubis Wohnung gefunden haben. Ja. Rufen Sie mich bitte zurück.«
Nadia Mendonck ergriff das Wort: »Dewolf erwischt Benaoubi mit Drogen. Benaoubi ermordet ihn mit zwei Kopfschüssen. Er zieht Dewolf die blutige Uniform aus, steckt sie in eine Plastiktüte und transportiert den Toten in Dewolfs Wagen zum Wald. Er deponiert die bis zur Unkenntlichkeit verstümmelte Leiche im Gebüsch und macht sich mit den beschlagnahmten Drogen aus dem Staub.«
»Oder andersherum«, mischte sich Walter Vereecken ein. »Dewolf findet Beweismaterial bei Marouf. Benaoubi folgt Dewolf, schießt ihn nieder und nimmt die Drogen an sich. Und um das Motiv zu verschleiern, ritzt er ihm ein Hakenkreuz in die Brust.«
»Genau!«, rief Frank Tack mit geballten Fäusten. »Wir identifizieren die Leiche, und danach geht der Tanz erst richtig los. Dewolfs Freunde spüren den Mörder auf, exekutieren ihn und nehmen sich das, was ihnen gehört. Die Waffe, mit der Benaoubi Dewolf ermordet hat, lassen sie verschwinden.«
»Um es uns noch einfacher zu machen, nimmt Yussuf Benaoubi die gestohlenen Drogen mit nach Hause, wo er sie seelenruhig in eine Schublade legt, damit Dewolfs Kumpane sie ganz leicht wiederfinden können. Fall erledigt.«
»Die Waffe. Die ist der Schlüssel. Wir müssen unbedingt

diese Waffe finden«, sagte Frank Tack in Gedanken versunken.
»Richtig«, pflichtete Bosmans ihm bei. »Sehr richtig. Warum sind in der Wohnung sämtliche Schränke durchwühlt worden? Wenn wir schon zu spekulieren anfangen: Wie groß ist die Wahrscheinlichkeit, dass die Drogen sich in der allerletzten Schublade befanden, die der Mörder öffnete? Haben Sie im Müll Spuren von Drogen entdeckt, Vindevogel?«
»Bis jetzt nicht, Chef.«
»Was soll das heißen, bis jetzt nicht?«
Pierre biss sich auf die Oberlippe und schwieg.
Bosmans stemmte die Fäuste auf seinen Schreibtisch. »Haben Sie den Abfall etwa noch gar nicht …?«
»Meinen Sie etwa, wir müssen den ganzen Mist untersuchen?«, unterbrach ihn Pierre.
»Genau. Das meine ich. Auseinanderpflücken bis aufs letzte Molekül.«
Bosmans richtete sich steif auf, den Blick ins Leere gerichtet. Dann sah er auf seine Armbanduhr. »Vierzehn Uhr, Kollegen«, zischte er. »Samstagnachmittag, vierzehn Uhr. Und wie weit sind wir?«
Beredtes Schweigen.
»Haben Sie den Freunden von Benaoubi schon auf den Zahn gefühlt, Vindevogel? Pierre?«
»Diese Marokkaner schweigen wie ein Grab, Mijnheer Bosmans. Wir wissen nicht mal, wer die Freunde des Toten waren. Diese jungen Kerle, die wir uns im Zakouskie gegriffen haben, haben die Zähne auch nicht auseinanderbekommen.«

»Rasha Benaoubi hat einen belgischen Freund. Einen gewissen Tim De Meyer. Er war auch ein Freund ihres Bruders. Sie sind regelmäßig zusammen ins Tsentroem in Mechelen gegangen«, sagte Deleu.

»Worauf warten Sie, Pierre? Auf, auf!«, sagte Bosmans.

»Äh, heute noch, Mijnheer Bosmans?« Pierre schluckte.

»Was soll das heißen, heute noch?«, fragte der Untersuchungsrichter zurück.

»Am Samstag erwischt man die Leute schließlich in Wochenendlaune«, fiel Verstappen ein.

»Okay, fahr aber über den Ring, Verstappen«, knurrte Pierre und zog seinen Partner mit nach draußen.

»Alle anderen wissen, was sie zu tun haben. Okay?«

Keiner reagierte.

»Dirk?«

Deleu schreckte aus seinen Tagträumen auf. »Ja, aber ich muss um drei Uhr Rob …« Als er aufblickte, war Bosmans bereits verschwunden.

13

Die Kugeln aus Dewolfs Kopf und aus Benaoubis Wand haben dasselbe Kaliber und stammen aus derselben Waffe, wahrscheinlich einer Smith & Wesson. Bosmans hat recht. Es geht um eine Abrechnung im Drogenmilieu. Aber warum hat der Mörder die Waffe mitgenommen, die Kugel in der Wand dagegen stecken lassen?

Dirk Deleu lavierte seinen Golf durch den stockenden Verkehr auf dem Kardinaal Mercierplein. Gottergeben schaltete er einen Gang runter. Die bevorstehende Konfrontation mit Roger Wittewrongel machte ihn unsicher. Der spröde, allgemein als schwierig geltende Industrielle hatte ihn von Anfang an nicht als vollwertiges Familienmitglied akzeptiert.

Barbara. Sie hatte den entscheidenden Schritt getan. Sie hatte allen überflüssigen Hausrat einlagern lassen und war bei ihren Eltern eingezogen. Wobei unter die Rubrik »überflüssiger Hausrat« sogar Deleus Angelausrüstung fiel.

Das Brusselsepoort kam in Sicht.

Deleu fragte sich, ob er seine Rostlaube vor Barbaras Elternhaus abstellen sollte oder lieber ein paar Meter weiter.

Angriff ist die beste Verteidigung, sagte er sich schließlich und parkte direkt hinter dem funkelnagelneuen weißen Mercedes von Mijnheer und Mevrouw Wittewrongel, der auf der gepflasterten Auffahrt stand. Er ballte die Fäuste und fasste den Vorsatz, sich nichts gefallen zu lassen. *Diese dämliche Familie kann mir gestohlen bleiben!* Er war nicht einmal auf Barbaras Angebot eingegangen, den Hausrat aufzuteilen. Nur seinen alten PC und seine Kleidung hatte er mitgenommen. Er erinnerte sich daran, als wäre es gestern gewesen.

Als er an jenem Abend nach Hause zurückgekehrt war, bekam er die Tür nicht auf. Sein Schwiegervater hatte das Schloss auswechseln lassen und vor dem Haus einen Privatdetektiv postiert. Während Deleu vergeblich versuchte, den Schlüssel ins Schloss zu stecken, kam dieser Kriecher auf ihn zu und verkündete seelenruhig, dass er ihm rate zu gehen, denn er habe gerade die Polizei gerufen. Deleu solle tunlichst sehen, dass er Land gewinne, schließlich könne er sich angesichts seines Berufs und seiner heiklen Situation keinen Skandal erlauben.

Der Ermittler erinnerte sich noch lebhaft daran, wie er dem Kerl das Handy aus der Hand geschlagen hatte. Anschließend hatte er sich betreten zurückgezogen, aus lauter Scham vor den Nachbarn.

Zwei Tage später hatte Barbara ihn angerufen. Wie sie an seine neue Privatnummer gekommen war, blieb ihm ein Rätsel. *Einmal Polizistenfrau, immer Polizistenfrau?*

Deleus Mundwinkel wanderten nach unten, und sein Lächeln verwandelte sich in ein zynisches Grinsen. Barbara hatte ihm damals die Hälfte des Hausstands angeboten und ihm ohne das Wissen ihrer Eltern per Post einen neuen Haustürschlüssel geschickt.

Stundenlang war er durch ihr gemeinsames Haus getigert. Die Stapel Fotoalben, über die er sich früher immer nur geärgert hatte, hatte er an jenem Tag von der ersten bis zur letzten und noch einmal von der letzten bis zur ersten Seite durchgeblättert.

Dieses Foto aus dem Urlaub in Blankenberge. Das habe ich mitgenommen. Dirk und Barbara auf einem gemieteten Motorrad. Eine Triumph. Rob, etwa drei Jahre alt, sitzt vorne auf dem Sattel zwischen meinen Beinen. Seine Speckbeinchen um den breiten Tank, die Händchen am Lenker und quietschend vor Freude.

Dirk Deleu stützte sich mit den Ellenbogen auf dem Lenkrad ab und legte den Kopf in die Hände. Er schloss die Augen und sah nichts als Scherben. Er fuhr sich mehrmals durch die Haare, stieg aus und marschierte resolut auf die Eingangstür der weißgetünchten Villa zu. Nach wenigen Schritten schwang links neben ihm ein Gartentor auf, und Rob kam mit fröhlicher Miene auf ihn zu.

Gemeinsam gingen sie zurück zum Golf.

14

Wie war's in der Schule?«

»Zwei Sechser, in Mathe und Chemie.«

Deleu blickte seinen Sohn von der Seite an. Rob grüßte mit erhobenem Daumen ein farbenfroh gekleidetes Mädchen auf einem Fahrrad. Sie hatte lange blonde Zöpfe.

»Hallo!«

»Ja?«, murmelte Rob, der mit einem breiten Grinsen und wie verzückt über die Schulter blickte.

»Rede ich vielleicht chinesisch?«, blaffte Deleu.

Rob sah seinen Vater verwundert an. »Was hast du gesagt?«

»Zwei Sechser.« Dirk Deleu äffte den lässigen Tonfall seines Sohnes nach. »Ich hab dich gefragt, wie es in der Schule war!«

Rob zog die Augenbrauen hoch, erstaunt über die gereizte Reaktion. »Hab ich doch schon gesagt«, antwortete er ruhig, »in Mathe und in Chemie eine Sechs.«

Dirk Deleu presste die Lippen zusammen und starrte geradeaus. Die Stille war beklemmend. »Also musst du zur Nachprüfung.«

»Stimmt. Wenn ich bestehe, im September, bekomme ich ein eigenes Auto.«

Nach einem kurzen Zögern blickte Deleu erneut seinen Sohn an. Der Junge verzog keine Miene. »Einen Jaguar?«

»Nein. Einen Ferrari. Gebraucht allerdings. Von Van Rossem. Opa hat noch was bei ihm gut.«

Deleu klopfte seinem Sohn auf die Schulter. »Alles klar. Was wollen wir unternehmen? Ich vermute mal, für den Märchenpark bist du nicht zu haben?«

Rob antwortete nicht, sondern schloss nur die Augen.

»Ja, ja, schon gut. Wie geht es Mama? Und Charlotte?«

Rob seufzte.

»Und?«

»Papa. Bitte! Ich weiß es nicht. Ich bin doch praktisch nie da. Jedenfalls so selten wie möglich.« Der blonde junge Mann trommelte nervös mit den Fingern auf dem Armaturenbrett herum. »Ich suche mir demnächst in Löwen ein Zimmer. Deshalb brauche ich auch ein Auto.«

Deleu schluckte. Rob war achtzehn. Alt genug für die Uni oder das Arbeitsleben. Sie hatten noch nie darüber gesprochen. »Entschuldige, Rob.«

Sein Sohn sagte nichts. Der Ermittler richtete den Blick nach vorn und riss abrupt das Lenkrad herum. Mit einem scharfen Linksschwenk wichen sie um Haaresbreite einem alten Fahrradfahrer aus. Beinahe hätte er das Gleichgewicht verloren, schaffte es aber noch, die geballte Faust zu schütteln.

»Mist!«, fluchte Deleu, als er den Wagen wieder unter Kontrolle hatte.

»Kannst du einigermaßen schlafen, Papa?«

Deleu nickte und zuckte mit den Schultern. »Wer war denn das Mädchen eben?«, fragte er dann.
»Ach, die. Niemand Besonderes.«
»Klar, hab ich gesehen.«
»Was willst du eigentlich, Papa? Ich wette, der Fall Dewolf liegt dir im Magen, was?«
Deleu nickte. »Weißt du schon, was du studieren willst, Rob?«
Eine Weile lang blieb es still im Auto. Deleu warf seinem Sohn einen verstohlenen Seitenblick zu. Rob lutschte am Zeigefinger.
»Ja. Kriminologie. Ich will mal besser werden als du.«
Wieder trat Stille ein.
»Angenommen, ich wäre nicht dabei, Papa. Was würdest du dann heute machen?«
Dirk Deleu antwortete nicht.
»Nimmst du mich mit?«
Er bemerkte den erwartungsvollen Blick in den Augen seines Sohnes. Vor dem Rathaus in Zemst machte er eine Vollbremsung und hielt gegen die Fahrtrichtung an einer Bushaltestelle. Den Zebrastreifen ignorierend, überquerte er die starkbefahrene Straße, fest entschlossen, mit Rob in ein Schnellrestaurant zu gehen.
Der Geldautomat war frei.
Praktisch. Man vergeudet mindestens ein Drittel seines Lebens mit Warten. Ein Drittel Warten, ein Drittel Schlafen und ein Drittel Leben. Bei meinem Glück ist das Ding leer.
Er wühlte die Karte aus dem Portemonnaie, schob sie in den Schlitz und gab seine Geheimzahl ein.

DISPOSITIONSKREDIT ÜBERSCHRITTEN. KEINE AUSZAHLUNG MÖGLICH.

Es hatte nur für die Imbissbude gereicht, doch die Fritten hatten gut geschmeckt. Deleu fuhr mit dem Finger durch den restlichen Klecks Mayonnaise und spülte das letzte Stück Currywurst mit einem großen Schluck Jupiler-Bier herunter. Gut, dass Rob sich mit einer Currywurst und einer Bratwurst begnügt hatte. Deleu wühlte in seiner Hosentasche herum und fand ein paar Münzen.
»Möchtest du noch irgendetwas?«
»Nein, danke, ich bin satt.«
»Noch etwas zu trinken vielleicht?«
»Nein.«
»Okay. Holst du mir dann bitte noch eine Dose Bier?«
Rob ging in die Frittenbude, zwängte sich an einem Kinderwagen vorbei und drängte sich vor eine schnaufende, beleibte Dame. Er legte zwei Münzen auf den Tresen und bestellte noch ein Jupiler.
Die vollschlanke Dame im Blümchenkleid funkelte ihn wütend an, doch Rob lächelte breit über das ganze Gesicht.
Deleu lachte verstohlen. *Was für ein Kerl, mein Sohn, Rob Deleu. Wo ist nur der schüchterne kleine Junge geblieben? Dieser Dreikäsehoch, der sich nicht mal traute, an der Bude nach einem Bonbon zu fragen? Ein eigenes Auto, mich laust der Affe!*

Vor Haus Nummer sechsundsiebzig im Balkweg parkten mehrere Wagen mit zwei Rädern auf dem Bürgersteig. Deleu stellte den Golf vor der Kirche ab und stieg aus.

»Okay, du kannst mitkommen, aber fass bloß nichts an! Verstanden?«
Rob nickte und folgte seinem Vater, die Hände tief in den Taschen seiner Khaki-Shorts vergraben. Der Schlüssel passte, und die Garagentür schwang auf. Drinnen war es angenehm kühl.
»Wow!«
Rob ging auf die üppig verchromte Harley zu und strich über den elliptischen Sattel.
»Rob!«
»Ja, Papa?«
»Worum habe ich dich eben gebeten?«
Der Junge zog die Hand zurück, wandte den begeisterten Blick aber nicht von dem glänzenden Motorrad ab. »Original Fishtails«, murmelte er.
»Ja, ja. Kann schon sein. Hast du dir mal den Fußboden angeschaut? Eine Riesenschweinerei.«
Rob schluckte das »klar, Alter« herunter. »Wem gehört die Kiste?«
»Einem alten Biker, der hier drüber wohnt.«
»Hat der etwas mit dem Mord zu tun, Papa?«
»Du willst wohl, dass das Ding konfisziert wird und Opa es später für dich ersteigern …«
Rob schluckte, und Deleu hielt den Mund. Er öffnete die Hintertür der Garage und ging den Natursteinweg entlang. Die Schiebetür des Schuppens stand einen Spaltbreit offen. Reflexartig legte der Ermittler einen Arm schützend um den Oberkörper seines Sohnes.
»Bleib dicht hinter mir«, flüsterte er und näherte sich langsam und vorsichtig der offenen Tür.

Rob folgte mit vor Aufregung geballten Fäusten. Das hier war die Realität, spannender als ein Krimi! Atemlos blickte er seinem Vater über die Schulter.

»Sieh mal da, Papa!«, flüsterte er und fuhr mit einem Fuß durch das raschelnde Gras.

»Was ist denn?«

»Guck doch mal!«

Deleu kehrte zurück, nicht ohne sich noch einmal umzublicken. Das rot-weiß gestreifte Flatterband war durchgeschnitten und das Siegel aufgebrochen worden. Er zog sein Handy aus der Gesäßtasche seiner Jeans und wählte die einprogrammierte Nummer von Jos Bosmans. Die Mailbox. Schon wieder.

»Hier. Sieh mal.« Rob zeigte mit der Schuhspitze auf etwas, das im Gras lag.

»Wo?« Deleu blickte sich nochmals zu der offenen Tür um.

»Hier. Siehst du das denn nicht?«

»Was ist das?«

»Eine Jointkippe, Papa.«

»Hm. Lass das erst mal liegen, darum kümmern wir uns später. Zuerst sehen wir uns drinnen ein bisschen um. Hier stimmt was nicht. Wir gehen rein, aber beim geringsten Anzeichen dafür, dass irgendetwas faul ist, machen wir uns sofort aus dem Staub. Verstanden?«

»Okay.«

Rob Deleu sah sich aufmerksam um. Hinter dem Balkonfenster im ersten Stock wurde eine schmutzige Gardine zugezogen. Er wollte seinen Vater schon am Arm ziehen, überlegte es sich dann aber anders und folgte ihm gehorsam. Spannung lag in der Luft. Als Deleu senior durch den Türspalt spähte, sah er, dass das Lager hell erleuchtet war. Überall standen Halogenspots, und es wimmelte von Kollegen. Er atmete auf. Als Erstes begegnete er Nadia Mendonck.

»Hallo, Nadia. Was ist denn hier los?«

Sie starrte Deleu ungläubig an.

»Liest du deine Dienstanweisungen nicht, Deleu? Oder soll ich sie dir vorlesen, so wie ich jeden Morgen für dich auf den Wecker …«

Sie schluckte den Rest herunter, als sie Rob erblickte. *Deleu wie aus dem Gesicht geschnitten. Eine jüngere Ausgabe von ihm.* »Hi.«

Rob nickte. Die Freundin seines Vaters interessierte ihn viel weniger als das Spektakel ringsherum, das er wachsam verfolgte. Männer in blauen Overalls, auf deren Rücken in weißen Großbuchstaben »Polizei« stand, kämmten den Schuppen durch.

»Habt ihr schon was gefunden?«

Nadia schüttelte den Kopf und kratzte sich an einem braunen, länglichen Fleck am Hals. Staub auf Schweiß. *Oder ein Knutschfleck?*

»Wonach suchen die, Papa?«

»Nach Drogen«, antwortete Nadia Mendonck an Deleus Stelle.

»Draußen im Garten, links vom Weg, drei Schritte vor der Schiebetür, liegt eine Jointkippe.«

»Woher willst du wissen, dass es eine Jointkippe ist?«, flüsterte Dirk Deleu.

Rob zuckte mit den Schultern. »Ich weiß es eben.«

Nadia Mendonck grinste breit.
»Ist jemand oben?«, fragte Deleu und reckte den Hals.
»Nein. Oben haben wir schon alles abgegrast. Frank ist der Meinung, wir sollten hier weitersuchen.«
»So so«, erwiderte Deleu gereizt. »Wo denn genau? Und wie kommt er eigentlich darauf? Gibt es konkrete …?«
»In den Hosentaschen des Jungen haben sie Haschischkrümel gefunden. Gelber Tunesier, soweit ich weiß.«
Frank Tack gesellte sich zu ihnen und drückte erst Deleu, dann dessen Sohn die Hand. Er taxierte Rob mit einer Mischung aus Argwohn und Lässigkeit.
»Mein Sohn«, erklärte Deleu.
Tack nickte knapp. »Wir haben in der Küchenschublade Spuren von Gras gefunden. Meiner Meinung nach haben die Täter die Drogen nicht entdeckt. Wenn wir sie ausfindig machen, haben wir eine Spur, die zu dem Täter führt. Oder zu den Tätern.«
Deleu brummelte etwas Unverständliches und ging zur Treppe. Rob folgte ihm wie ein treuer Hund. »Was ist mit dem Joint?«
»Ach ja. Rob hat im Garten eine Jointkippe bemerkt. Nehmt sie mit. Rob, bitte zeige Frank, wo sie liegt. Danach kommst du rauf.« Deleu erklomm die Treppe. Auf halbem Wege drehte er sich um. »Und fass nichts …«
»Ja, Papa«, sagte Rob, der schon an der Tür war. Er wollte hinausgehen, wich aber instinktiv zurück. Im Garten war ein Mann. Er hockte im Gras. Rob wies mit dem Kinn auf die Tür, und Frank Tack spähte vorsichtig durch den Spalt. Er biss in die Knöchel seiner rechten Hand, rieb sich nervös über das Kinn und schloss die Augen.

»Gut reagiert, Junge.«
Rob Deleus Wangen glühten. Nadia Mendonck gesellte sich mit fragendem Blick zu ihnen.
»Ein Mann ist im Garten«, erklärte Tack. »Sucht die Wiese ab. Warte.«
Er holte eine kleine Colaflasche von einem improvisierten Tisch und wischte sie mit einem Zipfel seines T-Shirts sauber. Dann griff er nach einer Plastiktüte und einer Pinzette. »Komm ruhig mit«, sagte er zu Rob, dessen aufeinandergepresste Lippen vor unterdrückter Anspannung weiß waren.
Der Mann in der ärmellosen Lederjacke erschrak sichtlich. Er richtete sich steif auf, blickte verstohlen nach links und nach rechts und schluckte.
Frank Tack ignorierte ihn. »Wo war sie, Rob?«
Der Junge zeigte ihm vorsichtig die Stelle, an der er die Kippe vermutete – kaum einen Schritt von den Metallspitzen der abgetragenen Westernstiefeln des Mannes entfernt.
»Hier.« Rob zeigte darauf.
Frank Tack hockte sich ins trockene Gras und hielt Vanderauwera die Cola vor die Nase. »Halten Sie mal kurz?«
Der überraschte Mann nahm die Flasche an und hielt sie am ausgestreckten Arm von sich, während Frank Tack mit der Pinzette die Kippe aus dem Gras fischte und schwungvoll in der Plastiktüte verschwinden ließ.
»Danke.« Er nahm dem verwirrten Biker die Flasche wieder ab. »Wer sind Sie eigentlich?«
»Johnny … Vanderauwera. Ich wohne hier«, stotterte der

Mann. Doch er erholte sich rasch. »Ich wollte nur mal runter in *meinen* Garten gehen. Sonst nichts.«
Frank Tack sah ihn lächelnd, aber aufmerksam an. Das Weiße in den Augen des Mannes war gelblich verfärbt und von roten Äderchen durchzogen.
Vanderauwera wusste nicht, was er mit seinen Händen anfangen sollte, und steckte sie schließlich in die Taschen seiner Levi's.
»Brauchen Sie dafür nicht einen Durchsuchungsbeschluss?«, brummte er, als Tack sich umdrehte.
Der ließ sich mit einer Antwort Zeit und ging mit Rob zur Lagerhaustür. »Nein. Dafür noch nicht. Bis bald.« Es klang freundlich.
Vanderauwera drehte sich um, blieb eine Sekunde lang stocksteif stehen und verschwand dann in der Garage.
Der Ermittler lauschte mit einem Ohr an der Lagerhaustür. Dann zwinkerte er Rob zu und bedeutete dem Jungen, ihm zu folgen. Leise schlichen sie den überwucherten Gartenweg entlang. Tack stieß die Garagentür auf, ging zur Harley, griff nach einem Strang verschiedenfarbener Kabel und riss an einem dünnen grünen Draht. Das lose Ende verbarg er sorgfältig wieder in dem Strang. Rob beobachtete ihn mit erstauntem Blick.
»Der Kerl muss vorläufig hierbleiben«, erklärte Tack, schon wieder auf dem Weg zurück zum Schuppen, mit einem Lachen.
»Und wenn er …«, begann Rob.
»Solche Typen besitzen meist kein Auto«, unterbrach ihn Tack. »Keine Sorge … Wie heißt du noch mal?«
»Rob. Rob Deleu.«

Tack war schon im Schuppen. Er wickelte die Colaflasche in ein Baumwolltuch ein, schrieb »Vanderauwera« auf einen Zettel, steckte diesen in den Hals der Flasche und deponierte sie anschließend in einer grauen Metallkiste. Als er den Deckel zuklappte, las Rob: *Beweismaterial.*
Plötzlich spürte er, dass ihn jemand ansah. Als er sich umschaute, wandte Nadia Mendonck rasch den Blick ab. Schnell und dennoch zu spät. Rob begutachtete ihre Figur. Sie hatte schöne Brüste. Sehr schöne Brüste und ein hübsches Gesicht. Weiter kam er nicht, denn jetzt musterte Nadia ihn freimütig. Der Junge lächelte und stieg die enge Metallwendeltreppe hinauf, wobei er es vermied, das Geländer zu berühren. *Kriminologie. Das will ich, nichts anderes.*
Als er das Zimmer betrat, blähte er die Nasenflügel. Der Geruch des Todes. Zerfall. Verwesung. Wie ein aufgerissener Müllsack mit Fleischresten. *Kriminologie*, spukte es ihm durch den Kopf. Er zog sein Taschentuch heraus und hielt es sich vor die Nase.
Sein Vater lag bäuchlings auf dem Boden und peilte über den Daumen ein Loch in der Wand über Robs Kopf an. Neben ihm erkannte man die Umrisse eines menschlichen Körpers. Eine Kreidesilhouette, wie man sie in Fernsehkrimis manchmal sah.
»Er war genauso alt wie du.«
Rob schluckte. »Was machst du da?«
»Ich rekonstruiere den Tathergang«, antwortete Deleu und rappelte sich mühsam auf. Er blickte hinunter auf die Kreidesilhouette und zeigte auf den rechten Arm. Er stieß seine Worte stockend hervor. »Er hält einen Revolver

in der rechten Hand und schießt. In Richtung Tür. Auf jemanden, der hereinkommt. Dann haben sie gekämpft, der Mörder hat den Arm des Jungen ausgerenkt und mit einem Stilett seine … seine …«

»Sag's ruhig, Papa. Ich vertrag das schon.«

»Seine Nieren durchbohrt.« Es fiel Deleu schwer, das auszusprechen.

»Habt ihr den Revolver auf Fingerabdrücke untersucht?«

»Wir haben keinen Revolver gefunden.«

»Woher weißt du dann, dass der Junge geschossen hat?«

Deleu schlug die graue Akte auf und suchte die Passage über den Paraffintest. »An seiner rechten Hand wurden Schmauchspuren festgestellt«, antwortete er dann bedächtig. Er rieb sich die müden Augen. »Da stimmt was nicht. Da stimmt was nicht.«

»Woher …?«

»Intuition, mein Junge. Warum steckte die Kugel noch in der Wand, aber die Waffe ist verschwunden?« Steifbeinig ging Deleu hinüber zur Anrichte. Er zog die Tür des Küchenschranks auf und wühlte in einem Bananenkarton herum. Dann gab er Rob eine flache Taschenlampe in die Hand. »Leg dich mal auf den Bauch. Hier, genau wo ich gelegen habe. Und nimm dieselbe Position ein wie die Leiche.«

Rob starrte seinen Vater an, als sähe er ein Gespenst.

»Nun mach schon. Halte die Lampe in der Hand, als wäre es der Griff eines Revolvers.«

Rob gehorchte ohne Widerrede, wenn auch mit hochrotem Kopf. Die Knie seines Vaters knackten, als er in die Hocke ging.

»Schließ die Augen und konzentriere dich. Du bist tot. Du spürst also nicht, was ich tue, und du reagierst auch nicht. Versuche, dich zu entspannen, und lass alles über dich ergehen.«
Dirk Deleu löste die Taschenlampe vorsichtig aus der Hand seines Sohnes.
»Na also!«, rief er. »Das ist es!«
»Was? Was denn, Papa? Darf ich aufstehen?«
»Betrachte erst mal deine Hand. Was siehst du?«
Rob starrte seine reglose rechte Hand an. »Was soll ich denn sehen?«
»Beschreibe deine Hand.«
»Äh … Mein Handgelenk liegt auf dem Boden. Meine Fingerspitzen und der Daumen auch. Meine Finger sind leicht gekrümmt.«
»Schau genauer hin und sag mir, was du siehst, Rob. Ist deine Hand offen oder geschlossen?«
»Offen.«
»Genau. Das ist es, Rob. Dass ich nicht schon früher darauf gekommen bin, verdammt noch mal!«
»Darf ich jetzt …«
»Ja, steh ruhig auf.«
Rob verzog den Mund. »Was hast du jetzt bewiesen?«
»Der Junge hatte die Hand zur Faust geschlossen, Rob, aber der Zeigefinger war gekrümmt. Wie bei dir. Dabei habe ich die Taschenlampe ganz vorsichtig herausgezogen.«
»Ja, und?«
»Der Revolver muss eine ganze Weile nach dem Tod des Jungen aus seiner Hand genommen worden sein. Die Lei-

chenstarre war bereits eingetreten. Daher war seine Faust geschlossen, verstehst du? Und deshalb war sein Finger gekrümmt«

Deleu junior tippte sich an die Stirn. »Du bist wirklich gut, Papa. Aber was willst du damit beweisen?«

Dirk Deleu war stolzerfüllt, hatte sich jedoch schnell wieder unter Kontrolle.

»Dreh die Rollen um, Rob.«

»Wie bitte?«

»Unser Ausgangspunkt ist falsch.« Deleu fuhr sich durch die Haare. »Wir sind einfach davon ausgegangen, dass der Junge den Schuss abgefeuert hat.« Dirk Deleu war noch immer geistesabwesend und dennoch unglaublich präsent. Rob bekam eine Gänsehaut. »Die Kugel war die gleiche wie die, die wir in Dewolfs Kopf gefunden haben. Dreh die Rollen um. Mal angenommen, der Täter befand sich in der Wohnung, und Yussuf Benaoubi hat ihn erwischt?«

Rob riss die Augen auf, und trotz seiner Verwirrung begann es ihm allmählich zu dämmern. Er hörte aufmerksam zu.

»Der Täter wird überrascht. Es kommt zu einem Kampf. Der Junge hält ein Messer in der Hand. Der Angreifer ersticht ihn …« Deleu biss sich auf den Zeigefinger.

»Und dann?«, fragte Rob atemlos.

»Der Mörder legt dem toten Jungen die Waffe in die Hand und feuert einen Schuss ab. Dasselbe Kaliber, dieselbe Waffe wie bei Dewolf.«

»Papa, ich sehe da immer noch keinen Zusammenhang.« Rob zuckte mit den Schultern.

»Der Täter wollte uns auf eine falsche Fährte locken und

den Verdacht auf den toten Jungen lenken. Nur eines verstehe ich nicht. Die Waffe! Warum ist er noch einmal zurückgekehrt und hat sie doch noch mitgenommen? Was hatte er beim ersten Mal übersehen?«

Nach einer kurzen Pause fuhr Deleu mit ernster Miene fort: »Außerdem bin ich mir so gut wie sicher, dass dieser Junge«, er zeigte mit der Schuhspitze auf die Kreidezeichnung, »keinen Revolver besaß.« Der Ermittler setzte sich steif in Bewegung. »Komm, wir gehen runter. Ein bisschen frische Luft schnappen.«

15

Das Tsentroem sah genau so aus, wie Jan Verstappen es sich vorgestellt hatte: ein kahler Raum, dominiert von einem langen Holztresen und beleuchtet von bunten Deckenstrahlern. Überall standen und saßen Jugendliche in Grüppchen herum. Die meisten so cool wie möglich, einige mit einem Airbrush-verzierten Skateboard zwischen den Beinen. Sonnenbrillen mit orangefarbenen Gläsern schienen der letzte Schrei zu sein und Turnschuhe mit offenen Schnürsenkeln ein absolutes Muss.

Verstappens Blick blieb an seinem Kollegen hängen. Pierre fiel auf wie ein bunter Hund in seinem verschwitzten Oberhemd mit dem zu engen Kragen, der schmuddeligen Leinenhose mit hochgekrempelten Beinen und seinen verstaubten Lederschuhen, deren winterlich anmutende Schnürsenkel so gar nicht zu den Luftlöchern passten.

Pierre ignorierte die hämischen Blicke und ging auf den Barkeeper zu, einen blassen jungen Mann, der lässig mit verschränkten Armen hinter dem Tresen stand.

»Ja, Opa?«

»Ist hier ein gewisser Tim De Meyer?«

»Wer will das wissen?«
Pierre betrachtete das grelle Plakat von The Factory, ärgerte sich über Andy Warhols Frisur und hielt dem auf modisch getrimmten Lackaffen seine Marke unter die Nase.
»Idiot!«, zischte Verstappen, der hinter ihm stand.
»Habe ich das Recht zu schweigen?«, frotzelte der Barkeeper, wobei er sich mit einer Hand durch die grüngefärbten Haare fuhr und sich mit der anderen an die Brust griff. Pierre ließ sich von dem misslungenen Schauspielakt nicht aus der Ruhe bringen.
»Kann ich mal Ihre Ausweise sehen?«, fragte der junge Mann dreist grinsend.
Statt einer Antwort griff Pierre nach einem Schnapsglas hinter dem Tresen und roch daran. »Klar, wenn ich dann mal Ihre Schankgenehmigung für Hochprozentiges sehen dürfte?«
Der Grüngefärbte wurde noch eine Schattierung blasser.
»Tim? Hier will dich jemand sprechen.«
Ein schlanker junger Mann in einem grünen T-Shirt schaute sich um. »Was ist, Roger?«
Seine Augen funkelten amüsiert, als er Pierre erblickte. Die Sommersprossen auf seiner Stupsnase betonten die tiefliegenden Augen.
»Diese Herren hier wollen dich sprechen.«
Der junge Mann antwortete nicht, sondern drehte sich um und widmete sich wieder ganz dem bildschönen Mädchen, das neben ihm auf einem Barhocker saß.
In einem Augenwinkel Rasha Benaoubis glitzerte eine Träne. Tim De Meyer beugte sich nach vorn und leckte sie weg. Bei der Bewegung rutschte das T-Shirt hoch, und

Pierre starrte mit offenem Mund auf die bunten Boxershorts mit Mickey-Maus-Motiv, die darunter hervorblitzten. Die Shorts waren bis tief auf die Hüften gezogen und knapp über dem Hintern mit einem schwarzen Armeegürtel festgezurrt, die Gesäßpartie hing ihm in den Kniekehlen. Das marokkanische Mädchen hatte ihm die linke Hand um den Hals gelegt, ihre rechte war nirgendwo zu sehen.
Nachdem sich Pierre von seinem Schock erholt hatte, lief er hölzern auf die beiden zu, doch Verstappen griff ihn an der Schulter und hielt ihn zurück.
»Reg dich nicht auf. Die wollen keinen brüskieren. Das ist eben die Mode heutzutage.«
Pierre sah seinen Partner verständnislos an, riss sich los und tippte dem jungen Mann auf die Schulter. »Tim De Meyer?«
»Ja? Was wollen Sie von mir?« Der junge Mann trug eine enge Halskette. Drei Holzperlen wippten beim Sprechen auf seinem Adamsapfel auf und nieder.
»Wir müssen mit Ihnen reden. Im Zusammenhang mit Yussuf Benaoubi.«
Das dunkelhaarige Mädchen, das die linke Hand inzwischen auf das Knie des jungen Mannes gelegt hatte, erstarrte bei seinen Worten.

Erst auf dem Rücksitz des Streifenwagens brachte die junge Frau den ersten Ton hervor. Der blonde junge Mann mit den abstehenden Haaren starrte noch immer stumm vor sich hin, den Blick ins Unendliche gerichtet und mit einem verbitterten Zug um den Mund.

»Sie sind also Rasha Benaoubi, Yussufs Schwester?«, fragte Verstappen sanft. »Es tut uns sehr leid, aber wir brauchen dringend einige Auskünfte.«
»Werden Sie in Ihrem Bericht erwähnen, dass Rasha mit mir zusammen war?«, flüsterte Tim De Meyer schließlich.
»In unserem Bericht wird alles erwähnt«, antwortete Verstappen.
»Hören Sie. Wenn Rashas Eltern erfahren, dass sie sich mit mir trifft, bekommt sie die größten Schwierigkeiten. Wissen Sie, was dann passiert?«
Die Polizisten antworteten nicht.
»Okay. Ich biete Ihnen Informationen im Tausch gegen Stillschweigen an.«
»Abgemacht«, sagte Pierre, ohne sich umzudrehen. »Legen Sie los. Rauchen Sie auch ab und zu einen Joint? Oder werfen Pillen ein? Sie können es mir ruhig erzählen. Alles streng vertraulich.«
Der Ermittler zwinkerte ihm zu und erkannte, dass es dem Jungen schwerfiel, ihn richtig einzuschätzen. Das junge Mädchen dagegen lächelte sogar ansatzweise.
»Tim ist *straightedge*«, erklärte sie leise. »Abstinenzler. *Straightedgers* verachten Drogen. Sie meiden auch tierische Nahrungsmittel, Alkohol und Zigaretten.«
»Und haben keinen Sex vor der Ehe«, ergänzte Verstappen, der seine Hausaufgaben gemacht und Deleus Bericht gründlich durchgelesen hatte.
»Keinen ausschweifenden Sex«, verbesserte Tim, blickte Rasha tief in die Augen und lächelte.
Das junge Mädchen griff ihm in die Haare und zwirbelte

eine der abstehenden Strähnen. Ihr Blick sagte mehr als tausend Worte.
»War Yussuf auch Abstinenzler?«, fragte Pierre, an dem die Szene auf dem Rücksitz vollkommen vorbeigegangen war.
»Er wollte gerne einer sein«, antwortete Rasha und kniff ihrem Freund sanft ins Bein. »Das lag an Tims Einfluss. Aber mein Bruder hat es einfach nicht geschafft. Wer einmal in der Szene drinsteckt, kommt nur schwer wieder raus. Er hat für Murat gearbeitet. Ab und zu.«
»Murat Marouf?«
»Ja.« Rasha studierte ihre künstlichen Fingernägel, ihren einzigen Luxus. Make-up benutzte sie nicht. Das hatte sie nicht nötig.
Tim De Meyer zog ein Bein an und stellte einen Fuß auf den Rücksitz. Er hatte mindestens Schuhgröße fünfundvierzig, und auf der Wade trug er ein kunstvolles Tribal-Tattoo. Er legte das Kinn auf sein Knie und sagte: »Murat Marouf und Naib Abram. Denen sollten Sie auf den Zahn fühlen.«
Pierre fluchte. *Nur über meine Leiche. Und wenn noch so viele Samstage und Sonntage für Überstunden draufgehen. Marouf schweigt wie ein Grab, und Abram, diesen Sack, hat Deleu schon in die Mangel genommen. Außerdem genießt der als Politiker sowieso Immunität, wetten?*
»Fragen Sie doch auch mal Said.«
»Wer ist das?«, fragte Verstappen.
Auf dem Rücksitz blieb es still. Das Schweigen ging Pierre auf die Nerven, und er trat brüsk auf die Bremse. Die Frau im Mercedes hinter ihm, eine Dame mit Zuckerwattefri-

sur und Sonnenbrille, riss in einem Reflex das Steuer nach links. Der Ermittler lachte freundlich, als sie Gas gab und an ihnen vorbeischoss.

Jan Verstappen betrachtete seinen Kollegen mit gemischten Gefühlen. Was war bloß mit ihm los? Immer diese unberechenbaren Aktionen. Er hatte die Nase voll davon, sagte jedoch nichts. Pierre bohrte in der Nase und ignorierte die wütend hupenden Autofahrer.

»Welcher Said?«, fragte Verstappen ruhig.

»Said el Hidrissi«, antwortete Rasha.

»Yussufs bester Freund. Er ist seit einer ganzen Weile verschwunden«, ergänzte Tim.

»Wo wohnt er?«, fragte Pierre.

»Überall und nirgends.«

Verstappen musterte Tim fragend.

»Seine Mutter wohnt in der Keldermansvest. Die Hausnummer weiß ich nicht. Aber ich kann Ihnen zeigen, wo es ist.«

»Was meinen Sie mit ›überall und nirgends‹?«

»Er ist vor ein paar Tagen von zu Hause abgehauen und schläft seitdem entweder bei Freunden oder im Kilt, unten im Keller, wenn dort nicht gerade zu viele leere Bierkästen rumstehen.«

»Tagsüber schläft er, nachts sind er und seine Kumpels meistens unterwegs«, ergänzte Rasha Benaoubi sachlich.

»Haben Sie manchmal zu viert etwas unternommen?«

»Nein«, antwortete das Mädchen, allerdings klang es nicht spontan.

Verstappen blickte sich um und betrachtete Tim De Meyer, der betont gelangweilt aus dem Fenster sah.

»Ich dachte, Sie waren mit Yussuf befreundet? Und dass Sie ständig zusammen …«

»Nein, das ist lange her«, sagte De Meyer.

Pierre fluchte und atmete tief aus.

»Seitdem ich und Tim zusammen sind …« Rasha zögerte.

»Ja?«

»Mein Bruder will … wollte das nicht.«

»Okay. Schon verstanden«, sagte Jan Verstappen.

Pierre zuckte mit den Schultern.

»Wegen ihres Glaubens«, seufzte Verstappen. »Das kapierst du sowieso nicht, Pierre.«

»Von wegen! Ich war mal streng katholisch!« Der Ermittler lachte heiser. Die jungen Leute auf dem Rücksitz schwiegen.

»Lassen Sie uns jetzt raus?«, fragte Tim De Meyer dann.

»Wir können Sie auch nach Hause fahren, wenn Sie wollen«, schlug Verstappen vor.

»Nein danke«, erhielt er barsch zur Antwort.

16

Jan Verstappen betrat in Gedanken versunken das Kilt, dicht gefolgt von seinem Partner. *Tim De Meyer weiß mehr, als er preisgeben wollte,* dachte er. *Er hat gewusst, wo sich Yussufs Freund aufhält, dieser Said el Hidrissi. Dafür muss man jemanden sehr gut kennen. Warum wollte er nichts verraten? Mist! Wir hätten den Jungen nicht so einfach gehen lassen dürfen.* Er wollte Pierre anstoßen, doch der war bereits an ihm vorbeigegangen.

Die schummrige Kneipe war so gut wie leer und bot einen trostlosen Anblick. Verstappen ging energisch auf die mit rotem Samt bezogene Theke zu und fragte den bleichen Wirt, ob er einen gewissen Said el Hidrissi kenne. Er hatte die Worte kaum ausgesprochen, als ein muskulöser junger Mann wie der Blitz an ihm vorbeirannte. Auf der Flucht riss er einen der kleinen Tische um.

Pierre stellte dem Flüchtenden zwar noch schnell ein Bein, wurde aber von dem Aufprall umgerissen. Er knallte mit dem Rücken gegen einen Tisch und ging stöhnend in die Knie. Verstappen half seinem Kollegen auf.

Da raste ein grauer Suzuki Swift auf der anderen Stra-

ßenseite mit Vollgas los. Pierre hechtete durch die offene Beifahrertür in den Mondeo, und die Absätze seiner altbackenen Sommerschuhe schleiften über den glühend heißen Asphalt, als Verstappen die Verfolgung aufnahm.
Am belebten Kardinaal Mercierplein fuhr der Fahrer des Suzuki Swift über eine rote Ampel und schlängelte sich im Slalom durch die hupenden Autos hindurch.
»Halt dich fest, Partner!«, rief Verstappen heiser. Er trat voll auf die Bremse und wäre um Haaresbreite in einen blauen Citroën gerauscht. Der Fahrer, ein gesetzter Mittfünfziger, starrte ihn mit offenem Mund an. An seiner Unterlippe baumelte eine qualmende Zigarette.
Der Mondeo drehte sich halb um die eigene Achse, doch noch bevor er zum Stehen kam, gab Verstappen Vollgas. Er rammte das Heck eines schicken Vans, so dass die roten Rücklichtscherben durch die Gegend flogen.
»Da!«, rief Pierre, der sich mit beiden Händen an das Armaturenbrett klammerte. »In der Unterführung!«
Verstappen trat aufs Gaspedal, überlegte es sich anders, zog die Handbremse an und driftete in die verbotene Richtung. Ununterbrochen hupend schlängelte er sich zwischen den erschrockenen Autofahrern hindurch. Pierre grinste breit. Verstappen mochte ein Schleimscheißer sein, doch Auto fahren konnte er.
Der Swift erreichte Bruchteile von Sekunden früher den Kreisel am Mechelner Bahnhof. Verstappen prallte gegen das Heck. Er hatte auf das Hinterrad gezielt, erwischte allerdings die Stoßstange. Der schnelle Kleinwagen schien zunächst durch die Hinterachse zu sacken, raste aber dann im Slalom in Richtung Leuvense Vaart davon. Die tief

angebrachte Stoßstange war abgerissen und schrammte über den Asphalt. Es gab keine Funken. Kunststoff also. Plötzlich bremste der Wagen mit qualmenden Hinterreifen.
Verstappen, überrascht von dem unerwarteten Manöver, rammte den Kofferraum mit voller Wucht und verlor die Kontrolle über das Lenkrad. Pierre schlug mit dem Kopf auf dem Armaturenbrett auf. Die Windschutzscheibe war voller Blut, und er drückte den Ärmel gegen seine lädierte Nase.
»Mist! Verstappen, ein Taschentuch!«
»Im Handschuhfach!«, rief Verstappen und gab schon wieder Vollgas.
Auf der geraden Strecke am Mechelse Vaart entlang gewann der Swift mit seinem starken Sechzehnventiler an Vorsprung.
»Schnapp dir den Kerl!«, murmelte Pierre, den Hinterkopf an die Kopfstütze gelehnt und ein blutdurchtränktes Fensterleder an die lädierte Nase gedrückt. »Den mach ich fertig!«
Die Zungenspitze zwischen den Lippen, raste Verstappen die Colomabrug hinauf. Im Kurvenfahren war er besser. Erfahrener.
Auf der Jubellaan gewann der junge Mann wieder an Vorsprung, doch die nächste Kurve schnitt Verstappen einfach und fuhr über den dürren Rasen hinter einer Frittenbude entlang. Erneut touchierte er den Swift, diesmal am linken Kotflügel. Der kleine Japaner stellte sich quer und schoss mit qualmenden Reifen in die nächste Querstraße. Verstappen fluchte brummend. Wieder kostbare

Sekunden verloren. Ehe er drehen und in die schmale Straße einbiegen konnte, war der Kleinwagen bereits außer Sicht.

Mit röhrendem Motor rumpelte der Mondeo über das holprige Kopfsteinpflaster. Pierre saß jetzt vornübergebeugt da. Er verbiss sich die Schmerzen und versuchte, mit geschlossenen Augen die Blutung zu stillen.

Jan Verstappen klappte der Unterkiefer herunter, als er auf das Bremspedal trat. Am Ende der Straße, die in eine T-Kreuzung mündete, klebte der graue Sportwagen an einem Baum. Es sah aus, als wüchse die stämmige Buche aus dem rauchenden Motorraum empor.

»Da!«, rief Pierre, der schon aus dem Wagen herausgesprungen war und im Laufen seine Walther aus dem Schulterholster zog.

Der Fahrer des Wagens, ein drahtiger Marokkaner mit wilden Locken, hinkte um die Ecke. Als Verstappen, dicht gefolgt von seinem immer noch blutenden Kollegen, um die Ecke bog, sah er den jungen Mann in einen verfallenen Schuppen hineinlaufen.

Die beiden Ermittler sahen sich an, eine Mischung aus Angst und Anspannung im Blick.

»Hatte er eine Waffe dabei?«, fragte Verstappen heiser.

»Hast du eine Waffe dabei?«, fragte Pierre hustend zurück.

Verstappen schüttelte den Kopf. »Sollen wir Verstärkung rufen?«

»Quatsch. Den schnappen wir uns. Ich gehe hintenrum.« Pierre bückte sich und fasste an den Fußknöchel. Dann drückte er dem erstaunten Jan Verstappen einen kompakten Colt Python in die Hand. Seine Waffe für alle Fälle. »Hier. Nimm.«

»Aber ...«

»Jetzt nimm schon! Ich gehe hintenrum, du gehst vorne rein. Beeil dich und sieh zu, dass du schnellstmöglich aus dem Lichtschein rauskommst!«

Verstappen nickte. Seine Brust hob und senkte sich, als er die Python aufklappte und die Trommel kontrollierte. Seine Rechte fing an zu zittern, als er zur Seite blickte, doch Pierre war bereits um die Ecke verschwunden.

Gebückt schlich Jan Verstappen in den Schuppen. Zwischen den stümperhaft zusammengeschweißten Wellblechen klafften Spalte, durch die Sonnenlicht hereinfiel. Hier und da stapelte sich alter Sperrmüll. Ersatzteile von Mopeds, leere Ölfässer, davon manche halb durchgesägt, große Mengen von schlampig gestapeltem Holz. Dazu Bretter, Paletten und Balken von Abbruchhäusern. Das meiste verrostet oder vermodert. Der Schuppen stank nach Schimmel und totem Holz.

Der Kerl kann sich überall verstecken und braucht nur auf eine passende Gelegenheit zu warten. Und dann: peng! Ende, aus. Jan Verstappen spürte, wie sich ihm die Kehle zuschnürte. Seine Lippen waren ausgetrocknet. Er blickte nach oben. In dem Dach aus Eternitplatten fehlte ein Paneel. *Daher der helle Fleck hinter der Tür.* Der Ermittler schlich hastig durch den Streifen von hellem Sonnenschein. *Bloß weg von der Tür!* Er duckte sich, und als er hinter einem leeren Ölfass in Deckung ging, stach ihm ein penetranter Dieselgeruch in die Nase. *Diesel, Feuer, verbrennen!* Er ging zwei Schritte rückwärts. Das Herz

klopfte ihm bis zum Hals, und er suchte Schutz hinter einem Stapel Holzpaletten.
Jan Verstappen hockte sich hin und lauschte seinem stoßweisen Atem. *Die Luft anhalten.* Unter seinen Füßen knisterten Sägespäne, als er im Entengang in die Mitte des Schuppens watschelte.
Ein schabendes Geräusch.
Verstappen erstarrte und drehte sich blitzschnell um. *Nichts. Falscher Alarm. Pierre? Wo bist du, verdammt?* Verstappen hielt die illegale Python mit ausgestreckten Armen vor sich und umklammerte mit beiden Händen den abgegriffenen Kolben aus Nussbaumholz. Als er wieder in die andere Richtung blickte, durchfuhr ihn ein eiskalter Schrecken. Zwei Schüsse durchbrachen die Stille. Er hörte die Kugeln an seinem rechten Ohr vorbeisausen und warf sich in einem Reflex zwischen einen Stapel verrotteter Balken. Hinter sich hörte er zweimal ein gedämpftes Klatschen, gefolgt von einem dumpfen Aufprall. Das Erste, was seine Sinnesorgane registrierten, waren die dicken schwarzen Locken. Ein verirrter Sonnenstrahl ließ das Haar bläulich glänzen. Bläulich und dunkelrot. Unter den Locken hervor floss eine klebrige, purpurrote Flüssigkeit, die rasch eine Pfütze bildete und sich mit den Sägespänen vermischte. *Blut!*
Jan Verstappen nahm den süßlichen Geruch wahr. Er umklammerte seinen Hals und würgte. Der Junge lag knapp zwei Meter von ihm entfernt. Bäuchlings, der ganze Körper schwer und reglos, der Rumpf halb auf die Seite gedreht, die Beine gespreizt, als gehörten sie jemand anderem. *Der Junge ist tot! Oh mein Gott!* Er schnappte nach

Luft und blickte hinüber zur anderen Seite des Schuppens.

Alles, was er sah, waren die Umrisse der weiten Leinenhose. Pierre, der aus der Hüfte geschossen hatte, hielt die Waffe noch immer im Anschlag. Die Beine weit auseinander, stand er da wie ein triumphierender Revolverheld in einem Italo-Western.

»Hab ich ihn erwischt?«, fragte er heiser.

Seine Worte verhallten in dem riesigen Raum. Verstappen brach kalter Schweiß aus, am Hals, auf dem Rücken, in den Handflächen.

Er blickte sich um, fluchte und schlug die Hände vor das Gesicht. Noch bevor er zwischen den Fingern hindurchspähte, wusste er es. Ein Engländer! Der Junge hielt einen Schraubenschlüssel in der linken Faust. In der rechten hatte er einen halben Backstein. Die andere Hälfte lag etwa zwei Meter entfernt.

»Scheiße!«, brüllte Verstappen durch den leeren Schuppen. Die Python fiel in die Sägespäne.

Pierre Vindevogel wurde kreidebleich, und er bückte sich. Er nahm die Python zwischen Daumen und Zeigefinger, holte ein Taschentuch aus der Hose und wischte die Waffe sorgfältig sauber.

Nur Jan Verstappens Augen wirkten noch lebendig, der Rest seines Körpers ähnelte einer Statue. Als Pierre die Python in die Hand des Jungen legte und dessen Arm hob, blickte er weg.

Die beiden Schüsse jagten ihm kalte Schauder über den Rücken.

17

Bruno Verbeke, der eilig herbeigerufene Kollege von der Spurensicherung, hatte einen nassen Flecken hinten auf seiner Shorts und zog eine Leidensmiene wie eine englische Bulldogge.

»Scheißberuf«, murmelte er, während er die Colaflasche akribisch einpuderte. Das schwarze Pulver heftete sich an die kleinste Unebenheit. Nach und nach erschien ein Muster, eine Doppelschlinge, es war ein perfekter Daumenabdruck.

»Was haben Sie gesagt?«, fragte Bosmans lustlos.

Verbeke antwortete nicht. Er war mit den Gedanken im Vergnügungspark De Nekker, wo seine Frau Gwendolyne wahrscheinlich immer noch hinter Tom und Tim herlief, die schwerer zu hüten waren als ein Sack Flöhe. Die beiden drei und vier Jahre alten Jungen waren gleichzeitig von seiner nassen Badehose heruntergesprungen und in entgegengesetzte Richtungen davongelaufen, als vorhin sein Handy geklingelt hatte.

»Fertig«, murmelte er, Frank Tacks heißen Atem im Nacken. Er schluckte gerade noch ein »Fachidioten!«

herunter und griff Tack rasch am breiten Handgelenk. »Augenblick! Das muss erst noch trocknen. Dann muss ich es abkleben und fotografieren. Glaubt bloß nicht, dass ich mich noch einmal dahinterklemme!«
Verbeke richtete sich auf und ging steifbeinig zu der Anrichte mit der Keramikarbeitsplatte. Er packte seine Sachen in den Arztkoffer und zog die Gummihandschuhe aus.
»Was muss noch trocknen?«, fragte Nadia Mendonck und zeigte grinsend auf den nassen Fleck auf Verbekes Shorts. Deleu, Vereecken und Tack amüsierten sich köstlich.

Frank Tack schlug eine Mappe auf und nahm eine Anzahl Fotos heraus. Es waren Vergrößerungen der Fingerabdrücke, die sie in Benaoubis Wohnung gefunden hatten. Er verglich die Fotos mit dem eingepuderten Fingerabdruck auf der Colaflasche, die er Vanderauwera im Garten in die Hand gedrückt hatte. Deleu und Mendonck hockten sich neben ihn.
Aufgeregt zeigte Nadia Mendonck auf das dritte Foto. »Eindeutig. Diese Doppelschlinge. Identisch. Vanderauwera! Er war in der Wohnung des Jungen!«
Beifallheischend blickte sie Bosmans an, der von alldem gar nichts mitbekommen hatte. Er fläzte sich lang ausgestreckt in einen Stuhl, die Hemdsärmel hochgekrempelt, das Handy fest zwischen Ohr und Schulter geklemmt. Der Apparat fiel herunter, doch er fing ihn geschickt auf. Dann stieß er einen lauten Fluch aus, der durch das ganze Labor hallte.
Der Untersuchungsrichter griff mit der linken Hand in

das schüttere Haar, mit der rechten presste er das Handy so fest auf den Oberschenkel, dass es sich tief ins Fleisch grub.

»Was ist denn?«, fragte Deleu besorgt.

Die Stille schien zum Schneiden.

»Vindevogel und Verstappen sind in eine Schießerei geraten.« Die Worte klangen so hohl, als kämen sie aus einem verborgenen Lautsprecher irgendwo an der Decke.

Deleus erster Gedanke galt Rob, der in einem Schnellrestaurant in der Nähe saß und auf seinen treulosen Vater wartete.

18

Montag, 03.00 Uhr.

In Zemst riss Johnny Vanderauwera die klemmende Tür zu seiner Wohnung auf. Sein dünnes blondes Haar fiel ihm in nassen Strähnen in die Stirn. Mit dem Handrücken wischte er sich den Schweiß aus den Augen und stieß zum x-ten Mal einen gemurmelten Fluch aus. *Zu Fuß die Treppe rauf. Dieser klapprige Lift ist schon wieder kaputt. Nichts funktioniert in dieser Bruchbude!*

Er kniff die Augen zusammen und konzentrierte sich auf den Kühlschrank, den er der Einfachheit wegen im Wohnzimmer neben die Stereoanlage gestellt hatte.

Mit einem kräftigen Ruck zog er eine Bierdose auf. Wässriger Schaum spritzte auf sein khakifarbenes T-Shirt, ein durchgeschwitztes Armeeunterhemd, das quasi wie eine zweite Haut an seinem Körper klebte. Vanderauwera hütete es wie ein kostbares Kleinod, wie eine heilige Reliquie, denn es war ein Andenken an seine ruhmreiche Vergangenheit. Seine berüchtigte Vergangenheit. Immer, wenn er es anzog, fühlte er sich wie der Johnny Vanderauwera von damals. Der durchtrainierte Infanterist mit den breiten Schultern, dem schwellenden Bizeps, dem kurzen Bürstenhaarschnitt und dem kräftigen Stiernacken. *Tiefster Winter in Soest. Im Schützengraben. Eiswasser, Eisfüße, Eishände. Die Finger zu steif, um das Sturmgewehr zu entsichern. Durchweichte Kampfanzüge, nasse Strümpfe und gefühllose Zehen. Abwechselnd kribbelnd und gefühllos. Nur was für die ganz Harten.*

Er wischte sich die Schweißtropfen vom Kinn und dachte an das Camp in Vogelzang zurück. Es war nach der Operation »Thunderflash« gewesen, einer internationalen Übung gemeinsam mit Deutschen, Amerikanern, Kanadiern und Niederländern. *Das waren noch Zeiten! Die Kameradschaft unter den Männern, Wahnsinn! Und dann die Sache mit dem Wildschwein. Ein Vieh mit Hauern von mindestens einem halben Meter Länge.*

Er schloss die Augen und durchlebte die Situation noch einmal. Er war nachts aufgewacht, geweckt von einem lauten Grunzen. Der aufgeregte Keiler, angelockt von dem Geruch belegter Brote, starrte ihm mitten ins Gesicht. Erst wagte er es nicht, sich zu rühren. Das Tier stank penetrant nach Kot und Moschus, und seine primitiven schwarzen Augen glitzerten mordlustig. Schließlich griff er vorsichtig nach seinem Gewehr. Es war zwar nur mit Übungsmunition geladen, aber auch die war nicht ohne. Ohne zu zögern, drückte er den Lauf an den massiven Kopf des Wildschweins und drückte ab. Drei-, viermal hintereinander. Der Keiler quiekte hoch und schrill, schwankte zuckend von links nach rechts, trat wild um sich und raste davon, wobei er das kleine grüne Zelt hinter sich herzog.

Junge, Junge, das waren noch Zeiten. Diesen Gestank nach verbrannten Haaren und versengtem Fleisch, er roch ihn noch heute.

Vanderauwera sank auf das Sofa mit Kleeblattmuster, trank gierig, aber ohne einen Tropfen zu verschütten, drückte die leere Bierdose platt und ließ sie achtlos auf den Teppich fallen. Müde war er. Müde und deprimiert. Das Leben war nicht mehr das, was es mal war. Eine Frau im Bett, die fehlte ihm manchmal. Wehmütig dachte er an Maaike zurück, seine niederländische Freundin, und an die wilden Zeiten, die sie zusammen erlebt hatten. Das war lange her.

Ach, Maaike Hoekstra, meine runde friesische Deern. Die goldenen Haare zu einem Zopf geflochten. Ihr knackiger Hintern. Und eine ganz Wilde im Bett. Für alles zu haben, und zwar mit Vergnügen, selbst zehn Mal hintereinander, wenn ich darum gebeten habe. Sogar, wenn ich nicht darum gebeten habe. Von hinten, von vorne, von unten.

Vanderauwera stöhnte, griff sich krampfhaft in den erhitzten Schritt und stieß ein kehliges Röcheln aus. Der Alkohol machte ihn geil. Er packte seinen erwachenden Penis und kratzte sich mit der anderen Hand unter der Achsel. *Maaike, verdammt noch mal!*

Nach ihren wilden Jahren bei der rechtsextremen Organisation VMO hatte er sie aus den Augen verloren. *Maaike Hoekstra lässt sich nicht einfangen. Von niemandem. Sie vögelt mit jedem Kerl, der einen Schwanz hat und damit umgehen kann. So muss es sein.*

Er ließ die rechte Hand schwer auf die Sofalehne fallen und fasste sich wieder in den Schritt. Wie ging der Spruch gleich wieder? Er schlug sich an die Stirn. *Das war doch mal mein Wahlspruch! Ich werde auch immer vergesslicher. Einmal über vierzig, und schon geht es nur noch bergab. Steil bergab.* »Eine Prinzessin in der Küche, eine Dingsbums im Wohnzimmer und eine Hure im Bett. Ha, die ersten beiden sind mir sowieso egal«, lallte er. Er stieß laut auf, wobei ihm Galle in den Mund stieg. *Diese Scheißkerle im Den Ijzer. Die saufen jedes Mal bis zum Umfallen.*

Vanderauwera zählte langsam an den Fingern ab, die Zungenspitze zwischen den Lippen. *Neunzehn? Nein, Dréke Sex hat fünf Runden ausgegeben. Also einundzwanzig. Einundzwanzig* Er sah auf die Uhr. *In knapp anderthalb Stunden? Denn bis halb zwei war ich im Sax. Erst danach bin ich ins Den Ijzer gegangen. Glaube ich jedenfalls. Da standen sie gleich zu dritt an der Theke, Dré, Fons und Swa, alle auf einmal. Das musste ja ins Auge gehen.*

Ach, Maaike! Er hatte sie nur noch einmal wiedergesehen, bei einem Aufmarsch des Vlaams Blok Mitte des letzten Jahres. Eine Demonstration gegen die geplante Softie-Ausländerpolitik der Regierung Stevaert. *Stimmrecht für Ausländer. Was soll das denn? Bald werden wir Belgier noch nach Marokko ausgewiesen! Wenn die hier in der Mehrheit sind.*

Vanderauwera hob die verbeulte Bierdose auf und warf sie lustlos gegen die Kühlschranktür. Er hickste laut und traf prompt daneben. *Maaike war ganz schön auseinandergegangen. Na und? Eine richtige Frau muss was zum Anfassen bieten.* Er verspürte einen schmerzhaften Stich in der Magengegend und richtete sich mühsam auf. Dann

zog er sein klebriges T-Shirt über den Kopf und warf es mitten auf den Wohnzimmertisch.
Im Spiegel über der Anrichte betrachtete er mit forschendem Blick seinen Körper. Abgesehen von dem Bauch konnte er sich durchaus noch sehen lassen. Als er sich zögernd nach vorn beugte, fiel ihm auf, dass seine Augen blutunterlaufen waren. Aus der Nähe betrachtet, war das einst klare Blau verblasst. Seine Haut war fettig und großporig, mit Dellen wie Mondkrater. Irgendwie pockennarbig.
Fluchend zog er die Kühlschranktür auf und brach noch eine Dose Billigbier an. Das Zeug schmeckte wie Pfützenwasser. Erregt wischte er mit dem Daumen über die Kondenstropfen, trank die Dose gluckernd aus, beugte sich nach vorn und hörte ein Geräusch. *Hier ist doch jemand?*
Johnny Vanderauwera drehte sich langsam um. Seine wässrigen Augen suchten einen Anhaltspunkt, ein Erkennungszeichen, entdeckten jedoch nichts. Nur den üblichen Müll. Schnaufend bückte er sich und zog die Kühlschranktür auf. Kein Bier mehr da. Im Kühlschrank befanden sich lediglich eine Butterdose, ein Glas Marmelade, einige Dips und ein halber, verwelkter Salatkopf. Weiter hinten lag ein zerdrücktes Alufolienpäckchen. Er holte es heraus und roch daran. Ein undefinierbarer Geruch. Jedenfalls nicht mehr frisch.
Behutsam faltete er die Folie auseinander und betrachtete die Scheibe Schinken, die klebrig und grünschillernd wie ein Regenbogen vor ihm lag. Ein stinkender Regenbogen. Er hielt die Luft an und faltete die Folie wieder

zusammen. Dann nahm er den halben Salat heraus und warf alles in den überquellenden Mülleimer, von dem ein säuerlicher Geruch aufstieg. *Das Leben ist scheiße. Einfach nur scheiße.* Der Anblick des Salats, kurz bevor der Deckel zuklappte, setzte das Räderwerk seines Gehirns langsam in Bewegung.

Nach seinem Gefängnisaufenthalt in Mechelen – sein Vorrat an Bewährungsstrafen war längst aufgebraucht – hatte er seinen Job beim Gemüsehändler Verbist auf dem Großmarkt verloren. *Als könnten Exhäftlinge kein Gemüse putzen, verdammt noch mal!*

Schadenfroh dachte er an den miesen kleinen Händler zurück, der mehr Ausländer als Menschen beschäftigte, und an die Szene, als er der zitternden Kakerlake die Holzkiste auf die Glatze geknallt hatte. Der Geizhals hatte geblutet wie ein abgestochenes Schwein. Die Wunde musste mit zehn Stichen genäht werden. Johnny Vanderauweras schmale Lippen verzogen sich zu einem Lächeln. *Und dann die Sache mit dem mageren Kanakenjungen.* Er schlurfte zum Klo.

»Los, geh pissen«, lallte er mit einem breiten, fettigen Grinsen. Das Grinsen verwandelte sich in eine schmerzverzerrte Grimasse. Sein Magen brannte wie Feuer. *Nicht schon wieder. Das Leben ist scheiße.* Röchelnd erbrach er sich, mit einer Hand gegen die hellblauen Kacheln gestützt. Die Erektion war zum Teufel.

Auf einmal spitzte Johnny Vanderauwera die Ohren. Wieder glaubte er, ein Geräusch zu hören. Irgendwo hinter ihm. Mit vom Alkohol vernebeltem Blick suchte er das Poster von den Boxhandschuhen, das mit einem

Nazidolch, einer antiken Rarität mit Elfenbeingriff, an die Klotür geheftet war. Als die Tür zu seiner Wohnung aufflog und krachend gegen die Wand schlug, pinkelte er auf die Klobrille.

19

Das Hinterzimmer im Präsidium von Mechelen war beklemmend klein, kahl und nur schwach beleuchtet. Es gab keine Fenster, und von der Decke baumelte eine nackte Glühbirne. Die Einrichtung bestand aus einem kleinen Küchentisch, einem Beistelltischchen und drei einfachen Holzstühlen. Auf dem Tisch standen ein Aschenbecher und zwei dampfende Kaffeebecher. Auf dem Beistelltisch lagen drei Zeitungen und ein Telefonbuch. Ein Brüsseler Branchenverzeichnis, Jahrgang 95 bis 96, das dickste von allen.

Johnny Vanderauwera musterte die Polizisten mit bösartig funkelnden Augen, wie eine in die Enge getriebene Ratte. So fühlte er sich, und so sah er auch aus. Mit den mageren Händen die Tischplatte umklammernd, den Kopf zwischen den knochigen Schultern, die Oberlippe leicht hochgezogen und die Nasenflügel gebläht. *Scheißbullen!*

Kurt Verrijts sympathisches Lächeln passte nicht zu den eiskalten Augen. Der zweite verhörende Untersuchungsbeamte war Walter Vereecken, der in seinem Rollstuhl irgendwie wehrlos wirkte.

»Ich will doch einen Anwalt. Ich hab's mir überlegt«, zischte Johnny Vanderauwera. Ein Spucketropfen blieb an einer Spitze seines grauen Schnauzbartes hängen.
Verrijt starrte nach wie vor die Nasenspitze seines Gegenübers an, auf der ein Riesenfurunkel leuchtete. Darum herum zogen sich kreuz und quer mindestens einen Millimeter tiefe Furchen.
»Wie oft am Tag drücken Sie das Ding da aus, Johnny?« Verrijt zeigte auf Vanderauweras Nasenspitze. »Oder haben Sie Syphilis?«
»Ich will einen Anwalt, und zwar sofort!«
»Jetzt kommen Sie schon, Mijnheer Vanderauwera, seien Sie endlich vernünftig! Sagen Sie uns einfach die Wahrheit. Dann ist es vorbei«, sagte Vereecken salbungsvoll und blickte Vanderauwera mit dem feierlichen Blick eines Abendmahlgängers an, kurz bevor er die Hostie in der Hosentasche verschwinden lässt.
»Ich verlange einen Anwalt!« Schrilles Geschrei war die Antwort auf seinen beruhigenden Tonfall.
»Johnny. Bitte. Wo sollen wir denn um diese Zeit einen Anwalt herzaubern? Früh um fünf an einem Montagmorgen. Seien Sie doch vernünftig. Wenn Sie einen kennen, dürfen Sie mir gerne seine Telefonnummer geben, dann werde ich ihn gleich für Sie anrufen.«
Johnny Vanderauwera schwieg.
»Ging es um Drogen?«, fragte Vereecken und rollte mit seinem Stuhl zu dem Festgenommenen hin.
»Ich habe den stinkenden Kerl nicht umgebracht! Verdammt noch mal! Scheißbullen! Wie oft soll ich das noch sagen?«

»Stimmt es eigentlich, dass Ihre Mutter eine holländische Nutte war?«, fragte Verrijt boshaft grinsend, die Nasenspitze nur wenige Zentimeter von der Vanderauweras entfernt. Er hatte Grübchen in den Wangen, und seine Arme hingen locker herunter.

Johnny Vanderauwera wandte als Erster den Blick ab. Verrijt war ein Ass in solchen Spielchen und verlor nie.

»Lass das, Kurt!«, schnauzte Walter Vereecken seinen Kollegen an und nahm zwei getippte Bögen von seinem Schoß. Mit einer schwungvollen Geste knallte er sie vor Vanderauwera auf den Tisch und legte den Stift auf das vorgedruckte Geständnis. Einen Filzstift, aus sicherheitstechnischen Gründen. In den Händen eines gefährlichen Psychopathen konnte ein spitzer Kuli schließlich zu einer gefährlichen Waffe werden.

»Unterschreiben Sie einfach hier, dann ist alles vorbei«, sagte Vereecken in väterlichem Ton. »Und Sie können wieder nach Hause gehen.«

Johnny Vanderauwera betrachtete den Stift. Er hatte rötlich-blaue Ringe um die Augen, und seine Tränensäcke erinnerten an erstarrtes Kerzenwachs. Schon seit fast zwei Stunden saß er hier in dem beengten Raum, in dem es nach Schweiß und Zigarettenrauch stank. Er gähnte und schüttelte den Kopf.

»Ich habe nichts verbrochen«, sagte er matt.

»Wie erklären Sie sich dann, dass wir an mehreren Stellen in der Wohnung des Toten Ihre Fingerabdrücke gefunden haben?«

»Keine Ahnung. Wir waren Freunde und haben ab und zu einen gehoben. Zusammen.«

»Gerade eben haben Sie doch noch ausgesagt, Sie hätten nie ein Wort mit dem ›kleinen Kanaken‹ gewechselt. Wo haben Sie die Drogen versteckt, Johnny? Oder haben Sie das Zeug verkauft?«

Kurt Verrijt straffte den Rücken und ließ die Fingerknöchel einen nach dem anderen knacken. Mit einer trägen Bewegung nahm er die drei Zeitungen vom Tisch. »Welche lesen Sie am liebsten? *De Morgen*, ziemlich links. *Het Laatste Nieuws,* relativ liberal. Oder sind Sie kulturell interessiert und nehmen lieber *De Standaard*?«

Vanderauwera sah den Ermittler an wie ein Walross, das aus Versehen in einen Spanischkurs geraten war. Seine Augen funkelten vor Hass. Vor Hass und Frustration.

De Standaard fiel auf den Tisch. Die beiden anderen Zeitungen faltete Verrijt in der Mitte und rollte sie akribisch zusammen. Während er damit beschäftigt war, murmelte er: »Arbeitslos, stimmt's?«

Vanderauwera nickte müde.

»Okay, dann lassen wie den Stellenteil drin«, sagte Verrijt aufgeräumt. Aufgeräumt und heiter.

Er nahm *De Morgen* in die linke und *Het Laatste Nieuws* in die rechte Hand. Fest. Mit dem harten Knick nach oben.

»*De Morgen* links, *Het Laatste Nieuws* plus Stellenteil rechts.«

Bei diesen Worten pfiffen die Zeitungen gleichzeitig durch die Luft und klatschten Vanderauwera links und rechts auf die Wangen. Er stöhnte auf und hielt schützend die Hände über den Kopf. Mit einem lauten Knall trafen ihn die Zeitungen unter den Achseln.

Johnny Vanderauwera fiel mit beiden Armen fuchtelnd vom Stuhl. Verrijt stand auf und stellte sich neben den zusammengekrümmt am Boden liegenden Verdächtigen. Groß und drohend. Die selbstgebastelten Waffen sausten wie Schlagstöcke nieder und trafen Vanderauwera voll auf den Rücken … die Oberschenkel … die Waden … das Gesäß.

Der Festgenommene strampelte wie wild mit den Beinen, wand sich in bizarren Verrenkungen und versuchte schreiend, die Schläge abzuwehren.

Genauso abrupt, wie der Hagel der Schläge begonnen hatte, endete er auch, als wäre nichts geschehen. Das einzige Indiz war ein umgekippter Kaffeebecher.

Walter Vereecken zwinkerte Verrijt zu und rollte seinen Stuhl zu dem stöhnenden Motorradhelden. Er zog ihn am Arm und half ihm aufzustehen.

»Das werden Sie mir büßen!«, zischte Vanderauwera. »Meine Anwälte werden …«

»Oh, là, là, jetzt sind wir schon bei mehreren Anwälten«, höhnte Verrijt grinsend und klatschte die Zeitungen blitzschnell aneinander. Vanderauwera zuckte zusammen.

»Zeitungen, Johnny, haben den Vorteil, dass sie keine Spuren hinterlassen. Sehen Sie ruhig nach. Ziehen Sie die Hose runter, wenn Sie wollen. Keine Spur. Trotzdem tut's weh.« Kurt Verrijt warf die Zeitungen achtlos auf den Beistelltisch und griff nach dem dicken Telefonbuch.

»Dasselbe gilt für diesen Brocken hier.« Er klappte das Buch auf. »Der Effekt ist allerdings ein bisschen anders. Ein gezielter Hieb fühlt sich an wie hundert Schläge in Zeitlupe. Hab ich mir sagen lassen.«

Vanderauweras Widerstand erlahmte. Von ihm war nur noch ein Häuflein menschliches Elend übrig. Er sah den Ermittler mit offenem Mund an, während Speichel auf den Ausschnitt seines *Live-to-ride*-T-Shirts tropfte.
Das Telefonbuch sauste durch die Luft und knallte so fest auf den Tisch, dass er wackelte. Verrijt fuhr mit dem Zeigefinger über die raschelnden Seiten.
Vanderauwera warf Walter Vereecken einen ängstlichen Seitenblick zu, doch der zuckte nur mit den Schultern und spreizte die Hände. Seine Augen sagten: »Sie haben Ihre Chance gehabt.«
»Ich habe ihn nicht umgebracht. Er war bestimmt ein paar Tage tot, als ich ihn gefunden habe. Seine Leiche stank schon. Ich habe nur seinen Revolver mitgenommen. Mehr nicht. Keine Drogen.« Er klang resigniert.
»Wo ist der Revolver?«, fragte Vereecken.
»In meiner Wohnung, versteckt in der Rumpelkammer. In der Kiste mit alten Auspuffteilen. Ich hab den kleinen Kanaken nicht ermordet. Ich …«
»Na bitte, geht doch«, knurrte Kurt Verrijt.

20

Pierre und sein Partner saßen wie geprügelte Hunde in Bosmans' Büro. Jan Verstappen starrte mit grimmigem Blick einen Riss in der Gardine an.

»Also, er war hinter dir her?« Bosmans' Stimme klang heiser. Er trank einen Schluck von seinem Kaffee und kam allmählich richtig in Fahrt.

»Mein Gott, Leute! Dieser Fall stinkt zum Himmel. Er hat schon die ganze Zeit gestunken, aber jetzt ... Verdammt noch mal!« Bosmans schlug sich mit beiden Händen auf die Oberschenkel. »Wir stehen kurz vor einem Bürgerkrieg! Die werden in Ihrer Vergangenheit wühlen, Pierre. Das sollte Ihnen klar sein. Dass Sie mit Rechts sympathisieren, ist mir völlig egal, aber dass Sie es bei jeder Gelegenheit rumposaunen, kann ich nicht dulden!«

»Rumposaunen?«, fragte Pierre matt.

»Sie haben zu diesem Journalisten gesagt, Sie hätten keine andere Wahl gehabt, als diesen dreckigen Marokkaner abzuknallen. Das geht nicht!«

»Das war doch bloß im Eifer des Gefechts«, murmelte Verstappen. »Pierre hat mir das Leben gerettet, Mijnheer

Bosmans.« Die Worte kamen stockend hervor. Verstappen sah seinen Kollegen an, der weiterhin auf den Boden starrte. Aus seinem Blick sprach kein Funke Dankbarkeit.

»Hätten Sie den Jungen nicht einfach nur verletzen können?«, seufzte Bosmans. »Achtzehn Jahre, Pierre. Achtzehn.«

Diesmal ging Pierre auf Konfrontationskurs. Er blickte zur Tür und sagte: »Die Zielperson war fünfzehn Meter von mir entfernt. Ich habe aus der Hüfte heraus geschossen. Sollen wir uns etwa abschlachten lassen?«

Eine bleierne Stille trat ein.

»Wir müssen herausfinden, wo der Junge die Python herhatte«, sagte Bosmans leise. »Das hat im Augenblick höchste Priorität. Und Sie beide halten sich bedeckt! Für mindestens zwei Wochen.«

Die Tür zum Büro des Untersuchungsrichters flog mit einem Schlag auf.

»Vanderauwera hat gestanden!«, brüllte Kurt Verrijt aufgeregt.

Bosmans eilte hinaus.

21

Ein kleiner Raum in den Katakomben des Antwerpener Justizpalastes.

Murat Marouf trug weiche Mokassins aus Hirschleder, keine Strümpfe, eine beigefarbene Leinenhose von erstklassigem Schnitt und ein passendes Polohemd von Ralph Lauren. Der Diamantring an seinem Zeigefinger funkelte, als er sich langsam über den dünnen Ringbart strich.

Dirk Deleu, der ihm direkt gegenüber am Tisch saß, achtete nicht auf den auffälligen Schmuck, sondern hatte nur Augen für etwas ganz anderes. Für ein Wunder der Natur. Deleu konnte die Augen nicht von der dunkelbraunen Schönen an der Seite Murat Maroufs abwenden. Er kannte ihren Namen. Und auch die samtene Zartheit ihrer Liebkosungen. Ihr Name war Danielle Orolavi, und sie hatte sich kein bisschen verändert. Die vollen Lippen fest aufeinandergepresst, mied sie ängstlich Deleus sehnsüchtige Blicke.

Murat Marouf, der instinktiv spürte, was vor sich ging, sah Deleu an. Obwohl seine Augen funkelten, behielt er den arroganten Zug um den Mund. Er schlug die Beine

übereinander, strich sich amüsiert über den Fußknöchel und legte eine Hand auf Danielles Oberschenkel.
Die Berührung ließ die junge Frau aufmerken, und sie erschauerte. Unter den Wimpern hervor sah sie ihren Geliebten an und berührte flüchtig seine Brust.
Neben Danielle saß ein weiterer alter Bekannter Deleus: Jozef Sonck, Maroufs Anwalt, die Beine ebenfalls übereinandergeschlagen und einen Aktenkoffer auf dem Schoß. Während er nervös über seinen Ziegenbart strich, huschten seine schmalen Augen von links nach rechts. Jozef Sonck war pures Gift.
»Ich habe diese Anhörung anberaumt, weil ich die bedauernswerten Vorfälle hundertprozentig aufklären will. Ich danke Ihnen, dass Sie freiwillig zur Mitarbeit bereit sind.« Bosmans wartete nicht auf eine Antwort. »Die ballistische Untersuchung hat zweifelsfrei ergeben, dass die beiden anwesenden Ermittler Verstappen und Vindevogel ausschließlich zu ihrer Verteidigung gehandelt haben. Der junge Mann hat mit der Python in die Richtung von Inspecteur Vindevogel geschossen. Es wurden zwei Schüsse abgegeben. Eine Kugel steckte im Balken, die zweite haben wir nicht gefunden. Sie hat die Wellblechwand durchschlagen.«
»Wer hat zuerst geschossen?«, fragte Sonck listig.
»Inspecteur Verstappen hat unter Eid ausgesagt, dass Said el Hidrissi den ersten Schuss abgegeben hat. Die Kugel, die im Balken einschlug, und zwar nur wenige Zentimeter von der Stelle entfernt, an der sich Inspecteur Vindevogel befand, stammt von dem ersten Schuss. Die Rekonstruktion der Ereignisse hat unmissverständlich ergeben, dass

der junge Mann nach dem Abfeuern des Schusses von einer Kugel aus der Waffe Inspecteur Vindevogels getroffen wurde. Deshalb schlug das zweite Projektil, das er im Fallen abfeuerte, auch viel höher ein.«

»Wofür bin ich dann überhaupt hier?«, fragte Murat Marouf leise. »Ist doch alles unter Dach und Fach.« Er machte Anstalten aufzustehen.

Jozef Sonck krempelte streitlustig einen Hemdsärmel hoch und legte Marouf den weißen Arm um die Schultern. Murat warf einen leicht missbilligenden Blick darauf, setzte sich aber wieder hin.

»Mein Klient ist davon überzeugt, dass Said el Hidrissi die Schüsse nicht abgefeuert hat«, sagte Sonck.

»Mit welcher Begründung?«

Marouf zeigte mit ausgestrecktem Arm auf den schielenden Pierre Vindevogel. »Den da! Den mach ich fertig!«

»Ich lasse mich von einem wie dem da weder beleidigen noch bedrohen«, wehrte sich Pierre. Aber es klang matt. Er ballte die Fäuste und schwieg.

»Mijnheer Sonck«, sagte der Untersuchungsrichter. »Noch eine solche Drohung, und diese Anhörung ist beendet.«

Das war Bosmans, wie er leibte und lebte, der sich einen Teufel um irgendwelche Autoritäten scherte. Sonck hob überrascht die Augenbrauen. Er öffnete den Mund, machte ihn aber nach einigen Sekunden wieder zu.

Frank Tack, der neben Bosmans saß, amüsierte sich insgeheim. Es war ein überaus spannendes Schauspiel. Tack war fasziniert von Murat Marouf und konnte den Blick nicht von ihm abwenden. *Was für eine Ausstrahlung!* Marouf hatte eine Hand auf den Oberschenkel der Mulattin gelegt. *Die ist ja auch wirklich eine Sünde wert, egal ob dunkelhäutig oder nicht.* Marouf hielt die Zigarette nicht zwischen Zeige- und Mittelfinger, wie die meisten Raucher, sondern zwischen Daumen und Zeigefinger, die Glut in Richtung Handfläche. Immer, wenn er an der Zigarette zog, kniff er die Augen zu Schlitzen zusammen, als genieße er den beißenden Reiz. *Der ist eine harte Nuss.* Tack rutschte nervös auf seinem Stuhl hin und her. Es war ungewohnt für ihn, nicht im Mittelpunkt zu stehen.

»Hier in diesem Gebäude und weit darüber hinaus habe ich das Sagen. Ich, nur ich allein. Ich möchte, dass jeder die Chance erhält, seine Meinung zu äußern, allerdings muss es anständig dabei zugehen«, erklärte Bosmans und erstickte damit jeden Widerstand im Keim. »Mijnheer Marouf. Bitte sagen Sie jetzt, was Sie uns mitzuteilen haben.«

Marouf drückte mit spöttischem Blick seine Ducados im Aschenbecher aus und ergriff das Wort.

»Said el Hidrissi hat keinen Revolver besessen, Mijnheer Untersuchungsrichter. Keiner von diesen Jungs besitzt eine Schusswaffe oder hat je eine besessen. Diese ganze Inszenierung ist eine einzige, großangelegte, skandalöse Farce. El Hidrissi wurde von Ihren Handlangern ermordet. Ausgemerzt wie eine lästige schwarze Laus.«

Murat Marouf sprach mit einem verbissenen Zug um den Mund. Sein marokkanisch-puertoricanisches Temperament war mit ihm durchgegangen und hatte seine kühle Arroganz verdrängt. »Said hatte nicht mal ein Messer!«, fauchte er. »Genauso wenig wie Yussuf Benaoubi!«

»Aber er hat gedealt«, warf Deleu ein, der bisher kein Wort gesagt hatte. »Wohl mit einem Lutscher in der Tasche, oder was?«

Sonck wollte etwas erwidern, doch Marouf brachte ihn mit einem Fingerschnippen zum Schweigen.

»Dirk Deleu.« Marouf sah den Ermittler eindringlich an. »Klassenprimus in Mathe. Besser als ich. Zugegebenermaßen. Intelligent und ehrgeizig, aber viel zu weich. Du hättest dir einen anderen Beruf aussuchen sollen, einen, bei dem du deine Intelligenz hättest nutzen können.«

Deleu und Marouf blickten sich in die Augen. Keineswegs feindlich, sondern fast schon kameradschaftlich.

Vor vielen Jahren waren sie Freunde gewesen. Enge Freunde sogar. Deleu erinnerte sich noch an die köstlichen, würzigen puertoricanischen Muschelgerichte, die Murats Mutter meisterhaft zuzubereiten verstand. Oder daran, wie sie zusammen die Schule geschwänzt hatten und in die Kneipe gegangen waren. Ein perfektes Duo. *The Black and The White Minstrel Show.* Der Schrecken aller Mädchen in der Nachbarschaft.

Jetzt saßen sie auf zwei verschiedenen Seiten des Tisches, einander gegenüber wie die Waagschalen der Göttin Justitia. Früher dagegen hatten sie Freud und Leid miteinander geteilt. Murat war sogar einmal mit Barbara zusammen gewesen, allerdings nur kurz. Ja, vor allen Dingen in puncto »Freud« hatten sie damals so manches geteilt.

Deleu war es auch gewesen, der darauf gedrängt hatte, Marouf anzuhören. Murat mochte in jeder Hinsicht zu seinem Gegenspieler geworden sein, doch eines musste man ihm lassen: Er war ein Ehrenmann. Ein Mann, des-

sen Wort etwas galt. Eine altmodische Tugend, die, egal in welchem Milieu, in Deleus Augen unschätzbar viel wert war.
»Sag, was du zu sagen hast, Murat. Wir alle sind bereit, dir zuzuhören. Das weißt du ganz genau.«
Murat Marouf lächelte süffisant. »Diplomat, Deleu. Diplomat hättest du werden sollen. Dann hättest du diesem miesen kleinen Land beizeiten den Rücken kehren können. Hier will man uns kaputt machen, uns alle. Und das so schnell wie möglich.« Er griff sich an die Stirn, rieb sich die Augen. »Oder glaubt ihr wirklich, ich wüsste nicht, dass mein Müll durchwühlt wird und ihr sogar meine hochmoderne Autoalarmanlage geknackt habt? Auf der Suche nach Gott weiß was.«
Da war er wieder, dieser überhebliche Zug um die Mundwinkel. Marouf zeigte auf Frank Tack. »Der da war's. Während sich der andere«, er zeigte auf den schielenden Pierre, »und sein Freund im Zakouskie zum Narren gemacht haben.«
Murat Marouf musterte Pierre Vindevogel und fuhr sich ohne mit der Wimper zu zucken mit dem gestreckten Zeigefinger langsam über die Kehle.
»In welcher Beziehung standen Sie zu dem Ermordeten, Mijnheer Marouf?«, fragte Jos Bosmans, in dem Versuch, dem Gespräch eine andere Wendung zu geben.
Murat Marouf sah ihn an. »Mijnheer Untersuchungsrichter«, sagte er fast unhörbar. »Würden Sie bitte die Passage auf Seite vierzehn unten noch einmal vorlesen, den vorletzten Absatz.«
Deleu musste insgeheim lächeln. Murat konnte sich also

noch immer auf sein fotografisches Gedächtnis verlassen. Die Rekonstruktion des Tathergangs war fünfunddreißig Seiten dick, und Marouf hatte nur eine knappe halbe Stunde gehabt, um sie sich durchzulesen.

Bosmans schob seine widerspenstige Brille wieder zurück auf die Nase und blätterte in der dicken Akte. Er fing an zu lesen: »Der Paraffintest hat ergeben, dass die rechte Hand von Said el Hidrissi, in der er die Schusswaffe hielt, Schmauchspuren aufwies. Es erscheint daher wahrscheinlich, dass …«

»Said el Hidrissi war Linkshänder.«

Maroufs bedächtig geäußerte Worte hallten in dem hohen Raum wider. Sie prallten von den Wänden ab und schienen das gesamte Zimmer zu erfüllen. Als ihr Echo erstarb, hinterließen sie eine bleierne Stille.

22

Trotz der sengenden Hitze draußen war es kühl in der imposanten Bibliothek, und keinerlei störende Geräusche drangen herein. Die minimalistische Einrichtung musste ein Vermögen gekostet haben.

Ewoud Dewolf, der hinter seinem Mahagonischreibtisch thronte, vermittelte rotz seiner hageren Gestalt den Eindruck einer gewichtigen Persönlichkeit. Ihm gegenüber saßen zwei Männer. Beide korpulent. Beide in maßgeschneiderten Nadelstreifenanzügen. Sie sahen aus wie überfütterte siamesische Zwillinge.

Claude Verspaille, der in Ungnade gefallene ehemalige königliche Staatsanwalt, ließ eine Rauchwolke zur Decke steigen. Er wirkte ungemein selbstsicher.

Dewolf strich seinen dünnen Schnurrbart glatt und nippte an seinem Chivas Regal. Er drehte das Glas in der Hand und bewunderte das bernsteinfarbene Getränk. Sein Blick wanderte weiter zu dem grünen Filzuntersetzer, der vor ihm auf dem Schreibtisch lag. Das Logo der Berliner Symphoniker verschwand, als er das Kristallglas exakt in der Mitte abstellte. Dewolf hatte bisher noch kein Wort gesagt. Das Einzige, was er in den letzten fünf Minuten getan hatte, war, Verspaille und seinem Begleiter einen Platz anzubieten und zwei Gläser Chivas Regal einzuschenken. Zwei, nicht drei.

Claude Verspaille schwieg. Männern wie Ewoud Dewolf musste man Zeit lassen, ihre Worte sorgfältig abzuwägen. Schließlich konnte jedes Wort eines zu viel sein. Bis heute hegte er eine grenzenlose Bewunderung für seinen Gönner und Protégeur. Schließlich hatte kein anderer als Dewolf ihm nach seinem Karriereknick wieder auf die Beine geholfen und ihn quasi zu seiner rechten Hand befördert.

Dewolf legte den Zeigefinger an die Oberlippe. Er sah mitgenommen aus, hatte eingefallene Wangen und Ringe unter den Augen. Wer ihn nicht von früher her kannte, sah noch immer einen imposanten und energiegeladenen älteren Herrn über siebzig vor sich, doch wer ihm näherstand wusste, dass Dewolf ein gebrochener Mann war. Der Tod seines einzigen Sohnes hatte ihn schwer gezeichnet. Dennoch war und blieb er einer der mächtigsten Männer, wenn nicht gar der mächtigste Mann in ganz Belgien und weit über die Grenzen des Landes hinaus. Dewolfs vielschichtiges, unangreifbares Imperium, das in der Teppichindustrie wurzelte, umfasste zahlreiche Firmen ehemaliger Konkurrenten, die er allesamt in den Ruin getrieben hatte. Die Reichen wurden eben immer reicher und die Mächtigen immer mächtiger. Dewolf hatte bereits Hunderte Millionen in die gute Sache investiert.

Kurz und gut: Ohne Ewouds Kapitalspritzen wäre Ebony Projects heute nicht viel mehr als eine Fähnchen schwenkende Pfadfindertruppe. Vielleicht würde es das Projekt längst nicht mehr geben. Oder, schlimmer noch, vielleicht wäre Belgien inzwischen in der Hand der Muslime. Brüder im Geiste sind wir, Ewoud und ich. Sind wir immer gewesen und werden wir auch immer bleiben. Claude Verspaille atmete tief durch. Rein finanziell gesehen, war er im Vergleich zu Dewolf ein armer Schlucker.

»Claude.«

Verspaille schreckte aus seinen Gedanken auf. Ewoud mochte aussehen wie ein gebrochener Mann, seine Stimme besaß noch immer dasselbe, ehrfurchtgebietende Timbre.

»Ja, Ewoud?«

»Wer ist dieser Mann?«

Verspailles Begleiter rutschte nervös auf seinem Stuhl hin und her.

»Ich, ich bin …«, stotterte dieser.

Claude Verspaille spürte, dass Dewolf verstimmt war. Obwohl es herrlich kühl war in dem Raum, weitete er mit zwei Fingern seinen Hemdkragen. Seine Krawatte zu lockern wagte er nicht.

»Wer ist er?«

»Das ist Landesmagistrat Erik Verworst, die rechte Hand von Duchateau. Er kommt im Auftrag von Minister …«

»Der Mann kann gehen.«

Verspaille bedeutete dem achselzuckenden Verworst mit einer knappen Kopfbewegung, dass er sich zurückziehen solle. Der Magistrat nickte, stand auf und strich sich ungeschickt die Hosenbeine glatt. Gemessenen Schrittes entfernte er sich. An der Tür nahm ihn ein stämmiger Mann mit militärischem Haarschnitt in Empfang, der die ganze

Zeit über reglos wie eine Statue dort gewartet hatte. Er begleitete den Abgeordneten hinaus. Nachdem die Tür ins Schloss gefallen war, wurde es wieder still.
»Claude, du bist meine Nummer eins. In deine Hände lege ich mein Schicksal. Du bist jetzt schon seit einer ganzen Weile mein Mann in Belgien.«
Verspaille brachte ein nervöses Räuspern hervor und nickte. Die Havanna im Aschenbecher war ausgegangen.
»Ich bin überaus zufrieden mit der Art und Weise, wie du deine Aufgaben erfüllst, eigentlich mit allem, was du bis dato unternommen hast. Einen besseren Strategen als dich kann sich unsere Bewegung gar nicht wünschen. Unnachahmlich, wie du die drei arabischen Terroristen aus dem Weg geräumt hast! Dieser inszenierte Autounfall war ein brillanter Schachzug. Du hast dich stets an meine wichtigste Grundregel gehalten, nämlich die Bewegung unter allen Umständen zu decken. Du hast Ebony Projects, und vor allem mich, aus den Medien herausgehalten. So muss es sein: zuschlagen wie aus dem Nichts und dann wieder weg. Ohne Spuren zu hinterlassen.« Der stechende Blick unter den buschigen Brauen suchte die Augen Verspailles. Er forschte, taxierte und manipulierte zugleich.
Claude Verspaille setzte sein breitestes Grinsen auf. »Ich danke dir, Ewoud. Wenn wir es nicht täten, wer sollte es sonst übernehmen?« Er erwog ein Augenzwinkern, verkniff es sich jedoch. »Ich werde dein Vertrauen nicht enttäuschen. Niemals. Das weißt du.«
»Ja, das weiß ich. Deswegen möchte ich dich auch, und zwar speziell dich, um einen Gefallen bitten.«
Wieder ein forschender Blick. Claude Verspaille nahm

die Havanna aus dem Aschenbecher und vermied es dadurch, den Blick erwidern zu müssen. Er klopfte sich auf die Brust. »Was immer du willst, Ewoud. Für dich tu ich alles. Und bitte betrachte es nicht als einen Gefallen, sondern als eine Selbstverständlichkeit.«

»Sehe ich etwa aus wie ein Ungeheuer?«

Verspaille schneuzte sich ungeschickt die Nase in ein Spitzentaschentuch, das er aus der Hosentasche gezogen hatte.

»Nein, Ewoud«, stotterte er.

»Habe ich jemals armen Migranten, einfachen Leuten wie du und ich, habe ich so jemandem jemals etwas zuleide getan? Ihnen die Kehle durchgeschnitten oder ihnen eine Kugel in den Kopf gejagt?«

»Nein, Ewoud.« Verspaille konnte nicht verhindern, dass sein Hals und seine Wangen rot anliefen. Je mehr er sich zu beherrschen versuchte, desto stärker wurde die Durchblutung.

»Claude. Kann mir dann vielleicht mal jemand sagen, warum mein einziger Sohn … Warum unser Johan wie ein Tier abgeschlachtet wurde? Und mit Säure übergossen? Wie ein Stück verdorbenes Fleisch!«

Die Hände des alten Mannes zitterten. Verspaille schwieg. Dewolf trank noch einen Schluck von seinem Whisky, dann sah er seinen Gast an, der es diesmal nicht wagte, den Blick abzuwenden.

»Ich will, dass du mir den Mörder meines Sohnes bringst. Ich werde nicht ruhen, bis er tot ist. Hast du das verstanden, Claude?«

»Ja, Ewoud.«

»Ich will, dass Johans Mörder seine gerechte Strafe erhält.«
Dewolf richtete sich mühsam auf und strich das schüttere Haar an seinen Schläfen glatt. »Noch etwas. Ich will, dass Johans Name von jeglicher Schande reingewaschen wird. Mein Sohn war vielleicht kein großes Licht und kein besonders guter Stratege. Das weiß ich, das weißt du, das weiß alle Welt. Aber er war mein Kind.«
Er stützte seine spitzen Ellbogen auf dem breiten Schreibtisch ab. Der längliche Schatten an der Wand, die schmalen Lippen, die dünne Nase: Ewoud Dewolf war ein Messer. Ein scharfes Schwert. Er war auf die Welt gekommen, um diese Welt zu läutern. Geboren, um der Sache zu dienen. Hinabgestiegen, um die Eiterbeulen der Gesellschaft gnadenlos aufzustechen und wegzuschneiden.
Verspaille zuckte mit den Schultern. Neben diesem gestrengen alten Herrn fühlte er sich wie ein Versager, und so sah er auch aus: aufgedunsen, die Wangen von Couperose gezeichnet, weich wie ein Pudding. Außerdem äffte er, wenn auch unbewusst, die stolze Haltung seines Chefs nach.
»Johans Name muss reingewaschen werden.« Das Glas in Dewolfs knochiger Faust zitterte, als er erklärte: »Wir sind keine ordinären Mafiosi, wir handeln nicht mit Drogen!«
Verspaille lief es bei den Worten eiskalt den Rücken hinunter. Dewolf wurde dabei nicht laut, sondern hatte sich vollkommen unter Kontrolle, sprach fast beiläufig. Sein Blick hingegen sagte mehr als tausend Worte. Der geballte Hass in seinen Augen war wirklich furchteinflößend.

»Verstehst du mich, Claude?«
»Ja, Ewoud.«
»Dieses eine Mal sollen die Medien ihre Sensation ruhig haben. Es soll in allen Titelschlagzeilen stehen, sogar in den linken Zeitungen. Mein Sohn war kein Drogendealer! Er war Polizist. Ein integrer Polizist!«
Ewoud Dewolf versank so tief in dem ledernen Bürosessel, als habe er seine letzte Kraft verbraucht.
Seine Worte hallten in Claude Verspailles Kopf wider. Er wartete, bis der alte Mann wieder ein wenig zu Atem gekommen schien. »Ich glaube, ich habe gute Neuigkeiten für dich.«
Dewolfs Augen leuchteten auf wie zwei glühende Kohlen in einem heruntergebrannten Grillfeuer, das ein letztes Mal von einer aufkommenden Brise angefacht wird.
»Meiner Meinung nach steckt keine internationale Muslimorganisation dahinter. Johan wurde von ein paar einfachen kleinen Drogendealern ermordet, die sich von ihm bedroht fühlten. Ich weiß, wer ihr Auftraggeber war. Ich weiß, wen wir uns greifen müssen. Sein Name lautet …«
Mit einer weiträumigen Geste brachte Dewolf sein Gegenüber zum Schweigen. »Das will ich gar nicht wissen, ich will es in der Zeitung lesen. Genau wie alle anderen Belgier. Alle anderen rechtschaffenen Belgier.«

23

Während Claude Verspaille mit nachdenklicher Miene zu seinem Jaguar zurückkehrte, betrat Naib Abram keuchend das Mechelner Präsidium. Er klammerte sich am Empfangsschalter fest, und seine kleinen dunklen Augen huschten wie Flipperkugeln hin und her.

»Mijnheer?«, fragte der diensthabende Beamte und setzte routiniert ein zuvorkommendes Lächeln auf.

»Sie müssen mir helfen! Mein Name ist Naib Abram, und ich werde verfolgt!«, keuchte der abgehetzte Mann. »Ich fordere Polizeischutz!«

»Sind Sie nicht Abgeordneter im Stadtrat?«, fragte der Beamte honigsüß.

»Ja, richtig.«

»Ach, vielleicht können Sie mir dann weiterhelfen. Ich leiste gerade«, der Beamte sah auf seine schicke Swatch Skin, »meine siebenundsiebzigste Überstunde ab.«

Abram wischte sich die feuchte Stirn trocken und warf einen ängstlichen Blick über die Schulter.

»Mijnheer Abram, Sie haben hier wirklich nichts zu befürchten. Sie befinden sich in einem Polizeipräsidium, dem sichersten Ort in der ganzen Stadt. Wirklich. Bitte beruhigen Sie sich, und nehmen Sie einen Augenblick hier auf der Bank Platz. Ich sage sofort jemandem Bescheid, damit er Ihre Aussage aufnehmen wird.«

Der magere Beamte kam hinter dem Schalter hervor, stellte sich mit ausgebreiteten Armen in die Tür und blickte demonstrativ von rechts nach links. »Sehen Sie. Kein Mensch weit und breit, nur ein paar Arbeitslose auf der anderen Straßenseite. Schön braun. Von der Sonne allerdings.«

»Wie ist Ihr Name?«

»Vandevelde, Guido.«

»Mijnheer Vandevelde, wenn Sie glauben, dass sich die Polizei ausländerfeindliche Witze erlauben kann, dann irren Sie sich! Ich werde …«

Abrams Redefluss geriet ins Stocken, denn der Beamte war verschwunden. Das Einzige, was das Stadtratsmitglied noch aufschnappte, war das Wort »aufgeblasener«. Er ballte die Fäuste, als ihm erneut der Schweiß den Hals herunterlief.

Schon seit einiger Zeit hatte es immer wieder Einschüchterungsversuche gegeben. Ein wie zufällig über das Hemd geschüttetes Bier in der Kneipe, zerstochene Reifen. *Nouka, die in der Schule einen Fausthieb abbekommt. Das waren alles die Handlanger von Marouf! Aber jetzt wird es wirklich ernst.*

Der schwarze Golf hatte ihn zutiefst beunruhigt. Als er vorhin vor einer roten Ampel stand, war der Wagen an ihm vorbeigezogen und hatte neben ihm gehalten. In dem Fahrzeug saßen drei junge Marokkaner. Einer der Kerle hatte ihm den Stinkefinger gezeigt, ein anderer war sich mit dem Zeigefinger langsam über die Kehle gefahren. Abram war froh gewesen, als die Ampel auf Grün sprang. Er glaubte, den Fahrer des Wagens erkannt zu haben. Der Kerl hatte schon zweimal gesessen und war zwanzig Jahre alt. Er galt als rechte Hand von Murat Marouf. Die Gangster verfolgten ihn durch die ganze Mechelner Innenstadt. Nicht mal, als er entgegen der Fahrtrichtung in eine Einbahnstraße einbog, ließen sie von ihm ab. Bis kurz vor dem Polizeipräsidium klebte ihm der schwarze Golf an der Stoßstange.

Abram warf einen ängstlichen Blick zur Tür und erschauerte. *Hoffentlich ist keiner vom SEK im Dienst. Es ist Zeit. Jetzt oder nie!* Er fuhr sich mit den Unterarmen über die Stirn, aber der Schweiß rann unaufhörlich weiter. *Diese elenden Nazis haben mich reingelegt. Ganz sicher. Die Dreckskerle haben mich erst benutzt, und jetzt lassen sie mich fallen. Ich durfte die Drecksarbeit erledigen, und jetzt werfen sie mich den Wölfen zum Fraß vor.* Naib Abram biss sich in die Fingerknöchel. *Aber nicht mit mir. Nicht mit mir!* Er hätte vor Nervosität die Wände hochgehen können. Das Adrenalin pulsierte durch seine Adern. *Meine ganze Zukunft, alles, was ich aufgebaut habe – keinen Pfifferling mehr wert. Wenn man diesen Bastarden einmal aus der Hand frisst, ist man verloren.*

Die Gedanken des fünfundvierzigjährigen Stadtratsangehörigen schweiften zurück in die Vergangenheit, als er sich noch im Gemeindezentrum engagiert hatte. Es waren einträgliche Zeiten gewesen. Erst den Bullen ein paar Brosamen unter dem Deckmäntelchen verantwortungsbewusster Jugendarbeit hinwerfen. Kampf den Drogen! Zugleich ab und zu einen Tipp für Marouf, wann und wo die nächste Razzia geplant war. Lange Zeit funktionierte das Prinzip wie geschmiert und brachte ihm eine Menge Geld ein, bei geringem Risiko. Marouf vertraute ihm. Und die Polizei ebenfalls.

Bei den letzten Stadtratswahlen war die Sache zum ersten Mal aus dem Ruder gelaufen. Ebony Projects war eine mächtige Organisation. Niemand wusste, wer die Zügel in der Hand hielt, aber wer auch immer es war, er hielt sie fest in der Hand. Zwei wichtige Persönlichkeiten kannte Abram: Claude Verspaille, den ehemaligen königlichen Staatsanwalt, der aus unerfindlichen Gründen in Ungnade gefallen war, und dessen rechte Hand Sylvain Cluts. Cluts war er bisher jedoch nicht persönlich begegnet.

»Denk an dein Volk«, hatte Verspaille gesagt. »Ein Marokkaner im Stadtrat. Das ist einzigartig in Belgien. Denk an die völlig neuen Möglichkeiten für deine Landsleute. Als Gegenleistung werde ich dich ab und zu um einen kleinen Gefallen bitten, ein paar kleine Aufträge hier und da.«

Dann haben sie meine Kampagne finanziert. Einfach großartig war das. Voller Stolz dachte Naib Abram daran zurück. Er sah sie noch immer vor sich, die großen Werbeplakate. Überall in der Stadt lächelte sein Gesicht von den Wänden und Litfaßsäulen. *Ich wurde tatsächlich gewählt!* Wieder sah er sich an jenem sonnigen Tag im Mai auf den Stufen des Mechelner Rathauses stehen, Schulter an Schulter mit Bürgermeister Devroe. Das Gruppenfoto hing jetzt in seinem Büro und war der Stolz seiner ganzen Familie. Er hatte es hundertfach abziehen lassen, sogar bei seinen Verwandten in Tanger stand es auf dem Schrank. Dieser Tag war der schönste in seinem ganzen Leben gewesen. Die Hälfte aller in Mechelen lebenden Marokkaner hatte ihm auf dem Grote Markt zugejubelt. Wie einem Freiheitskämpfer, einem Nationalhelden.

Naib Abram ballte die Fäuste. *Ich werde den Kampf nicht aufgeben. Niemals.* Während sich eine graue Wolke vor die Sonne schob, schlug sein Tatendrang in tiefe Versagensangst um.

Die ersten Jobs waren Peanuts. Ein paar Informationen über den marokkanischen Drogenhandel in Mechelen und Umgebung weiterleiten. Das war ein Kinderspiel. Damals hat mir Murat noch hundertprozentig vertraut. Er hatte noch nichts bemerkt. Nicht mal was geahnt.

Mit zitternden Händen zündete sich Abram eine Zigarette an, den Blick starr auf die Tür geheftet.

Wo bleiben diese Idioten? Ich bin schließlich nicht irgendwer. Gleich morgen werde ich diesen Vorfall dem Stadtrat vorlegen. Ich bin Naib Abram, das erste Stadtratsmitglied marokkanischer Abstammung in Mechelen.

Hatte er nicht das »marokkanische Mechelen« geprägt? Etwa, indem er die alte Kaserne hatte umbauen lassen und so Wohnungen für seine Landsleute und Schicksalsgenossen geschaffen hatte? Auch bei diesem Deal hatte Ebony Projects mehr als eine Hand im Spiel gehabt, dennoch. Er hatte dafür gesorgt, dass die geheimen rituellen Schlachtungen nicht zur Anzeige gebracht wurden.

Ich habe dafür gesorgt, dass sie in dieser verdammten schwarzen Stadt endlich ein anständiger Ort zum Beten eingerichtet haben. Bin ich nicht auch die Seele des Culture

Mix, unserer jährlichen multikulturellen Veranstaltung, wo sich Einheimische und Ausländer verbrüdern, gemeinsam Lieder aus beiden Kulturen singen und die jeweiligen Spezialitäten kosten? Und ich bin das Bindeglied!
Sein Blick verdüsterte sich, als er sich sagte, dass Naib, der Informant, niemals Naib, der Spieler, hätte werden dürfen. Auch nicht Naib, das handelnde Zwischenglied.
Diese Geschichte mit den Drogen. Abram durchlebte die bangen Augenblicke noch einmal. Wie er sich mit den Drogen – Kokain gemischt mit Billigstoff – bei Marouf angebiedert hatte, im Auftrag von Commandant Dewolf und Claude Verspaille. Gegen die Bezahlung von fünfundzwanzigtausend Euro in bar verlangten sie die Fingerabdrücke Maroufs auf dem mit braunem Klebeband umwickelten Päckchen. Abram wischte sich über die schweißnasse Stirn, als er an jene Szenen zurückdachte. Er kniff die Augen zu. Überwältigt von Zweifeln.
Murat Marouf verzieht den Mund und wirft das Päckchen auf den Boden. Die schwarzen Augen des Drogenbarons von Mechelen funkeln. Er will nichts wissen von einem Deal. »Ich handele nicht mit harten Drogen! Mach, dass du wegkommst, du dreckige kleine Ratte!«
Naib Abram sah sich wieder hinausschleichen und über die gepflasterte Auffahrt von Maroufs schicker Villa fahren. Tief über den Lenker seines Mountainbikes gebeugt, eilte er davon und warf immer wieder scheue Blicke über die Schulter. Voller Angst und Scham wegen seines Verrats. Erleichtert, weil es vorbei war. Sehnsüchtig auf ein gutes Ende hoffend.
Sie sind drauf. Seine Fingerabdrücke sind drauf.

Die Begegnung mit Dewolf hatte ihm wieder Mut gemacht. Dewolf, der in der Tür stand und herzlich über seine Geschichte lachte. Dewolf, der ihm, ohne zu murren, die versprochene Million ausgehändigt hatte.

Es war jemand bei ihm. Im Wohnzimmer. Ein Mann in Zivil. Ich habe ihn nur von hinten gesehen. Mein Cherokee stand vorsichtshalber zwei Häuserblocks entfernt. Das Mountainbike lag schon im Kofferraum. Man weiß ja nie, auf was für linke Ideen die Bullen so kommen.

Seine gierigen Finger, die über die Geldscheine fuhren. Das Rascheln klang wie Musik in seinen Ohren.

Dann geschah das Unvorhersehbare, das ihm jetzt noch die Luft abschnürte. Jener Zwischenfall, der ihn letztendlich hierhergetrieben hatte.

Ein junger Marokkaner kommt um die Ecke gerannt. Er springt auf das nagelneue Moped, das auf dem Bürgersteig steht, bockt es ab und fährt in meine Richtung. Ich ducke mich so tief wie möglich, als er auf mich zukommt. Eine eisige Hand schließt sich langsam um mein Herz. Das gelbe Licht der Straßenlaternen beleuchtet das feingeschnittene Gesicht und die wehenden Haare des jungen Mannes. Yussuf Benaoubi!

Bei der Erinnerung daran weiteten sich Naib Abrams Augen vor Entsetzen. Marouf hatte ihn beschatten lassen! Sein Herz klopfte wie wild, und dicke Schweißtropfen drangen ihm aus allen Poren.

Zitternde Hände. Ich verstecke das Geld unter meiner Jacke. Diese lähmende Angst! Ich kann nicht mehr denken. Nicht klar jedenfalls. Alles würde ich darum geben, die Uhr um zwei Stunden zurückdrehen zu können.

Er sah sich selbst wieder, in jener Nacht. Steifbeinig kehrte er dorthin zurück, woher er gekommen war. Zum Landhaus von Dewolf, das versteckt im Grünen lag. Verzweifelt, auf der Suche nach Hilfe.

Marouf macht mich fertig! Ich biege um die Ecke, vorsichtig. Ein kräftiger Mann. Er sieht aus wie der, der eben bei Dewolf im Wohnzimmer stand. Cluts! Das muss Cluts sein! Es ist zu dunkel. Ich kann sein Gesicht nicht erkennen. Der Kofferraum von Dewolfs Audi klappt auf. Der Mann holt ein graues Paket aus dem Kofferraum. Eine Decke. Der Schrei bleibt mir in der Kehle stecken. Meine Beine geben nach. Weg! Ins Gebüsch! Der Mann kommt herausgelaufen. Hastig, die Decke in den Armen.

Naib Abram lief es kalt den Rücken herunter, als er den leisen Aufprall wieder hörte.

Ein Mensch! In der Decke! Ein Mensch! Dewolf!

Abram war mit den Nerven völlig am Ende. Er musste die Faust an den Mund pressen, um nicht laut aufzustöhnen.

Der Kofferraum klappt zu. Schnelle Schritte auf den Pflastersteinen.

Die schrecklichen Erinnerungen schwappten wie eine Woge über ihn hinweg, so dass er die Arme schützend über den Kopf legte. Tränen traten ihm in die dunklen Augen.

Die Schritte verhallen. Der Wagen wird gestartet. Mit Standlicht über das Kopfsteinpflaster. Ich warte und warte und warte. Allein.

Die Hintertür steht einen Spalt offen. Niemand im Haus. Der Mond scheint durch die hohen Fenster. Dort, auf dem

Boden. Das Päckchen. Die Drogen. Meine Fingerabdrücke. Sie sind auch drauf! Nicht hinsehen. Ich kann nicht hinsehen. An der Verpackung klebt Blut!
Genau wie an jenem Abend ballte Abram die Fäuste. Er riss die Plastiktüte auf, die er bei sich trug, blickte hinein und starrte die braunen Flecken an. Blut von Commandant Dewolf. Abrams stockender Atem wurde allmählich ruhiger. *Noch ist nicht alles vorbei. Noch lange nicht. Naib Abram ist nicht irgendwer. Naib Abram hat sich abgesichert. Murat oder ich. Einer von uns wird die Rechnung bezahlen müssen.* Seine Hände wurden feucht. *Ich kriege sie dran. Alle. Die Ausländer und die Nazis!* Noch einmal spähte Naib Abram in die Tüte auf das mit braunem Klebeband umwickelte Päckchen. Es war seine Fahrkarte in eine neue Zukunft.
Dann sah er sich wieder dort sitzen, in jener Nacht in seinem Cherokee. Die Drogen im Handschuhfach versteckt, das Handy in den zitternden Fingern. Seine bebende Stimme, als er Verspaille berichtete, dass er von Benaoubi, einem Handlanger Maroufs, beschattet worden war. Auf Verspaille schien das nicht den geringsten Eindruck zu machen, denn er hatte lediglich etwas Anerkennendes gemurmelt.
Über den Mord hatte Abram wohlweislich geschwiegen. Über die Drogen auch. Gott sei Dank. Denn ein paar Tage später war Benaoubi Futter für die Maden. Ebony Projects machte keine halben Sachen.
Als die Schikanen vonseiten Maroufs begannen, hatte Abram seine Freunde um Hilfe gebeten. Er hatte sich an Claude Verspaille gewandt. Der hatte ihn beruhigt. *Ich*

habe Marouf in der Hand. Sie haben nichts zu befürchten. Sie haben sehr gute Arbeit geleistet.

Mit zitternden Händen ging Abram in Gedanken noch einmal die Geschichte durch, die er der Polizei gleich auftischen wollte. Sie musste von vorne bis hinten schlüssig sein, denn so würden die Ermittlungen unweigerlich in eine ganz bestimmte Richtung gelenkt. Wenn es erst einmal eine handfeste Spur gab, die von Murat Marouf zu Johan Dewolf führte, würde dieser elendige Drogendealer, dieser pseudomarokkanische Pate, endlich für immer von der Bildfläche verschwinden. Damit würde dem Mechelner Drogenhandel zu neunundneunzig Prozent der Boden unter den Füßen weggezogen. Das war es doch, was sie wollten, Verspaille und Konsorten.

Dann lassen sie mich vielleicht in Ruhe. Für immer. Ja, ganz bestimmt.

Siegessicher ballte er die Fäuste. Doch die Euphorie war schnell wieder verflogen, und Abram zweifelte erneut. Noch einmal warf er einen Blick zur Tür, aber so sehnsüchtig er sie auch anstarrte, es tat sich nichts.

24

Frank Tacks roter Camaro bog als Erster in den Innenhof des Mechelner Präsidiums ein. Dicht gefolgt von Nadia Mendonck, stürmte er in die Wache.

Vandevelde begleitete sie zu dem heftig transpirierenden Naib Abram, der ihnen zitternd eine Plastiktüte hinhielt.

»Was ist das?«, fragte Nadia Mendonck.

Abram öffnete den Mund, brachte aber kein Wort hervor. Nadia nahm die Tüte an sich und warf einen Blick hinein. Frank steckte vorsichtig eine Hand hinein und holte ein mit braunem Klebeband umwickeltes Päckchen heraus. Wie vom Blitz getroffen ließ er es fallen, und es landete auf dem Schreibtisch. Abram kam zu sich, griff eilig danach und steckte es wieder in die Tasche.

»Ich möchte einen Ihrer Vorgesetzten sprechen. Jemanden, der mir Schutz bieten kann«, sagte der Marokkaner aufgeregt. In dem Moment schwang die Tür auf, und Jos Bosmans trat ein, gefolgt von Dirk Deleu.

»Aha, Sie haben ihn also gefunden!«, bemerkte Bosmans, zog sich einen Stuhl heran und versetzte Vandevelde einen Rippenstoß.

Der Ermittler rückte beiseite und spitzte neugierig die Ohren. *Alles, was dieser Marokkaner bisher von sich gegeben hat, sind Beschwerden und unzusammenhängendes Gefasel über Polizeischutz. Als sei er Kronzeuge in einem Mafiaprozess.*
Abram starrte Bosmans fragend an.
»Jos Bosmans, Untersuchungsrichter, Leiter der Ermittlungen im Fall Dewolf und in weiteren Mordfällen«, stellte dieser sich vor.
Ungeschickt schüttelte das grüne Stadtratsmitglied die ausgestreckte Hand mit der Linken. »Ich werde nichts sagen, bevor Sie mir nicht versprechen, mich unter Polizeischutz zu stellen, und zwar rund um die Uhr. Mich und meine Familie.« Er zeigte auf die Plastiktüte. »Sie werden gleich verstehen, warum ich darauf bestehen muss.« Sein gewinnendes Lachen wirkte absolut fehl am Platz.
»Mijnheer Abram, wir garantieren jedem belgischen Bürger polizeilichen Schutz rund um die Uhr«, antwortete Bosmans, und es klang sogar vollkommen ernst.
Deleu warf Vandevelde einen skeptischen Blick zu. Es war, als blicke er in einen Spiegel.
Abram rutschte auf seinem Stuhl hin und her und öffnete den Mund, in dem mehrere Goldzähne blitzten.
»Sagen Sie uns, was Sie auf dem Herzen haben, Mijnheer Abram. Ich glaube nicht, dass Sie eine andere Wahl haben.« Bosmans blieb ganz ruhig.
»Ich möchte gegen Murat Marouf aussagen.«
Stille trat ein. Frank Tack hielt sogar den Atem an. Der rundliche Marokkaner blickte die Anwesenden einen nach dem anderen an und genoss sichtlich deren Verblüf-

fung. Bevor irgendjemand etwas erwidern konnte, fügte er hinzu: »Allerdings nur, wenn Sie mich unter Schutz stellen und mir garantieren, dass die ganze Bande hinter Schloss und Riegel wandert. Ich möchte mich weiterhin auf die Straße wagen und meine Kinder unbeaufsichtigt draußen spielen lassen können, wenn das hier vorbei ist.«
Deleu schluckte eine sarkastische Bemerkung hinunter und musterte Jos Bosmans, der an seiner Unterlippe zupfte.
»Wie konkret sind denn …«
»Mehr als konkret!«, zischte Abram und legte die Tüte vor sich auf den Tisch. »Hier drin steckt genügend Beweismaterial, um Marouf für den Mord an Commissaris Dewolf zu verurteilen.« Seine Augen funkelten. »Und ihn für immer aus dem Verkehr zu ziehen«, schloss er.
Die Ermittler reckten die Hälse, um die Plastiktüte besser sehen zu können, die auf einmal ins Zentrum des Interesses gerückt war. Abram ließ sich absichtlich viel Zeit. Nadia Mendonck hüstelte nervös, während Frank Tack, der ahnte, was kommen würde, weiterhin auf seine gefalteten Hände starrte.
»Nichts anfassen«, flüsterte Bosmans leise. »Was ist da drin?«
Abrams kleine Augen verliehen seinem Gesicht trotz ihrer runden Form etwas Asiatisches. Durch die zusammengepressten Lippen hindurch atmete er tief aus. »Die Drogen, für die Dewolf ermordet wurde. Auf dem Päckchen finden Sie Dewolfs Blut und Maroufs Fingerabdrücke. Marouf hat den Commissaris ermordet. Benaoubi und el Hidrissi, zwei Jugendliche, die ab und zu kleine Jobs

für ihn erledigen, haben die Leiche auf seinen Auftrag hin entsorgt. Die beiden haben ihn in Maroufs Wagen zum Kastanjedreef gebracht und mit Säure übergossen. Dann haben sie seine Kleider mit einem Stein beschwert in den Teich geworfen.«

Abram blickte selbstzufrieden in die Runde. Seine sorgfältig ausgetüftelte Version des Tathergangs schindete offenbar Eindruck, denn niemand sagte ein Wort.

Deleu blickte seinen Chef unverwandt an, denn er spürte, dass Bosmans dasselbe dachte wie er. *Woher kennt Abram all diese Einzelheiten? Einige von ihnen sind nie an die Öffentlichkeit gelangt.*

Bosmans räusperte sich. »Mijnheer Abram. Ich garantiere Ihnen Polizeischutz rund um die Uhr, und zwar in einer Zelle. Ich nehme Sie nämlich in Schutzhaft. Möchten Sie einen Rechtsanwalt?«

Abrams breites Grinsen unterbrach seinen Redefluss. »Mijnheer Untersuchungsrichter. Diese Informationen stammen nicht von mir. Ich habe sie von Said el Hidrissi. Der Junge wollte aussteigen und hat mich an dem Abend aufgesucht, bevor er erschossen wurde. Er brachte mir dieses Päckchen, das er von Marouf gestohlen hatte. Er hatte Todesangst, nachdem sein Freund Yussuf ermordet worden war. Murat Marouf lässt niemals einen Zeugen am Leben. Nie. Solange Kerle wie er ihr Unwesen treiben, werden wir Marokkaner hier in Belgien niemals akzeptiert werden. Ich schäme mich für mein eigenes Volk, wenn ich an ihn denke.«

»Mijnheer Abram«, sagte Bosmans bedächtig. »Wir werden Ihr Vertrauen nicht enttäuschen.« Er schob seinen

Kugelschreiber unter die Henkel der Tragetasche, zog sie zu sich hin und sah hinein.
»Ich bin vom Volk gewählt worden und werde alles tun, um ihm zu dienen und dafür zu sorgen, dass brave Ausländer und Ausländerinnen nicht länger in ein falsches Licht gerückt werden«, verkündete Abram theatralisch. »Ein fauler Apfel im Korb heißt noch lange nicht, dass alle Früchte verdorben sind.«
Dieses Klischee war Bosmans schon lange nicht mehr untergekommen. Seine Gedanken überschlugen sich, und im Geiste war er längst im kriminaltechnischen Labor.

25

Meine Herren«, begann Bosmans, sah Nadia Mendonck an und verbesserte sich: »Meine Dame, meine Herren.« Das Stimmengewirr in seinem Büro erstarb. »Es wird Zeit, dass wir uns einen Überblick über die Fakten verschaffen. Frank?«

Tack, der lustlos in seinem Stuhl lungerte, richtete sich auf und ergriff das Wort. »Koks«, sagte er. »Zwischen dem Gras befanden sich drei Tütchen reines, unverschnittenes Kokain. Ein alter Trick.«

»Fingerabdrücke?«, fragte Jos Bosmans.

»Nicht auf dem Koks. Nur auf der Plastikfolie, mit der das Ganze verpackt war.«

»Ja, und zwar unter anderem von dir«, knurrte Jos Bosmans. Frank Tack, der gewiefte Profi, lief rot an. »Wurden die anderen Fingerabdrücke ebenfalls identifiziert?«, fragte der Untersuchungsrichter in dem Bestreben, dem Drogenfahnder eine allzu große Erniedrigung zu ersparen.

»Nein«, antwortete Tack, der sich wieder gefangen hatte. »Bis jetzt nicht.«

Dirk Deleu beobachtete Nadia Mendonck genau, die Tack zärtlich anlächelte. Zwischen den beiden lief doch etwas! Am Abend zuvor war Deleu, nachdem er Rob bei seiner Mutter abgesetzt hatte, direkt weiter zu Nadias Wohnung gefahren. Als er dort so gegen neun Uhr klingelte und niemand aufmachte, hatte er die Tür mit seinem Schlüssel geöffnet, aber Nadia war nicht zu Hause. Nachdem er sich etwa eine Stunde lang durch die Fernsehkanäle gezappt hatte, war er auf ihrem Sofa eingeschlafen. Am nächsten Morgen hatte sie ihn geweckt. Sie hatte Ringe unter den Augen und sah mitgenommen aus. Als er sie fragte, warum sie ihn nicht geweckt habe, als sie nachts nach Hause kam, hatte sie sich damit herausgeredet, dass er doch so tief und fest geschlafen habe.

Wieder betrachtete Deleu Frank Tack. *Der guckt genauso müde aus der Wäsche, mit demselben glasigen Blick, als hätten beide an derselben Wasserpfeife gezogen.* Während im Hintergrund Bosmans' Bariton brummte, versuchte der Ermittler, sich wieder auf die Tagesordnung zu konzentrieren.

»… und deshalb ist es von allergrößter Wichtigkeit, dass nichts an die Öffentlichkeit dringt«, hörte er Bosmans sagen. »Die Medien würden garantiert fürstlich dafür bezahlen, die marokkanischen Jugendlichen mit Dewolf in Verbindung bringen zu können.«

»Finden Sie nicht, dass die Öffentlichkeit ein Recht auf die Wahrheit hat?«, fragte Pierre.

»Vielleicht auch auf die, dass der erschossene Junge Linkshänder war?«, antwortete der Untersuchungsrichter und zielte damit bewusst unter die Gürtellinie. Pierre schluckte seinen Zorn hinunter und umklammerte mit der Rechten sein linkes Handgelenk. Jan Verstappen stand schon die ganze Zeit mit gesenktem Blick da und starrte seine Schuhspitzen an, als lägen ihm Backsteine im Magen. Jos Bosmans, der intuitiv spürte, dass an der Sache etwas faul war, fluchte innerlich. Er rieb sich die müden Augen und beschloss, vorläufig nicht mehr daran zu denken. Es war sowieso ein Verfahren anhängig, denn die Kollegen von der Dienstaufsicht ließen nicht locker. *Warum sollten sie auch?. Haben ja sonst nichts zu tun.*

»Wenn auch nur ein Wort darüber in der Presse landet«, Bosmans' Augen funkelten bedrohlich. »Verstanden? In dem Moment, wo die jungen Marokkaner und Marouf mit dem Fall Dewolf in Verbindung gebracht werden, bricht hier in Mechelen ein regelrechter Bürgerkrieg aus.«

»Irgendwann müssen wir doch mal klare …«

»Aber nicht jetzt, Mendonck«, erwiderte Jos Bosmans. »Erst müssen wir den Sprengsatz«, er sah Pierre an, »die Sprengsätze aus dem Pulverfass holen.«

Die letzten Worte bekam Deleu gar nicht mehr mit.

Er dachte über den Stand der Ermittlungen nach. Dass sie auf einmal gewaltige Fortschritte machten, war ihm einfach nicht geheuer. Vanderauwera hatte den Mord an Benaoubi nicht begangen, denn sein Alibi hatte sich als wasserdicht erwiesen. Drei Freundinnen des abgehalfterten Motorradhelden hatten unter Eid ausgesagt, er habe sich zur vermutlichen Tatzeit auf einem Bikertreffen in Limburg aufgehalten. Deleu seufzte nochmals.

Zu allem Überfluss hatte die ballistische Untersuchung ergeben, dass es sich bei dem Revolver, den sie bei Vanderauwera gefunden hatten, tatsächlich um die Waffe handelte, mit der auch Dewolf umgebracht worden war. Auf der Smith & Wesson hatten sie neben den Fingerabdrücken von Vanderauwera auch die von Yussuf Benaoubi nachgewiesen. All seine schönen Theorien waren für die Katz. Marouf hatte offensichtlich Benaoubi und Dewolf ermordet. Wegen jenes Drogenpäckchens, das Abram von el Hidrissi erhalten hatte.

Trotz allem wurde Deleu seine Zweifel nicht los. Es widerstrebte ihm, seine mühsam ausgetüftelte Theorie einfach fallenzulassen, und er stieß den zweiunddreißigsten Seufzer des Tages aus. Einen tiefen Seufzer. Einen, der für zwei zählte.

Vanderauwera, der in seinem Garten regelmäßig Jointkippen findet, schließt daraus, dass in Benaoubis Wohnung Drogen zu holen sind. Er selbst steckt bis über beide Ohren in der Drogenszene. Er entdeckt die Leiche des Jungen und durchsucht die Wohnung. Bis zur letzten Schublade. Er findet keine Drogen, nimmt dafür aber den Revolver mit. Das erklärt Benaoubis halb zur Faust geballte Hand, denn die Leichenstarre war bereits eingetreten. Deleu presste die Hände gegen die Schläfen. *Aber dieser Junge hat den Mord nicht begangen! Auf keinen Fall. Der Mörder hat das alles inszeniert. Murat Marouf, mein Freund, bist du wirklich so tief gesunken?* Der Ermittler raufte sich die Haare. *Der Mörder klingelt an der Tür. Angenommen, der Junge hatte einen Revolver, und angenommen, er hat geschossen. Er verfehlt den Eindringling, es kommt zu einem Kampf, und der Mörder ersticht den Jungen. Der Junge stürzt zu Boden, den Revolver noch immer in der*

Hand. Nein, das kann nicht sein! Unmöglich! Deleu biss sich auf die Fingerknöchel. *Der Junge zieht ein Messer. Der Mörder ersticht ihn mit seinem eigenen Messer und zieht erst dann seine Waffe. Er drückt sie dem Jungen in die Hand und schießt. Vanderauwera findet keine Drogen, stiehlt aber die Waffe, um damit vor seinen Kumpels anzugeben. Der Idiot ist inzwischen wieder auf freiem Fuß. Er hängt garantiert schon in der nächsten Kneipe und tischt seinen Freunden abenteuerliche Geschichten über seine Heldentaten auf. Der harte, tätowierte Kerl, der sich vor Angst in die Hosen gemacht hat, als Kurt Verrijt die Daumenschrauben ansetzte.*

Deleu lachte in sich hinein. Kurt hatte ihm gestern nach Feierabend bei einem Glas Bier die Geschichte mit den Zeitungen ausführlich geschildert. Bosmans hatte sich zwar über das schnelle Geständnis gewundert, wusste jedoch von nichts.

Dirk Deleu befeuchtete seine Lippen. Seine Zunge fühlte sich an wie ein Lederlappen. Der Brandy, den er gestern Abend in Nadias Wohnung getrunken hatte, war wohl doch nicht so gut gewesen, wie er angenommen hatte.

Vergiss es, Deleu. Der Sachverhalt ist klar wie Kloßbrühe. Dewolf fängt ein Päckchen harter Drogen ab, das nach außen hin nur Gras zu enthalten scheint, und Murat Marouf bringt ihn dafür um. Benaoubi und el Hidrissi deponieren die Leiche im Kastanjedreef und schütten Salpetersäure über die Fingerspitzen und das Gesicht, damit Dewolf nicht identifiziert werden kann. Alles ganz logisch. Auch der amateurhafte Versuch mit der Säure passt zu den beiden unerfahrenen Knaben. Aber Marouf soll Benaoubi ermordet haben? Unmöglich!

»Knaben« war das richtige Wort, denn die beiden waren noch halbe Kinder gewesen. Jugendliche, deren entseelte Körper jetzt in einer Kiste unter einer Schicht trockener Erde verwesten.

Dirk Deleu hatte dem Doppelbegräbnis beigewohnt, wenn auch in respektvollem Abstand und aus beruflichen, nicht aus privaten Gründen der Anteilnahme. In der Moschee waren außer ihm nur Marokkaner gewesen, und er hatte sich überaus unbehaglich gefühlt. Yussufs Mutter, die dicke Frau mit den blauschwarzen Haaren, musste gestützt werden.

Selbst der marokkanische Botschafter war erschienen und auch der Konsul, der jedoch nur Augen für die übrigen Anwesenden hatte, nicht für die Feierlichkeit an sich.

Und sie … sie war auch da. Danielle! Murats Geliebte. Meine Muse.

Der Finanzminister hatte sich ebenfalls blicken lassen, stellvertretend für den Innenminister, und der Staatssekretär für Entwicklungshilfe. Beide Politiker waren allerdings vor der Gebetsandacht wieder aufgebrochen.

Deleu war geblieben. Im hinteren Teil der Moschee hatte er viel an Barbara gedacht und an Charlotte. Er hatte sogar ein improvisiertes Gebet für sie gesprochen.

Das gemeinschaftliche Gebet hatte ihn stark beeindruckt. Am imponierendsten war der Moment, in dem der Imam während einer nur fünf Minuten dauernden Predigt dazu aufgerufen hatte, für die Seelenruhe der beiden jungen Männer zu bitten. »Dank ihres Märtyrertums werden sie

auf ewig in den Herzen der Anwesenden weiterleben«, hatte er hinzugefügt.
Als die Frauen auf der Empore einen monotonen Gesang anstimmten, war der von dem Geschehen völlig überwältigte Ermittler leise hinausgegangen. Er hatte noch einen kurzen Blick in das vergoldete Gästebuch am Ausgang der Moschee geworfen, allerdings nichts hineingeschrieben.
Dann hatte er im Schatten des ehrwürdigen Sint Romboutsturms gewartet. In einer Welt, welche die seine war. Beim Trauerzug zum Friedhof hatte sie ihn bemerkt, aber sofort den Blick abgewandt. *Danielle und Dirk. Dirk und Danielle.* Auch Murat hatte ihn gesehen. Er hatte einen eleganten schwarzen Anzug und ein exklusives Hemd dazu an. Eines, das ohne Krawatte getragen wurde, vermutlich ein Designerstück von Versace.
Deleu lächelte. Murat war schon immer ein unglaublich eitler Mann gewesen. Eitel und stolz. Murat hatte ihn ebenfalls gesehen, jedoch nicht mit der Wimper gezuckt und keine Miene verzogen.
Danielles Sohn – wie alt ist er noch gleich? Nicht älter als acht jedenfalls. Dimitri ging auch mit, an Murats Hand.
»Professionell ermordet« stand in Dewolfs Autopsiebericht. Zwei Kugeln in den Kopf, hinter dem linken Ohr. Es war kaum zu erkennen, dass es zwei Einschüsse waren. Sozusagen eine professionelle Hinrichtung.
»Deleu.«
Der Ermittler schreckte aus seinen Gedanken auf. Abgesehen von Jos Bosmans war das Büro leer.
»Ja?«

»Willst du hier Wurzeln schlagen? Oder vielleicht gleich überwintern?«

»Du wirst wohl recht haben, Jos.«

»Womit denn?«

»Es war eine professionelle Exekution. Ausgeführt von zwei Jugendlichen, die nach Aussage von Murat Marouf noch nie eine Schusswaffe aus der Nähe gesehen hatten.«

Bosmans strich sich über das Kinn. »Marouf ist ein Gangster, ein skrupelloser Drogenbaron. Er hat den Mord selbst begangen und anschließend alle Spuren beseitigt.«

»Kann schon sein, aber ich kenne ihn. Er ist ein Ehrenmann. Er würde niemals ein halbes Kind wie Yussuf Benaoubi umbringen lassen. Nie im Leben. Murat Marouf ist ein Gangster, das stimmt. Doch er ist auch selbst Vater eines Sohnes. Der Junge muss vier oder fünf Jahre alt sein ...« Deleus Stimme stockte. »Komisch, der Kleine war gar nicht bei der Beerdigung.« Tiefe Furchen zogen sich über seine schweißnasse Stirn. Dirk Deleu presste die Hände so fest gegen die Schläfen, als wolle er sie in den Schädel hineindrücken. Das Hämmern in seinem Kopf flaute für einen Moment ab. Er öffnete seine müden Augen und schloss sie augenblicklich wieder. Das linderte den Schmerz etwas.

»Das Kind wäre bei seiner Mutter viel besser aufgehoben«, brummte Bosmans.

»Es hat keine Mutter. Sie ist im Wochenbett gestorben.«

Jos Bosmans zündete sich eine Belga an, ohne seinem Freund das Päckchen hinzuhalten. Forschend verzog er das Gesicht, wie ein Professor, der sich fragt, ob der Student vor ihm den Lehrstoff wirklich beherrscht oder nur Glück gehabt hat. »Woher weißt du das?«

»Berufskrankheit.«

Bosmans zupfte mit zusammengekniffenen Augen an seiner Unterlippe.

»Ich lese immer die Todesanzeigen in der Zeitung.«

Die daraufhin eintretende Stille war für beide unangenehm.

»Aber seine Begleiterin war da.« Es klang nicht wie eine Frage, eher wie eine Feststellung.

»Ja.«, erwiderte der Ermittler nur.

»Wie ist sie eigentlich an Marouf gekommen? Das war ja ein ziemlicher Sprung auf der kriminellen Karriereleiter, von der Straßenhure zur Gespielin eines Drogenbarons.«

Deleu überhörte die abfällige Bemerkung geflissentlich. Er kannte Bosmans durch und durch und wusste, dass sein Freund ihn nur aushorchen wollte. »Vergiss es, mein Lieber. Du musst es schon geschickter anstellen, wenn du mich überlisten willst.« Er grinste selbstzufrieden.

Jos Bosmans freute sich, seinen Freund endlich wieder einmal lachen zu sehen, aber er blieb nach wie vor skeptisch. Deleu machte in letzter Zeit einen erschöpften Eindruck. Außerdem brodelte die Gerüchteküche, denn anscheinend verstanden sich Nadia Mendonck und Frank Tack ausnehmend gut.

»Wie läuft es mit Nadia?«

»Wunderbar, Jos. Alles in bester Ordnung.«

Während Bosmans nervös mit dem Bleistift auf seinen Schreibtisch herumklopfte, blieb sein Freund reglos stehen. »Stimmt das auch wirklich?«

»Ist doch egal, Hauptsache, es klappt im Bett!«, erwiderte Deleu barsch, drehte sich mit einem Ruck um und marschierte zur Tür.
»Inspecteur Deleu!«
Der Ermittler blieb stocksteif stehen, ließ die Schultern sinken und drehte sich um, die Hände tief in den Taschen seiner grob gewebten Leinenhose vergraben.
»Ja, Mijnheer Untersuchungsrichter?«
»Wir sind noch nicht fertig mit unserer Besprechung«, sagte Bosmans sachlich.
Deleu schloss die Augen und klappte den Mund ein paar Mal auf und zu wie ein Karpfen in einem sauerstoffarmen Teich. »Brauchen Sie noch weitere Informationen im Zusammenhang mit den laufenden Ermittlungen, Mijnheer Untersuchungsrichter?« Er hatte jetzt wieder diesen verbissenen Zug um den Mund. In den letzten Wochen wurde er von handfesten Depressionen gebeutelt.
»Los, setz dich.«
»Ist das ein Befehl, Mijnheer Untersuchungsrichter?«
Jos Bosmans ignorierte die aufsässige Frage. Er ließ sich auf den Stuhl fallen, stützte die Ellbogen auf seinen Schreibtisch und legte die Stirn in die Hände. Dann kratzte er sich am Kopf. Deleu bemerkte, dass ihm nun auch am Hinterkopf die Haare ausfielen. Solche Kleinigkeiten entgingen ihm nie.
»Dirk, darf ich mich als deinen Freund betrachten?«
»Ja, Jos.«
»Als deinen besten Freund?«
»Ja, Jos.«

»Nimmst du es mir dann übel, wenn ich mir Sorgen mache?«
»Ja, Jos.«
Der Untersuchungsrichter wedelte, ohne aufzublicken, mit den Händen.
Deleu ließ sich von der deutlichen Gestik seines Chefs nicht ins Bockshorn jagen und zog sich einen Stuhl heran.
»Was möchtest du wissen?«
Bosmans schaute ihn an. Sein Freund hatte ihn durchschaut. Er legte bedächtig den Zeigefinger an die Lippen.
»Nichts. Tut mir leid.«
»Okay«, sagte Deleu und stand auf.
»Ich wollte dir ja nur sagen, dass beste Freunde dazu da sind, einen … na ja, sie sind einfach immer für einen da. Das ist alles.«
Die beiden Männer vermieden es, sich anzusehen. Deleu ließ sich langsam auf seinen Stuhl sinken und richtete den Blick auf die verschossene Tapete. Er zog die verbeulte Kaffeekanne mit dem Aufkleber »J. B. A2. 17.07.« zu sich heran und schenkte sich in einen Plastikbecher Kaffee ein. Das Getränk war lauwarm und schmeckte nach Spülwasser. Angewidert spuckte er den Schluck zurück in den Becher.
»Wann schaffst du dir endlich mal eine neue Kanne an? Eine, die zu deiner Stellung passt.«
Bosmans grinste breit, holte eine kleine grüne Thermoskanne aus seiner Aktentasche und schenkte zwei Becher halb voll. Einen reichte er Deleu, den anderen nahm er selbst in die Hand.
Der Ermittler trank vorsichtig. »Hm. Schon besser«, brummte er.

Als er aufblickte, grinste der Untersuchungsrichter immer noch von einem Ohr zum anderen.
»Was ist denn?«
»Die Kaffeekanne …« Bosmans rieb sich mit einem Taschentuch die Augen, und Deleu runzelte die Stirn. »Die Kaffeekanne weicht schon seit über vierundzwanzig Stunden ein. In Wasser mit einem Schuss Essig.«
»Igitt!« Deleu rieb sich über die Lippen.
Sein Freund gluckste und schnäuzte sich die Nase, dann tupfte er seine Stirn trocken. »Diese Hitze ist wirklich unmenschlich.«
»Es ging einfach nicht mehr zwischen Barbara und mir«, sagte Deleu.
Bosmans starrte seinen Plastikbecher an, während der Ermittler den Kopf in den Nacken legte und seufzte. Er nahm zwei Belgas zwischen die Lippen, holte ein Feuerzeug aus der Hosentasche und zündete die Zigaretten an. Er inhalierte tief, blies den Rauch zur Decke und reichte seinem Chef eine Belga.
»Ich habe mir endlos darüber den Kopf zerbrochen, stundenlang habe ich auf der Terrasse gesessen und gegrübelt. Seit der Geburt von Charlotte lief nichts mehr zwischen uns, nichts. Keine Umarmung, kein Sex, nichts mehr. Charlotte ist ein wahnsinnig anstrengendes Baby. Jetzt ist sie ein Jahr alt und weint immer noch Tag und Nacht.« Deleu unterbrach sich und rieb sich über die Schläfen. »Verdammt, Jos, ich bin dreiundvierzig. Ich habe die Beherrschung verloren und sie durchgeschüttelt.« Sein tiefer Seufzer sagte mehr als tausend Worte. »Als Barbara mir das Kind aus den Händen riss und ich ihren Blick sah, da

wusste ich es. Da begriff ich, was ich schon seit Monaten wusste, aber nicht wahrhaben wollte. Zwischen uns gab es nur noch … nur noch … nichts mehr.«

»Ich kann dich gut verstehen, Dirk.«

Deleu sah seinen Chef verwirrt an.

»Wie geht es Rob?«

»Prima. Er hat die Jointkippe im Garten von Vanderauwera gefunden.«

Bosmans' Gesicht lief nicht rot an, sondern wurde vor Erstaunen aschgrau, während seine Adern dick und purpurrot hervortraten. Wimmelnde Regenwürmer nach einem Frühjahrsregen.

Deleu stand auf und wandte sich lächelnd zum Gehen, noch bevor sein Chef sich von seiner Überraschung erholen konnte.

»Dirk?«, fragte Bosmans sachlich.

Deleu wandte sich steif um. »Ja?«

In diesem Augenblick klingelte Bosmans' Handy, und Deleu kehrte noch einmal zurück. Der Untersuchungsrichter hatte seine Anrufe zu Walter Vereecken durchschalten lassen, und nur Walter wusste, unter welcher Nummer sein Vorgesetzter derzeit zu erreichen war. Es musste sich daher um etwas äußerst Wichtiges handeln.

Bosmans hörte eine ganze Weile zu, und seine Gesichtsfarbe wechselte von dem üblichen fahlen Gelb über Hellrosa bis zu Dunkelgrau. Als er das Handy sinken ließ, schien es, als wolle er es mit einer Hand zerdrücken.

Deleu musterte ihn fragend, aber Bosmans kam ihm zuvor.

»Komm mit!«, befahl er und zog seinen Freund am Ellbogen hinaus. Er stieß die Bürotür so heftig auf, dass sie gegen die Wand knallte. Die beleibte Kollegin, die sich neulich am Kaffee verbrannt hatte, drückte sich zufrieden grinsend mit einem vollen Tablett an der gegenüberliegenden Wand entlang. Sie war aus Erfahrung klug geworden.

26

Das winzige kriminaltechnische Labor war hoffnungslos überfüllt.

»Die Fingerabdrücke können von jedem x-Beliebigen stammen, Nadia«, sagte Deleu. »Sogar von der Kassiererin im Supermarkt.«

»Oder vom Kassierer, schließlich arbeiten auch Männer im Supermarkt«, erwiderte Nadia Mendonck schnippisch.

Sie wandte empört den Blick ab. Frank Tack grinste. Er drückte den Filter seiner Belga gegen seinen Nasenflügel, ließ die Zigarette los und fing sie behende wieder auf.

Die Tür schwang auf, und Bruno Verbeke stürmte herein. »Kollegen«, verkündete er in seinem typischen klagenden Tonfall, »auf dem Drogenpäckchen befinden sich eine Reihe von Fingerabdrücken, die eindeutig von Murat Marouf stammen.«

Der Kriminaltechniker mit der hohen Stirn und dem Körperbau von John Cleese blickte Jos Bosmans an, in der Hoffnung, nicht schon wieder mit einer zusätzlichen Aufgabe betraut zu werden. Untersuchungsrichter Bosmans, das Schreckgespenst aller hart arbeitenden Spurensicherer.

Doch der Workaholic wusste zunächst gar nicht, was er sagen sollte, obwohl er fast damit gerechnet hatte. Er kniff die Augen zu Schlitzen zusammen. »Von Murat Marouf?«

Der Kollege nickte ergeben, wie ein Schuljunge, der Angst vor einer Strafarbeit hat.

»Woher wollen Sie wissen, dass die Abdrücke von Marouf stammen? Ich dachte, er sei nicht in unseren Datenbanken gespeichert?«

»Sie stimmen überein mit dem Satz, den ...«

Verbeke zögerte und zeigte auf Tack, der lächelnd »Frank« sagte. Er tat es in einer Art und Weise, die Deleu einfach zum Kotzen fand, wie ein schmieriger Schnulzensänger zu Beginn seiner Show.

»... den unser neuer Kollege mir besorgt hat. Es sind noch weitere Abdrücke auf dem Päckchen, allerdings sind sie nicht identifizierbar, zumindest nicht von mir.«

Bosmans warf einen missbilligenden Seitenblick auf Tack, der eine auffällige Unschuldsmiene aufgesetzt hatte. »Raus mit der Sprache, Frank!«

Tack fummelte an seinem ausgeprägten Kinn herum. »Ich habe sie im Müll gefunden.«

Bosmans legte die Hände auf seinen Schreibtisch und sagte kein Wort. Dabei sah man ihm an, dass er jeden Augenblick explodieren konnte.

»Ich sollte doch in Ihrem Auftrag die Drogenspur weiterverfolgen?«

Der Untersuchungsrichter ignorierte Tacks ängstlichen und zugleich spöttischen Blick.

»Bei der Drogenfahndung ist es ein ganz übliches Verfahren, den Müll eines Verdächtigen zu durchsuchen. Ein durchaus logischer Schritt, oder?«

»Wenn Sie da mal nicht das Pferd von hinten aufzäumen, werter Kollege«, erwiderte Bosmans langsam.

Deleu grinste. Frank Tack war mit einem Mal gewaltig in seiner Achtung gestiegen.

»Könnten Sie mir vielleicht auch erzählen, was Sie jetzt mit diesen illegal erworbenen Fingerabdrücken anfangen wollen?«

»Dasselbe wollte ich eigentlich Sie fragen, Mijnheer Bosmans. Es war nämlich durchaus ein bisschen Gras dabei. Eine Jointkippe. Vielleicht könnten wir auf diesem Wege ein wenig Druck machen.«

Bosmans beendete mit wedelnden Händen Tacks ungemütliche Situation. Daraufhin drehte der Fahnder sich um und sah mit einem breiten Grinsen Nadia an, auf der Suche nach Anerkennung, die sie ihm prompt schenkte.

Deleu starrte auf seine abgetragenen Docksides, deren Anblick ein Symbol dessen war, wie er sich fühlte. Bereit für die Müllkippe. *Exit Deleu.*

»Und das Blut?«, fragte der Untersuchungsrichter nervös.

Verbeke verzog pikiert das Gesicht.

»Ja, ja, ich weiß, dass es dafür noch ein bisschen früh ist.«

Als Bosmans sich umdrehte, erhaschte er Deleus resignierten Blick. Er ging auf seinen Freund zu, legte ihm den Arm um den Hals und kniff ihn in die Schulter. »Komm, wir gehen ein Hoegaarden trinken. Im Kleine Keizer.«

27

In dem Labyrinth von Fluren und Gängen des Brüsseler Justizpalastes war es Pierre Vindevogel endlich gelungen, dieses verdammte Kameradenschwein abzuhängen. Keuchend versuchte er, wieder zu Atem zu kommen, als er hinter sich die schnellen Schritte Verstappens hörte. Ruckartig wandte Vindevogel den Kopf und sah den Verräter an wie ein hungriger Bussard eine Feldmaus.

Knapp fünf Minuten zuvor hatten sie im Foyer des düsteren Gebäudes – eine Vorhölle, wie sie im Buche stand – eine hitzige Diskussion geführt. Verstappen hatte sich nicht erweichen lassen und darauf bestanden, endlich die Wahrheit zu sagen. Pierre knirschte vor Wut mit den Zähnen. *Idiot!* In dem Moment, als Verstappen den Mund öffnete, schwang die Tür von Saal E auf. Im Hintergrund war Stimmengemurmel zu hören, und Pierre klopfte das Herz bis zum Hals. Er verstand kein Wort, so sehr er sich auch anstrengte. Jemand lachte hoch und schrill, wie ein Flötenkessel unter Dampf.

Malcorps, der Beauftragte des Justizministeriums, breitete einladend die Arme aus und winkte Pierre zu. Sein rötlicher Kinnbart kräuselte sich, als er lächelte. *Judas!*, dachte Vindevogel, als er widerwillig eintrat. Malcorps' ausgestreckte Hand zitterte. Er nahm Verstappen an der Schulter und schloss die Flügeltür.

Während Pierre wie zur Salzsäule erstarrt stehen blieb, blickte sich Verstappen im Saal um. Alle waren sie gekommen. *Florent Janssens von der Dienstaufsicht mit seinem lächerlichen Ziegenbart. Jan Doms von der Berufungsbehörde. Und dieser Fettsack mit dem breiten Stiernacken und dem Quadratschädel, der Henker aus der Rue Royale. Pierre Ongenae, der Chef der Dienstaufsichtsbehörde.*

Ongenae, für die Polizisten die Inkarnation des Bösen, kaute auf einem Zahnstocher herum. Er hatte nicht einmal aufgeblickt, als Verstappen und Vindevogel hereingekommen waren. Wim Schepers, Hoofdcommissaris der Kripo Mechelen und damit der Vorgesetzte der beiden Angeklagten, wischte sich den Schweiß von der Stirn. Er sah aus, als habe er gerade seinen dritten Schlaganfall hinter sich.

Pierre hat nicht den Hauch einer Chance.

Teilweise kannten die beiden Ermittler die Herren gar nicht, die über ihr weiteres Schicksal zu entscheiden hatten.

Keiner von diesen Stubenhockern hat jemals in der Schusslinie gestanden, dachte Pierre, während er den Blick über die Anwesenden wandern ließ. *Keiner von diesen stinkenden Leichenfledderern hat jemals das Pfeifen einer Kugel gehört. Geschweige denn, ihren heißen Luftzug am Ohr gespürt!*

Verstappen versuchte, seinen Partner auf sich aufmerksam

zu machen, aber der starrte nur das Fenster an, als wollte er jeden Moment hinausfliegen.
»Setzen Sie sich, meine Herren«, durchbrach Ongenaes schleppende Stimme die Stille. Der Chef der Dienstaufsicht bohrte sich gelangweilt in der Nase.
Jan Verstappen spürte, wie ihm das Hemd am Rücken klebte, als er sich neben Pierre auf einen Bürostuhl setzte. Er roch den Schweiß seines Kollegen und schloss die Augen. Das offizielle Vorgeplänkel ging völlig an ihm vorüber und er wurde erst aufmerksam, als er seinen Namen hörte.
»Inspecteur Verstappen, wie Sie sicherlich wissen, gilt es inzwischen als zweifelsfrei erwiesen, dass der Erschossene, Said el Hidrissi, Linkshänder war«, stellte Florent Janssens von der Dienstaufsicht trocken fest und krempelte die Hemdsärmel um.
Verstappen sah die dicken, behaarten Handgelenke seines Gegenübers an und schwieg.
»Mijnheer Vindevogel?«
»Ich weiß von nichts.«
»Und mein Name ist Hase«, sagte Ongenae lachend. Offenbar fand er sich selbst unwiderstehlich komisch, da sein ironisches Kichern in einen unkontrollierten Lachkrampf ausartete, den er röchelnd mit einem Taschentuch erstickte. Keiner im Saal reagierte, doch alle fühlten sich angesichts des hohen Maßes an Taktlosigkeit unwohl.
Ongenae ließ sich allerdings nicht aus dem Konzept bringen. Er war der Racheengel, der Mann, vor dem alle Polizisten draußen im Einsatz zitterten.
»Verstappen«, sagte er nun honigsüß, »würden Sie sagen,

dass Ihr hier anwesender Kollege Vindevogel unter einem Sehfehler leidet?« Ongenae drückte sich gern ein wenig umständlich aus, ein probates Mittel, um seine Gegenpartei ungestraft zu reizen. Alle ärgerten sich darüber, doch niemand hatte es je gewagt, sich darüber zu beklagen.
Verstappen blies zwei Mal die Wangen auf, als wolle er seine Worte schmecken, bevor er sie ausspuckte. »Tja, Mijnheer, was heißt schon Sehfehler? Er braucht zum Lesen eine Brille, wenn Sie das meinen.«
»Der König der Bogenschützen braucht eine Brille«, grinste Ongenae und blickte sich Beifall heischend um.
Tatsächlich grinste Janssens, so dass man sein rosa Zahnfleisch sah und sich über seine Stirn tiefe Furchen zogen.
Pierre Vindevogel saß da wie ein geprügelter Hund.
»Das tut doch nichts zur Sache!«, erwiderte Jan Verstappen aufgebracht, und sein Gesicht lief rot an.
»Alles tut hier etwas zur Sache, Mijnheer Verstappen«, blaffte Janssens, warf einen Blick zur Seite und spürte intuitiv, dass Ongenae auf seiner Seite war. *Der richtige Zeitpunkt zum Zuschlagen!* »Sogar, dass Sie der Schwiegersohn des berühmt-berüchtigten ehemaligen Staatsanwalts Verspaille sind, tut hier etwas zur Sache«, fuhr er fort, den geschwollenen Tonfall seines großen Vorbildes imitierend.
Jan Verstappen lief puterrot an. Er sah seinen Vorgesetzten Schepers an, doch der rekelte sich nur träge in seinem Stuhl und kniff die Augen zu.
»Was haben Sie, Mijnheer Vindevogel, in dem Augenblick empfunden, als Sie sich bei der Verfolgungsjagd die Nase brachen?«, fragte Malcorps, der Pharisäer aus dem Justizministerium, wie ein erfahrener Psychologe.

»Schmerzen«, antwortete Pierre lakonisch.

Jan Verstappen, in dessen Körper die aufgestaute Spannung vergebens ein Ventil suchte, war kurz davor, laut loszulachen, doch seine Stimmbänder produzierten lediglich ein nervöses Kichern.

Ongenae wandte den eckigen Schädel in seine Richtung. »Sie finden das amüsant, Inspecteur?«

Jan Verstappen presste die Lippen aufeinander, denn er spürte, worauf die Herren hinauswollten. Schepers hatte den Mund noch immer nicht aufgemacht. *Zehn nach drei. Schon ein drei viertel Stunden hocken wir in dieser Sauna hier.*

»Sie haben doch noch einen Moment Zeit, Mijnheer Verstappen?«, bemerkte Janssens ironisch und griff träge nach seinem Glas Mineralwasser.

»Schön«, sagte Ongenae und pulte sich am Ohr. »Fassen wir mal zusammen.« Er studierte die Kuppe seines Zeigefingers. »Also, meine Herren, Sie haben diesen jungen Ausländer mit dem Auto verfolgt. Diesen meines Wissens nach absolut unbescholtenen jungen Mann. Sie schnitten ihm den Weg ab und trieben ihn in die Lagerhalle.« Er legte die gespreizten Hände flach vor sich auf den Tisch und schwieg für einen Moment. »Hätten Sie auch dann geschossen, wenn es sich nicht um einen Ausländer, sondern um einen Belgier gehandelt hätte, Mijnheer Vindevogel? Mir sind da gewisse Gerüchte zu Ohren gekommen.«

Die hinterhältige Bemerkung traf Jan Verstappen völlig unvorbereitet. Pierre rutschte nach vorn auf die Stuhlkante, schwieg jedoch weiterhin. Die Anspannung hatte ihre Spuren auf seinem Gesicht hinterlassen, und er wirkte auf einmal um zehn Jahre gealtert.

»Stimmt es weiterhin, Mijnheer Vindevogel, dass Sie im Wagen zu Ihrem Kollegen gesagt haben, Sie würden es diesem Ausländer schon noch heimzahlen?« Ongenae rollte mit seinen massigen Schultern. »Mijnheer Verstappen?«

»Das habe ich nie gesagt!«, rief Verstappen. »Das ist völlig aus der Luft gegriffen«

»Es steht aber im Protokoll«, brüllte Ongenae seinerseits.

»Das habe ich gar nicht …«, wagte Pierre einen schwachen Versuch.

»Das hat verdammt noch mal sogar in der Zeitung gestanden!«, blaffte Janssens.

Als wieder Ruhe eingekehrt war, schloss Ongenae feierlich die Manschettenknöpfe seines Hemdes und fuhr sich mit der Zunge über die Lippen. »Inspecteur Vindevogel, Sie können sich jetzt entfernen«, sagte er dann kurz angebunden.

Pierre warf noch einen letzten Blick auf Verstappen und schlurfte mit hängenden Schultern zur Tür. Ohne sich noch einmal umzusehen, ging er hinaus auf den Flur. Hoofdinspecteur Schepers starrte noch immer auf seine Hände, die schlaff auf seinem Schoß lagen, und Jan Doms vom Berufungsausschuss fand sich nach einem Blick auf seine Uhr endgültig damit ab, dass er seinen Besuch im CD-Laden auf ein andermal verschieben musste. Florent Janssens hatte nur noch Augen für Pierre Ongenae in seinem farbenfrohen Aufzug. Er hatte das Damoklesschwert hoch erhoben und die Spitze, bereit zum Todesstoß, auf die Kehle des Opfers gerichtet. In Verstappens Rücken sah er bunte Banderillas stecken. Rot. Rot war die vorherrschende Farbe.

Ongenae presste die Hand an die Stirn und massierte sich mit Daumen und Zeigefinger die Schläfen. »Mijnheer Verstappen, Ihre Zukunft bei der Kriminalpolizei liegt allein in Ihren Händen.« Er pausierte und hob den Blick. »Wir haben genug gehört, und wir haben genügend Beweismaterial gesammelt, um Vindevogel ein für alle Mal aus dem Verkehr zu ziehen.« Als niemand reagierte, legte er die breiten Hände vor sich auf den Tisch.

»Mijnheer Verstappen, ich will es kurz machen.« Schepers öffnete zum ersten Mal den Mund.

Ongenae brachte ihn mit einem durchdringenden Blick zum Schweigen, trommelte mit den Fingern auf dem Tisch herum und wandte sich dann mit ernstem Gesicht an Verstappen. Sein Blick passte so gar nicht zu seinem soeben noch salbungsvollen Tonfall. »Verstappen«, fuhr er fort, »Schwiegersohn unseres vom Pech verfolgten Freundes Claude Verspaille, wenn Sie als Zeuge aussagen, erhalten Sie von mir einen Freibrief für die Zukunft. Eine vielversprechende Zukunft.«

Eine bleierne Stille trat ein. Jan Verstappen stützte sich mit gespreizten Händen auf dem Tisch ab und stand energisch auf. Sein Entschluss stand fest. Während er Ongenae anlächelte, der ihn geradezu genüsslich beobachtete, griff er sich unter die Achsel. Der Chef der Dienstaufsicht verschränkte in einem Reflex beide Arme vor dem Körper, als Verstappen die Walther auf sein pompöses Gesicht richtete und zweimal kurz mit der Zunge schnalzte. Auch darauf reagierte niemand. In den Augen von Florent Janssens blitzte sogar der Schalk.

Verstappen ließ die Waffe zweimal um den Finger rotieren, griff sie mit der freien Hand am Lauf, legte sie entspannt lächelnd vor sich hin und schob sie zu Ongenae hinüber. Anschließend klatschte er seinen Dienstausweis auf den polierten Tisch.

»Meine Herren, es war angenehm, mit Ihnen zusammenzuarbeiten. Ab und zu.« Es klang weder verbittert noch herausfordernd. Jan Verstappen drehte sich um und ging, ohne sich umzusehen, auf die Tür zu, die einen Spalt offen stand. Er fühlte sich seltsam fröhlich, als zöge er nach Jahren der vergeblichen Plackerei endlich den Kopf aus dem Misthaufen.

28

Die Titelseite von *Het Volk* verunzierte Bosmans' Schreibtisch wie ein hässlicher Ölfleck inmitten einer kristallklaren Lagune.

Nach und nach hatten sich alle vorsichtig genähert, und das gesamte Team umringte nun die Zeitung, die meisten mit erstaunter Miene. Niemand wagte es, etwas zu sagen. Es gab nur verstohlene Blicke und fragende Gesichter. *Wer ist der Schuldige? Und warum hat er es getan?*

Bosmans ergriff schließlich das Wort. Seitdem die Mitglieder des Teams peu à peu eingetroffen waren, hatte er noch keinen der Anwesenden eines Blickes gewürdigt.

»Weder Abram noch seine Frau oder eines seiner Kinder verfügt über ein Handy.« Endlich hob er den Blick und sah seine Untergebenen an, einen nach dem anderen, ohne mit der Wimper zu zucken. Keiner wich ihm aus, damit hatte er nicht gerechnet. »Abram sitzt in Schutzhaft und hat exakt zwei Telefonate geführt: eines mit seiner alten Mutter in Marokko und eines mit dem Bürgermeister von Mechelen.«

Jos Bosmans zündete sich in aller Ruhe eine Zigarette an, blies die blaue Rauchwolke zur Decke und wartete, bis sich der letzte Qualmrest verflüchtigt hatte. Aufgelöst in ein Nichts, als hätte er nie existiert.

»Obwohl es seit einiger Zeit endlich von Gesetzes wegen möglich ist, die Telefone Verdächtiger anzuzapfen, verfügen wir leider nicht über die nötigen Mittel.« Wieder inhalierte er und behielt den Rauch einen Augenblick in der Lunge. Als er sprach, quollen Rauchwölkchen aus seinem Mund. »Untersuchungsrichter wie ich werden abgewiesen, weil die Politiker behaupten, es sei zu kostspielig und das Geld werde anderweitig benötigt. Warum brauchen wir überhaupt so viel Geld, um Abhöraktionen durchzuführen?« Bosmans blickte lächelnd in die Runde. Sein scheinbar belangloses Gerede legte sich über die angespannte Stille. »Keine Sorge, ein entsprechender Ausschuss bearbeitet derzeit die Anfrage. Das größte Problem besteht darin, dass es in der Telekommunikationsbranche immer mehr Anbieter gibt, was solche Abhöraktionen ungemein erschwert. Allerdings ist, wie wir alle wissen, der Kampf gegen das organisierte Verbrechen ohne die Möglichkeit, Telefone anzuzapfen, ein aussichtsloses Unterfangen.«

Bosmans trank von seinem lauwarmen Kaffee und räusperte sich. »Tja, woher sollen wir die Mittel nehmen? Das ist die Kernfrage bei diesem heiklen Problem.« Er stellte seinen Becher auf einem alten Kaffeeflecken ab, um ihn zu verdecken. »In den Niederlanden beteiligen sich die Anbieter an den Kosten, so habe ich jedenfalls gehört.«

Nadia Mendonck scharrte vor Nervosität mit den Füßen.

Bosmans schob die Brille hoch und musterte sie, worauf das Geräusch abrupt verstummte.

»Das zuständige Kammermitglied hat diese Vorgehensweise auch für Belgien vorgeschlagen, aber nach einigem Hickhack sieht es inzwischen so aus, als habe er keine Chance.« Bosmans drehte noch einmal seinen Becher. Langsam, bis der Abdruck seiner Lippen wieder auf ihn zeigte. »Was ich damit sagen will, werte Kollegen, aber das war Ihnen vermutlich bereits klar, ist, dass die Dauerüberwachung eines Telefons in Belgien nicht gerade einfach ist. Außerdem werden in unserem Fall die Gespräche von einem Simultandolmetscher für marokkanisches Arabisch mitgehört. Lange Rede, kurzer Sinn …«

»Abram hat der Presse keine Informationen zugespielt«, flüsterte Deleu, dessen Stirn tiefrot angelaufen war.

»Genau«, antwortete Bosmans, zerdrückte seinen Becher und schob ihn achtlos von sich. »Entweder verfügt dieser«, Bosmans fuhr erst mit dem Zeigefinger über die dicke Schlagzeile MURAT MAROUF GERÄT UNTER BESCHUSS und kratzte dann mit dem Fingernagel über das Papier bis ans Ende des Zeitungsartikels, wo er bei den Initialen H. B. anhielt, »Hugo Bels über telepathische Fähigkeiten, oder einer von euch hat geredet! Ich will auf der Stelle wissen, wer der Judas ist! Wer von euch hat aus dem Nähkästchen geplaudert?«

Niemand sagte etwas.

»Warum?«, fügte Bosmans hinzu.

»Was steht denn genau in dem Artikel drin?«, fragte Frank Tack, der auffallend ruhig geblieben war.

Bosmans warf ihm die Zeitung zu. »Lesen Sie ruhig vor.

Sie sind schließlich der begabteste Schauspieler in dieser Truppe von Amateuren!«
Tack leistete Bosmans' Aufforderung keine Folge, sondern las schweigend. Je länger er las, desto blasser wurde er um die Nase. In dem Artikel stand, dass Marouf und Abram Jugendfreunde gewesen seien und dass die Polizei eine weitere Verbindung zwischen den beiden ermittelt habe. Eine dubiose Verbindung, die höchstwahrscheinlich etwas mit dem Mord an Commissaris Johan Dewolf zu tun habe.
»Wir müssen sofort etwas unternehmen«, stellte Tack energisch fest, während er die Zeitung an Pierre weiterreichte, der es kaum erwarten konnte. »Und zwar, bevor der Vogel ausgeflogen ist.«
»Vielleicht liest er nicht *Het Volk*«, murmelte Walter Vereecken, der den Kopf reckte, um mitlesen zu können. Das war der berühmte Tropfen, der das Fass zum Überlaufen brachte.
»Ich will verdammt noch mal wissen, wer geredet hat! Und ich werde es herausfinden! Da könnt ihr Gift drauf nehmen! Alle! Was für einen Sauhaufen habe ich da bloß um mich versammelt! Ihr ballert in der Gegend herum, sauft euch kaputt, vögelt miteinander wie die Tiere, und als sei das noch nicht genug, haltet ihr es auch noch für nötig, dem bissigsten Klatschkolumnisten im ganzen Land Dienstgeheimnisse zu verraten! Da werden noch Köpfe rollen, das schwöre ich euch!«
Bosmans zog alle Register. Er musste endlich ein Ventil für seine angestauten Aggressionen finden und die Anspannung aus seinem Körper entweichen lassen. Mehr-

mals stampfte er mit den Füßen auf, hieb mit beiden Händen auf den Schreibtisch ein und rannte kochend vor Wut und mit geballten Fäusten aus dem Zimmer.
Sofort versammelten sich alle um den vermaledeiten Artikel. Sie schubsten und drängelten, als würden sie die Zeitung jeden Moment in einem Anfall kollektiver Raserei zerfetzen.
Da kam Bosmans zurück ins Büro gestürmt. »Tack übernimmt die Leitung. Jedes Mikrogramm Drogen will ich hier auf meinem Schreibtisch sehen, und sämtliche Anhänger von Murat Marouf binnen«, er sah auf seine Uhr, die verkehrt herum an seinem verschwitzten Handgelenk baumelte, »einer Stunde nebenan in der Zelle sitzen haben!«
Alle, inklusive Frank Tack, sahen ihn mit fragenden Gesichtern an.
»Frank hat bereits einige Erfahrung bei solchen Aktionen gesammelt, daher übernimmt er heute die Leitung dieses zügellosen Haufens. Ich werde allerdings keinen Fuß mehr in dieses Präsidium setzen, ehe ich nicht erfahren habe, wer der Maulwurf ist. Sollten Sie mich brauchen, finden Sie mich in Brüssel in meinen Amtsräumen. Wenden Sie sich dort bitte an Jozef Trentels, meinen Büroleiter.«
Bosmans ging zur Tür. Während ihm alle sprachlos hinterherstarrten, drehte er sich ein letztes Mal um. »Und vergessen Sie nicht, sich einen Termin geben zu lassen«, fauchte er und warf die Tür mit einem Knall hinter sich zu.
»Was wurde bis jetzt unternommen, Chef?«, fragte Deleu lustlos.

»Okay, Kollegen, hört mir mal zu. Ein Spezialteam befindet sich seit zwei Tagen in ständiger Bereitschaft. Innerhalb von dreißig Minuten können wir einsatzbereit sein und das gesamte Viertel abriegeln. Ich habe sogar das Hausabflussrohr anzapfen lassen.« Tack grinste selbstsicher.
Die anderen hatten sich immer noch nicht von der Nummer erholt, die Bosmans eben dargeboten hatte.
»Den Abfluss anzapfen lassen!«, wiederholte Nadia Mendonck angewidert.
»Ja. Das ist eine übliche Vorsichtsmaßnahme bei den Vorbereitungen zu einer Drogenrazzia. In neun von zehn Fällen versuchen die Dealer noch schnell, das Zeug die Toilette hinunterzuspülen. Das können wir kaum verhindern.« Tack griff nach seinem Handy und gab einen Code ein. »*The fox on the loose*«, sagte er dann, steckte das Telefon wieder ein und verließ das Büro. »Wartet hier.«
Walter Vereecken, der bis ans Fenster herangerollt war, blockierte die Räder seines Rollstuhls und zog sich an der Fensterbank hoch. Ein Auto fuhr mit quietschenden Reifen los und hinterließ zwei schwarze Streifen auf dem Asphalt. Tack hatte wohl seinen Camaro zu Hause gelassen. Vereecken lächelte sarkastisch und ließ sich vorsichtig wieder in seinen Stuhl sinken. Der Arzt hatte ihm eine Woche zuvor noch einmal bestätigt, dass die Chancen auf eine Heilung äußerst schlecht standen. Selbst durch eine komplizierte Gehirnoperation, bei der die Schädeldecke vollständig geöffnet werden müsste, lagen die Aussichten nur bei zwanzig Prozent. Doch obwohl der Tag so mies begonnen hatte und trotz seiner wenig rosigen Zukunfts-

perspektiven lächelte Walter Vereecken. *Den Camaro hebt er sich wahrscheinlich für die Weiber auf.*
Er blickte auf die Uhr. Halb neun, und die Sonne stach schon durch die Wolken. Es versprach ein heißer Tag zu werden.

29

Du musst es ihnen sagen!«, bat Danielle Orolavi, während sie ihren Satinmorgenmantel nervös über ihren Oberschenkel zog. »Alles.«

Murat Marouf antwortete nicht. Er biss die Spitze seines Croissants ab und nippte an seinem Kamillentee.

Danielle drehte sich wütend um. »Jetzt iss schon auf, Dimitri! Und du hast dir schon wieder viel zu dick die Marmelade draufgeschmiert!« Der Junge schrak aus seinen Träumereien auf und steckte betreten den Löffel zurück in das Marmeladenglas.

»Lass ihn doch mal in Ruhe!«, sagte Murat Marouf aufreizend sanft. »Reagiere bitte deine Aggressionen nicht an dem Jungen ab.« Er sah hinaus auf den Swimmingpool und biss die andere Croissantspitze ab. Den Rest tunkte er behutsam in den Tee und saugte dann den weichen Teig ein.

»Und du solltest lieber ein gutes Vorbild abgeben«, flüsterte seine Freundin. Streit lag in der Luft, als sie mit der Faust auf die provencalische Tischdecke schlug.

»Gleich fallen noch die Oliven ab«, bemerkte Murat Marouf gleichmütig und pulte mit dem Nagel des kleinen

Fingers ein Stück Croissant zwischen den Zähnen hervor. Er kniff die Augen gegen die einfallenden Sonnenstrahlen zusammen. Im Wintergarten lief die Klimaanlage auf Hochtouren. Murat Marouf gefiel es ausnehmend gut in seiner schicken weißen Villa, die er ein Jahr zuvor von einem Bauunternehmer gekauft hatte, der mit seiner Familie in die Staaten gezogen war. Für knapp fünfhunderttausend Euro zuzüglich Notarkosten – ein Schnäppchen, wenn man es sich recht überlegte.

Er betrachtet den überdachten Swimmingpool. *Gleich in aller Ruhe fünfzig Bahnen schwimmen.* Das war sein Morgenritual während der ruhigsten Stunde des Tages. Die beste Zeit zum Nachdenken.

»Murat«, bat Danielle leise und legte ihm die Hand auf den Unterarm. »Du musst Anzeige erstatten. Das hier ist kein Pokerspiel, der Einsatz ist zu hoch. Bitte!«

Er antwortete nicht sofort. Er blähte die Nasenflügel auf. »Ich regele meine Angelegenheiten selbst. Murat Marouf lässt nicht mit sich spielen. Das gestatte ich niemandem, absolut niemandem! Hast du gehört?« Während er sprach, wurde er immer lauter.

Danielle nahm Dimitri an die Hand und marschierte wütend in die Küche.

In diesem Augenblick zersplitterte die Glasschiebetür in tausend Stücke. Begleitet von einem Scherbenregen sprangen zwei schwarzgekleidete Männer mit den Füßen voran in den Wintergarten, ihre Maschinenpistolen im Anschlag.

Einer der beiden landete auf dem Wohnzimmertisch, verlor das Gleichgewicht und knallte mit dem Rücken gegen einen antiken Louis-Quinze-Wandschrank. Halb betäubt, schüttelte er den Kopf und rappelte sich auf. Der andere landete auf den Füßen, nur knapp einen Meter von Murat Marouf entfernt, der mit ungläubigem Blick die Teetasse fallen ließ, als ihm der maskierte Mann den Lauf der Maschinenpistole gegen den Hinterkopf drückte.

»Hinlegen! Auf den Bauch! Los, los!« Der Mann wandte sich zu dem zersplitterten Fenster um. »*Clear!*«

Während der erste Mann in die Küche ging, ließen sich noch drei weitere Mitglieder des Sonderkommandos an Seilen von dem Flachdach herunter.

Danielle Orolavi lag auf dem Bauch. Sie hatte die Arme schützend über den Kopf ihres kleinen Sohnes gelegt und murmelte ununterbrochen: »Nicht schießen, bitte nicht schießen ...«

Der Beamte, der sie bewachte, sagte kein Wort, sondern sah sich nur ruckartig über die Schulter um, als seine drei Kollegen ins Wohnzimmer gingen.

Die Waffe im Anschlag, durchsuchten sie den großen Raum und trafen an der Tür zum Flur wieder zusammen. Während sich zwei Männer mit dem Rücken zu den Türpfosten postierten, trat der dritte – unnötigerweise – mit einem wohlgezielten Tritt die Tür auf. Er stürmte zur Eingangstür und riss sie auf. Fünf weitere identisch vermummte Männer schlüpften herein. Zwei liefen die mit rotem Velours ausgelegte Treppe hinauf, während einer an der Tür Wache hielt. Sie wechselten kein Wort, und die Operation verlief nach Wunsch, wie eine gutgeölte Maschinerie. Die Kollegen vom SEK würden sich am nächsten Tag ganz schön wundern.

Murat Marouf lag mit einer Wange auf dem Marmorfußboden, den Lauf der Maschinenpistole noch immer am Hinterkopf. Ein Funkgerät knackste, und aus dem Augenwinkel heraus beobachtete er, wie der Mann, der ihn vom Schrank aus in Schach hielt, nach seiner Brust griff und das Gerät vom Klettverschluss zog.

»Alles klar?«

»Alles klar. Ihr könnt sie einsacken.«

Gellendes Sirenengeheul zerriss die morgendliche Stille. Murat Marouf wurde brutal hochgezerrt, und man stülpte ihm eine schwarze Haube über den Kopf. Wenige Augenblicke später saß er hinten im Einsatzwagen, zusammen mit seiner zitternden Freundin und ihrem weinenden Sohn. Das Kind hielt noch immer sein dick mit Marmelade bestrichenes Croissant in der Hand.

30

Dirk Deleu saß im Bistro Croissy, aß ein Brötchen mit Currygeflügelsalat und blickte gelangweilt auf seine Rolex. Halb fünf am Freitagnachmittag. *In einer halben Stunde ist es aus und vorbei. Die Ruhe vor dem Sturm.*
Er trank von seinem Milchkaffee und versuchte, seine Gedanken zu ordnen. Meistens war so ein stilles Eckchen irgendwo in einer Kneipe oder einem Bistro genau der richtige Ort dafür, aber diesmal wollte es ihm nicht recht gelingen.
Wofür soll ich mir noch weiter den Kopf zerbrechen? Fall abgeschlossen, alles unter Dach und Fach.
Deleus Gedanken schweiften ab zu Frank Tack. Er versuchte, konkrete Anhaltspunkte dafür zu finden, warum er den Mann nicht leiden konnte, aber auch das gelang ihm nicht. Vielleicht sollte er lieber rüber ins Cirque gehen, wo Tack seinen Erfolg ausgiebig feierte. Nach ihrem Besuch bei Bosmans in dessen Amtsräumen hatte der frischgebackene Chef das ganze Team zum Sekt eingeladen, und jetzt hauten sie mächtig auf den Putz. Das Zechgelage war derart aus dem Ruder gelaufen, dass die Stammgäste ihr

Heil in der Flucht gesucht hatten. Alain, der joviale Wirt des Cirque, stand draußen auf dem Bürgersteig und raufte sich die Haare.

Widerwillig biss Deleu von seinem Brötchen ab. Tack hatte die ganze Gesellschaft auch noch ins Marmiet zu einem üppigen Essen eingeladen, aber er hatte das Angebot seines »Vorgesetzten« dankend abgelehnt. Hier saß er nun.

Ein Johlen draußen erregte seine Aufmerksamkeit, doch es waren nicht seine Kollegen, sondern ein Grüppchen ausgelassener Studenten, die ihren Abschluss feierten, in bekleckerten Overalls, mit Riesenschirmmützen und natürlich Literflaschen Bier in den Händen.

Deleu seufzte und schlürfte an seinem Kaffee. Gott sei Dank war es nicht mehr ganz so heiß, die Hitze konnte einem wirklich an die Substanz gehen. Trotz des kühleren Wetters fühlte er sich erschöpft. Er schloss die Augen und rekonstruierte die Ereignisse des Tages.

Bosmans hatte sie in sein Amt in Brüssel zitiert, allerdings nicht, um ihnen überschwenglich zu gratulieren. Lediglich ein paar trockene Dankesworte hatten sie geerntet. Während Tack Bericht erstattete, hatte Trentels jedes Wort protokolliert. *Handschriftlich. Du meine Güte! Nur noch das Durchschlagpapier hat gefehlt.*

Jos Bosmans hatte das Team mit einem kurzen Nicken verabschiedet, nachdem sein Büroleiter allen einen Tag Urlaub zugebilligt hatte. *Einen Tag Urlaub, na toll! Als könne man diesen Fall für vierundzwanzig Stunden vergessen und danach wieder zur Tagesordnung übergehen. Das war, als führe er mit Barbara und den Kindern für einen Tag ans Meer und lebte am nächsten Tag wieder als Junggeselle.*

Deleu kippte den letzten Rest Kaffee hinunter. In zwei Tagen sollte die Gegenüberstellung zwischen Marouf und Abram stattfinden. Plötzlich fielen ihm die Worte des alten Commissaris wieder ein. *Marouf und Abram. Die stecken doch unter einer Decke. Der eine kontrolliert den Straßenhandel, der andere organisiert das Ganze von seinem Sitz im Stadtrat aus.*

Der Ermittler runzelte die Stirn. *Warum hat Abram seinen Freund und Beschützer angeschwärzt?* Er rieb sich mit beiden Händen die Augen. *Vielleicht wäre es gar keine schlechte Idee, diesen ergrauten Commissaris, den Bosmans inzwischen beurlaubt hat, noch mal besuchen zu gehen. Inoffiziell. An meinem freien Tag.* Er verzog die Lippen zu einem Grinsen. *Bosmans in Brüssel.* Im Grunde vermisste er seinen Freund jetzt schon. *Wir beide könnten hier gemeinsam sitzen und gemütlich plaudernd ein Brötchen essen. Ach, egal. Was vorbei ist, ist vorbei. Schwamm drüber. Denk an die Zukunft, Deleu.* Schon glitten seine Mundwinkel wieder nach unten. *Charlotte.*

Tags zuvor hatte er vergeblich versucht, seine Tochter zu sehen. Anderthalb Stunden lang war er angespannt hinter der hohen Ligusterhecke hin und her getigert, doch als Barbara schließlich zu ihrem täglichen Spaziergang durch den Park aufgebrochen war, hatte er sich nicht getraut, sie anzusprechen. Er hatte noch eine Viertelstunde hinter der verdammten Hecke gewartet und sich dann verzogen. Wie ein Greis war er um die Ecke zu seinem Golf geschlurft. *Robs Studium? Wir haben immer noch nicht darüber ge-*

redet. Barbara Wittewrongel. Nadia Mendonck. Alles Vergangenheit. Bei Barbara keinen Sex. Bei Nadia keine Geborgenheit. Bei Deleu … kein Leben.

Er legte den Rechnungsbetrag passend abgezählt in die Porzellanschale und ging hinaus, ohne den freundlich nickenden Geschäftsführer überhaupt zu bemerken.

31

Freitagabend, 18.30 Uhr.

Hugo Bels, siebenundvierzig Jahre alt, zog die Tür seiner Junggesellenwohnung in der Merodestraat auf. Er war unterwegs zu einer Partie Billard in der Kneipe, einer der Annehmlichkeiten des Junggesellenlebens.
Bels war freiberuflicher Journalist. Vor Jahren war er ein geschätzter und gefürchteter Literaturkritiker gewesen, verehrt und geschmäht zugleich. Sozusagen die spitzeste Feder Flanderns. Wie kein anderer verstand er es, kunstbeflissene Pseudotalente zu zerpflücken. Doch Hugo Bels hatte ein Problem, genauer ein Alkoholproblem, und das machte ihn übermütig. Als er glaubte, nichts und niemand könne ihm mehr etwas anhaben, trampelte er auch auf den anerkannten Größen der flämischen Literatur herum: Tom Lanoye, Herman Brusselmans, Pieter Aspe, Jef Geeraerts – alle bekamen sie ihr Fett weg. Bels' vitriolgetränkte Feder machte kurzen Prozess mit jedem, der es wagte, in Flandern etwas Literarisches niederzuschreiben. Sein letztes Opfer war Hugo Claus persönlich

gewesen. Die letzte lebende Legende, *die* flämische Literaturikone. Der Hugo-Claus-Fanklub hatte daraufhin ein Verfahren gegen Bels und seine Zeitung angestrengt, die Anklage lautete auf Verleumdung und existenzgefährdende Rufschädigung.

Zunächst wurde daraus ein ansehnlicher kommerzieller Erfolg für Bels und seinen Brötchengeber, allein durch den Werberummel. Dennoch hatte der Chefredakteur Bels gewarnt. Ihm sträubten sich die Haare bei der Erinnerung an dieses große Unrecht. *Du überschreitest deine Kompetenzen, Hugo. Die Leser haben langsam die Nase voll von deinen giftigen Polemiken ohne Hand und Fuß. Eine Rezension muss realistisch sein. Kritik darf, sie muss sogar sein, aber sie sollte stets fundiert ausfallen. Deine Rezensionen sind brillante Schimpfkanonaden, allerdings ohne sachliche Begründung. Du benutzt den Stift als Mordwaffe. Du musst endlich lernen, zwischen Kritik und Kolumne zu unterscheiden.*

Hugo Bels schlug diesen Rat in den Wind. Hugo Bels schwebte wie auf Wolken. Der Chefredakteur konnte ihn mal. Aber es kam anders. Bels erhielt die Kündigung, mit dem besten Dank für die erwiesenen Dienste, und war seitdem als Literaturkritiker Persona non grata. Inzwischen verkaufte er sich an den Meistbietenden. *Zum Glück gibt es noch wahre Idealisten.*

Der erste Faustschlag brach ihm das Nasenbein, beim zweiten bohrten sich seine oberen Schneidezähne in das weiche Fleisch seiner Unterlippe. Er schlug die Hände vors Gesicht und fiel rücklings auf den frisch geputzten Linoleumfußboden.

Als er die Augen wieder öffnete, schmeckte er seinen Lieblings-Maltwhisky, jedoch mit einem süßlichen Beigeschmack, zugleich durchfuhr ihn ein unerträglicher Schmerz. Bels stöhnte und wollte sich an die geschwollene Lippe fassen, aber es gelang ihm nicht. Seine Handgelenke waren an den Armlehnen seines antiken Schaukelstuhls festgezurrt, und ihm gegenüber saß ein Mann in einem blauen Overall. Eine Popeye-Maske aus Gummi mit Holzpfeife lachte ihn bösartig an.
Bels blieben die Worte im Hals stecken, und seine Kehle war vor Angst wie zugeschnürt. Der Mann hielt ihm die Spitze eines Stiletts an den Adamsapfel.
»Bitte lass mich am Leben!«, flehte der Journalist. Das Kinn sank ihm auf die Brust, und er jammerte leise wie ein kleiner ausgesetzter Hund.
Der kräftige Mann im Overall bohrte das Stilett in den Stuhl und zog aus einer Brusttasche einen Notizblock und einen Kugelschreiber hervor. Es war einer jener klassischen Kulis, von denen sicher mehrere Millionen im Handel waren. Mit ruhigen, schwungvollen Bewegungen schrieb er etwas auf. Bels Mund stand offen, denn er bekam keine Luft durch seine zerschlagene Nase. Der Mann drehte den Notizblock um.
»INFORMANT ARTIKEL ›VOLK‹ – WER?«
Mit Todesangst in den Augen schüttelte Hugo Bels den Kopf. Er hatte bohrende Kopfschmerzen. »Ich verrate nie meine Informanten«, keuchte er.
Als der Notizblock die Spitze seiner lädierten Nase traf, krümmte sich der Journalist zusammen. »Nie«, schnaufte er, während rosafarbener Speichel an seinen Mundwin-

keln hinuntertropfte. »Kann sonst meinen Beruf vergessen.«
Er konnte nicht einmal mehr stöhnen, als der Mann seine Nasenspitze packte und zudrückte. Bels warf den Kopf in den Nacken und schloss die Augen, als sein Angreifer wieder etwas auf den Notizblock kritzelte.
»LETZTE CHANCE!!!«, stand diesmal darauf. *Drei Ausrufezeichen.* Hugo Bels' Muskeln verkrampften sich, als der Mann mit einer geschmeidigen Bewegung das Stilett aus dem Stuhl herauszog. Die Spitze der Mordwaffe näherte sich seinem linken Auge so dicht, dass er nicht mehr klar sehen konnte. Der Journalist kreischte wie ein Hummer, der das kochende Wasser näher kommen sieht. Popeye drückte seine behandschuhte Rechte auf den Mund seines Opfers. Bels biss zu. Halb wahnsinnig vor Angst presste er mit aller Kraft die Kiefer aufeinander. Popeye stöhnte auf und zog blitzschnell die Hand zurück und steckte die Stilettspitze in das Nasenloch des Gefesselten.
»Deleu!«, rief Bels. »Dirk Deleu!«
Der maskierte Mann erstarrte, allerdings nur ganz kurz.
»BEWEISE, WO?«
»In meiner Aktentasche, im Flur«, wimmerte das festgezurrte Häuflein Elend. Sein Widerstand war gebrochen, seine Muskeln erschlafften, er konnte nicht mehr.
Der Angreifer verschwand im Flur und kehrte kurz darauf mit einem ockerfarbenen Heft zurück, das er dem Journalisten, dessen Augen inzwischen glasig geworden waren, unter die Nase hielt. Sein Leben zog im Zeitraffer an ihm vorbei, und er bekam nicht einmal mehr mit, dass der

Mann das Heft mit der Klinge seines Stiletts aufklappte und darin herumblätterte.
Das Heft enthielt ein Durcheinander von Namen und Daten, ganze Seiten voller chaotischer Kritzeleien. Der Mann blätterte eilig weiter und hielt plötzlich inne. 23. Juli. Art. MORGEN. MAROUF. D. DELEU. – GEZ. 200 – BAR … 24. Juli, 19.30 UHR … GLEIS 6/BAHNHOF MECHELEN.
Popeye riss das Blatt heraus und steckte das Heft ordentlich zurück in die Aktentasche. Dann ging er in die Küche und kehrte mit einem Handtuch zurück. Ehe sich Bels versah, wurde ihm das Handtuch zwischen die Zähne geklemmt und am Hinterkopf stramm zusammengebunden. Der Mann ging in aller Ruhe zur Haustür.
Ein letzter Adrenalinstoß durchfuhr den abgehalfterten Journalisten. Er bäumte sich auf und brachte den Schaukelstuhl zum Wackeln. Mit aller Kraft, die er noch aufbrachte, riss er an seinen Fesseln. *Er lässt mich hier zurück! Ich werde verbluten! Hunger! Wasser!* Er biss in den Stoff, schüttelte den Kopf, und erst als die Tür leise ins Schloss fiel, sank ihm das Kinn auf die Brust.
Im Hausflur blickte der Mann rasch nach links und rechts und riss sich dann die Maske vom verschwitzten Kopf. Er knöpfte den Overall auf, pellte sich aus dem Oberteil und streifte die Beine über seine Leinenhose und seine Turnschuhe. Alles verschwand in einer ledernen Aktentasche, auch die Haushalts-Gummihandschuhe.
Er ging die Treppe hinunter bis ins Erdgeschoss. Ein Druck auf den Hebel, und die Notausgangstür öffnete sich mit einem Klicken. Mit energischen, federnden Schritten

ging der Mann den Fußweg entlang. Weder schien er in Eile noch blickte er sich um. An der ersten Telefonzelle blieb er stehen.

Er wählte die Notrufnummer, hielt die Hand vor die Sprechmuschel und brummte: »Merodestraat Nummer 133, Apartment vierzehn, dritter Stock, bei Bels. Ein Notfall.«

Während der diensthabende Arzt fragte: »Wer spricht da bitte?«, wurde die Verbindung unterbrochen.

32

Zögernd betrat Dirk Deleu Bosmans' antike Amtsräume. Unruhe wallte tief in ihm auf, in den Abgründen seiner Seele. Der Untersuchungsrichter hatte ihn angerufen und ihm befohlen, unverzüglich nach Brüssel zu kommen.

Trentels, der Büroleiter, musterte Deleu wie den letzten Abschaum, als er ihm mit einem mürrischen Nicken einen Platz zuwies, und auch Bosmans hob nicht einmal den Blick. Die Hände hatte er auf den Schreibtisch gelegt, als wolle er sich jeden Moment hochdrücken. Doch er tat es nicht, er tat gar nichts.

Deleu rutschte nervös auf seinem Stuhl hin und her. Da er nicht wusste, wo er hinsehen sollte, richtete er den Blick auf eine Gipsfigur, die die Göttin Justitia darstellte. Jos Bosmans' Schreibtisch wirkte nüchtern, aber zweckmäßig. In einer Ecke stand ein Fax und in der Mitte ein Stifthalter aus Metall, in dem sich zwei Füller, ein Bleistift und ein Radiergummi befanden. Links von dem Stifthalter entdeckte er einen Tacker.

Deleu erinnerte sich daran, dass Bosmans diesen Apparat

als »mein Hund« zu bezeichnen pflegte, unter den gegebenen Umständen wirkte er jedoch eher wie ein Wolf. Links daneben lag ein Stapel Mappen, die säuberlich nach Farben geordnet waren. Die alte, verbeulte Thermoskanne stand neben einem Keramikbecher mit Sternzeichenmotiv. Der Anblick machte Deleu wieder etwas Mut. Vor ihm saß tatsächlich Jos Bosmans, sein bester Freund.

Er warf einen Blick auf die groben Hände seines Chefs, der einen hässlichen Schnitt in der Rechten hatte. Auch das war ein vertrautes Bild, schließlich war er als ungeschickter Heimwerker bekannt.

Der Ermittler wagte den Anflug eines Lächelns, doch die scherzhafte Bemerkung, die ihm auf der Zunge lag, blieb ihm im Halse stecken. Irgendetwas hinderte ihn am Sprechen. Die Atmosphäre war bedrückend, ja, bedrohlich. Er warf einen Seitenblick zu Trentels hinüber, der die schmalen Lippen fest aufeinanderpresste und einen kalten Blick in den Augen hatte.

Nach fünf Minuten durchbrach ein monotones Quietschen die bleierne Stille, als Bosmans seine Schreibtischschublade aufzog. Das Kratzen von Metall auf Metall ließ die Haare auf Deleus Armen zu Berge stehen. Der Untersuchungsrichter nahm ein in Plastikfolie gewickeltes Stück Papier aus der Schublade und legte es auf den Tisch. Dirk Deleu starrte die Seite an, die ziemlich grob aus einem Notizblock gerissen war. Eine Ecke fehlte, und der Zettel war unregelmäßig eingerissen.

»Das hier habe ich gestern Morgen in meinem Briefkasten gefunden«, sagte Bosmans trocken. »Vielleicht hast du eine Erklärung dafür.«

Als Deleu die Tragweite dieser Worte bewusst wurde, überfiel ihn innerlich eine eisige Kälte. Es war, als gefriere ihm das Blut in den Adern, er presste die Lippen aufeinander und schloss die Augen.

»Ich habe diesen Journalisten, Hugo Bels, gestern unverzüglich hierher zitiert. Er hat behauptet, diesen Zettel noch nie gesehen zu haben, aber seine Fingerabdrücke waren drauf. Außerdem hat der Graphologe seine Handschrift identifiziert.«

Die Stille wog noch schwerer als alle sieben Todsünden zusammen.

»Was hätte er sonst tun sollen? Schmierfinken wie dieser Bels, die ihre Informanten preisgeben, können in seiner Branche sofort aufgeben.« Bosmans' Tonfall wirkte völlig unbeteiligt, als rede er über den Wetterbericht für das Wochenende. Allerdings ein Wochenende ohne Grillfest. Ein Wochenende, das man am besten schnell vergaß.

Die nüchterne Stimme seines Freundes ließ Deleus Knie weich werden, denn die Gleichgültigkeit wirkte echt. Dabei wäre es Deleu viel lieber gewesen, wenn ihm Bosmans auf der Stelle hätte Handschellen anlegen lassen. Wenn er ihm eine Hand abgehackt, seine Lippen mit einem glühenden Eisen versiegelt oder seinen Mund mit groben Stichen zugenäht hätte. Aber nein, nichts von alldem geschah. Bosmans tat so, als sei alles ganz normal, und das war das Schlimmste.

Deleu betrachtete seine Hände, die wie leblos auf seinem Schoß lagen. Sie zitterten nicht mehr, die Finger waren ineinander verschränkt und kraftlos wie die Flügel einer gestrandeten Seemöwe.

»Als ich ihn gefragt habe, woher die Verletzungen in seinem Gesicht stammten, versuchte er mir weiszumachen, er sei die Treppe hinuntergefallen. Muss ein ziemlich schlimmer Sturz gewesen sein.« Sein gefühlloser, kalter Blick stand in starkem Kontrast zu Trentels sensationslüsterner Miene. Der Büroleiter glich einer sich wiegenden Kobra, wie er mit seiner runden Brille auf der dünnen Nase dasaß, den Stift im Anschlag, bereit, zuzustechen. Dazu die mitleidlosen, gierigen Augen und die Art, wie er vor und zurück schaukelte.

Deleu vergrub das Gesicht in beiden Händen. Allmählich dämmerte ihm die Wahrheit, die schreckliche Wahrheit und ihre katastrophalen Folgen. Hysterie und Gelassenheit rangen in seinem Inneren miteinander. Er hörte sich atmen, und es kostete ihn die größte Mühe, Luft zu holen, ohne zu keuchen. Es war, als drücke ein Gewicht von hundert Kilogramm auf seine Brust. Dann kam die Scham, die alles verzehrende Scham.

»Warum?« In diesem einen Wort schwangen mehr Gefühle mit als in allen vorherigen Sätzen zusammen. Bosmans' Stimme zitterte leicht.

Der Ermittler hob die Hände und legte sie wieder in den Schoß, dann sah er seinen Freund lange an. Bosmans' zerfurchtes Gesicht drückte Kummer aus. Kummer und grenzenlose Enttäuschung.

»Wegen des Geldes.«

»Wegen des Geldes.« Bosmans wandte als Erster den Blick ab und rieb sich über den Stoppelbart.

Trentels stürzte sich wie ein Habicht auf sein Papier.

»Es tut mir leid.«

»Schon gut. Deine Sachen werden dir per Einschreiben nach Hause geschickt. Das Präsidium wirst du von heute an nicht mehr betreten. Natürlich bist du vom Dienst suspendiert. Für …«
»… immer«, ergänzte Deleu tonlos.
Der Untersuchungsrichter schwieg. Er stand auf und verließ sein Büro.
Deleu starrte seinen Rücken an. Das weiße Polohemd, die kräftigen Arme, die breiten Schultern. Das Letzte, was ihm auffiel, waren die Speckrollen auf den Hüften. Maud sorgte offenbar gut für ihren Mann.
»Jos!«
Bosmans sah sich nicht um.
»Jos!«
Es war, als erhielte Jos Bosmans zweimal einen elektrischen Schlag zwischen die Schulterblätter.
Deleu wollte ihm sagen, dass es ihm nicht allein um das Geld gegangen war. Und dass er keine entscheidenden Informationen preisgegeben hatte. Und dass er es wegen Murat Marouf getan hatte, der seiner Meinung nach unschuldig war, denn er wollte ihm eine Chance geben, sich zu verteidigen. Und dass Marouf niemals mit harten Drogen gedealt hatte. Und dass Bosmans lieber diesem Commissaris noch einmal auf den Zahn fühlen solle. Und dass diese jungen Marokkaner keine Schusswaffen besessen hatten. Und dass …
Bosmans warf einen fragenden, verbitterten Blick über die Schulter.
»Schon gut.«
Nachdem der Untersuchungsrichter gegangen war, blieb

Dirk Deleu noch etwa fünf Minuten lang reglos sitzen, dann stand er auf und ging hinaus. Ohne Gefühlsregung, leer. Wie eine Marionette.

33

Der Fall des Jahres war gelöst. Überall las man es in den Schlagzeilen. DEWOLF VON MAROKKANISCHEM DROGENBARON ERMORDET. KOKAINMORDE AUFGEKLÄRT. DRAHTZIEHER DES MECHELNER DROGENMILIEUS VERHAFTET.
Wollte man den Zeitungsberichten Glauben schenken, war es um Murat Marouf geschehen. Zwar fehlte noch immer sein Geständnis, doch für die Presse gab es ausreichende Beweise für ein »Lebenslänglich«.
Die Pressekonferenz war der reinste Hexenkessel gewesen. Die äußerst vorsichtigen und differenzierten Antworten, die Jos Bosmans tags zuvor geäußert hatte, wurden am nächsten Tag völlig aus dem Zusammenhang gerissen zitiert. Der DNA-Test des getrockneten Blutes hatte im Übrigen nichts ergeben, da es nicht mehr in Ordnung war.
Während der langen Verhöre hatte sich Marouf in stures Schweigen gehüllt, verschlossen wie eine Tresortür. Bosmans war ratlos, denn selbst bei der Gegenüberstellung mit Abram sagte Marouf kein Wort. Er pulte lediglich an

seinen manikürten Fingernägeln und rauchte ab und zu eine Zigarette. Als der Untersuchungsrichter ihm das Beweismaterial vorlegte, die Drogen mit Dewolfs Blut und Maroufs Fingerabdrücken, rümpfte er nur arrogant die Nase und spie auf den Boden.

Bosmans war aufgefallen, dass Abram dasaß wie ein verschrecktes Kaninchen, Marouf hingegen erhaben wie ein Fürst. Auch was seine Motive anging, konnte man nur raten. Abrams Erklärung, Dewolf habe Marouf mit dem Päckchen Koks in einem Koffer erwischt, basierte auf dem Bekenntnis des verstorbenen Junkies und Dealers Said el Hidrissi, den Pierre Vindevogel unter verdächtigen Umständen erschossen hatte. Die Waffe in el Hidrissis Hand konnte auch bei weiteren Untersuchungen nicht identifiziert werden. Die Seriennummer der Colt Python war fachgerecht weggefeilt worden, und nicht mal der Elektrodentest hatte etwas ergeben. Bosmans war bei dem Test persönlich dabei gewesen. Erst wurde die Stelle, an der sich die Seriennummer befunden hatte, gründlich entfettet, dann wurde die Waffe über zwei Drähte an eine ganz normale 4,5-Volt-Batterie angeschlossen und anschließend das gereinigte Fleckchen mit Salzsäure übergossen.

Bosmans erinnerte sich daran, dass er neben dem Polizeifotografen gestanden hatte. Dieser hielt seine Kamera bereit, um die Seriennummer bei ihrem Erscheinen zu fotografieren. Doch sie glühte nicht auf. Es geschah rein gar nichts. Unter normalen Umständen leuchtete die Nummer bei diesem Test auf, ganz kurz nur, da das Material an der Stelle, an der die Nummer ursprünglich eingestanzt worden war, eine andere Beschaffenheit aufwies. *Wenn da kein Profi am Werk war, dann weiß ich es auch nicht mehr. Derjenige, der den Revolver benutzt hat, muss genau gewusst haben, dass die Polizei den Elektrodentest anwenden würde. Der Test funktioniert nur ein einziges Mal, und das wusste der Dreckskerl auch.*

Jos Bosmans stemmte den Ellbogen in die handbestickten Kissen seiner verstorbenen Tante Emmy und schloss die Augen. Die Abendnachrichten konnten ihm gestohlen bleiben.

Hat Murat Marouf etwa auch den jungen Benaoubi aus dem Weg räumen lassen? Und wenn ja, warum? Der Junge hat ab und zu Handlangerdienste für ihn erledigt. Frank Tack hat das überprüft. Ein Informant hat berichtet, der Junge habe hier und da mit Gras und Haschisch gedealt, nicht mit harten Drogen. Hat der Junge den Mord beobachtet? Hat er das Koks unterschlagen, und ist Marouf dahintergekommen? Wenn Marouf den Mord begangen hat, wie ist dann der Junge an das Koks geraten? Kann ein Achtzehnjähriger einen so professionellen Mord begangen und sich anschließend mit einer Partie Koks im Wert von fünfundzwanzigtausend Euro aus dem Staub gemacht haben? Viele Fragen, keine Antworten. Der x-te Sensationsprozess erweist sich schon im Vorfeld als harte Nuss.

Jos Bosmans murmelte einen Fluch und ließ die Zeitung auf das Sofa fallen.

»Was hast du denn?«, fragte Maud.

»Ach, Ärger bei der Arbeit. Mach dir nichts draus.«

Bosmans löste die Schnürsenkel seiner Sommerschuhe, zog die Strümpfe aus und roch daran. Er stopfte sie gleichgültig in die Schuhe und steckte die schmerzenden Füße

in seine Pantoffeln. Aus der Küche wehte ein herrlicher Duft zu ihm herüber. »Was gibt's denn zu essen?«
»Schmorfleisch mit Rotwein und Pommes Duchesses.«
Der Untersuchungsrichter leckte sich die Lippen und atmete den leckeren Duft tief ein. Er ging ans Büfett, füllte ein Glas reichlich mit Eis, goss einen Schuss Pernod darüber und betrachtete die sich rasch verfärbende Flüssigkeit. Ricard pur auf Eis, ohne Wasser. So hatte er ihn in Toulon trinken gelernt, bei einem internationalen Pétanque-Turnier, von einem sonnengebräunten Franzosen mit einer staubigen Pastiskappe auf dem Schädel und einer kalten Gitane im Mundwinkel. *Meine Güte, konnte der schießen. Er hat aus jeder Distanz getroffen. Zwei von drei Mal ›aux carraux‹. Wie hieß dieser sympathische Genussmensch gleich noch? Bernard? Nein, Bertrand. Bertrand Parnasse. Bebert für seine Freunde.* Bosmans lächelte und nippte an seinem Ricard. Während er den vollen, sahnigen Anisgeschmack auskostete, tat der Alkohol seine Wirkung, und seine Sinne trübten sich angenehm.
»Kommst du zum Essen, Schatz?«
Bosmans schlurfte voller Vorfreude zur Küche. Bei der Frage »Wie geht es Dirk?« verging ihm jedoch schlagartig der Appetit.

34

In der Consciencestraat blickte Dirk Deleu, die Füße nachlässig auf dem Metallschreibtisch, den er günstig auf dem Flohmarkt erstanden hatte, auf die Milchglastür. Das Ende des Tages, des ersten Tages, machte ihn wehmütig. Er schenkte sich ein Glas Wasser ein, schloss die müden Augen und gähnte. Die Haare seiner Koteletten knisterten, als er mit den Fingern hindurchfuhr. *Mal Koteletten, mal nicht, das geht schon mein ganzes verdammtes Leben lang so. Was soll das alles bloß?* Mit beiden Fäusten hieb er auf die Metalltischplatte. Es klang wie ein Gongschlag in einem billigen Kung-Fu-Film.

Trotz der Hitze überlief ihn ein Schauer, als er die Augen wieder öffnete. »vitketedtavirP UELED KRID« las er in Spiegelschrift. Skeptisch spitzte er die Lippen. Schrieb man »Privatdetektiv« nun zusammen oder getrennt? Es spielte keine Rolle, und ein Bindestrich war bei den Klebebuchstaben sowieso nicht dabei gewesen. Er atmete tief ein, schloss die Augen und nippte an seinem Glas lauwarmem Bourbon. Der Kühlschrank hatte bei diesen tropischen Temperaturen den Geist aufgegeben.

Eine Lizenz besaß Deleu nicht. *Nicht nötig. Darum kann ich mich später noch kümmern, im Moment muss ich erst mal Geld verdienen. Viel Geld.* Die halbseitige Zeitungsanzeige hatte ihn ein Vermögen gekostet, und auch die monatlichen Unterhaltszahlungen für Barbara und die Kinder waren erheblich. Scham empfand er seltsamerweise nicht. Nicht mehr.

Vor der Tür erschien die schlanke Silhouette einer Frau, und der Schatten blieb reglos stehen. Seit dem heutigen Tag war der Privatschnüffler Dirk Deleu im Geschäft. Es fehlten nur der speckige Filzhut und die bildschöne Sekretärin. Dümmlich grinsend starrte der ehemalige Ermittler den Schatten an. *Die ideale Sekretärin?*

Die Frau war bereits seine dritte Klientin. *Na ja, Klienten. Vielmehr Besucher.*

Als Erstes war sein Schwiegervater Roger Wittewrongel vorbeigekommen und hatte den Unterhalt für Barbara und die Kinder kassiert. Schließlich befand sich Deleu bereits drei Tage im Rückstand. Er hätte das Geld ja rechtzeitig überwiesen, doch der Schwiegervater weigerte sich standhaft, seine Bankverbindung herauszurücken. Als ob er, Dirk Deleu, gerissen genug gewesen wäre, das Konto allein anhand dieser Daten zu plündern! Wittewrongel, der über die Zeitungsanzeige an seine Adresse geraten war, hatte sich tatsächlich von einem Gerichtsvollzieher begleiten lassen und in dessen Beisein die Quittung für das erhaltene Bargeld unterzeichnet.

Der zweite Besucher, der kaum eine Viertelstunde später erschien, war Pierre gewesen. Vindevogel, der nach seinen eigenen Worten in letzter Zeit schlecht schlief. Aber das war auch kein Wunder. Verstappen hatte Deleu anvertraut, dass Pierre in den letzten Wochen auf dem Schießstand ausschließlich mit der Linken schoss, als wolle er etwas beweisen. Der schielende Kollege, der trotz seines Handicaps als renommierter Schütze galt, traf mit der Linken nicht mal die Scheibe.

Was willst du beweisen, Pierre? Dass man mit der Rechten schießen kann, auch wenn man Linkshänder ist? Wahrscheinlich. Du hast abwesend gewirkt. Erst als du ein paar mögliche Spuren genannt hast, von denen nichts in der Zeitung stand, warst du wieder halbwegs der Alte. Du sagtest, ich könne von dir sämtliche Informationen erhalten, die ich für meinen neuen Job brauche. Suchst du einen Freund, Pierre? Es sah fast so aus, als wolltest du dich um eine Stelle bewerben. Verstappen ist ausgestiegen. Er also auch. Freiwillig aus dem Dienst ausgeschieden! Wo der jetzt wohl steckt?

Sie hatten zusammen getrunken und geraucht, und nach anderthalb Stunden hatte sich Pierre wieder verabschiedet. Deleu hatte die ganze Zeit das Gefühl gehabt, dass seinem ehemaligen Kollegen etwas auf der Seele lag, aber er hatte es wohl nicht geschafft, es auszusprechen.

In dem Moment, als Deleu einen seiner Füße vom Schreibtisch hob, schwang die Tür auf, und auf der Schwelle stand eine bildschöne Frau mit einem Kind in der Hand. Beide hatten pechschwarze Augen. Sie blickten Deleu an, taxierten ihn. Der Knabe, den Danielle Orolavi an der Hand hielt, war wie aus dem Ei gepellt, hatte üppige Locken und ein feingeschnittenes Gesicht. Es war ihr Sohn Dimitri.

Dirk Deleu stieß einen überraschten Laut aus, sprang auf, blickte rechts und links den Flur hinunter und schloss geräuschlos die Tür. Dann nahm er das Kind an der Hand und bot den beiden einen Stuhl an. Der Junge setzte sich aber lieber auf den Schoß seiner Mutter.

»Möchtest du etwas trinken?«, fragte Deleu. »Ich habe Wasser da. Aber nicht kalt, der Kühlschrank ist …«

Danielle hob die Hand. »Schon gut. Danke.«

Der ehemalige Ermittler sah sie an und schluckte. Es musste zu hören sein bis hinaus auf die Straße. Er wusste nicht, wie er sich hinsetzen sollte, wusste nicht, wohin mit den Händen und scharrte mit den Füßen. In seiner Ratlosigkeit nippte er von dem lauwarmen Bourbon und zündete sich noch eine Zigarette an. Eine männliche Pose, so schien es ihm.

»Warum bist du gekommen?«, fragte er leise, nachdem er den Rauch in die gegenüberliegende Zimmerecke geblasen hatte, weg von seinen Besuchern.

Danielle brachte ihre Worte zunächst nur stockend hervor. »Weil du versucht hast, meinen Lebensgefährten zu warnen.«

»Hat er es getan?«, fragte Deleu und übersprang damit einige Schritte.

Danielle Orolavi schüttelte langsam den Kopf.

»Warum schweigt er dann?«

Keine Antwort.

»Was hat er zu verbergen?«

Dimitri musterte seine Mutter mit großen, fragenden Augen. Danielle hob ihre Delvaux-Handtasche vom Boden auf und umklammerte die Griffe, als trüge sie wert-

volle Diamanten bei sich. Bedächtig fuhr sie mit dem Zeigefinger über ihre Oberlippe.
»Damals, vor einem Jahr, da wollte ich dich nicht verraten. Aber ich konnte nicht anders.«
Deleu hielt den Atem an. Diese Wendung hatte er nicht erwartet.
»Es war der Staatsanwalt. Claude Verspaille hat mich erpresst.« Deleus erhobene Hände konnten Danielle nicht aufhalten, und die Worte sprudelten nur so aus ihr heraus, als hätte man den Stöpsel aus einer Badewanne gezogen. »Ich hatte keine andere Wahl. Mein Mann war damals mit meinem Sohn unterwegs nach Marokko, und ich … Verspaille hat mir gedroht, dass ich meinen Sohn nur zurückbekomme, wenn ich das Spiel mitspiele.«
»Was wollte er in Marokko?«, fragte Deleu skeptisch. »Ich dachte, du seist Halbruanderin.«
»Nein, ich habe dich angelogen. Ich bin Muslimin, meine Mutter war eine ruandische Hure, und mein Vater … Meinen Vater habe ich nie kennengelernt. Er stammte aus Marokko. Er hat sie vergewaltigt. Das ist alles.« Sie schwieg abrupt und sah aufgewühlt ihren kleinen Sohn an. Ein dankbarer Blitzableiter für ihre gequälte Seele.
Deleu, der nun völlig verwirrt war, zuckte hilflos mit den Schultern.
»Mit sechzehn wurde ich verheiratet. Da war ich schon schwanger. Es tut mir leid.«
»Und Murat?«
»Murat war derjenige, der Dimitri schließlich zurückgeholt hat, und nicht Verspaille und Konsorten. Murat hat viel für Dimitri und mich getan. Er hat uns bei sich auf-

genommen, und aus Dankbarkeit …« Ihre Stimme brach. Sie errötete.
Deleu schluckte wieder. Danielle war die schönste Frau, der er jemals begegnet war. *Wie alt wird sie sein? Sechzehn plus acht ergibt gerade einmal vierundzwanzig. Meine Güte, ein achtzehnjähriger Sohn, eine elf Monate alte Tochter und ein acht Jahre alter Stiefsohn. Eine Ex-Frau, eine weiße und eine farbige Geliebte. Das Leben hält wirklich einige Überraschungen bereit. Murat wird wahrscheinlich nie wieder auf freien Fuß kommen. Der Sex mit ihr war mehr als nur eine schnelle Nummer gegen Geld. Viel mehr.*
Deleu legte, vollkommen unpassend angesichts der Situation, die Finger an die Lippen. Er dachte an Danielles sinnlichen Körper und ihre samtenen Liebkosungen, die sich auf alle Ewigkeit in seinen Körper eingebrannt hatten. Ihr fragender Blick riss ihn aus seinen erotischen Träumereien. »Also, warum bist du hier?«
Danielle presste die Lippen fest zusammen. Nur ihre Augen wirkten lebendig, während der Rest ihres Körpers reglos blieb.
»Was kann ich für dich tun?«, fragte Deleu sanft. »Ich würde alles für dich tun.« Den Satz hätte er am liebsten gleich wieder hinuntergeschluckt, aber es war zu spät. Die Worte hallten im Raum wider, und er hörte sie hundertfach.
Die junge Frau öffnete ihre Handtasche und legte ein Brillenetui aus weißem Leder auf den Tisch. Deleu las Christian Dior auf dem geschmackvollen Accessoire, legte das Kinn in die Hand und wartete ab. Danielle holte

einen Plastikbeutel mit rotem Druckverschluss heraus, in dem sich eine Spritze mit einer roten Flüssigkeit befand. *Blut.* Im nächsten Moment schlug sie beide Hände vor die Augen, und zwischen ihren Fingern lugten dicke schwarze Wimpern hervor.

»Murat gibt sein Leben für das von Ali.«

Deleu sah sie fragend an.

»Das Blut ist HIV-verseucht«, erklärte Danielle.

»Wie bitte?«

»Aids. Murat hat es untersuchen lassen.«

Deleu sagte nichts, trank stattdessen noch einen Schluck Bourbon. Danielle sah ihn lange an. Lange und eindringlich, als wolle sie mit ihrem Blick seine tiefsten Gefühle ergründen. »Murats Sohn Ali ist fünf Jahre alt. Er ist entführt worden. Schon vor vierzehn Tagen.«

Ihre Mitteilung schlug ein wie eine Bombe. Es waren einfach zu viele Informationen in zu kurzer Zeit. Deleu sprang auf, blieb stocksteif stehen und setzte sich nervös wieder hin. Blitzschnell zog sein auf Hochtouren arbeitendes Gehirn die richtigen Schlüsse.

»Mist! Deshalb …«

»… sagt er nichts. Genau. Er löst seine Probleme grundsätzlich selbst. Wenn er wüsste, dass ich zu einem Polizisten gegangen bin, würde er mich töten, davon bin ich fest überzeugt. Aber du bist ja nicht bei der Polizei. Nicht mehr.«

Deleu schüttelte den Kopf, als wolle er die Flut von Informationen an die richtige Stelle rütteln.

»Ich werde dich sehr gut bezahlen. Ich habe eine Vollmacht für Murats Konten in der Schweiz und in Guinea.«

Der ehemalige Ermittler winkte ab. Danielle war plötzlich mehr als nur eine attraktive Frau, sie war ein Mensch, ein Mensch in Not. Er fuhr sich mit gespreizten Fingern durch die Haare und versuchte nochmals, seine Gedanken zu ordnen.

»Weißt du, wer …?«

»Naib Abram. Das glaubt jedenfalls Murat, denn er hat einen anonymen Hinweis erhalten. Abram ist schon lange hinter uns her. Er hat die Absicht, die Kontrolle über den Mechelner Drogenhandel zu übernehmen. Murat würde das niemals zugeben, aber er hat Angst. Abram ist mächtig und hat einflussreiche Freunde. Naib Abram ist Politiker.«

»Früher waren die beiden doch einmal befreundet?«

»Nein, das waren sie nie. Sie haben einander geduldet, sonst nichts. Abram hat Murat reingelegt. Er ist mit dem Päckchen Drogen zu uns nach Hause gekommen, angeblich, damit Murat die Ware begutachten konnte. Ich war dabei. Murat hat Abram daraufhin hinausgeworfen, er war völlig aufgebracht. Murat hat nie mit harten Drogen gehandelt, weder damit noch mit Waffen. Aber er hat das Drogenpäckchen angefasst, weshalb seine Fingerabdrücke darauf waren.«

Deleu lauschte mit angehaltenem Atem, als wäre nur noch für wenige Augenblicke Luft in dem engen Raum.

»Hat Murat wirklich nicht mit Koks gedealt?«, fragte Deleu und sah Danielle an, als ergründe er nun seinerseits die Tiefen ihrer Seele. »Du musst mir die Wahrheit sagen. Wenn du mich anlügst, kann ich nichts für dich tun.«

»Hat die Polizei in unserem Haus harte Drogen gefun-

den?«, konterte Danielle seine Frage mit einer Gegenfrage.
»Nein, nur weiche und ein paar Amphetamine. Wie ist Abram an das Koks gekommen?«
»Das alles weiß ich nicht. Ich weiß nur das, was ich dir gerade erzählt habe. Das war's. Mehr nicht.«
»Glaubst du, Abram ist nur ein Strohmann?«
Danielle zuckte mit den zarten Schultern. »Murat vermutet es, denn Naib Abram würde seine Seele verkaufen für Geld und Macht. Vor allem für Macht. Seine Seele und sein Volk. Murat hat oft gesagt: ›Die wollen uns aus dem Weg räumen.‹ Immer wieder hat er das gesagt. Seiner Meinung nach ist Naib Abram nichts weiter als ein Instrument in der Hand der Rechtsextremisten.«
Deleu kniff die Augen zu. In seinem Gehirn gab es einen Kurzschluss, es tilte wie ein Flipper. »Haben die beiden Jugendlichen für Murat gearbeitet? Said el Hidrissi und Yussuf Benaoubi?«
»Ja. Sie haben ab und zu Gras und Haschisch für ihn verkauft. Alle Jungs im Zakouskie dealen ab und zu.«
»Hat er die beiden ermorden lassen?«
Wenn Blicke töten könnten, hätte Deleu kaum die nächste Sekunde überlebt. Er beschloss, dieses Thema fortan zu meiden. Das Schweigen war drückend, und da er nicht wusste, wie er sich verhalten sollte, machte er ein paar Mal die Schreibtischschublade auf und zu.
»Nein, die Jungs würden niemals einen Mord begehen. Yussuf Benaoubi hat Abram im Auftrag von Murat beschattet und dabei wahrscheinlich etwas entdeckt. Jedenfalls war er völlig außer sich, nachdem Yussuf ihm bei uns

zu Hause Bericht erstattet hatte. Das ist alles, mehr weiß ich nicht. Was der Junge gesehen hatte, hat Murat mir nie erzählt. Als Yussuf ermordet wurde, ist Said untergetaucht. Murat hat ihn ebenfalls gesucht, um die Wahrheit zu erfahren, aber es war zu spät.«
Deleu hörte gespannt zu. »Nein«, murmelte er. »Yussuf Benaoubi hat den Mörder von Dewolf ertappt, die Drogen genommen und sie seinem Freund el Hidrissi gegeben. Der ist damit zu Abram gegangen. So muss es gewesen sein.«
Danielle zuckte mit den Achseln.
»Hat es noch andere Zeugen gegeben?«
»Keine Ahnung. Ich glaube nicht.«
»Wusste der alte Benaoubi Bescheid?«
»Ali Benaoubi hat das Tun seines Sohnes geduldet. Er hatte keine andere Wahl. Yussuf war das Sprachrohr der Familie. Ihr Europäer könnt so etwas nicht verstehen.«
Danielle Orolavi biss sich auf die Unterlippe.
»Erzähl weiter, bitte.«
»Ali war schon seit Jahren arbeitslos, und im Grunde hat Yussuf für den Familienunterhalt gesorgt. Für den gesamten Unterhalt. Als er ermordet wurde, ist für die Benaoubis eine Welt zusammengebrochen.«
»Und die Eltern von el Hidrissi?«
»Der Junge hatte keine. Der Vater ist an den Folgen eines Arbeitsunfalls gestorben.«
Deleu stützte die Ellbogen auf die Knie, legte die Stirn in die Hände und trommelte mit den Fingern auf seinem Kopf herum. »Hat Abram etwa Murats kleinen Sohn entführt?«
»Das wissen wir nicht mit Sicherheit. Murat hat die Spritze und ein dazugehöriges Schreiben mit der Post zugestellt

bekommen. Die Nachricht war mit ausgeschnittenen Zeitungsbuchstaben zusammengeklebt.«

»Was hat er mit dem Drohbrief gemacht?«

»Ich weiß es nicht. Wahrscheinlich bewahrt er ihn in einem seiner Tresore auf, oder er hat ihn vernichtet. Murat teilt solche Dinge nicht mit mir.«

»Wie ist sein Sohn entführt worden?«

»Er saß abends nicht im Schulbus. Murat hat die gesamte Lehrerschaft unter Druck gesetzt und sogar bedroht, aber niemand hat etwas gesehen. Da kannst du hundertprozentig sicher sein.«

»Schon möglich«, seufzte Deleu. »Warum glaubst du dann, dass Abram hinter der Entführung steckt?«

»Wie ich schon sagte, Murat hat einen Hinweis erhalten. Anonym, am Telefon. Daraufhin hat er zwei und zwei zusammengezählt, und als er verhaftet wurde, erkannte er, dass Abram ihn reingelegt hatte. Der Kerl muss von der Entführung gewusst haben, sonst hätte er Murat nicht unter Druck setzen können.«

»Lebt der Junge noch? Hat dein Freund irgendwie in Kontakt zu den Entführern gestanden?«

Danielle zuckte wieder mit den Schultern, und ihre vollen Lippen wurden zu einem schmalen Strich.

Deleu dachte an das, was sie vorhin gesagt hatte. *Es war der Staatsanwalt. Claude Verspaille hat mich erpresst.* Auch ohne von seinem Bourbon zu nippen, hatte er einen schalen Geschmack im Mund. Gerne hätte er gewusst, wie die Sache damals gelaufen war, aber er stellte keine weiteren Fragen.

Man kann es im Nachhinein sowieso nicht mehr ändern,

Deleu. Finde dich damit ab. Er ließ die Fingerknöchel einen nach dem anderen knacken und versuchte, sich auf die jetzige Situation zu konzentrieren. *Murats Sohn gekidnappt, und Abram ist der Hauptverdächtige. Mein Gott, das ist ja unglaublich!* Er musterte Danielle verstohlen. *Sagt sie die Wahrheit? Diesmal bestimmt. Zweifellos. Was steckt dahinter? Vermutlich hat Abram gar keinen Hinweis von dem ermordeten el Hidrissi erhalten, sondern er hat Murat selbst reingelegt. Will er den Drogenhandel in Mechelen tatsächlich übernehmen? Unter dem Deckmäntelchen besserer Jugendarbeit? Oder als Integrationsmaßnahme getarnt? Wie kommt er an die Drogen, an denen wahrscheinlich das Blut von Dewolf klebt? Hat er den Commissaris umgebracht? Oder hat er ihn ermorden lassen? Um Murat vom Thron zu stoßen? Und als Unterpfand für dessen Schweigen hat er seinen Sohn gekidnappt. Warum hat er dann solche Angst? Warum hat er Angst, wenn er Murats Sohn in seiner Gewalt hat?*
»Ich werde mein Bestes tun.« Es klang ein bisschen hohl, doch voll guter Absicht. »Wenn du noch irgendetwas erfährst, egal, was, dann musst du es mir sofort sagen!«
Deleu nahm eine Visitenkarte aus dem perforierten Metallhalter, der an einer Ecke seines Schreibtischs stand. Sie roch noch nach feuchter Tinte. Hundert Kärtchen, druckfrisch. Ein Jugendfreund, Geschäftsführer einer familieneigenen Druckerei, hatte sie kostenlos für ihn hergestellt. »Dirk Deleu, Privatdetektiv« stand darauf, in einem Wort, und rechts unten seine Adresse.
»Hier hast du meine Nummer. Sollte ich nicht drangehen, hinterlasse bitte eine Nachricht.«

Danielle Orolavi nahm die Karte an sich und steckte sie in ihre Handtasche. Als sie sich steif aufrichtete und den Jungen vorsichtig auf den Boden stellte, empfand Deleu eine Mischung aus Rührung und Ernüchterung.

»Hast du irgendeine Kontrolle über die«, seine Stimme stockte, »Organisation deines Mannes?«

Die junge Frau antwortete nicht.

»Ich meine, könntest du die Leute dazu bewegen, mir Tipps zu geben?« Deleu rieb sich über das Kinn. »Ist Murat eine Art Pate?«

Danielle schüttelte den Kopf. »Danke, Dirk«, sagte sie, als sie mit eiligen Schritten zur Tür ging.

Ihre glänzende Satinbluse war auch im Rücken tief ausgeschnitten. Deleu erhaschte einen letzten Blick auf ihren wippenden Faltenrock und ihr elegantes, kräftiges Fußgelenk. Er seufzte und küsste seine geballte Faust.

35

Walter Vereecken verzog den Mund und legte das Baguette mit Tartar auf den Schreibtisch. Er leckte einen Spritzer Ketchup vom Handrücken, lupfte mit dem Zeigefinger sein Handy, schnippte es in die Luft und fing es behände wieder auf.

»Vereecken.«

Nichts.

»Hallo? Wer ist da?«

Deleu dachte fieberhaft nach. *Mist, glatt vergessen. Bosmans ist ja nicht erreichbar, nicht direkt jedenfalls.* Er zögerte. *Soll ich es bei Maud probieren? Oder lieber heute Abend noch mal? Walter kann man zwar vertrauen, trotzdem …*

»Hallo? Was soll denn das? Blödmann!«

»Walter?«, ertönte es heiser.

»Wer ist da?«

»Walter, ich bin's. Dirk Deleu. Bist du allein?«

Vereecken zögerte. Er schaute Frank Tack an, der gerade den Autopsiebericht von Yussuf Benaoubi durchlas und gelangweilt die Achseln zuckte.

»Walter, kannst du Jos erreichen?«

»Hm, schwierig.«
»Warum?«
»Ach ja, das weißt du ja noch gar nicht. Wahrscheinlich werden die Ermittlungen bald von Brüssel aus weitergeführt. Uns hier in Mechelen soll der gesamte Fall entzogen werden, weil es französischsprachige Verdächtige …«
Walter Vereecken unterbrach sich und sah wieder zu Frank Tack hinüber, der Walters Baguette anstarrte.
»Walter? Ich muss Bosmans' Nummer haben, sofort!«
»Das geht nicht, Dirk. Vertraust du mir etwa nicht?«
Deleu seufzte. Ein untrainiertes Ohr hätte nichts herausgehört, er hingegen wusste sofort Bescheid. Dabei half ihm nicht zuletzt sein untrüglicher Instinkt.
»Wer hört mit?«
»Dirk, hier ist Frank, Frank Tack.«
Deleu schwieg für einen Moment.
»Hör zu, ich lege jetzt auf, wenn du mir nicht …«
»Bleib dran und hör zu.«
Tack antwortete nicht.
»Murat Marouf ist wahrscheinlich unschuldig, er kann allerdings nichts sagen.« Deleu trommelte auf seinem Schreibtisch herum. Er hatte es Danielle versprochen, und genau fünf Minuten lang hatte er sein Versprechen gehalten.
»Ja?«, fragte Vereecken, die Wange an die von Tack gelegt, voller Neugier.
Deleu fuhr sich mehrfach durch die Haare. Er hatte keine andere Wahl, denn er konnte es niemals allein schaffen.
»Weil sein Sohn gekidnappt wurde. Der Junge ist seit vierzehn Tagen spurlos verschwunden.«

»Verdammt noch mal!«, war das Einzige, was Tack hervorbrachte.
»Abram. Dem müsst ihr auf den Zahn fühlen. Er hat Murat Marouf reingelegt. Bosmans darf ihn nicht gehen lassen. Bei ihm liegt der Schlüssel. Wenn Marouf verurteilt wird, kommt Abram straflos davon, und damit hat er sein Ziel erreicht.«
»Welches Ziel, Dirk? Und vom wem hast du diese Informationen?«
»Das kann und will ich nicht sagen. Ich rede ausschließlich mit Bosmans. Wenn auch nur ein Wort von dem, was ich euch gerade erzählt habe, nach außen dringt, geschieht ein Unglück! Dann wird Marouf niemals aussagen, und wir können nichts unternehmen, obwohl er unschuldig ist!«
»Wir müssen zuerst seinen Sohn finden, ohne dass er weiß, dass wir nach ihm suchen. Richtig, Dirk?«
»Richtig, Frank.«
»Ich treffe mich gleich mit Bosmans. Wir setzen alle Hebel in Bewegung, du kannst auf uns zählen. Hast du irgendwelche Anhaltspunkte, wo wir nach dem Jungen suchen sollen?«
»Nein. Er wurde vor vierzehn Tagen nach der Schule entführt. Das ist alles.«
»Okay. Ich werde dich auf dem Laufenden halten.«
»Bitte rede nur mit Bosmans. Kein Wort zu Nadia.«
»Okay, mache ich.«
»Das nächste Mal wende ich mich ganz legal an die Presse.«
Tack und Vereecken grinsten. »Okay, Deleu«, sagten sie im Chor.

36

Verdammt, Bosmans! Wo steckst du, Mann?

Dirk Deleu hatte die Arme auf den Schreibtisch gelegt, sein Kopf ruhte mit geschlossenen Augen darauf. *Angenommen, Danielle hat recht. Welches Motiv könnte Abram haben? Warum hat er das getan? Wohl kaum als Dienst am Bürger.* Er biss die Zähne zusammen. *Die hinterste Füllung ist locker, die alte, die schon vom Zahnfleisch überwuchert wird. Auch das noch.*

Müde war er, furchtbar müde. Zu müde, um die Augen zu öffnen. Seine Gedanken schweiften ab, dorthin, wohin sie immer wanderten. Zu Barbara, Rob und Charlotte. Wie lange war es her, dass er mit jemandem über seine Familie gesprochen hatte? Eine halbe Ewigkeit. Dennoch waren sie da, sie existierten, geisterten in seinem Kopf herum, alle drei. Wie ein permanenter Schmerz, den man ins Unterbewusstsein verdrängte und der dennoch niemals abebbte. Ein latentes Schuldgefühl durchfuhr ihn. Ein Schmerz, den man höchstens für eine halbe Stunde mal vergaß, wenn man sich voller Hingabe etwas anderem widmete. Der körperlichen Liebe zum Beispiel.

Der Sex mit Nadia war eine Offenbarung gewesen. Jedes Mal aufs Neue. *Nicht oft, aber wenn, dann lange und leidenschaftlich. Dirk und Nadia. Ertrinken im Körper des anderen. Wild und unbeherrscht. Zügellos. Sie wollte ihren Orgasmus, immer und immer wieder. Dieser fiebrige, gehetzte Blick in ihren hungrigen Augen. Sehnsüchtig. Hingebungsvoll. Eine halbe Stunde Leben. Leben und Erleben. Und Geben. In vollen Zügen. Eine halbe Stunde später war er jedoch wieder da. Erbarmungslos, wie ein schleichendes Gift. Dieser nagende Schmerz, der keine Ruhe gibt, der alles überwuchert. Der im Grunde nie weg gewesen ist.*

Manchmal sah er Barbara, hörte nachts ihre Atemzüge neben sich, und dann presste er sein Kopfkissen zusammen, so fest es ging. Anfangs war er in die Küche, ins Bad oder in den Keller gerannt. Inzwischen blieb er einfach still liegen.

Was soll ich machen, wenn ich einmal alt bin? Alt und allein?

Ein kräftiges, dreimaliges Klopfen an der Tür riss Deleu aus seinen Tagträumen. Die Silhouette einer Frau erschien. *Danielle*, schoss es ihm durch den Kopf. Eine halbe Stunde mit Danielle.

»Ja, bitte?«

Die Tür schwang auf, und Nadia Mendonck blieb auf der Schwelle stehen. Sie sah ihm fest in die Augen.

Sie hat Danielle gesehen. Sie muss sie gesehen haben. Sie hat gewartet, bis sie weg war.

Nadias Blick verriet keinerlei Gefühl. *Wie schön sie ist,* dachte Deleu. In Gedanken verglich er sie mit Danielle.

Eine ganze Stunde. Eine Stunde voller unermesslicher Leidenschaft. Vielleicht war das mehr, als manchen Menschen in ihrem ganzen elenden Leben vergönnt ist.
»Darf ich?«
»Äh, ja. Komm ruhig rein.«
Nadia Mendonck zog die Tür ins Schloss und setzte sich schweigend Deleu gegenüber.
»Raus mit der Sprache«, sagte er mit heiserer Stimme. Er hatte sich damit abgefunden, dass Nadia eine Affäre mit Frank hatte. Stundenlang hatte er darüber nachgegrübelt, und jetzt kam alles wieder hoch. *Das hat ohnehin keine Zukunft mit dieser schönen Frau. Es ist eine rein sexuelle Beziehung, der Traum vieler Männer, aber sie ist von vornherein zum Scheitern verurteilt. Es ist keine richtige Beziehung, sondern ein Kampf, ein Ringen zweier einsamer Seelen.*
Deleu konzentrierte sich wieder auf die Gegenwart und wartete gespannt auf Nadias Geständnis, auf ihre Version der Ereignisse.
Sie fühlt sich noch schuldiger als ich, da bin ich mir ganz sicher. Barbara war ihre beste Freundin. Barbara hat ihr über den Verlust von Rutger hinweggeholfen. Nadia hat Charlotte in den Armen gewiegt. Da müssen wir doch zusammenbleiben?
»Ich will dich nicht einfach so fallenlassen, Dirk«, begann sie leise.
Er sah überrascht auf, als er die Bedeutung ihrer Worte endlich erfasste, denn diese Wendung hatte er nicht erwartet. Sie traf ihn wie ein Blitz aus heiterem Himmel.
»Ich habe viel von dir gelernt, in mancherlei Hinsicht. Ich

vermisse dich. Du warst ein unverzichtbarer Teil unseres Teams, ein wesentlicher Bestandteil.«

Deleu ließ sich seine Enttäuschung nicht anmerken. Er nickte nur.

»Ich kann nicht glauben, dass du es nur des Geldes wegen getan hast. Mit dieser Erklärung werde ich mich nicht zufriedengeben, das wäre eine zu große Enttäuschung für mich. Du bist der integerste Kollege, den ich kenne. Verdammt, Dirk, du warst mein großes Vorbild! Ich will die Wahrheit wissen! Warum hast du das getan?«

Deleu lächelte. »Möchtest du eine Tasse Kaffee?«

Nadia reagierte ein wenig verwirrt, nickte aber nach kurzem Zögern.

Deleu kratzte sich am Hals. Er nahm zwei Plastikbecher aus der Schublade und drückte auf den Hebel der Thermoskanne. Ein saugendes Geräusch ertönte, dann ein leises Blubbern. Die Thermoskanne war leer. »Ich kann dir nichts bieten«, sagte er. »Nicht mal eine Tasse Kaffee.«

Nadia lächelte abwesend, und als sie aufsah, bemerkte sie seinen fragenden, fast flehentlichen Blick. Sie spürte seine Seelenqualen und wandte sich ab. In der Zimmerecke stand ein Riesenkarton, der nachlässig aufgeklappt war. Eine der Deckelklappen war quer eingerissen.

»Deleu« stand in dicken Buchstaben auf der Seite. Nadia zeigte darauf. »Deine Bürosachen aus Mechelen?«

Er nickte, und sein Adamsapfel hüpfte auf und nieder.

Sie lächelte, und auf ihren Wangen bildeten sich Grübchen. »Na los, Dirk«, flüsterte sie. »Was du mir zu erzählen hast, wird mich sicherlich nicht überraschen. Es wird nichts sein, was ich mir nicht ohnehin schon gedacht habe.«

37

Claude Verspaille befand sich auf dem Grote Markt in Mechelen, inmitten von etwa dreitausend Ausländern. Seine blassen Beine ragten aus Khaki-Shorts hervor, und um seinen dicken Bauch spannte sich ein Polohemd, dessen obere drei Knöpfe offen standen.

Er war auf Nummer sicher gegangen und hatte sich unter eine Gruppe grüner Sympathisanten gemischt. Seine abgetragenen Ledersandalen stammten aus einem Secondhandladen.

Claude Verspaille tänzelte von links nach rechts. Er amüsierte sich königlich und machte sich keine Sorgen, dass ihn seine exklusive Sonnenbrille vielleicht verraten könnte. *Wer wird in diesem Gewimmel schon auf meine Sonnenbrille achten? Nicht heute. Heute ist ein historischer Tag. Vergleichbar mit der Studentenrevolte 1968.* Wobei er damals nicht auf die Barrikaden gegangen war. Was hatte er auch schon zu gewinnen oder zu verlieren gehabt? Doch jetzt war die Situation völlig anders. *Heute bin ich mit von der Partie. Das hier ist mein Werk, vielleicht sogar mein Lebenswerk.*

Rund um das Mechelner Rathaus hatte die Rijkswacht eine Sicherheitszone abgesperrt. Über zweihundertfünfzig Mann, bewaffnet mit Schlagstöcken, hielten die Stellung, und rechts und links des Rathauses warteten Wasserwerfer. Die Nationalgarde war allerdings noch nirgends zu sehen.

»Mörder!«, schrie Verspaille heiser.

Eine mollige Dame mit Sommersprossen nickte ihm aufmunternd zu. Er genoss jeden Augenblick. Er nahm die Szenerie geradezu gierig in sich auf, mit einem Gefühl tiefer Befriedigung.

Die meisten Ausländer skandierten »Abram! Abram!«, und es waren nicht nur die jungen Hitzköpfe. Auch ältere Leute äußerten lauthals ihre Unzufriedenheit, einige andere hatten ihre Gesichter mit Palästinensertüchern vermummt.

»Naib! Naib! Rache für Naib!«, ertönte es aus Hunderten Kehlen. Ganz vorne flog ein Absperrgitter durch die Luft. Alle riefen den Namen von Naib Abram, der mit dem Tode rang.

Er war im Gefängnis von Mechelen vergiftet worden, wo er in Schutzhaft gesessen hatte. Man hatte ihm Strychnin unter das Essen gemengt. Abrams Frau und Kinder waren nach Frankreich geflüchtet, während er auf der Intensivstation um sein Leben kämpfte.

Das war der sprichwörtliche Tropfen gewesen, der das Fass zum Überlaufen brachte. Tausende Ausländer waren auf die Straße gegangen. Wenn Johan Dewolf das noch hätte erleben können! Claude Verspaille biss sich auf die Fingerknöchel. Er war trotz allem nicht ganz zufrieden, denn Abram lebte noch, aber nur, weil er sich an dem bewussten Tag nicht wohl gefühlt und kaum Nahrung zu sich genommen hatte. Er lag bereits seit über zwölf Stunden im Koma, woraus er, wie in den Nachrichten zu hören gewesen war, wohl nie wieder erwachen würde. Sämtliche Vitalfunktionen wurden künstlich aufrechterhalten.

Die ganze Geschichte stand lang und breit in allen Zeitungen. Bels hatte keine Zeit verloren, schließlich hatte er die detaillierten Hintergrundinformationen in seinem Briefkasten gefunden. Gratis.

Claude Verspaille grinste. *Ach, Naib, auch du hättest dabei sein sollen. Endlich bist zu dem geworden, was du immer sein wolltest: ein waschechter Märtyrer, eine heilige Ikone für dein lausiges Volk.* Er schob die Sonnenbrille auf die Nase und ging mit geschlossenen Augen noch einmal alles durch. *Bis hierher ist alles glatt gelaufen. Die Partei kommt jetzt nicht mehr um mich herum. Der Vorsitz winkt! Filip Somers, mein designierter Widersacher – dass ich nicht lache! Dieser Idiot hat schon mal seinen alten Kampfanzug entmottet, in der Hoffnung, die Krise für sich ausnutzen zu können. Falsch gedacht! Auf dem Schlachtfeld sterben wird er, ermordet von marokkanischen Extremisten.* Verspaille blies die Wangen auf und ballte die Fäuste, übermannt von seinen Gefühlen, die dieser großartige Augenblick in ihm wachrief. *Schade, dass Ewoud nicht dabei ist. Seine Mitwirkung hätte das Ganze noch beschleunigen können. Doch leider hat der Tod seines Sohnes Johan nicht den gewünschten Schockeffekt erzielt. Aber wenn ich die Zügel erst einmal in den Händen halte, wird Ewoud schon spuren. Es wird ihm nichts anderes übrigbleiben, wen soll er denn sonst noch finanzieren?*

Lachend und übersprudelnd vor Selbstvertrauen schüttelte Verspaille die Fäuste. »Rassisten! Rassisten«, fiel er in den Schlachtruf ein, siegessicher und erfolgstrunken.
Der einzige kleine Schönheitsfehler war bisher die Flucht dieses Marokkanerjungen gewesen. Das war knapp, beinahe hätten sie el Hidrissi erwischt. Ich sollte besser nicht zu viel darüber nachdenken. Gut, dass er tot ist. Über den Haufen geschossen, noch dazu von den Bullen. Abram dagegen war der reinste Glücksfall. Wie der versuchte, auf eigene Faust zu handeln. Der Witzbold wollte mir wohl die Suppe versalzen, was? Aber Ende gut, alles gut. Die Drogen sind wieder da, und Abram umlegen zu lassen war ein meisterhafter Schachzug, genau zum richtigen Zeitpunkt! Exzellentes Timing. Danke, Sylvain! Bravo, Claude!
»Haram! Haram!«, ertönte ein Ruf aus vielen Kehlen. Das Codewort, bekannt in der gesamten islamischen Welt, das alles von der Religion Verbotene bezeichnete. Es war das verabredete Zeichen, und die Meute setzte sich in Bewegung. Die Menschen waren eine kompakte Masse, wie eine Herde Bisons, die plötzlich die Richtung ändert. Sie bewegten sich auf die Merodestraat zu, wo nur eine einfache Absperrung errichtet worden war. Dort standen keine Wasserwerfer, sondern nur drei vereinzelte Rijkswachter.
Ha, diese Idioten! Keine Strategie, kein Fünkchen Durchblick. Diese Ausländer machen alle, die in Mechelen etwas zu sagen haben, ja sogar die Regierung, hoffnungslos lächerlich. Meine Güte, die werden mir glatt noch sympathisch.

Er lachte lauthals wiehernd, wie es typisch für ihn war, er konnte einfach nicht an sich halten.
Einige der Demonstranten reagierten verwirrt, vor allem die einheimischen Sympathisanten. Sie blieben unschlüssig stehen und sahen sich mit fragenden Blicken an, ängstlich und mit erschrockenen Gesichtern. Claude Verspailles Gelächter kontrastierte zu sehr mit der allgemeinen Empörung und Ernüchterung.
Unaufhaltsam strömte die aufgebrachte Menge der Ausländer in die Merodestraat. Zwei Autos standen bereits in Flammen, und die Scheiben der Eckkneipe gingen klirrend zu Bruch. Im dritten Haus auf der linken Seite leckten die Flammen an den heruntergelassenen Rollläden.
Das ist der Wendepunkt, das vollkommene Chaos, die Apokalypse. Nein, viel besser: Das ist erst der Anfang!
Claude Verspaille drängte sich mit seinem dicken Bauch durch die Menge und trabte in Richtung Haupteinkaufsmeile.
Ich, Claude Verspaille, und kein anderer bin die geeignete Person, um hinterher wieder für Zucht und Ordnung zu sorgen. Ich werde es ihnen allen heimzahlen, sie zerquetschen. Und dann die Ordnung wiederherstellen. Vom Parlament aus, vom Sessel des Premierministers. Mit Krawatte und Maßanzug und siebenundfünfzig sexbesessenen Geliebten, einem ganzen Harem.
»Tut mir leid, Mathilde Caudron de Quisbuer«, sagte er kichernd. »Auch dich, meine geliebte Gattin, werde ich dann nicht mehr brauchen.«
Ein verwahrloster junger Mann mit einem um die Hüften geknoteten Parka knallte gegen das Schaufenster einer

Boutique. Seinen Fluch hörte der davoneilende Verspaille schon nicht mehr.
Die Umstürzler vom alten Schlag sind entmachtet, die rabiaten Fremdenhasser ermordet, Dewolf und demnächst Somers ausgeschaltet. Es wird Zeit für einen gemäßigteren Parteikurs, einen Kurs unter der kundigen Führung von Premierminister Claude Verspaille. Welcher belgische Bürger kann nach dem heutigen Tage noch die Augen vor dem Ausländerproblem verschließen? Niemand, nicht mal der Naivste. Man braucht ihnen doch nur in die ängstlichen Fratzen zu schauen. Nicht mal Ewoud kann es noch leugnen. Nein, nicht der internationale islamische Terrorismus ist das Problem, das Problem ist hier, vor unserer Tür, hier in Mechelen. Guck heute Abend die Nachrichten, falls noch welche gesendet werden.
Verspaille lachte siegessicher und eilte zu seinem Jaguar, den er in der Tiefgarage gegenüber von dem Einkaufszentrum geparkt hatte. Sein Lieblingsspielzeug wollte er möglichst unversehrt aus dem Hexenkessel retten. Es hatte gepanzerte Scheiben und Türen und war ein Vermögen wert. Er brauchte es, schließlich standen harte Zeiten bevor.
Rasch verbannte er alle negativen Gedanken und konzentrierte sich auf Angenehmeres. Noch am selben Abend war eine Vorbesprechung mit einigen führenden Mitgliedern der bürgerlichen Parteien angesetzt, ein Treffen, das auf Bitten von Ewouds politischen Freunden zustande gekommen war. Es war das erste Mal, dass eine Annäherung zwischen den gemäßigten Parteien und den Rechtsextremen stattfand, wobei auch diese inzwischen nicht mehr

ganz so radikal wie früher auftraten. Nach dem heutigen Abend würden die Karten völlig neu gemischt sein. *Wenn ich erst einmal den Vorsitz innehabe, werde ich auch den Namen der Partei ändern. Irgendetwas Unverfängliches, vielleicht UFP, Unabhängige Flämische Partei, aber darüber kann ich später nachdenken. Außerdem überlässt man so etwas lieber einem gewieften PR-Referenten.*
Verspaille grunzte, was er öfter tat, und ging in Gedanken seine Strategie für den Abend noch einmal durch. Es war sonnenklar: Die anderen hatten nichts in der Hand. *Mein Plan, mein Masterplan, eine gutdurchdachte Strategie und gemäßigt obendrein. Ein Plan, wie wir den drohenden Bürgerkrieg überleben können. Sogar Generalstabschef Polspoel hat mir seine Unterstützung zugesichert, und das Militär ist inoffiziell in Alarmbereitschaft versetzt worden, schon vor einer ganzen Weile. Doch heute sollte es noch nicht eingreifen, sondern den Dingen ihren Lauf lassen. Politisch gesehen war das eine absolut richtige Entscheidung, durchgesetzt von Ewoud Dewolf und Generalstabschef Polspoel. Heute stecken die Idioten ihre eigene Moschee in Brand, heute zerschlagen sie ihre eigenen blinden Scheiben. Nach dem heutigen Tag kann nicht mal Allah sie mehr retten. Sogar ihre grünen Freunde ergreifen scharenweise die Flucht, und selbst die linke Presse kann die drohende Gefahr nicht mehr leugnen. Kein Mensch wird die Kommunisten noch ernst nehmen. Sie müssen sich mäßigen, und zwar alle.*
Claude Verspaille hatte es geschafft, sich aus der Menge zu befreien, und ließ all die schwitzenden, bebenden Leiber hinter sich. In der Tiefgarage war es ungewöhnlich ruhig.

Gut, dass auch Ewoud die Gefahr rechtzeitig erkannt und, wenn auch hinter den Kulissen, alle Hebel in Bewegung gesetzt hat. Ich bin schlauer als sie alle. Ich, Claude Verspaille, bin der Retter der einheimischen Bevölkerung Belgiens, der Held der Nation, Idol und lebende Legende.
Sein Jaguar stand neben dem BMW 730i seines Kollegen und Rivalen Somers, dessen Mitarbeiter drei ungehobelte Kerle waren. *Mein Gott noch mal.* Auch Verspailles Widersacher war gekommen, um sich einen Überblick über das Ausmaß der Katastrophe und die Art der Bedrohung zu verschaffen. Sie waren sogar gemeinsam losgefahren, aber in der Tiefgarage war es Verspaille gelungen, die anderen abzuschütteln. Während Kollege Somers sich kampfbereit machte, hatte Verspaille sich heimlich in der Toilette umgezogen. *Vielleicht nehmen mir die Ausländer ja die Arbeit ab. Wie praktisch. Wenn sie Somers erkennen, wird er geteert und gefedert.*
Verspaille kniff die Augen zusammen, weil ihn zwei Scheinwerfer blendeten. Er ging in die Knie, schützte mit einer Hand die Augen und spähte vorsichtig durch die gespreizten Finger. Ein grauer Peugeot fuhr im Schritttempo und mit Abblendlicht auf ihn zu.
Nur ganz knapp vor ihm bog der Wagen nach links ab und kam zum Stehen. Der Mann, der Claude Verspaille aus dem heruntergekurbelten Fenster heraus ansah, trug fast dieselbe Ray-Ban-Brille wie er. Verspaille spitzte die Lippen. Der Fahrer antwortete mit einem knappen Nicken und raste mit quietschenden Reifen in Richtung Ausfahrt.
Verspaille eilte zu seinem Jaguar. *Cluts. Dieser Kerl*

schreckt wirklich vor nichts zurück. Ich kann alles von ihm verlangen. Obwohl er eine dicke Akte über den Kerl in der Hand hatte, mit der er ihn erpresste, geriet er ins Grübeln. *Vielleicht ist der Augenblick gekommen, auch ihn aus dem Weg zu räumen. Er weiß zu viel. Viel zu viel. Aber wen könnte ich damit beauftragen? Ich kann mir nicht selbst die Hände schmutzig machen. Bis jetzt hat er jedes Mal die Drecksarbeit erledigt. Jedes Mal. Fehlerlos. Na schön. Wir werden sehen. Jetzt nichts wie weg hier, und zwar schnell.*

Verspaille steckte den Zündschlüssel ins Schloss, und plötzlich lief es ihm eiskalt den Rücken hinunter. *Er wird doch wohl nicht meinen Wagen …?*

Der Motor des Jaguars sprang an, und Verspaille lachte laut auf.

38

Jos Bosmans erfuhr die Neuigkeit aus dem Radio. Er saß in seinen Amtsräumen in Brüssel und war in das Protokoll von Abrams Zeugenaussage vertieft.
Als auf Radio 2 die Sondernachrichtensendung begann, sprang er abrupt auf und streckte die Brust raus, wie ein Sprinter, der zum Endspurt ansetzt. Anstatt das Radio lauter zu drehen, presste er das Ohr an den Lautsprecher. Jos Bosmans wechselte so schnell die Farbe, dass ein Chamäleon hätte neidisch werden können, und binnen Sekunden war er kreidebleich. Das Mechelner Polizeipräsidium lag in Schutt und Asche. *Meine Akten! Das Beweismaterial! Mein Büro! Ist der Tresor hitzebeständig? Wie viel Schaden werden die Löscharbeiten anrichten?* Der Untersuchungsrichter fasste sich an die Stirn und fühlte, wie ihm der kalte Schweiß hinunterrann, als sein Handy klingelte.
»Ja. Walter?«
»Walter?«, fragte eine erstaunte Stimme.
»Wer ist da, verdammt noch mal?«, brüllte Bosmans völlig aufgebracht.

»Melchior Vandamme, Chefberater des Innenministers. Spreche ich mit Untersuchungsrichter Bosmans?«

»Am Apparat.«

»Mijnheer Untersuchungsrichter, bitte begeben Sie sich schnellstmöglich in Ihr Amt, falls Sie nicht schon dort sind. Momentan tagt ein Krisenstab, und Sie werden gebeten, die Akte Dewolf näher zu erläutern. Bitte bringen Sie die vollständigen Unterlagen mit. Eine Eskorte der Rijkswacht wird Sie begleiten, Sie werden um Punkt fünfzehn Uhr vor Ihren Amtsräumen abgeholt.« Klick. Aufgelegt.

Bosmans betrachtete sein Handy, als wäre es eine scharfe Handgranate, beherrschte sich dann aber und steckte das Telefon in seine Brusttasche. Jetzt saß er ganz schön in der Klemme! *Verdammt noch mal! Die Akte sollte sich hier in Brüssel befinden und nicht in verkohltem Zustand in Mechelen. Mein Lieber, das gibt mächtig Ärger!* Er wählte eine eingespeicherte Nummer und wartete ungeduldig. Beim siebten Klingeln wurde abgenommen.

»Bosmans hier. Wo sind Sie, Vereecken?«

»In der Rijkswachtkaserne. Haben Sie schon die Nachrichten gehört?«

»Ja, habe ich«, unterbrach ihn Bosmans mürrisch. »Sie müssen alles daransetzen, diese Akte im Tresor zu retten. Mir ist jedes Mittel recht, verstanden?« Trotz seines schroffen Tons hörte es sich fast flehentlich an.

»Alles klar, Chef. Ich tue, was ich kann. Der Tresor steht schon hier, ich befürchte allerdings …«

»Wenn auch nur das Geringste über diese Akte durchsickert, bin ich geliefert.«

»Tja, ich befürchte, dass allerhand durchsickert, und zwar im wahrsten Sinne des Wortes.«
Trotz der heiklen Situation entfuhr Bosmans ein nervöses Lachen. »Dann hängen Sie sie eben zum Trocknen auf!«

39

Dirk Deleu, der frischgebackene Privatdetektiv, hatte die Neuigkeiten von seinem Nachbarn erfahren, als er gerade in sein Auto stieg, um rasch eine Kleinigkeit essen zu gehen. Sofort hatte er das Autoradio eingeschaltet, und jetzt lauschte er mit wachsender Verwunderung und buchstäblich offenem Mund dem Bericht über die Schlacht um das Mechelner Polizeipräsidium.

Abram ermordet, Mechelen brennt.

Er schaltete das Radio aus, umklammerte mit beiden Händen krampfhaft das Lenkrad und versuchte, seine Gedanken zu ordnen. Er holte sein Handy aus dem Handschuhfach, atmete ein paar Mal tief durch und wählte dann eine eingespeicherte Nummer. Als endlich abgenommen wurde, hatte er bereits sein persönliches Fegefeuer durchlitten.

»Roger Wittewrongel.«

Deleu schluckte seinen Widerwillen hinunter, es klang, als räuspere er sich. »Roger, sind Barbara und die Kinder in Sicherheit?«

»Ja.«

Die Verbindung wurde unterbrochen. Deleu überlegte, Bosmans anzurufen, aber er tat es nicht.
Abram vergiftet, seine Familie geflüchtet. Kein Wort über Murat Marouf. Hat Walter die Informationen an Bosmans weitergegeben? Jos Bosmans, mein früherer Chef, mein früherer Freund, der momentan wahrscheinlich andere Sorgen hat.
Wieder einmal hatte Deleu das Gefühl, in einem Strudel zu stecken, der ihn in die Tiefe sog. Es begann in seinem Bauch und endete in seinem Kopf. Stress, kübelweise, bergeweise.
Er stützte sich mit beiden Ellbogen auf dem Lenkrad ab und seufzte laut. Diese Sache ging nicht mehr nur ihn allein etwas an, und Bosmans war nicht mehr sein Vorgesetzter. Sein Auftraggeber hieß Murat Marouf, indirekt jedenfalls. Er ballte die Fäuste und hieb auf das Lenkrad ein.
Naib Abram! Liegt die Lösung vielleicht bei ihm? In seinem Haus müssen doch Spuren zu finden sein, frische Spuren. Noch ist es nicht durchsucht worden, noch nicht.

40

Nadia Mendonck hatte Schmetterlinge im Bauch, als sie lächelnd die schwerbepackte Einkaufstasche in den Kofferraum lud. Sie rutschte hinter das Steuer, drehte die Klimaanlage auf und schaltete das Radio ein.
»... und so ist Mechelen heute in eine Spirale der Gewalt geraten. Die Straßen rund um den Grote Markt sind hermetisch abgeriegelt, denn an einigen Stellen müssen kleinere Brände gelöscht werden. Die Mechelner Feuerwehr wurde jedoch so stark bei ihren Einsätzen behindert, dass es ihr bisher nicht gelungen ist.«
Mit einem hörbaren Klicken schaltete Nadia das Radio wieder aus. *Immer dasselbe, Demonstrationen und Krawalle in Mechelen. Gute Musik kommt überhaupt nicht mehr, nicht mal mehr im Lokalradio.*
Sie legte beide Hände fest um das Lenkrad. *In dieser Gegend von Mechelen ist von den Krawallen nichts zu spüren. Die Stadt liegt da wie ausgestorben.* Sie lächelte ihrem Spiegelbild aufmunternd zu. Heute war ihr Tag. Eigentlich Franks Tag, aber ein bisschen auch ihrer. Sie hatte vor, ihn mit seinem Lieblingsgericht zu überraschen: Spaghetti

bolognese à la Mendonck. Während sie mit dem Zeigefinger ihre Nasenspitze berührte, flüsterte sie: »Allerdings ohne Knoblauch.«

Sie versuchte, den Inhalt der Einkaufstasche noch mal durchzugehen, in der Eile hatte sie nämlich vergessen, eine Einkaufsliste mitzunehmen. *Spaghetti, Tomaten, Zwiebeln, Paprikaschoten, Kalbsgehacktes, zwei Dosen Tomatenmark, zwei Flaschen Chardonnay, etwas Salzgebäck als Vorspeise und ein Kirschkuchen zum Dessert.* Nadia Mendonck befeuchtete die Lippen. *Die Sprühsahne hebe ich für später auf.* Plötzlich wich der lüsterne Blick von ihrem Gesicht, und sie runzelte die Stirn. *Eine Schüssel. Eine große Schüssel wird er doch wohl hoffentlich haben? Frank Tack, der eingefleischte Junggeselle.* Dafür sah seine Wohnung auf den ersten Blick ziemlich ordentlich aus. Obwohl sie das eine Mal, als sie da gewesen war, nur Augen für das Schlafzimmer gehabt hatte.

Nadia Mendonck roch unter ihrer rechten Achsel und blickte dann auf ihre Cartier-Uhr, ein Geburtstagsgeschenk von Frank.

In Gedanken durchlebte sie noch einmal die Szene in Deleus Büro am gestrigen Tag. Im Grunde hatte Dirk ziemlich gut ausgesehen, dennoch war sie enorm erleichtert gewesen, als sie schließlich wieder draußen auf der Straße stand. Endlich hatten sie sich ausgesprochen, und nun gewannen die Schmetterlinge eindeutig die Oberhand über ihre Skrupel.

Sie schnüffelte unter dem anderen Arm und rümpfte die Nase. Sie musste bei Frank zu Hause unbedingt noch schnell duschen. Auch das wäre nicht das erste Mal. Sie dachte an sein Duschgel und daran, wie ihren Körpern danach der gleiche Geruch angehaftet hatte. *Jedenfalls für kurze Zeit. Beim ersten Mal.* Schon der Gedanke daran erregte sie, und sie hätte am liebsten aufgeschrien, wenn nicht so ein mausgesichtiger Vertreter neben ihr an der Ampel sie unverhohlen angestarrt hätte. Bei Grün schoss ihr kleines Auto los wie ein Rennwagen. Dennoch schloss sie kurz die Augen. *Frank ist einfach unglaublich im Bett! Und dabei so zärtlich …* Sie öffnete die Augen wieder, zählte nach und kam tatsächlich bis fünf. Sie biss sich auf die Unterlippe und schaltete das Radio wieder ein.

Sie drehte die Musik lauter und wippte im Takt mit dem Oberkörper. *»Life … oh, life …«*, schallte es aus den Pioneer-Boxen – ein Geschenk des verstorbenen Rutger. Aber sie ließ sich von dem Gedanken an ihren Ex-Freund nicht die Laune verderben. Nicht heute.

41

Deleu bewegte die Maus nach rechts und klickte das Word-Icon an. Die Suche mit dem Windows Explorer hatte nichts ergeben, jedenfalls nichts Nützliches.
Naib Abram, du warst ein langweiliger Spießer. Keine Internetkontakte, keine Cache-Dateien, kein Yahoo, keine E-Mails, kein ICQ. Nichts, was der Mühe wert wäre, es sich näher anzusehen.
Der frischgebackene Privatdetektiv fand eine Reihe von selbstentworfenen Tabellen in Excel, außerdem ein Formular für die Krankenversicherung, ein Fahrtenbuch und einen Mietvertrag für eine Garage. Er spitzte die Lippen und schnaubte durch die Nase, denn er wusste, dass der PC wahrscheinlich seine letzte Chance war. Er hatte jeden Winkel des Hauses durchsucht: das Erdgeschoss, den ersten Stock und sogar den Keller. Sämtliche Schränke hatte er durchforstet, alle Schubladen aufgezogen, alle Taschenkalender, Haushaltsbücher und Kontoauszüge durchgeblättert. Auf allen vieren war er durch ein Labyrinth von Abwasser- und Heizungsrohren gekrochen.
Wonach suche ich eigentlich? Deleu klopfte eine Schicht

weißen Staub von seiner Hose. *Nach einem Anhaltspunkt, einer Verbindung zwischen Abram und Murat Marouf. Aber es scheint nichts zu geben, zumindest nichts, was auf Abrams mögliche Verwicklung in die Morde hinweist.*
Word wurde gestartet, und Deleu ging auf »Datei öffnen«.
StadtJan.doc bis *StadtAug.doc*. Er zählte acht Dokumente und öffnete eines auf gut Glück. Seine Befürchtungen bewahrheiteten sich: Es waren ganz banale Sitzungsberichte des Stadtrats oder vielmehr eine Art Argumentationshilfe mit vier Rubriken: Standpunkt Opposition, Standpunkt Koalition, Standpunkt eigene Partei sowie Argumente. Die Rubrik »Argumente« war ihrerseits in Pro und Kontra unterteilt. Deleu seufzte. Damit war nicht viel anzufangen. Ob er es noch einmal in Excel versuchen sollte?
Er stützte die Hände auf die Oberschenkel und stieß einen Seufzer aus. Glühend heiß war es in dem modernen Designerwohnzimmer. Er hatte Durst, rollte den Bürostuhl zurück, stand auf und ging in die Küche.
Obwohl die in Lila und Grün gehaltene Einbauküche Frische ausstrahlte, war es auch hier stickig warm. Deleu zog den Kühlschrank auf und beugte sich nach vorn. *Kein Bier, nicht mal Cola. Nichts im Kühlschrank, jedenfalls nichts zu trinken.*
Schließlich öffnete er das Eisfach. *Bingo! Eiswürfel!* Deleu schob ein flaches Päckchen beiseite, nahm die blaue Plastikverpackung mit den Eiswürfeln heraus, griff nach einem Glas in dem lilafarbenen Abtropfgestell und drehte den Wasserhahn auf. Sieben Eiswürfel drückte er aus der Verpackung, die beim Kontakt mit dem lauwarmen Leitungs-

wasser leise knackten. Während er gierig trank, fielen die übrigen fünf Eiswürfel klappernd ins Spülbecken.
In Gedanken versunken stellte er das Glas auf die Anrichte und betrachtete nachdenklich den Kühlschrank. Dann öffnete er ihn erneut und holte das flache Päckchen aus dem Eisfach, das mit Plastikfolie umwickelt war. Das war es, was er im Unterbewusstsein registriert hatte. Er drückte auf die Folie und fühlte etwas Hartes. Hastig entfernte er die knisternde Verpackung, und darunter kam ein kleines Ringbuch mit rotem Pappeinband zum Vorschein.
Mit zitternden Händen blätterte er die Seiten um, eine nach der anderen, als könnten sie vor seinen hungrigen Augen zu Staub zerfallen. *Buchstaben, Abkürzungen, Initialen, zumindest auf den ersten Blick. Eine Telefonnummer. Nur eine einzige. In Anführungszeichen die Initialen S. C.*
Auf den darauffolgenden Seiten standen Beträge und Daten. Siebenmal zweihundertfünfzig Euro in einem Zeitraum von anderthalb Jahren. Jedes Mal waren am Rand die Initialen P. V. vermerkt. Im letzten halben Jahr hatte es einmal eine Zahlung über fünfhundert Euro mit den Initialen P. V. und einmal eine über fünfundzwanzigtausend Euro mit den Initialen V. C. gegeben.
Ein Riesenbetrag!
Auf den Kontoauszügen, die Deleu eben durchgeblättert hatte, waren ihm weder die kleinen regelmäßigen noch die größeren Beträge aufgefallen.
Eine so hohe Summe hätte ich nicht übersehen, da bin ich mir sicher.

Deleu rannte die Treppe hinauf und überprüfte erneut die Zahlungseingänge auf den Auszügen. Wie erwartet, fand er weder regelmäßige Beträge über zweihundertfünfzig Euro noch Belege über die beiden größeren Summen im letzten Halbjahr. Mit einem verhaltenen Fluch warf er den Ordner wieder in die Metallschublade.

Während er langsam die Treppen hinunterstieg, blendete ihn ein Sonnenstrahl. Deleu blinzelte und blickte ins Licht, dann blieb er stocksteif stehen. *P. V. Pierre Vindevogel. Abram war die ganze Zeit der Informant von Pierre gewesen! War es das, was du mir gestern erzählen wolltest, Kollege? Hat dir das im Magen gelegen, ohne dass du es aussprechen konntest? Wolltest du gemeinsam mit Abram die Drogenszene kontrollieren? Hast du deswegen el Hidrissi ermordet? Und du, Verstappen, was weißt du von der ganzen Sache? Warum hast du den Dienst quittiert, verdammt noch mal?*

Dirk Deleu hockte sich auf die unterste Stufe. Ätzende Magensäure. Er zermarterte sich das Gehirn, das gegen seine Schädeldecke pulsierte. *Nein! Pierre ist ein Rassist durch und durch. Noch mal von vorn. Abram hat als Informant für den schielenden Pierre gearbeitet. Und weiter? Welche Informationen konntest du preisgeben, Abram? Pierre hatte nie etwas mit der Drogenszene zu tun, er hat während seiner gesamten Dienstzeit für das Morddezernat gearbeitet. Hat er etwa die Marokkaner umgebracht? Ist er denn völlig durchgedreht?*

»Das ist vollkommen sinnlos«, murmelte Deleu vor sich hin. »Absoluter Quatsch.«

Und V. C., wer ist V. C.? Von wem hat Abram im Juli

diesen Riesenbatzen Geld bekommen, und vor allem wofür? Was musste er dafür tun? Die Drogen mit dem dazugehörigen Märchen bei der Polizei abliefern? Jemanden umlegen? Naib Abram, der jetzt selbst die Radieschen von unten betrachtet. V. C.: Vital, Valère, es gibt nicht viele Vornamen, die mit V beginnen. Oder kenne ich nur keine?

Deleu kratzte sich im Nacken, griff sich in die Haare und zog daran. *Ich muss dringend zum Friseur. Aber zu welchem? Früher hat mir Barbara immer die Haare geschnitten. Vielleicht ist es eine Frau? Veerle, Véronique, Viktor.* Er schloss die Augen. *Die Initialen stehen falsch herum! Nicht Pierre Vindevogel, sondern Perdieus. Ja, das ist es, Perdieus, Victor?*

Deleu schlug sich mit der schweißnassen, flachen Hand vor die Stirn. Die Tropfen flogen durch die Luft wie in einer Limowerbung, aufgenommen an einem subtropischen Drehort.

Victor Perdieus, der inzwischen pensionierte Mechelner Commissaris. Klingt logisch. Ja! Das ergibt einen Sinn!

Er griff nach seinem Handy und wählte die Nummer der Auskunft.

42

Jos Bosmans saß mit gespreizten Knien auf dem Rücksitz des BMW 730i mit Diplomatenkennzeichen. Die Rijkswachteskorte war nicht erschienen. *Innentemperatur 20 °C*, las er über die Schulter des Fahrers hinweg. *Die Klimaanlage ist wahrlich eine geniale Erfindung.* Er fuhr mit den Fingerspitzen über die Innenverkleidung aus schwarzem Leder. Es fühlte sich weich an. Und kühl.

Bosmans blickte durch die getönten Scheiben, die das Gefühl der Distanz noch vergrößerten. Es war, als säße man in einem sicheren Kokon, eingesponnen, weltfremd und weit entfernt von dem dichten Verkehr im Zentrum von Brüssel, das auch am frühen Nachmittag ein wahrer Hexenkessel war. Der Fahrer war ein Profi und manövrierte die Limousine geschickt durch die verstopften Straßen.

Der Untersuchungsrichter schloss die Augen und drückte die Hände fest an die Oberschenkel. Er überblickte seine Strategie wie ein antiker Feldherr die Schlachtordnung seiner Truppen, doch es gelang ihm nicht, sich richtig zu konzentrieren. Immer wieder schweiften seine Gedanken

zu Walter Veerecken ab, zu dessen Anruf und den möglichen Folgen, die damit verbunden sein konnten.
Mensch, Dirk! Wenn du nur einen Ton gesagt hättest, hätte ich dir sofort genug Geld geliehen oder meinetwegen geschenkt. Bosmans zwang sich, an etwas anderes zu denken. *Abram hat Marouf reingelegt, seinen Sohn entführt. Aber warum? Warum will der eine Marokkaner den anderen aus dem Weg räumen? Sie sollten sich verbünden in diesen harten Zeiten. Die Beziehung zwischen diesen beiden habe ich bisher außer Acht gelassen.*
Bosmans dachte an das Gespräch mit Commissaris Perdieus zurück. »Ich hab's nicht vergessen, ich hab's einfach nur versäumt«, murmelte er und griff nach seinem Handy.
Der Untersuchungsrichter zögerte, wählte aber schließlich Deleus Nummer. Da besetzt war, fluchte er. Der BMW durchfuhr ein imposantes eisernes Tor, das von vier Männern in schwarzen Anzügen unauffällig bewacht wurde.
Der Verfassungsschutz, schoss es Bosmans durch den Kopf, als er im Ohr des Mannes, der dem Fahrer zunickte, einen winzigen Sender bemerkte. Der Anblick der grimmigen Undercoveragenten bewirkte, dass die Unsicherheit wieder an ihm nagte. Er atmete ein paar Mal tief ein und aus. *Warum tagt ein Krisenrat in einem abgelegenen Kapuzinerkloster und nicht im Amtssitz des Premierministers? Oder auf Schloss Hertoginnendal in Brüssel?*
Bosmans klemmte seine Aktentasche fest unter den Arm, als ihm ein Beamter, ein farbloser Mann in einem verschlissenen Maßanzug, das Portal öffnete.
Das Erste, was ihm im Inneren auffiel, war der funkelnde

Kronleuchter, der an einer Kupferkette mit armdicken Gliedern hing. *Kristall. Kristall im Wert von Abertausenden. Was immer du auch tun musst, was immer auch geschieht: Bleib ruhig. In einer Stunde geht das Leben wieder seinen altgewohnten Gang.* Diese weisen Worte, aufgeschnappt bei einem Lehrgang für Krisenmanagement, sorgten dafür, dass er seine kämpferische Haltung wiederfand.

Am Ende des ovalen Tisches, um den neun Leute versammelt waren, blieb Jos Bosmans regungslos stehen. Schmauchende Zigarren in den Aschenbechern, Mineralwasser in Whiskygläsern, bedrückte Gesichter. Manche wirkten stahlhart, andere aufgedunsen und weichlich, doch der Schein trog. Rund um diesen Tisch war ein Teil der Crème de la Crème der belgischen Führungspersönlichkeiten aus Politik, Rechtsprechung und Militär vertreten.

Der Premierminister war nicht anwesend. Dafür war Melchior Vandamme erschienen, der Chefberater des Innenministers. Er rührte in einer Kaffeetasse, als hinge sein Leben davon ab. Außerdem erkannte Bosmans Nationalmagistrat Verworst, Generalstaatsanwalt Debusschere, Generalstabschef Polspoel.

Als Verworst den Untersuchungsrichter mit einer einladenden Geste aufforderte, am Tischende Platz zu nehmen, stockte diesem plötzlich der Atem. Unwillkürlich hob er den Arm und wies mit seinem nikotingelben Zeigefinger auf den Mann, der sich auf dem Stuhl neben Generalstabschef Polspoel fläzte wie ein feister römischer Kaiser: die Wurstfinger verschränkt und mit arrogantem, spöttischem

Blick. Lediglich der Lorbeerkranz fehlte. Sein dreistes Augenzwinkern brachte das Fass zum Überlaufen.
»Mit diesem Mann arbeite ich nicht zusammen. Was hat der hier zu suchen?«, dröhnte Bosmans' heisere Stimme durch den Raum. Seine Worte wurden von den nackten Wänden zurückgeworfen und blieben im Raum hängen, drohend und schwer wie eine Gewitterwolke.
Generalstabschef Polspoel leckte sich die Lippen und blickte durch Bosmans hindurch, als wäre er Luft für ihn. Er stellte seine Kaffeetasse mit militärischer Präzision auf die Porzellanuntertasse und versetzte seinen glänzenden Manschettenknöpfen eine Vierteldrehung.
»Mijnheer Untersuchungsrichter, Sie sind hier nicht bei Ihren Cowboys in Mechelen. Im Übrigen brauchen Sie nicht mit Mijnheer Verspaille zusammenzuarbeiten. Das erledigen wir schon. Sie sind lediglich hier, um uns zu informieren, nicht mehr und nicht weniger.«
Polspoel legte eine kurze Pause ein und zog an seiner milden Havanna. Er blies den Rauch in Bosmans' Richtung und fügte hinzu: »Ab sofort wird der Fall von hier aus bearbeitet.« Seine Worte klangen neutral und völlig tonlos. Wie eine simple Feststellung.
Jos Bosmans konnte es nicht verhindern, dass ihm der Mund offen stand.

43

Nadia Mendonck breitete ihre Einkäufe sorgfältig auf der Keramikanrichte aus und begutachtete misstrauisch das Cerankochfeld. *Hoffentlich machst du mir keinen Strich durch die Rechnung.* Sie war an einen Gasherd gewöhnt. Das Kochen hatte sie von ihrer verstorbenen Mutter gelernt, einer echten Küchenmamsell. Rasch verdrängte Nadia die Erinnerung und grinste.

Da wirst du Augen machen, Frank. Das wird eine gelungene Überraschung. Er ahnt ja nicht mal, dass ich von seinem Geburtstag weiß. Hoffentlich kommt er nicht zu spät nach Hause. Schließlich muss man auch noch ein bisschen Zeit zum Leben haben. Man sollte arbeiten, um zu leben, und nicht umgekehrt.

Nadia nahm ihr Handy aus der Handtasche und legte es auf die Anrichte. In Reichweite.

Halb fünf. Zeit genug. Erst das Gemüse putzen und in der Zwischenzeit schon mal das Hackfleisch anbraten.

Sie öffnete den Schrank unter der Anrichte und fand, was sie suchte: eine schwere gusseiserne Stielkasserolle und einen Schnellkochtopf für das Gemüse. Während sie mit dem Zeigefinger die Plastikfolie über dem Gehackten durchbohrte und an dem Fleisch roch, biss sie sich auf die Unterlippe. *Verdammt, ich hab das Olivenöl vergessen! Wusste ich es doch!*

Nadia Mendonck schlug die Hände vors Gesicht und murmelte ein Stoßgebet. Rasch ging sie die Flaschen unter der Anrichte eine nach der anderen durch. *Essig, Essig und eine Flasche mit einer blauen Hand darauf. Frank! Bist du etwa ein Essigsammler?*

»So, hier noch ein Allesreiniger. Und hier … ja! Ein halber Kanister Frittieröl.«

Sie stellte den Kanister schon mal auf der Anrichte bereit. Das war auf jeden Fall besser als nichts. Wieder bückte sie sich und spähte in den Schrank. Als sich ihre Augen an die Dunkelheit gewöhnt hatten, entdeckte sie ganz hinten drei weitere Flaschen von gleichem Aussehen. Sie beugte sich vor, erschauerte bei dem Gedanken an fette, angriffsbereite Hausspinnen und fasste mit angewiderter Miene ins Dunkel. Mit den Fingerspitzen berührte sie die vorderste Flasche. Ihre Wirbel knackten, als sie sie herauszog. *Hm … sieht ebenfalls nach einem Reinigungsmittel aus. Jedenfalls kein Olivenöl.* Sie bückte sich noch tiefer, brachte eine zweite Flasche zum Umkippen und fing sie auf, bevor sie hinfiel. Es war wirklich die gleiche wie die erste. *Und jetzt die dritte. Mist!* Sie stieß sich den Kopf an der Unterkante des Spülbeckens. *Gehacktes in Frittieröl. Wenn's denn so sein soll.*

Die beiden Flaschen, die sie zuletzt herausgeholt hatte, enthielten eine gelbliche Flüssigkeit. Vielleicht war es doch Öl. Nein, denn ganz unten klebte ein orangefarbenes Etikett mit einem Totenkopf darauf. Nadia Mendonck stieß einen tiefen Seufzer aus. *Einen privaten Dioxinskandal kann ich jetzt wirklich nicht gebrauchen. Was kann das sein? Abflussreiniger? Immerhin steht es ganz weit hinten, wie es sich gehört, außer Reichweite von kleinen Händen.*

Als sie den Deckel abschraubte und an dem Zeug roch, war es, als ob ihre Augen Feuer fingen. Während sie sich mit einer Hand eine Träne von der Wange wischte, schraubte sie mit der anderen den orangefarbenen Verschluss wieder zu. *Wow. Mit dem Zeug könnte man eine halbe Kuh auflösen.* Seufzend stellte sie die Flasche zurück zu den beiden anderen.

Dann starrte sie eine Weile auf die Keramikanrichte. Ihr skeptischer Blick wanderte über die ausgebreiteten Lebensmittel. Der Zweifel nagte an ihr, und ihre Selbstsicherheit schwand zusehends.

War das wirklich eine gute Idee? Kann man einfach so uneingeladen und unangekündigt in die Wohnung eines anderen eindringen? In Franks Privatsphäre? Vielleicht reagiert er ja überhaupt nicht begeistert. Wäre ich damit einverstanden? Was wäre, wenn plötzlich eine andere Frau hereinkäme. Schließlich ist Frank begehrt – und ungebunden. Und nicht zuletzt ein phantastischer Liebhaber. Leidenschaftlich und sensibel, männlich und romantisch. Frank Tack ist wie das Meer. Das Meer, das dich berührt oder verschlingt. Oder beides.

Langsam zog Nadia Mendonck den Zeigefinger aus dem Mund und seufzte. Keineswegs leidenschaftlich. Sie hatte sich die ganze Zeit vorgestellt, Frank würde es humor-

voll aufnehmen und sich über die Überraschung freuen. Während ihr Unbehagen wuchs, suchte sie zwischen den Küchenutensilien herum. *Kein Korkenzieher!* Sie öffnete ihre Handtasche und kramte ihr Schweizer Messer heraus. *Man weiß wirklich nie, wann einem so ein Utensil mal zupasskommt.* Nadia Mendonck, die vorausschauende Frau. Noch eine positive Eigenschaft, die sie von ihrer verstorbenen Mutter geerbt hatte. *Oder sollte ich es eher als Charakterfehler betrachten? Was würde Mama hierzu sagen? Schade, dass du Rutger nicht mehr gekannt hast. Mit dem hättest du dich gut verstanden. Vielleicht hätte er dann auch nicht diesen Unfall gehabt. Vielleicht würdet ihr beide noch leben. Und vielleicht ist Gott wirklich ein weiser alter Mann mit einem grauen Bart.*
Mit einem bitteren Geschmack im Mund fing sie an, die Tomaten zu häuten.

44

Deleu drückte zum vierten Mal auf das Maul des Bronzelöwen, und zum vierten Mal ertönte ein lautes Ding-dong. Obwohl die Fensterläden des ansehnlichen Landhauses geschlossen waren, musste Perdieus zu Hause sein. Er war ans Telefon gegangen, hatte aber sofort wieder aufgelegt, als Deleu seinen Namen genannt hatte.

»Hören Sie auf«, krächzte die Sprechanlage. »Hören Sie auf, oder ich …«

»… rufe die Polizei«, ergänzte Deleu, die Stirn gegen die Haustür gedrückt. »Bitte, Commissaris! Es ist wichtig!«

Das leise Rauschen der Sprechanlage verstummte. Der Privatdetektiv umklammerte krampfhaft mit einer Hand den Kupfertürknauf.

»Victor, wir sitzen beide im selben Boot. Ich bin auch aufs Abstellgleis geschoben worden. Bitte! Es geht um ein Kind! Ein Kind in Not!«, versuchte er es nochmals.

Ein trockenes Klicken, gefolgt von einem enervierenden Summen ließ Deleu aufatmen. Er stieß die massive Haustür einen Spalt auf und schlüpfte hinein. In der geräumigen Diele war es angenehm kühl.

Eine Klimaanlage. Mein nächstes Auto hat auch eine, ich schwöre es.
Eine gelungene Reproduktion von van Goghs Sonnenblumen zog Deleus Aufmerksamkeit auf sich. Vincent van Gogh, weltberühmt, wenn auch erst nach seinem Tod. *Heutzutage werden sogar Sonnenblumen mit hängenden Blättern gezüchtet. Was für eine Ironie!* Plötzlich fiel ihm ein, warum er auf das Bild aufmerksam geworden war. Bei Bosmans zu Hause im Flur hing genau dieselbe Reproduktion. *Wahrscheinlich ein Gewinn bei einer Polizeitombola. En gros eingekauft.*
Er schloss die Augen und sah den Rücken seines Freundes vor sich, als dieser ein letztes Mal vorwurfsvoll über die Schulter zurückgeblickt hatte. Deleu hatte noch überlegt, das Geld zurückzugeben, aber er hatte es nicht getan. Welchen Sinn hätte es schon gehabt?
Vorgestern war er Bels über den Weg gelaufen, der gerade eine Runde um den Block ging. Das Gesicht des feisten Journalisten glich einem verschrumpelten Kürbis. Während Deleu sich fragte, wer den Mann wohl so übel zugerichtet haben mochte, drückte er mit dem Zeigefinger vorsichtig auf das Gemälde. Die Ölfarbe fühlte sich rauh an. *Vielleicht ist das Bild sogar echt,* dachte sein konditioniertes Fahnderhirn.
»Treten Sie näher, Inspecteur«, sagte eine herzliche Frauenstimme. »Bitte kommen Sie doch in die Küche.«
Zögernd ging Deleu durch den schmalen, dunklen Flur, und ein Schauer lief ihm den Rücken hinunter. Der spärliche Lichteinfall, die Farbzusammenstellung in den Räumen: All diese Eindrücke erinnerten ihn an eine Villa in

Weerde, in der eine ganze Familie ermordet worden war. Deleu zog den Kopf ein und beschleunigte seine Schritte. Die Küche dagegen bot eine positive Überraschung, denn hier herrschten heitere Farben vor, erhellt von einfallenden Lichtstrahlen. Mevrouw Perdieus sah jung aus für ihr Alter. Sie trug eine frühlingshafte, grüngeblümte Schürze und wirtschaftete eifrig am Herd herum. Aus zwei gusseisernen Töpfen stiegen herrliche Düfte auf, es roch nach gebratenem Fleisch und Knoblauch.

»Bitte setzen Sie sich. Möchten Sie etwas Kaltes zu trinken?« Sie blickte sich um und zupfte kokett ihre aufgesteckten Haare zurecht.

»Ja, gern, vielen Dank.«

»Victor?«, rief sie, befehlend und einladend zugleich.

Perdieus las lustlos und mit einem verkniffenen Zug um den Mund in einem Wochenendmagazin. Mit seinem wirren Haar und den hochgeschobenen Ärmeln sah er dennoch recht gut aus, viel entspannter jedenfalls als damals in Bosmans' Büro, eingezwängt in die steife Uniform.

»Ein Bier?«

»Lieber ein Wasser bitte, wenn es nicht zu viele Umstände macht.«

»Momentan macht hier alles zu viele Umstände«, bemerkte Mevrouw Perdieus schnippisch an die Adresse ihres Mannes.

Der schnaufte genervt, stand auf und schlurfte quer durch die Küche.

45

Nadia Mendonck trippelte nervös mit nackten Füßen über den hochflorigen Teppich. Sie fühlte sich nicht wohl auf dem schwarzen Designersofa aus Leder. Franks Wohnung duftete nach frischem Gemüse und italienischen Kräutern. Die weltberühmte Nadia-Mendonck-Spaghettisoße köchelte auf kleiner Flamme vor sich hin, die Anrichte war ordentlich aufgeräumt und blitzsauber. So konnte er ihr wenigstens nicht vorwerfen, sie hätte irgendetwas in Unordnung gebracht.

Sämtliche Voraussetzungen für einen unvergesslichen Abend waren geschaffen, dennoch rumorte nach wie vor dieses unbehagliche Gefühl in ihrem Unterleib herum. Es fühlte sich an wie sterbende Schmetterlinge, die verzweifelt mit den Flügeln schlugen.

Auf einmal fühlte sie sich allein. Allein und vollkommen überflüssig. Wie das dumme Blondchen, für das sie gelegentlich gehalten wurde. Was war eigentlich aus ihren hehren Idealen geworden? Wonach strebte sie gleich wieder am ehrgeizigsten? *Danach, die Geliebte eines Playboys zu werden, eines eitlen Kerls, dessen Stern als Fahnder im*

Sinken begriffen ist. Eines Typen, der alles schon mal erlebt hat. Wie alt wird Frank eigentlich? Wahrscheinlich sieht er jünger aus, als er in Wirklichkeit ist. Über vierzig wird er auf jeden Fall sein. Seine Vitalität macht ihn jünger und attraktiver. Und dazu seine animalische Anziehungskraft …

Nadia Mendonck schnalzte mit der Zunge und seufzte aus tiefstem Herzen. Während sie nervös einen gelben Nagellacksplitter abpulte, klingelte ihr Handy. Sie eilte zur Anrichte und drückte auf die Rufannahmetaste.

»Mendonck?«

»Nadia, ich bin's, Frank. Für wann hatten wir uns noch mal verabredet und wo?«

Er klang alles andere als erwartungsvoll, was ihr Unbehagen nur noch vergrößerte. Sie schluckte ihre Enttäuschung herunter und versuchte, fröhlich zu klingen. »Vor einer halben Stunde. Und wir hatten keinen Treffpunkt ausgemacht. Ich sollte dich abholen.«

»Wo bist du denn jetzt?«

Nadia Mendonck riss ihre ausdrucksvollen Augen auf und schluckte.

»Nadia?«

»Tut mir leid, ich bin spät dran. Ich bin noch zu Hause und werde mich heute Abend revanchieren, versprochen. In etwa zehn Minuten fahre ich los. Wir sehen uns dann bei dir. Tschüs!«

Frank Tack betrachtete sein Handy, als hätte er noch nie eines gesehen. Der Apparat schabte über seine Bartstoppeln, während er sich mit den Fingern der anderen Hand durch die Haare fuhr. Achselzuckend steckte er das Tele-

fon in die Brusttasche seines Hemdes. Seine Entschuldigung, dass er sich etwas verspäten würde, war ihm im Hals steckengeblieben, wo sie jetzt unangenehm kribbelte.
Als die Ampel auf Grün sprang, startete der Camaro mit Vollgas in Richtung Autobahn. Trotz der steilen Auffahrt kletterte die Tachonadel rasch nach oben, und Frank Tack fühlte sich wieder ganz in seinem Element. *Mein Rekord Mechelen – Antwerpen?*, fragte er sich, und während er laut »zwölf Minuten« sagte, lachte er und entblößte dabei sein strahlend weißes Gebiss, auf das er großen Wert legte. *Was könnte wichtiger sein im Leben? Nadia Mendonck, ja, das ist vielleicht ein Schuss! Das schönste Geburtstagsgeschenk, das ein Mann sich wünschen kann. Erst ein bisschen Zeit in Komplimente investieren, und dann zum Auftakt eine Runde neunundsechzig. Ja!*

Während Nadias Romeo über die Autobahn raste, setzte sie sich mit übereinandergeschlagenen Beinen auf sein Sofa. Sie kam irgendwie nicht zur Ruhe und stand schließlich auf und reckte sich. Sie blickte in den Craquelé-Spiegel, der kunstvoll in den Mittelteil eines antiken Wandschranks eingearbeitet war, und zwinkerte ihrem Spiegelbild zu. Das Gefühl des Unbehagens ebbte ab. *Frank ist unterwegs!*
Sie blickte ein zweites Mal in den Spiegel und erschrak, denn ihre blonden Locken standen in alle Richtungen ab. Sie eilte in das schwarzgekachelte Badezimmer und stützte sich mit beiden Händen auf dem Waschbecken ab. Durch den Spaghettidampf glich ihre Frisur einer Dauerwelle, wie sie alte Damen tragen.
Mit einer Präzision, wie sie bei Frauen nur selten vor-

kam, gelang es ihr, sich in einer knappen Viertelstunde die Haare zu waschen, die Zähne zu putzen und sich mit Franks extrem männlich duftendem Deo frisch zu machen. Ehe sie ihre Jeans wieder anzog, sprühte sie sich als Dreingabe noch einen Hauch Armani in den Schritt. Sie hob ihre festen Brüste ein Stück an und gab sich einen aufmunternden Klaps auf den Po.

Während sie ihren BH wieder zuhakte, suchte sie fieberhaft nach einem Handtuch für ihre nassen Haare, doch sie konnte nirgendwo eines entdecken. *Mist! Sobald ich von der Badematte runtergehe, verwandelt sich der glänzende Fliesenboden in eine Rutschbahn. Dann kann ich hier auch noch putzen.* Sie drehte ihre Haare zu einem Knoten zusammen und hielt ihn mit der rechten Hand fest. In dem schwarzen Schrank hingen nur Bademäntel.

Auf bloßen Füßen huschte sie ins Wohnzimmer, noch immer auf der Suche nach einem Handtuch. Sie erinnerte sich daran, dass sie Frank mal eines in den Abstellraum mit der Klapptür hatte werfen sehen. *Ein benutztes Handtuch ist besser als gar keines. Vor allem, wenn Frank sich damit abgetrocknet hat.* Sie leckte sich vergnügt über die Lippen und ging auf Zehenspitzen zum Abstellraum. *Wenn er jetzt reinkommt, können wir die Spaghetti direkt überspringen. Spaghetti!* Sie flitzte in die Küche und drehte die Herdplatte aus. Als sie den Topfdeckel anhob, stellte sie erleichtert fest, dass die Soße nicht angebrannt war.

Der Abstellraum sah im Gegensatz zu Franks Wohnung unaufgeräumt aus. Nachlässig übereinandergestapelte Kartons, ein offenes Regal, Bürsten, Putzlappen und Eimer standen kunterbunt durcheinander. Der Wäschekorb

neben der Tür war leer. Nadia Mendonck fluchte. Sie hatte keine Lust, barfuß in den Keller zu laufen. *Dann darf ich mir hinterher noch mal die Füße waschen. Bei Frank weiß man schließlich nie …* Lüstern lachte sie auf. Als sie die Kleider in dem offenen Regal berührte, warf sie einen schuldbewussten Blick über die Schulter. *Hey, eine Polizeiuniform. Ob Frank mal Streifenpolizist gewesen ist? Er und den Verkehr regeln. Da hat er höchstens ein heilloses Durcheinander angerichtet mit seinem knackigen Hintern. Was ist das Wichtigste an einem Mann? Ein knackiger Hintern, auf jeden Fall.*
Als sie nach zwei ergebnislosen Versuchen den dritten Einbauschrank öffnete, gefror das Lächeln auf ihren Lippen, und sie schlich vorsichtig näher heran. So nah, dass ihre Wimpern beinahe den Deckel des Schuhkartons berührt hätten. Auf dem Karton lag ein Foto in einem vergoldeten Rahmen.
Es war eindeutig eine Aufnahme von Frank Tack, auch wenn er jünger aussah. Ein bisschen jünger, aber das war nicht das Entscheidende. Er sah anders aus. Seine Haare waren kürzer, viel kürzer, und er trug einen militärischen Haarschnitt. *Bestimmt macht der ihn jünger*. Mit diesem Gedanken versuchte Nadia, ihr beunruhigtes Gemüt zu beschwichtigen. Denn was sie wirklich verwirrte, waren die anderen Menschen auf dem Foto. Der kleine Junge, den Frank auf dem Arm hielt, überraschte sie nicht weiter, aber die bildhübsche Asiatin, die an seinem anderen Arm hing und ihre Wange gegen seine Schulter drückte, jagte ihr regelrecht Angst ein.

46

Deleu saß im Auto und war unzufrieden. Obwohl sich seine Vermutung bewahrheitet hatte, war er aus dem Gespräch mit Perdieus nicht sehr viel schlauer geworden. Abram war tatsächlich über ein Jahr lang sein Informant gewesen. Ein Gefallen hier, ein kleiner Job dort. »Ein Informant für den guten Zweck«, so hatte sich Abram selbst bezeichnet. Wenn er Perdieus glauben konnte, war dieses Arrangement lange Zeit gutgegangen, und zwar so lange, bis Abram beschloss, den Vertrag einseitig aufzukündigen und auf seinen lukrativen Nebenjob zu verzichten. Perdieus behauptete, die genauen Gründe nie erfahren zu haben.

Nervös blätterte Deleu in dem roten Notizbuch herum. Die Seiten fühlten sich immer noch kühl an, und die Handynummer mit den Initialen S. C. dahinter spukte ihm durch den Kopf.

Abram fungierte über ein Jahr lang als Informant für Commissaris Perdieus. P. V. Perdieus, Victor. Über Abrams Beziehung zu Marouf konnte mir der alte Commissaris auch nichts Sinnvolles berichten. Abram hat Maroufs Ver-

trauen missbraucht und der Polizei Hinweise gegeben. So viel ist sicher. Von der großen Schmiergeldsumme wusste auch der alte Perdieus nichts.
Deleu fuhr sich durch die Haare. Er glaubte dem Commissaris. Was hätte es Perdieus genützt, ihn jetzt noch zu belügen? Das Büchlein blieb an der Stelle aufgeklappt, an der die Telefonnummer stand, denn sie faszinierte Deleu maßlos. Wie sehr er sich auch das Gehirn zermarterte, er kam einfach nicht weiter. Er holte sein Telefon aus der Jackentasche, hielt jedoch unschlüssig inne. Auf einmal hatte er wieder Danielle vor Augen und erinnerte sich daran, wie er damals gezögert hatte, Kontakt zu ihr aufzunehmen und eine Verabredung zu vereinbaren. Er beschloss, es vorher noch einmal bei Bosmans zu versuchen.
Wieder ging Vereecken ans Telefon, und Deleu legte auf, ohne sich zu melden. Sein Entschluss stand fest.
Die erste Telefonzelle, an der er unterwegs vorbeikam, war besetzt. Er trat die Kupplung, überlegte es sich anders und kuppelte wieder aus. *In solchen Gegenden sind öffentliche Telefone dünn gesät. Außerdem ist dieses hier schön abgelegen und anonym.*
Als die Dame mit dem Schoßhündchen die Zelle verließ, atmete Deleu tief durch. Dann betrat er die glühend heiße Telefonzelle, legte das Buch neben sich, klappte es auf und drückte es mit der Faust glatt. Er steckte seine Telefonkarte in den Schlitz und fluchte verhalten. War überhaupt noch ein Guthaben darauf? Ja, die Karte war noch fast halb voll, das musste reichen. Er wählte die Handynummer, und als das Freizeichen ertönte, hielt er die Luft an. Im nächsten Augenblick stieß er einen hässlichen Fluch

aus. Eine Mailbox meldete sich, und zwar ohne dass die Identität des Besitzers genannt wurde. Als Deleu den Signalton hörte, presste er den Hörer in der Faust zusammen, und frischer Schweiß tropfte auf den klebrigen Boden der Zelle, die sich inzwischen in einen Backofen verwandelt hatte. Die Tür einen Spalt zu öffnen wagte er jedoch nicht. Hintergrundgeräusche konnten sich nun mal weder Geiselnehmer noch andere anonyme Anrufer erlauben.

»Ich weiß alles!«, flüsterte Deleu. »Ich rufe in einer halben Stunde wieder an. Wenn Sie dann nicht drangehen, übergebe ich das komplette Beweismaterial der Polizei.«

Deleu warf den Hörer auf die Gabel und marschierte mit Riesenschritten zu der Dorfkneipe auf der anderen Straßenseite. Er bestellte ein Hoegaarden, musste sich aber mit einem Haechter Weißbier begnügen. Plötzlich riss er die Augen weit auf und fluchte aus tiefstem Herzen. *Das Schmiergeld! V. C.! Verspaille, Claude! Das darf doch nicht wahr sein! Dieser verdammte Dreckskerl steckt mit drin in dem Komplott!*

47

Von da an überschlugen sich die Ereignisse.

Frank Tack, der mit hundertsechzig Sachen unterwegs in Richtung Antwerpen war, dachte für einen Moment, er träume. *Das Handy hat nicht geklingelt, das bilde ich mir bloß ein!* Er schüttelte den Apparat, warf ihn achtlos auf den Rücksitz und murmelte einen Fluch. Als ihm allmählich dämmerte, was tatsächlich passiert war, wurde er leichenblass. Er starrte den schwarzen Halter neben dem Armaturenbrett an. Sein zweites Telefon, dessen Nummer nur zwei Personen kannten, leuchtete auf. Er beugte sich nach vorn, doch zu spät. Die Mailbox zeichnete die Nachricht auf. Also drehte er Barry White den Ton ab, führte einen doppelten Spurwechsel durch, zeigte dem hupenden Lastwagenfahrer vor lauter Schreck nicht mal den gestreckten Mittelfinger und erwischte gerade noch so die Abfahrt Kontich.

Mitten im Ortskern, versteckt zwischen einigen Büschen, stand eine Telefonzelle. Tack parkte den Camaro halb auf dem Bürgersteig und stieg bei laufendem Motor aus. Der Zwölfzylinder nahm die zu niedrige Leerlaufdrehzahl übel und ging nach zweimaligem Stottern aus. Gerade noch rechtzeitig, die Hand schon fest um den Griff der Doppeltür gelegt, bemerkte Tack, dass die Telefonzelle besetzt war. Ein Ausländer. Wenn Blicke töten könnten, hätte der Mann jetzt zwei Löcher im Rücken gehabt.

Tack lief vor der Zelle hin und her, so dass der Anrufer, ein Türke mit schwarzem Schnauzbart und glatten, fettigen Haaren, den nervös Wartenden auf jeden Fall bemerken musste. Doch völlig unbeeindruckt redete er weiter, und selbst als Tack die Nase an die Scheibe drückte, tat er so, als sähe er ihn nicht. Das Hemd hing ihm auf einer Seite aus der formlosen Hose, und auf dem rechten Zipfel war ein großer gelblicher Fleck.

Endlich legte der Türke den Hörer auf und wühlte in der Tasche seines Wollsakkos mit Fischgrätenmuster herum. Tack atmete erleichtert auf, doch als der Mann eine neue Plastikkarte herauszog, schloss er die Augen. Er ballte die Faust und klopfte mit seinem Siegelring an die Scheibe. Der Mann sah mit seinen gelben Augen unter den hängenden Lidern einfach durch ihn hindurch.

Es dauerte eine Ewigkeit, bis der Anrufer die Verpackung der Plastikkarte endlich entfernt hatte. Frank Tack trat von einem Bein auf das andere, während brennende Magensäure seine Speiseröhre hinaufstieg. Der Ausländer kratzte lustlos mit seinem langen Daumennagel über die Karte, blickte auf ein zerknittertes Stück Papier und wählte dann aufreizend langsam eine Nummer.

Als er auflegte und wiederum eine Nummer wählte, klopfte Tack zum zweiten Mal mit dem Siegelring gegen das Glas und zeigte mit hochrotem Kopf auf seine Armbanduhr.

Trotz seines Wollsakkos ließ dieser Einschüchterungsversuch den Ausländer eiskalt. Er drückte nochmals die Gabel herunter, blickte abwesend auf die Telefonkarte und wählte, da er bereits drei Gespräche geführt hatte, erneut die PIN-Nummer. Während er wartete, sah er desinteressiert in eine andere Richtung.
Frank Tack haderte mit sich. *Das Handy dient nur zum Empfangen von Nachrichten. Ich soll keinesfalls von mir aus anrufen, so war es vereinbart.* Er schwitzte Blut und Wasser, und als der Mann in der Zelle zum vierten Mal sein Ritual wiederholte, schnaubte der Ermittler lautstark durch die Nase. Ein roter Schleier senkte sich vor seine Augen, und ihm schwollen die Adern im Nacken, als er die Tür der Zelle weit aufriss.
Er packte den Türken an der Jacke und riss so fest daran, dass der Mann das Gleichgewicht verlor und mit den Armen fuchtelnd aus der Zelle stolperte. Dann versetzte er dem Fallenden einen Tritt gegen die Brust und schlüpfte in die Zelle hinein. Die Telefonkarte, Quell allen Ärgernisses, warf er in hohem Bogen durch die Luft.
Während er hypernervös darauf wartete, dass jemand abnahm, fühlte er eine Hand auf seiner Schulter. Blitzschnell drehte er sich um und versetzte dem hasserfüllten Gesicht einen eisenharten Kopfstoß. Der Türke stürzte auf die Straße und befühlte jammernd seine gebrochene Nase. Frank Tack sprang wie ein wild gewordener Stier aus der Kabine und trat auf den Mann ein, wo immer er ihn erwischen konnte. Ein Autofahrer zeigte ihm einen Vogel und wich auf die andere Fahrbahn aus.
Eine Frau, die aus der entgegengesetzten Richtung kam

und einen geblümten Kinderwagen vor sich herschob, hielt inne und kehrte um. Auf der anderen Straßenseite wurde eine Gardine ein Stück beiseitegeschoben. Im Visier des wild gewordenen Schlägers erschien das knorrige Gesicht einer alten Dame.

»Verzieh dich, du alte Hexe!«, schrie Tack völlig außer sich. Blitzschnell zog sie die Gardine wieder zu. Der dicke Metzger von schräg gegenüber stand händeringend in der Tür seines Ladens. Tack drohte ihm mit der Faust, und während er sich wieder in die Telefonzelle zurückzog, hatte sich der übel zugerichtete Türke bereits zu seinem Fahrrad geschleppt. Blut tropfte auf seine Fahrradklingel. Er blickte sich noch einmal ängstlich um und trat dann in die Pedale, als hinge sein Leben davon ab. Vielleicht hatte er sogar recht.

Frank Tack griff nach dem Hörer und hielt ihn ans Ohr. »Hallo … hallo …«

Es klang gedämpft, verzweifelt.

48

Während Dirk Deleu genüsslich von seinem schäumenden Bier trank, fuhr sich Jos Bosmans mit der Zunge über die rauhen, trockenen Lippen. Er traute seinen Augen und Ohren nicht! Hier in diesem Raum, wo – mit einer Ausnahme – nur renommierte Politiker, Spitzenbeamte und hochrangige Offiziere um den Verhandlungstisch saßen, wurden die Messer geschliffen. Zweifellos lag bereits ein Plan vor, der nur noch ausgefeilt werden musste.

Der Untersuchungsrichter griff sich in die Haare und schenkte sich ein Glas Wasser ein. Noch während er durstig trank, richtete der Generalstaatsanwalt das Wort an ihn.

»Mijnheer Bosmans, ich will gar nicht lange um den heißen Brei herumreden. Könnten Sie uns bitte in Einzelheiten schildern, wie Sie Murat Marouf überführt haben?«

Bosmans blickte in die Runde. »Wir haben niemanden überführt. Marouf ist bisher lediglich ein Tatverdächtiger. Wir haben seine Fingerabdrücke auf einem Päckchen

Drogen gefunden, auf dem außerdem Blutspuren waren, vermutlich von Commandant Dewolf.«

»Warum haben Sie diese Spur nicht schon eher verfolgt? Warum erfahren wir jetzt erst davon?«

»Jetzt erst?«, wiederholte Bosmans und kniff die Augen zu Schlitzen zusammen. *Was für ein Spiel wird hier gespielt?*

Debusschere zuckte mit den Schultern und warf Verspaille einen fragenden Blick zu, doch dieser wirkte noch ratloser. Der Staatsanwalt räusperte sich. »Wie lange befinden sich die Drogen schon in Ihrem Besitz, Mijnheer Bosmans?«

»Seit genau drei Tagen.« Sein Verstand arbeitete auf Hochtouren. Er achtete genau auf Claude Verspaille, der aussah wie eine Schlange, die ein zu großes Beutetier verschlungen hat. *Dieses Schwein weiß mehr. Was haben die Dreckskerle hier ausbaldowert? Andererseits scheint er irgendetwas zu befürchten, irgendwie wirkt er nicht so arrogant wie sonst.*

»Mijnheer Untersuchungsrichter, haben Sie die angeforderte Akte bei sich?«, fragte Generalstabschef Polspoel und half Bosmans über die peinliche Situation hinweg.

»Teilweise«, antwortete dieser lakonisch.

Staatsanwalt Debusschere runzelte die Stirn. »Teilweise?«

»Ja, ich bewahre die Akte in Mechelen auf.«

Achtzehn alte, aber wachsame Augenpaare starrten ihn ungläubig an.

»Aus Gründen der Sicherheit. Niemand rechnet damit, dass sich die Akte dort befindet.«

»Mijnheer Untersuchungsrichter!«, rief Melchior Vandamme aufgebracht.
Bosmans nahm den Ausbruch nur am Rande wahr, denn er beobachtete Claude Verspaille, der ungeschickt an seinem Handy herumdrückte und jegliches Interesse an dem Geschehen verloren zu haben schien. Es mochte an der Beleuchtung liegen, aber der ehemalige Staatsanwalt Verspaille hatte auf einmal eine äußerst ungesunde Gesichtsfarbe.
»Mijnheer Untersuchungsrichter, ich möchte Sie ausdrücklich darauf hinweisen, dass diese Akte …«
»Mir blieb nicht genügend Zeit«, unterbrach Bosmans den Chefberater des Innenministers.
»Dann lassen Sie die Akte von einem Ihrer Untergebenen überbringen, und zwar unverzüglich!« Vandamme lief jetzt puterrot an und zerrte am Kragen seines frisch gestärkten Hemds.
»Das ist leider unmöglich«, erwiderte Bosmans, der noch immer Claude Verspaille im Auge behielt. Der Mann sah aus, als habe er aus Versehen einen Golfball anstatt eines weichen Löffelbiskuits verschluckt. »Nur ich kenne die Kombination des Safes, in dem ich die Akte aufbewahre. Außerdem wäre dieses Vorgehen vorschriftswidrig.«
»Wieso vorschriftswidrig?«, fragte Generalstabschef Polspoel und lächelte dabei seinem Kollegen vom Verteidigungsministerium zu.
»Nun ja, es ist mein Fall, und als Untersuchungsrichter habe ich das Recht …«
»Mijnheer Bosmans, ist Ihnen eigentlich klar, mit wem Sie hier an einem Tisch sitzen? Sie können mit uns nicht um-

springen wie mit Ihrer Cowboytruppe in Mechelen! Im Übrigen habe ich gehört, dass Sie Ihr Team aufgelöst und bisher kein neues gebildet haben?«
»Personalmangel!«, zischte Bosmans, schenkte sich ein weiteres Glas Wasser ein und trank es in einem Zug leer. *Mit mir nicht! Ich lasse nicht auf mir herumtrampeln. Sollen sie mich doch in Frührente schicken!* Jos Bosmans, der alte Kämpe, der ungeschliffene Mann aus dem Volk, ballte die Fäuste. Er war bereit, seine Haut teuer zu verkaufen.
»Mijnheer Untersuchungsrichter«, begann Debusschere listig. »Diese Akte hätte sich in Brüssel befinden müssen. Sie haben Fehler begangen, schwerwiegende Fehler. Als Generalstaatsanwalt bin ich gemeinsam mit dem Kassationshof die höchste Instanz der Justizverwaltung und damit befugt ...«
»Ja, ja, und der Kassationshof hat in Absprache mit dem Justizminister das Recht, mich zu suspendieren. Aber nicht Sie, Mijnheer Staatsanwalt. Sie haben nicht das Recht, einem gestandenen Untersuchungsrichter diesen Fall zu entziehen. So viel weiß ich sehr wohl, besten Dank.« Bosmans sah seine Zuhörer offen an und senkte die Stimme. »Nur wird diesmal alles mit rechten Dingen zugehen und unter Einhaltung sämtlicher Vorschriften zu geschehen haben, und das kann eine Weile dauern, vermute ich. Vor allem, weil meines Wissens vorher eine parlamentarische Untersuchungskommission gebildet werden muss und weil der Minister heute gar nicht persönlich anwesend ist!«
Bosmans stand auf. Er hatte vorgehabt, einen energischen Eindruck zu erwecken, doch es wollte ihm nicht gelingen.

»Meine Herren, ich nehme an, dass ich noch von Ihnen hören werde. Guten Abend.«

»Bosmans!«, brüllte Vandamme.

Der Untersuchungsrichter drehte sich um, die Hände auf den Hüften, mit unergründlichem Blick und verkniffenen Lippen.

»Jetzt seien Sie doch vernünftig! Sehen Sie denn nicht, in welcher Lage sich unser Land befindet? In Lüttich brennt die Kathedrale, in Antwerpen gibt es Krawalle im Hafen. Ganz Europa blickt sorgenvoll auf uns! Wir müssen handeln, und zwar jetzt!«

Jos Bosmans stand stocksteif da. »Will die Polizei etwa mal wieder der Justiz sagen, was zu tun ist, Mijnheer Vandamme?«

Der Chefberater schwieg, denn konstitutionelle Zwistigkeiten konnten sie in dieser Runde gebrauchen wie Zahnschmerzen.

Bosmans leckte sich über die trockenen Lippen. Er hatte beschlossen, ein riskantes Spiel zu spielen. »Murat Marouf ist unschuldig!«, zischte er.

Die Versammlung schien plötzlich zum Leben zu erwachen: nervöses Tuscheln, flüchtige Blicke, scharrende Füße.

»Unschuldig und innerhalb von vierundzwanzig Stunden zu einer Aussage bereit. Geben Sie mir die Zeit, und die Sache ist vom Tisch.« Er wartete eine Antwort gar nicht erst ab, sondern ging zur Tür, wo er sich ein letztes Mal umdrehte. »Und richten Sie Ewoud Dewolf aus, dass Murat Marouf seinen Sohn nicht ermordet hat. Ich werde die Beweise vorlegen, und zwar vor der versammelten Presse.

Er warf einen Blick zu Verspaille hinüber, der mit seinem summenden Handy nach draußen eilte. »Vor der versammelten multikulturellen Weltpresse, wenn es sein muss! Übrigens gibt es in Lüttich gar keine Kathedrale, nur eine Moschee.«

Claude Verspaille sah sich nicht um. Zu viele Informationen in zu kurzer Zeit. Er würde sich schon eine Gegenmaßnahme ausdenken. Später.

»Hallo?«

»Ich muss dich dringend sprechen!«

»Kannst du nicht ein andermal anrufen? Ich bin in einer Sitzung.«

»Idiot! Es ist wichtig!«

Verspaille hastete hinaus auf den Flur. Nur zwei Menschen kannten diese Handynummer. Einer von ihnen war tot, und der andere würde niemals so mit ihm reden, niemals. Er war nicht in der Position, Forderungen an ihn zu stellen, egal welcher Art.

»Hallo? Mit wem spreche ich?«

»Verspaille? Bist du das?«

»Ja, ich bin's. Was dachtest du denn?«

»Hier ist Sylvain.«

»Verdammt, du weißt genau, dass du mich nur im Notfall anrufen darfst.«

»Schnauze! Es ist wichtig!«, unterbrach Sylvain Cluts ihn zum zweiten Mal. »Hast du irgendjemandem meine Nummer gegeben?«

»Nein.«

»Da hat mich eben einer angerufen. Er behauptet, alles zu wissen. Hintergehst du mich, oder was? Wenn ich untergehe, dann reiße ich dich mit! Hast du mich gehört, du Vollidiot?«

»Was soll das, Sylvain? Beruhige dich erst mal. Weißt du, wer dich angerufen hat?«

»Nein, natürlich nicht. Aber er hat behauptet, dass er in genau fünf Minuten noch einmal anrufen würde.«

»Dann richte eine Rufumleitung auf mein Handy ein, dann rede ich mit ihm.«

»Okay.«

»Und Cluts? Besorg dir morgen eine neue SIM-Karte. Ich ruf dich gleich noch mal an. Was ich dir noch sagen wollte … Sylvain? Sylvain?«

Nachdem Cluts aufgelegt hatte, saß Verspaille da wie versteinert. Verzweifelt starrte er die Flügeltür mit den Kupferringen an, denn das Handy in seiner verschwitzten Handfläche löste einen Zwiespalt in ihm aus. Einerseits wünschte er, das verdammte Ding möge nie mehr klingeln, andererseits wollte er genau das Umgekehrte. Dort, hinter dieser massiven Tür. Was sich dort momentan abspielte, war sein Meisterstück, sein Lebenswerk. Der Beginn einer neuen Ära. *Bosmans lügt! Er hat nichts in der Hand.*

49

Die Telefonzelle gegenüber dem Lokal »De Posthoorn«.

Deleu wischte sich die Hände an der Jeans trocken, die an seinen Beinen klebte. Das kühle Bier hatte gutgetan, aber es war schon wieder verdunstet. Es war fünf vor neun auf seiner Rolex, die halbe Stunde war um. Von Zweifeln zerfressen wählte er mit steifen Fingern noch einmal dieselbe Nummer. Ein trockenes Klicken, ein Rauschen, dann nichts mehr. Es war, als wäre die Verbindung unterbrochen worden. Gerade als Deleu die Gabel herunterdrücken wollte, ertönte das erste Freizeichen.

»Hallo?«, meldete sich eine näselnde Männerstimme. *Er hält ein Taschentuch vor das Mikrofon*, schoss es Deleu durch den Kopf.

»Wer ist am Apparat?«

Claude Verspaille grinste breit. Sein Selbstvertrauen kehrte in starken, wohltuenden Wellen zurück.

»Was wollen Sie von mir?«

»Einhundertfünfzigtausend Euro in bar. Noch heute Abend.«

Keine Antwort.
»Ich weiß, wo ihr Ali Marouf versteckt haltet«, sagte Deleu und wischte sich ein Schweißrinnsal aus dem Gesicht. Gegenüber der Telefonzelle schwang die Tür des Lokals auf, und ein Mann mit einem derben, geröteten Gesicht überquerte die Straße. Deleus kariertes Sommersakko hing über seinem Arm und flatterte wie eine Fahne. *Nein! Nicht jetzt!*
Er biss sich vor lauter Anspannung auf die Knöchel, während sein Gesprächspartner sich räusperte.
Claude Verspaille fragte sich, ob er einfach auflegen sollte oder nicht. Er tat es nicht.
»Wo?«
Deleu legte den Hörer auf Abrams Notizbuch und verließ die Zelle. Während ihm der Schweiß in Strömen über das Gesicht lief, nahm er sein Sakko in Empfang. Ungeschickt und unbeholfen, mit einem gequälten Gesichtsausdruck.
»Oh, Mann, vielen Dank, das war echt nett. Ich geb dir gleich einen aus.«
Der Mann warf einen neugierigen Blick auf das Telefon und zuckte mit den Achseln. »Ach was, gern geschehen.« Er musterte Deleu forschend, der nun noch heftiger transpirierte. »Geht's dir gut?«
»Ja, ja. Ich hab's nur ein bisschen eilig«, stotterte Deleu. »Ich bin angeblich bei einem Kunden.« Er zwinkerte dem Mann vertraulich zu.
Der lachte, dass man seine spitzen weißen Zähne sah, und hob den Daumen. Die Hände in den Taschen drehte er sich um und kehrte in seine Stammkneipe zurück.
Deleu ging wieder in die Zelle und griff nach dem Hörer.

»Wo ist Ali Marouf versteckt?«
»Jetzt kommen Sie schon. Halten Sie mich für blöd? Soll ich Ihnen etwa die ganze Geschichte erzählen?«
»Ich höre.«
Obwohl Deleu nur spekulieren konnte, beschloss er, den Einsatz zu wagen. »Sie haben Yussuf Benaoubi ermorden lassen. Sie haben Maroufs kleinen Sohn entführt, Marouf von Abram reinlegen lassen, ihn mit einer stattlichen Summe für seine Dienste belohnt und ihn anschließend umgebracht. Oder besser: umbringen lassen, denn Sie machen sich natürlich nicht selbst die Hände schmutzig. So kenne ich Sie. Ich weiß, wer Sie sind, denn ich habe mein Leben lang mit Leuten wie Ihnen zu tun gehabt. Reicht das?«
Deleu spürte die ungeheure Anspannung. Er ballte die Fäuste und biss sich in die Unterlippe. *Volltreffer!*
»Woher weiß ich, dass Sie meinen Namen kennen?«
»Ich werde Ihren Namen nicht nennen. Nicht in einer öffentlichen Telefonzelle. S. C. reicht vielleicht. Und woher kenne ich wohl Ihre Nummer?«, fragte Deleu und schickte ein gemeines Lachen hinterher. »Einhundertfünfzigtausend. Heute Abend, und zwar cash.«
Es blieb still. Der Mann am Telefon kämpfte mit sich, so viel war sicher.
»Eine einmalige Zahlung, und wir sind quitt?«
»Ja.«
»Woher weiß ich, dass Sie Wort halten werden?«
»Glauben Sie, ich sei selbst ein unbeschriebenes Blatt? Jetzt kommen Sie schon! Alles, was ich will, ist raus aus diesem Scheißland! Und zwar so schnell wie möglich.«

Claude Verspaille schnappte nach Luft. Der Mann wusste etwas, aber offenbar nicht alles. Dennoch erschien es ihm sicherer, diese Laus aus dem Weg zu räumen. *Sie aus dem Weg räumen zu lassen, selbstverständlich. Aber wie kommt dieser Affe an Sylvains Nummer?*
»Tragen Sie ein weißes Hemd und eine Jeans. Das alte Fort in Walem. In zwei Stunden. Allein.«
»Sie kommen auch allein. Keine Verstärkung, keine Bullen. Und bringen Sie unmarkierte Scheine mit, allerdings keine aufeinanderfolgenden Seriennummern.«
»Einhundertfünfzigtausend Euro. Um dreiundzwanzig Uhr.« Klick.
Dirk Deleu starrte den Hörer an. Ihm war danach zumute, laut aufzuschreien, aber das beklemmende Gefühl in seiner Brust drückte ihm schier die Luft ab. Es war neun Uhr abends.
Freitagabend. Von Boischot nach Walem. Eine Dreiviertelstunde? Über eine Stunde? Jedenfalls keine Zeit mehr, etwas zu essen und zu trinken. Die Nummer. Die Mobilfunkgesellschaft anrufen? Ach, das bringt ja sowieso nichts. Das ist garantiert eine Privatnummer. Diese Stimme! Das Taschentuch ... verdammt! Seinen Namen nicht zu nennen war jedenfalls ein kluger Schachzug, Deleu. Lass ihn ruhig schmoren.
»Zapf mir noch eins, Melanie!«, rief der Kneipenbesucher, der Deleu die Jacke gebracht hatte. Mit einem verächtlichen Gesichtsausdruck schob er die nikotingelben Rüschengardinen wieder zu. Dieser undankbare Zeitgenosse raste draußen gerade mit qualmenden Reifen davon.

Claude Verspaille lehnte an dem mit Goldbrokat abgesetzten Wandteppich. Keuchend stand er zwischen Johannes dem Täufer und einer Schafherde und wischte sich mit einem Spitzentaschentuch den Schweiß von der Stirn. Der Mann wusste, worum es ging. Er runzelte die Stirn. *Sylvain, du Idiot. Woher kennt er deine Nummer? Und warum kommt dieses Drogenpäckchen erst jetzt zum Vorschein? Hast du es etwa Abram verkauft? Hast du mich die ganze Zeit zum Narren gehalten?* Blitzschnell wählte er eine einprogrammierte Nummer.

S. C., verdammt noch mal. Wie kommt der Kerl bloß an die Initialen? Wer ist dieser Mistkäfer? Spielt Sylvain Cluts etwa ein Doppelspiel? Wird meine Marionette noch von jemand anderem benutzt? Angenommen, Bosmans sagt die Wahrheit. Nur Abram kennt Cluts wahre Identität. Natürlich! Abram saß im Stadtrat, er hat für die falschen Papiere gesorgt. Aber Abram ist tot. Was hast du ausgefressen, Sylvain? Welchen hinterhältigen Deal hast du mit Abram ausgeheckt? Mist! Deswegen hat man die Drogen nicht bei Dewolf gefunden. Und auch nicht in Benaoubis Wohnung. Weil du sie verkauft hast, du mieses Schwein! Weil du mich betrogen hast!

Jos Bosmans sprach ebenfalls in sein Handy. Er hatte Vereecken angerufen und wies ihn an, sämtliche verfügbaren Mitarbeiter zusammenzutrommeln.

»Ja, Walter. Lasst alles andere, womit ihr gerade beschäftigt seid, stehen und liegen und kommt in mein Büro. Briefing. In einer halben Stunde.«

»Mijnheer Bosmans. Ihr Büro ist zerstört.«

»Stimmt ja, bitte such einen anderen Raum. Notfalls am Grote Markt, in irgendeinem Lokal, wo es einen Saal gibt. Wenn es gar nicht anders geht, forderst du das Klubhaus von den alten Weibern an, die neulich unseren Konferenzraum blockiert haben.«

50

Nadia Mendonck kramte nervös in dem Schuhkarton, und ihre Finger arbeiteten schneller als ihr Verstand. Sie fand mehrere Fotos von der Asiatin und dem Kind, einem Mischling. Die älteren Bilder waren irgendwo in den Tropen aufgenommen worden, mit Palmen und einer kleinen Hütte mit Blätterdach im Hintergrund. Die neueren zeigten eine andere Umgebung, wahrscheinlich irgendwo in Belgien. Auch darauf war jedes Mal die Frau zu sehen, allerdings mit einer moderneren Frisur, ebenso das Kind zusammen mit einer älteren Asiatin. Sie posierten verkrampft in einem tipptopp gepflegten Vorgarten.
Nadia versuchte, die Hausnummer zu entziffern, doch vergeblich. Unter den Fotos, verborgen in einem Briefumschlag, steckte ein dünnes Lederetui. Sie faltete es auseinander und fasste hinein. Links, rechts, oben, unten … leer.
Was ist hier bloß los? Wer bist du, Frank? Wer bist du wirklich? Bist du mit dieser Frau verheiratet? Hast du ein Kind? Oder gar mehrere? Wie viele, Frank?
Nadia Mendonck zog hektisch an einem klemmenden

Reißverschluss und zupfte mit zittrigen Fingern ein mürbes, häufig auf- und zugefaltetes Stück Papier heraus. In einer zierlichen Handschrift standen ein Name und eine Adresse darauf.

Veronica Li Hueng, Steenstraat 24, Deurne

Sie nahm den Zettel fest in ihre feuchte Hand und legte das Foto an die alte Stelle zurück. Sie erschauerte, weil ihr ein Rinnsal kalter Schweiß den Rücken hinunterlief, und als sie sich an den Türrahmen lehnte, klingelte zu allem Überfluss ihr Handy. Es war Bosmans, der ihr befahl, sie solle unverzüglich ins Voske kommen. *Ins Voske? Was soll das denn?*

Nadia Mendonck zog die Mülltüte auf, kippte die Spaghettisoße hinein, entsorgte den Kirschkuchen auf dieselbe unrühmliche Weise und stellte die leere Schüssel in die Spülmaschine. Sie hakte die Mülltüte aus dem Ständer, band sie zu, riss ein neues Exemplar von der Rolle und befestigte es an dem Metallring. Plötzlich hielt sie inne, ging in die Hocke und fasste noch einmal tief in den dunklen Schacht unter der Anrichte hinein. Sie öffnete ihre Handtasche und nahm einen kleinen Glasbehälter mit rotem Schraubverschluss heraus. Sie trug immer ein paar von diesen Dingern bei sich, ebenso wie drei Plastiktütchen mit Druckverschluss. Schließlich konnte man nie wissen, wann man Beweismaterial sichern musste – meistens dann, wenn man gerade nicht damit rechnete.

Nadia hielt die Flasche mit dem gelben Inhalt weit weg von sich, schraubte den Deckel ab und goss ein wenig von der Flüssigkeit in den Becher, den sie aufrecht in die Spüle gestellt hatte. Mit einer geschmeidigen Bewegung verschloss sie den halbvollen Behälter und ließ ihn in ihrer Handtasche verschwinden. Dann zog sie ihren Pullover über, nahm die beiden Flaschen Chardonnay aus dem Kühlschrank und hängte die Tasche über die Schulter. Die Tüte mit dem Salzgebäck baumelte an ihrer linken Hand. Die Mülltüte stellte sie zwei Häuser weiter auf den Bürgersteig, und als sie in ihren Clio stieg, klingelte erneut das Handy. Sie war schon versucht, die Mailbox anspringen zu lassen.

»Nadia, ich bin's, Frank.«

»Frank?« Sie hasste sich für ihren sehnsüchtigen Tonfall.

»Ich schaffe es nicht rechtzeitig. Tut mir wirklich leid.«

»Hat Bosmans dich schon erreicht?«

»Nein. Warum?«

»Wir sollen so schnell wir möglich nach Mechelen ins Voske kommen. Alle.«

»Gerade eben habe ich noch mit Vereecken gesprochen. Ich habe einen heißen Tipp von einem marokkanischen Informanten erhalten. Bosmans müsste eigentlich Bescheid wissen. Es könnte sich um eine wichtige Drogenübergabe handeln. Da muss ich hin. Es geht um Mitglieder von Maroufs Bande, zumindest allem Anschein nach. Die Aktion könnte wichtiges Beweismaterial bringen.«

»Da fährst du allein hin?«, fragte Nadia ungläubig. »Wo ist es denn?«

»Willst du mit?«

»Frank? Sei bitte vorsichtig, okay?«

»Ja, Kätzchen. Wo treffen wir uns?«

»Ruf mich an. Herzlichen Glückwunsch zum Geburtstag übrigens.«

Nadia Mendonck unterbrach die Verbindung, von heftigen Zweifeln erschüttert. Frank Tack wählte seinerseits blitzschnell die Nummer von Vereecken. Es war besetzt. Er hechtete in sein Auto und fuhr in Richtung Autobahn. *Erst noch schnell nach Hause.* Beim zweiten Versuch kam er durch.
»Kripo Mechelen, Vereecken am Apparat.«
»Walter, ich bin's, Frank. Sag bitte Bosmans Bescheid, dass ich unterwegs zu einer wichtigen Drogenübergabe bin.«
»Bosmans hat uns heute Abend alle ins Voske beordert.«
»Weiß ich, Walter. Aber die Jungs warten nicht. Ich habe einen Tipp bekommen, einen heißen Tipp. Das könnte den Durchbruch bei unseren Ermittlungen bedeuten. Möglicherweise hat einer von den Dealern eine gesuchte Waffe dabei.«
Vereecken schwieg.
»Walter? Sag es bitte nur Bosmans, sonst niemandem, okay?«
»Okay, Frank. Brauchst du Verstärkung?«
»Nein danke.«
»Aber so eine Aktion kannst du doch nicht allein starten.«
Klick.

51

In Mechelen auf dem Grote Markt bog Nadia Mendonck unerlaubt links ab. Schwungvoll parkte sie den Clio zwischen einem Mercedes 190 und einem Opel Vectra. Beim Aussteigen knallte sie die Tür gegen den Opel, ohne jedoch weiter darauf zu achten. Mit großen Schritten überquerte sie die Straße in Richtung des Voske.

»Polizei.«

Die Wirtin, der Prototyp einer Geschäftsfrau aus dem einfachen Volk, zeigte mit gemischten Gefühlen auf eine Tür im hinteren Teil des Lokals. *Mit der Polizei ist das so 'ne Sache. Da rennen ständig welche raus und rein, und hinterher stimmt die Rechnung nicht.* »Da hinten«, erklärte sie müde.

»Danke.«

Im Gang bemerkte Nadia die Räder von Vereeckens Rollstuhl. Er fuhr gerade in die Toilette hinein.

»Walter?«

Vereecken bewegte seinen Stuhl ein Stück zurück und sah Nadia Mendonck gereizt an.

»Wo sind die anderen?«

»Was denkst du denn? Dass ich aus dem vierten Stock gerollt komme?«
»Schließlich gibt es Aufzüge, oder?«
»Aber nicht hier.« Vereecken reckte das Kinn vor. »Da hinten, die letzte Tür. Und leg mal einen Zahn zu, Bosmans ist auf hundertachtzig.« Er rangierte seinen Rollstuhl geschickt durch die Tür – es war Millimeterarbeit.
»Walter, hat Frank dich angerufen wegen einer geplanten Drogenübergabe?«
»Ja. Dürfte ich jetzt vielleicht mal pinkeln gehen?«
»Soll ich dir helfen?« Nadia Mendonck spähte um die Ecke und sah, wie sich Vereecken an einem Urinal hochhievte.
»Hau bloß ab.«
Geh doch aufs Frauenklo, Macho, hätte sie beinahe erwidert, brachte es aber nicht übers Herz und ging nach hinten durch.
»Frank Tack, was tust du mir bloß an?«, murmelte sie.
Während die Tür aufschwang, hörte sie Bosmans sagen: »Ich glaube Deleu. Im Übrigen ist er unsere einzige Chance.«
Der Untersuchungsrichter ignorierte Nadia Mendonck, die sich ein Mineralwasser eingoss und sich neben Vanderkuylen setzte. Der Kollege trommelte mit den Fingern nervös auf einer dicken Akte herum und reckte den Hals, um sein Idol besser sehen zu können. Bosmans kratzte sich im Nacken und betrachtete den zu langen Nagel seines Zeigefingers.
»Jef, was haben wir bis jetzt?«
Vanderkuylen trommelte weiter hektisch auf dem Karton

herum, und Nadia Mendonck wurde selbst ganz nervös davon. *Warum schleppt der eigentlich dieses tonnenschwere Ding überall mit sich herum, dieser Speichellecker? Wo er die Akte doch nie auch nur aufschlägt?*
»Nichts mehr, Mijnheer Untersuchungsrichter. Die ganzen Unterlagen sind rettungslos verloren.« Vanderkuylen sprach abgehackt wie eine defekte Maschinenpistole.
»Noch andere gute Neuigkeiten?«, grummelte Bosmans und blickte sich im Zimmer um. Frank Tack war nirgends zu sehen. Als er gerade eine Bemerkung darüber machen wollte, kam Vereecken hereingerollt. Bosmans setzte die Brille ab und massierte seine Nase.
»Ich hätte da noch etwas für Sie. Filip Somers ist heute Nachmittag während der Krawalle mitsamt seinem BMW in die Luft geflogen«, meldete Vereecken lakonisch.
Nadia Mendonck, die die ganze Zeit einen Kaffeefleck auf dem Tisch angestarrt hatte, blickte überrascht auf. Das war ihr neu, dennoch ließ sie sich ihre Überraschung nicht anmerken.
Auch Bosmans hob den Blick und sah auf die Uhr.
»Ich habe noch genau zwanzig Stunden Zeit, um diesen Fall zu lösen. Wenn ich es nicht schaffe, bricht ein Bürgerkrieg aus. So einfach ist das.«
Er musterte die Anwesenden, einen nach dem anderen.
»Ich glaube Deleu, wenn er sagt, Murat Marouf sei unschuldig und Naib Abram habe ein falsches Spiel gespielt. Wir müssen herausfinden, wo Maroufs Kind versteckt gehalten wird. Unsere einzige Chance besteht darin, seinen Informanten zu finden. Walter, hat Deleu wirklich nichts über seine Quellen gesagt?«

»Ich weiß, wer seine Informantin ist«, sagte Nadia Mendonck.
Alle Köpfe drehten sich in ihre Richtung.
»Danielle Orolavi.«
»Woher wissen Sie das?«
»Ich weiß es eben. Okay?«
Jos Bosmans griff nach seinem Handy und sagte: »Ich will eine Gegenüberstellung, und zwar sofort.«

52

Freitagabend, 22.45 Uhr.

Die Dämmerung brach herein, als Frank Tack in der Ferne die bizarren Umrisse des Forts auftauchen sah. Er hatte seinen Camaro ein ganzes Stück entfernt in einer stillen Gasse in der Nähe des Sees geparkt. Jetzt folgte er der schlechtbeleuchteten, holprigen Straße, die nur auf einer Seite bebaut war, wobei er sich auf der Seite ohne Häuser hielt. Er betastete sein Schulterholster, und die Magnum .44 verlieh ihm wieder etwas mehr Selbstvertrauen.

Von Baum zu Baum schleichen. Nein, das wäre viel zu auffällig. Die letzten Meter muss ich sowieso ohne Deckung zurücklegen. Er grinste. *Das hohe, trockene Gras, das ich so oft verflucht habe. Jetzt wünschte ich, hier würde welches wachsen.* Er lehnte sich gegen eine dicke Eiche. *Was tust du hier eigentlich, Frank? Wann hört das endlich mal auf? Und wo soll das enden?* Er kratzte über die rauhe Rinde, suchend. *Wie lautet eigentlich mein Auftrag? Wen soll ich treffen? Wie sieht der Kerl aus? Was hat er auf dem*

Kerbholz? Kommt er wirklich allein? Was ist, wenn sich in der Ruine spielende Kinder aufhalten? Du bist am Ende, Frank.

Nervös zuckte er die Schultern und starrte zu der Häuserreihe auf der anderen Seite hinüber. Lauter identische Zweifamilienhäuser. Am liebsten hätte er die hübschen Fassaden in Schutt und Asche geschossen. *Nirgendwo bewegt sich etwas.* An zwei Häusern waren die Holzfensterläden abmontiert, und durch die Gardinen fiel schwaches Licht. Hinter einem Fenster entdeckte er zwei Silhouetten. Eine Person hielt etwas in der Hand, vermutlich eine Tasse Kaffee, die andere stand stocksteif da.

Diese unheilverkündende Stille, die Stille vor dem Tod. Frank Tack griff sich an den Kopf, als ihn Bilder aus seiner Vergangenheit heimsuchten.

Raschelnde Grashalme. Der siebte Zug. Sieben Söldner in V-Formation auf Patrouille, der Oberst an der Spitze. Der rappeldürre Oberst Versteeg. Ein Name wie Donnerhall unter Eingeweihten. Alle nannten ihn »Oberst«, keiner wusste, warum. Vielleicht wegen seines taktischen Geschicks und seiner natürlichen Führungsqualitäten. Versteeg, mein Mentor, mein Vorbild. Unter seinen Fittichen fühlte sich ein junger Söldner sicher. Der Heckenschütze, der den Oberst erwischte, musste erst noch geboren werden. Er musste in der Lage sein, auf hundert Meter Entfernung einen Grashalm in der Mitte durchzuschießen. Obwohl Versteeg bei bewaffneten Konflikten auf der ganzen Welt im Einsatz gewesen war, war er noch nie verwundet worden. Das verlieh ihm eine Aura der Unbesiegbarkeit. Ich als junger Spund schräg hinter ihm. Breitschultrig

spähte ich die Umgebung aus, mit angehaltenem Atem, vollgepumpt mit Drogen.
Dumpfe Schläge. Drei, sieben, acht Salven. Der zuckende Körper des Obersten, die unkoordinierten Bewegungen seiner rudernden Arme. Erst dieses überraschte Lächeln, als er aufrecht im knochentrockenen Schilf saß. Dann der Unglaube in seinen kalten grauen Augen. Auf seinen schmalen Lippen ein breites Lächeln und in seiner Brust ein sprudelnder Krater. Schwarz und rot.
Frank Tack kniff die Augen zu Schlitzen zusammen und lauschte aufmerksam wie ein wachsames Raubtier. In der Ferne näherte sich ein Jogger in einem weitgeschnittenen Trainingsanzug. Er lief mühsam und steif, die Kapuze tief über die Augen gezogen.
Tack zögerte für den Bruchteil einer Sekunde. Sollte er sich verstecken oder nicht? Er entschied sich für Ersteres und überquerte ohne sich umzusehen die Straße. Hinter einer Buche verborgen beobachtete er den keuchenden Jogger. Der Mann blickte starr geradeaus, ohne nach rechts oder links zu sehen, und schleppte sich mühsam voran. Tack wartete geduldig, bis der untrainierte Freizeitsportler aus seinem Blickfeld verschwunden war. Ihm lief ein kalter Schauer über den Rücken, während er sich wieder in Bewegung setzte.
Als er sich der Ruine bis auf fünfzig Meter genähert hatte, blickte er sich noch einmal um. Ein weißer Lieferwagen, Modell Dutroux, brauste mit röhrendem Motor und hoher Geschwindigkeit vorbei. Die Scheiben waren nicht abgeklebt.
Die letzten Meter bis zu dem schmiedeeisernen Tor legte

Frank im Laufschritt zurück. Das Tor versperrte den Zugang zu einer Brücke, die den Wassergraben rund um das Fort überspannte. Jenseits des mit Entengrütze überwucherten Gewässers ragte das verfallene Bauwerk auf. *Salamander. Ein Stock, ein Zwirnsfaden und ein Wurm. Die blauen mit dem leuchtend roten Bauch, das waren die Männchen. Nein, die Weibchen. Die Weibchen, die die Männchen anlockten. Die Männchen hatten einen Kamm und schwarze Flecken auf ihrer braunen Haut. Die blauen waren manchmal ganz schön dick.* Als Tack die Augen wieder öffnete, verschwand das Lächeln von seinen Lippen. Die Ruine, der vereinbarte Treffpunkt, sah groß und bedrohlich aus. In dem Riesengebäude konnte sich mühelos eine hundertköpfige Rebellenarmee verstecken.

Er steckte das kurze Brecheisen in seinen Gürtel und klammerte sich mit beiden Händen an dem Gitter fest. Seine Jeans scheuerten über das Metall, als er sich hochzog und mit der rechten Hand nach den obersten Stangen fasste, die in einer Spitze endeten. Er zwängte seine Linke zwischen dem Gitter hindurch, fand Halt und zog sich hinauf. Oben ruhte er sich keuchend für einen Moment aus und schwang dann das rechte Bein hoch. Nach zwei fruchtlosen Versuchen gelang es ihm, den Fuß zwischen die Spitzen zu klemmen. Er stieß sich kräftig ab und landete mit einem dumpfen Aufschlag auf dem Moosteppich. Perfekt im Gleichgewicht, aber immer noch keuchend, griff er nach seinem Schulterholster. Der Nussholzkolben seiner Waffe fühlte sich feucht an. Er blickte rasch über die Schulter. Die Straße lag noch immer verlassen

da. Keine Passanten, keine Autos, keine Menschenseele zu sehen.
Das Zugangstor war mit einer Kette und einem dicken Vorhängeschloss verriegelt. Von links nach rechts spähend, ging er in die Hocke. *Gibt es noch einen anderen Eingang? Wenn nicht, kann ich dann davon ausgehen, dass sich niemand in dem Gebäude befindet? Die Fenster im Erdgeschoss sind vergittert, und, einmal drinnen, kann man das Schloss unmöglich wieder zudrücken. Erst mal alles auskundschaften.*
Tief gebückt schlich er sich ins dichte Gebüsch. Als er nach zehn Minuten mit einem verkratzten Gesicht und blutigen Fingern auf der anderen Seite wieder herauskam, blieb er im Moos sitzen. Die eingetretene Dunkelheit hatte inzwischen auch die Konturen der Ruine verschluckt.
Frank Tack hörte nur seinen eigenen stoßweisen Atem, als er die Taschenlampe einschaltete. Er zerrte an dem Schloss, doch es saß bombenfest. Seufzend strich er sich mit einer Hand die Haare aus dem Gesicht. *Hätte ich doch bloß den Minihandbohrer mitgenommen. Dann könnte ich das verdammte Schloss jetzt unauffälliger knacken.*
Gottlob erwies sich das Brecheisen als nützliches Werkzeug, und mit einem Knacken verlor das Schloss den ungleichen Kampf. Frank Tack warf es in den Graben, schlüpfte eilig in das Gebäude, und als die Tür hinter ihm zufiel, hielt er den Atem an. *Es war die richtige Entscheidung. Besser gar kein Schloss als ein aufgebrochenes. Hoffentlich kennt der andere das Gebäude ebenso wenig wie ich. Oh Mann, wenn bloß Nadia Bosmans gegenüber ihren hübschen Mund hält. Am Ende bist du, Frank Tack.*

Futter für die Ratten. Er ballte die Fäuste. *Ich krieg dich, du Schwein! Wer du auch sein magst!*
Im Inneren roch es feucht und muffig, das Zugangstor war offenbar seit Jahren nicht mehr geöffnet worden, und es war stockdunkel. *Zu dunkel.* Seine Augen gewöhnten sich nur langsam an die Finsternis. Nachdem er bis hundert gezählt hatte, schaltete er seine starke Taschenlampe ein. Der Lichtkegel warf einen hellen Kreis auf den unebenen Untergrund. Seitlich von ihm, links und rechts von dem Zugangstor, zeichneten sich zwei verrostete Metalltüren ab. Sie waren zugeschweißt, und auf allen beiden war ein Verkehrsschild angebracht. Ein roter Kreis auf weißem Grund mit einem roten Querstrich. Durchfahrt verboten. *Diese eklige Höhle muss früher mal eine Touristenattraktion gewesen sein. Der Boden fühlt sich weich an, ist wohl nicht betoniert.*
Er richtete die Taschenlampe auf den Boden und sah festgestampfte Erde, bedeckt von einer Schicht weißem Kalk, der im Laufe der Jahre von den feuchten Wänden gebröckelt war. Nirgendwo Fußspuren. *Keine Süßigkeitenverpackungen, kein Klopapier, keine Obdachlosen.*
Er richtete die Stablampe geradeaus in den dunklen Schacht. Der Lichtstrahl wurde verschluckt, der Gang schien endlos. An der Gewölbedecke hingen Glasleuchten, geschützt von Eisendraht, doch an den Wänden war nirgendwo ein Lichtschalter zu entdecken. *Wahrscheinlich gibt es einen Notstromkreis. Einen Stromkreis, der seit Jahrzehnten nicht mehr funktioniert.*
Je tiefer er in das Gebäude eindrang, desto stickiger wurde die Luft, als atme man zentimetergroße Schimmelflocken

ein. Alle zwei Meter befand sich eine Öffnung in der Wand, seitlich davor hingen noch rostige Scharniere, aber die Türen waren schon vor langer Zeit entfernt worden. *Diese drei mal drei Meter großen Kammern. Zellen! Leer, bis auf eine Schicht Staub und Ablagerungen. Und diese Nischen. Immer nach jeweils fünf Zellen eine. Hier saßen wohl die Wachtposten. Soldaten, die Karten spielen und Kautabak kauen. Oder trinken. Ein Kriegsgefangenenlager. Das Fort ist ein Überbleibsel aus dem Ersten Weltkrieg. Wirklich typisch für den verdammten Fritz, ausgerechnet diesen Ort zu wählen!*

Ein Rascheln schreckte ihn auf. Reflexartig schaltete er die Taschenlampe aus und wich blitzschnell seitlich nach hinten zurück. Er erstarrte. Eine Wachsfigur mit einem schweren Revolver in der Faust. *Das Geräusch kommt von rechts. Da hinten! Drei Zellen weiter, in der nächsten Nische. Der Wachtposten!*

Tack umklammerte mit beiden Händen den Griff der Magnum und spreizte die Beine. An die zehn Minuten blieb er reglos stehen. Er erwog, sich hinzuhocken, tat es aber nicht. Ein knackendes Kniegelenk würde reichen, um seinen Standort zu verraten.

Kein Geräusch mehr, keine Bewegung, nichts.

Vorsichtig zog er den Kugelschreiber aus seiner Brusttasche und warf ihn in die Richtung, aus der das Geräusch gekommen war. Da! Huschende Schritte, gefolgt von zwei schaurigen Schreien!

Frank Tack zuckte zusammen, ließ sich auf den Bauch fallen, gab zwei Schüsse in Richtung der Stimme ab, rollte sich um die eigene Achse und schoss noch zweimal. Als

er die Taschenlampe einschaltete, machte sich der graue Kater blitzschnell davon.
Jede einzelne Zelle hatte er untersucht, alle waren sie leer gewesen, und nirgendwo gab es einen Ausgang. Weder einen Durchgang zum Obergeschoss noch eine Tür zum Keller, den es zweifellos geben musste. Entmutigt schaltete er die Lampe aus, und zu seiner Überraschung gewöhnten sich seine Augen diesmal rasch an die Dunkelheit. Der Grund war schnell gefunden: Am Ende des Ganges stand eine Tür einen Spaltbreit offen, und das Licht einer Straßenlaterne fiel herein.
Tack erstarrte und drückte sich mit dem Rücken gegen die Wand, während er mit beiden Händen die Magnum umklammerte. Schritt für Schritt schlich er rückwärts in die nächste Zelle hinein. Es gelang ihm nicht, seinen Atem wieder zu beruhigen, als er in der dritten Zelle stehen blieb. Mit dem Rücken an der feuchten Wand ließ er sich in die Hocke sinken und wischte sich mit dem Ärmel seines Tropenhemdes das Gesicht ab. Das Salz brannte ihm in den Augen. Salz und Schwefel.
Bei der Berührung stockte ihm der Atem. Kühles Metall an seiner glühenden Wange. Ehe er begriff, wie ihm geschah, wurde ihm der Arm umgedreht und eine Handschelle angelegt. Der Angreifer verstärkte den Druck und riss seinen Arm schräg nach oben. Frank Tack wandte den Kopf zur Seite und überlegte, anzugreifen, aber der grelle Lichtstrahl blendete ihn. Während er mit der freien Hand die Augen abschirmte, sah er in dem diffusen gelben Schein eine Mönchskapuze. Riesenhaft und drohend. *Ein Trainingsanzug. Der Jogger.*

»Frank?«

Diese Stimme! Die kannte er doch? Der Jogger streifte die Kapuze ab und hielt sich die Stablampe unter das Kinn. Der Lichtstrahl betonte die Nase, die Stirn und die Wangenknochen. Die hohlen Wangen glichen dunklen Seen.

»Deleu!«

»Frank! Was machst du denn hier?«, kam es ebenso erstaunt zurück. Dirk Deleu drückte seinem Kollegen noch immer den Revolver an die Wange.

Tack schob vorsichtig den Lauf beiseite. »Würdest du …?«

»Entschuldige«, sagte Deleu, hielt die Waffe aber weiterhin im Anschlag.

Frank Tack bückte sich und steckte seine Magnum in das Schulterholster. »Ich habe von einem Informanten einen Tipp erhalten, dass hier heute Abend eine Drogenübergabe stattfindet, an der auch ein Mitglied von Maroufs Bande beteiligt sein soll. Hat Vereecken dich als Verstärkung geschickt? Bist du sonst noch jemandem begegnet?«

Deleu ignorierte die erste Frage und gab seinem Kollegen den Schlüssel für die Handschellen. »Nein, niemandem. Hier ist keine Menschenseele.«

Frank Tack richtete sich mühsam auf und klopfte sich den Staub vom Hintern. Die beiden Männer musterten einander mit forschenden Blicken.

»Was machst du hier, Deleu?«

»Man hat uns beide reingelegt, Frank. Auch ich habe einen Hinweis erhalten. Nur wusste ich nicht, dass es um eine Drogenübergabe ging.«

»Von wem kam der Hinweis?«

»Ich weiß es nicht. Der Mann hat nur eine wirre Nachricht auf der Mailbox meines Handys hinterlassen. Irgendwas mit Beweismaterial gegen Geld. Ich sollte einhundertfünfzigtausend Euro mitbringen, im Gegenzug wollte er mir wichtiges Beweismaterial übergeben. Er sagte, er wolle aus der ganzen Sache raus.«
Tack klopfte seinem Kollegen auf die Schulter. Weißer Staub wirbelte nach allen Seiten auf. »Hast du die Kohle dabei?«
»Sehr witzig.«
»Schade, sonst hätten wir uns beide auf eine tropische Insel absetzen können. Ich hab nämlich die Nase gestrichen voll, Deleu. Ich auch.«
»Wer war dein Informant, Frank?«
»Hassan Kader. Einer der jungen Männer aus Maroufs Umfeld. Ich habe ihn bestochen.«
»Aus eigener Tasche?«
»Ach, hundert Euro hier, hundert Euro da. Ich habe ihn nicht um eine Quittung gebeten.« Tack grinste, doch zugleich runzelte er die Stirn. »Ich frage mich, was diese ganze Aktion soll? Hat uns absichtlich jemand hierher gelockt, vielleicht, um uns vorübergehend von der Bildfläche verschwinden zu lassen? An was für einem Auftrag arbeitest du momentan?«
»Ach, an nichts Besonderem.«
»Läuft das Geschäft gut?«
»Na ja, wie man's nimmt.«
»Ich komm dich mal besuchen.«
»Okay.« Deleu nickte ohne große Begeisterung.
Als sie nach einigen gemeinsamen Anstrengungen wieder

draußen an der frischen Luft standen, blickte Tack auf seine Armbanduhr. Halb zwölf. Er seufzte.
»Was ist denn?«
»Gehst du mit ein Bier trinken? Ich habe heute Geburtstag.«
Deleu sah seinen Kollegen skeptisch an.
Frank Tack spitzte die Lippen. »Hast du noch nie einen flotten Dreier ausprobiert?«
Deleu grinste breit. »Doch, schon. Allerdings in einer anderen Kombination.«
Tack schlug Deleu auf den Rücken und schenkte ihm jenes entwaffnende Lächeln, das schon unzählige Frauenherzen hatte höher schlagen lassen.

53

Nadia Mendonck raste durch die dunkle Nacht. Die orangefarbene Straßenbeleuchtung glich dem Mündungsfeuer einer Maschinenpistole. Sie war auf dem Weg nach Hause oder besser zu ihrer Wohnung, erfüllt von einer Mischung aus Skepsis und Unbehagen. Im Cirque Belge hatte sie kaum ein Wort gesprochen. *Männer.*

Die beiden hatten die ganze Zeit blöde gelacht wie zwei Teenager mit Hormonüberschuss, dennoch hatte eine unbestimmte Spannung in der Luft gelegen. *Oder bilde ich mir das nur ein?* In Deleus Gegenwart hatte sie sich äußerst unbehaglich gefühlt. *Wo ist der überhaupt hergekommen? Wahrscheinlich hat mich Frank seinetwegen kaum beachtet. Hoffe ich jedenfalls.*

Sie streckte die Finger ihrer linken Hand, schloss sie und öffnete sie wieder. Ihr Nagellack war an einigen Stellen gesplittert und abgeplatzt. Schmutzig fühlte sie sich, besudelt. Die grün fluoreszierenden Ziffern auf der Uhr im Armaturenbrett verrieten, dass es halb zwei war. *Zu spät also.*

Diese Frage, die brennende Frage, die sie quälte, hatte sie

ihm nicht stellen können. Sie hatte es nicht gewagt, hatte die Worte einfach nicht über die Lippen gebracht.
Am Straßenrand leuchteten zwei Augen in der Dunkelheit auf. Eine Katze! Nadia Mendonck trat heftig auf die Bremse, so dass die Reifen ihres Clios schwarze Streifen auf dem Asphalt hinterließen.
Während sie seufzend die Augen schloss, dachte sie an jenen Abend zurück, als sie mit Frank unterwegs zu seiner Wohnung gewesen war. *Beim zweiten Mal? Nein, es muss unsere dritte Verabredung gewesen sein.* Sie waren in seinem Camaro mit schwindelerregenden hundertfünfzig Sachen auf einer erschreckend schmalen, zweispurigen Straße gefahren, beide ein klein wenig beschwipst. Glücklich.
Dann war da plötzlich der Hund, eine lange Wurst auf kurzen Beinchen, über die Straße gelaufen. Sie sah ihn aus den Augenwinkeln heraus. *Das Leuchthalsband. Er muss das Tier gesehen haben!* Sie hörte zwei kurze Schläge, als hätte ein Stein oder ein abgerissener Ast auf der Straße gelegen. Bei der Erinnerung drehte sich ihr der Magen um.
Sie dachte an den grimmigen Blick Franks zurück, als sie ihn mit offenem Mund anstarrte, an ihren schrillen Schrei.
»Anhalten! Jetzt halt doch endlich an!«
Und dann diese heftige Diskussion. Jedes einzelne Wort war ihr noch ganz genau im Gedächtnis. Sie musste sich zwingen, den Blick auf die Straße zu richten. Am liebsten hätte sie die Augen geschlossen und alles vergessen. Auch sich selbst.

Frank war weiter mit hundertfünfzig Stundenkilometern dahingerast, als wäre nichts geschehen. Der Streit war kurz, aber erbittert gewesen. Zuerst versuchte er, ihr weiszumachen, es sei nur ein Ast gewesen, was sie schier rasend machte vor Wut. Dann brannten ihre Sicherungen durch.

»Vielleicht lebt er noch, Frank!«

»Aber, aber, Schätzchen. Wenn deine Zeit gekommen ist, dann ist sie gekommen, daran lässt sich nichts ändern.«

Dieses Lachen. Dieses furchtbare, entlarvende Lachen. Furchtbar, weil er ihr die schreckliche Wahrheit so eiskalt und grausam ins Gesicht sagte. So emotionslos, so selbstverständlich. Und dazu seine belehrend hochgezogenen Augenbrauen. Sie hatte mit den Fäusten auf seine muskulösen Schultern eingehämmert, machtlos in seinem dahinrasenden Boliden gefangen. Sie war diesem Mann ausgeliefert, den sie kaum kannte. Es ging gar nicht mehr um das Tier, sondern um Macht. Ihre schrille Stimme überschlug sich.

»Du hast nicht mal versucht anzuhalten!«

»Bei hundertfünfzig Sachen?«

»Ich weiß, dass deine lächerliche Scheißkarre schnell fährt, du Idiot!«

Sie hatte mit beiden Fäusten auf das Armaturenbrett eingeschlagen. *»Und wenn es bei zweihundertfünfzig Sachen gewesen wäre!«*

Keine Antwort.

»Weißt du, was diese Reifen kosten?« Eine nüchterne Frage, beinahe eine Feststellung. Tonlos und gefühllos. Ihr hatten die Knie gezittert. *»Achthundert Euro. Einer.«*

Seine jungenhaften blauen Augen. Als er sie diesmal ansah, glichen sie kalten Schlächteraugen.
»Und wie viel kostet so ein Hund?«
Letzteres hatte er sicher nicht so gemeint, aber er hatte es so gesagt. Da hätte sie eigentlich zur Besinnung kommen müssen, trotz allem gelang es ihm, sie einzuwickeln. In dieser Nacht hatten sie Sex, wilden, hemmungslosen, frühlingsfrischen Sex.

Nadia öffnete ihre Handtasche und holte den abgegriffenen Zettel heraus.
Veronica Li Hueng. Steenstraat 24, Deurne.

54

Nachdem Nadia Mendonck gegangen war, war die angeregte Unterhaltung verstummt. Deleu saß da und starrte Löcher in die Luft, während Tack Blickkontakt mit einer üppigen Blondine hielt, die anzüglich an ihrem Daiquiri nippte.

»Hast du Bosmans in letzter Zeit noch mal gesehen, Frank?«

Das Funkeln in Frank Tacks herausforderndem Blick erstarb. Die Blondine trommelte mit ihren künstlichen Fingernägeln gegen ihr Cocktailglas und ließ sich aufreizend von dem verchromten Barhocker rutschen. Doch der Blickkontakt war abgerissen, der Zauber gebrochen.

»Ist schon eine Weile her.«

»Frank!« Deleu tippte seinem Exkollegen auf die Schulter. Dieser hielt vergeblich nach der Blondine Ausschau. »Hast du es ihm erzählt oder Vereecken?«

»Ich. Persönlich.«

»Was?«

»Was was?«

»Was hast du ihm erzählt?«

Frank Tack drehte sich zu Deleu um. Er wirkte bedrohlich, mit seinen breiten Schultern. Seine Augen waren glasig, offenbar war er angetrunken. »Ich habe ihm erzählt, dass diese Danielle bei dir war und behauptet hat, ihr Lebensgefährte sei unschuldig. Er könne aber nichts sagen, weil Abram seinen Sohn entführt habe und drohe, ihn mit Aids-verseuchtem Blut zu infizieren.« Mit einem Ruck drehte er seinen muskulösen Körper wieder zur Bar um, und sein geiler Blick ruhte auf dem leeren Barhocker. Plötzlich lief es ihm eiskalt den Rücken hinunter.
Auch Deleu, der gerade trinken wollte, erstarrte, das Glas an den Lippen. Frank Tack sah sich nicht um. Er wischte sich die Stirn mit dem Taschentuch ab. »Ich geh mal kurz aufs Klo, und dann nichts wie ab nach Hause.«
Tack nickte und nippte an seinem Whisky-Cola mit Eis. Deleu ging steif in Richtung Toiletten, stieg schwankend die massive Steintreppe hinunter und hielt sich an der Wand fest.
»Mijnheer, geht es Ihnen nicht gut?«, fragte eine junge Mulattin erschrocken.
Deleu winkte ab und ging nach unten, wo es schön kühl war. Er setzte sich in voller Montur auf die Toilettenbrille, die Ellbogen auf die Knie gestützt, die Stirn in die rechte Hand gelegt. Mit Daumen und Zeigefinger drückte er fest gegen seine Schläfen. *Deswegen hat er das Drogenpäckchen mit bloßen Händen aus Abrams Plastiktüte genommen.*
Er riss die Augen weit auf und zog seine Python aus dem Schulterholster. Sie war geladen und schien auf einmal eine Tonne zu wiegen. Er steckte die Waffe wieder weg.

Deswegen war er auch in dem Fort in Walem. Er steckt bis über beide Ohren in dem Komplott drin. Verdammt, er ist der Mittelsmann! Deleu holte sein Handy aus der Innentasche seines Sakkos. *Ich muss Vereecken anrufen.* Er hielt inne, betätigte die Klospülung, entriegelte die Tür, spritzte sich ein wenig Wasser ins Gesicht und betrachtete sich im Spiegel. Sein Gegenüber wirkte ausdruckslos, mit dunklen Ringen um die Augen.

Wie eine Marionette schlich er an der Toilettenfrau vorbei. Dann drehte er sich um, legte eine Münze auf die Porzellanuntertasse, was ihm ein strahlendes Lächeln einbrachte, und schleppte sich die Treppe hinauf.

»Ich möchte jetzt gern zahlen.«

»Ist schon erledigt.«

»Was bekommst du von mir?«

»Schon gut.«

»Danke, Frank. Und bis demnächst mal.«

»Warte. Ich komme mit. Hier ist sowieso tote Hose.«

Seite an Seite gingen sie den Waalse Kaai entlang. Plötzlich griff Tack seinen Begleiter an der Schulter. Dirk Deleu erstarrte, jede Faser angespannt, jeder Nerv in seinem Körper reaktionsbereit.

»Soll ich dich über die Ermittlungen auf dem Laufenden halten?«

»Ja. Warum nicht?«

»Was machst du denn im Moment so?«

»Ach, einen Job hier, einen Job da.«

»Hast du noch mal mit Bosmans geredet? Oder mit einem von den anderen?«

Deleu schüttelte gleichgültig den Kopf. *Na also, wusste ich es doch. Frankie-Boy will mich aushorchen. Er will herausfinden, was ich weiß. Er sondiert die Lage, mit scheinbar belanglosen Fragen. Aber er weiß es auch. ER WEISS ES!* Deleu schloss die Augen, als sie zum Parkplatz am Waalse Kaai gelangten.

»Wo stehen bloß unsere Autos? Mist. Ich hab's glatt vergessen. Mein Gedächtnis lässt nach. Löchrig wie ein Schweizer Käse.«

»Geht mir genauso. Komm mit, mir nach. Unsere Autos stehen nebeneinander, weißt du noch?«

Es klang alles völlig unverfänglich, obwohl Deleu das Herz bis zum Hals klopfte. *Ich muss mich hinter ihm halten.* Unauffällig verlangsamte er seine Schritte. Der Golf schien sich in einen Sarg zu verwandeln. *Noch zwanzig Meter, fünfzehn!* Sein Verstand hörte nicht auf zu arbeiten, Fäden zu spinnen. Hauchfeine, flüchtige Fäden. Wie eine Spinne in der Morgendämmerung, die gegen den aufkommenden Wind ankämpft.

Fünf Meter vom Auto entfernt fasste Deleu nach seinem Schulterholster, unauffällig und langsam. Nur sein Unterarm bewegte sich. Dann gaben seine Knie nach, weich wie Pudding. Das Letzte, was seine Sinne registrierten, war der Kofferraumdeckel des Golfs, der blitzschnell näherkam. *Der Sarg klappt auf.*

Den dumpfen Schlag, als sein Kopf gegen die Kofferraumhaube des Wagens knallte, bekam er schon nicht mehr mit.

55

Samstagvormittag, 10.30 Uhr.

Danielle Orolavi betrachtete ihren Geliebten mit gemischten Gefühlen. Murat Marouf saß kerzengerade auf seinem Stuhl, und ein überhebliches Lächeln umspielte seine Mundwinkel. Wie eine Sphinx saß er da, unnahbar und unerreichbar, umgeben von einer ganzen Meute Polizeibeamter. Jozef Sonck, der Anwalt der Familie, lief nervös auf und ab. Jetzt, da er anwesend war, konnte das Schauspiel beginnen.

»Mijnheer Marouf«, begann Jos Bosmans und rieb sich die müden Augen. Nur Kaffee und Captagon hielten ihn noch auf den Beinen. »Bitte helfen Sie mir, Ihre Unschuld zu beweisen.«

Murat Marouf schwieg. Er sah seine Freundin an und verzog verächtlich den Mund.

»Mijnheer Untersuchungsrichter«, bemerkte Sonck, »ist es nicht eher üblich, die Schuld eines Tatverdächtigen zu beweisen?« Meist pflegte er sich differenzierter auszudrücken, glatter, schlauer. Diesmal klang er eher matt und verzweifelt. Soncks Kanzlei befand sich am Grote Markt, mitten im Brennpunkt der gewalttätigen Auseinandersetzungen zwischen Polizei und Demonstranten. Der Anwalt fuhr sich mit dem Zeigefinger zwischen Hals und Hemdkragen und musterte Marouf, der seine Worte nicht einmal gehört zu haben schien. *Diese neureichen Drogenbarone sind doch alle aus demselben Holz geschnitzt.* Auch Jos Bosmans ignorierte den Anwalt. *Es fehlt nicht viel, und der Untersuchungsrichter fällt auf die Knie wie ein Muslim, der nach Mekka betet.*

»Ich weiß, dass Ihr Sohn entführt wurde. Warum haben Sie uns das nicht gesagt?«

Marouf betrachtete Bosmans, dessen Lippen sich kaum bewegten, wie ein Menschenhai, der seiner Beute auflauert. Emotionslos, aber äußerst gefährlich.

»Es wäre wirklich besser für Sie, wenn Sie uns alles erzählen. Wir wissen, dass Abram ein falsches Spiel gespielt und Sie reingelegt hat. Nur können wir ihn nicht mehr vernehmen. Er ist tot, klinisch tot.«

Danielle Orolavi ging zu ihrem Geliebten und legte ihm eine Hand auf das Bein. Marouf wirkte, als wollte er sie jeden Moment wegschlagen wie ein lästiges Insekt. Danielle hob sein Kinn an und zwang ihn, sie anzusehen.

»Murat. Da draußen droht ein Bürgerkrieg. Das ist es, was die immer gewollt haben. Unschuldige Menschen werden sterben, Kinder!« Letzteres stieß sie laut aufweinend hervor, mit sich überschlagender Stimme.

Als Murat Marouf die Fäuste ballte, sprangen Pierre und Vanderkuylen gleichzeitig auf, aber der Marokkaner schien sie gar nicht zu bemerken. Er bohrte die Knöchel seiner

Fäuste in seine Oberschenkel und sagte ein paar Worte auf Arabisch.
Danielle Orolavi sank auf die Knie. Als sie den Blick hob, starrte Murat Marouf in eine andere Richtung, und ihre zarten Schultern fingen an zu bebten. Pierre konnte es nicht länger aushalten, stützte sie und half ihr beim Aufstehen. Er führte sie zu einem freien Stuhl auf der gegenüberliegenden Seite des Raumes, wo sie sich fügsam hinsetzte.
Mit den Zähnen zog Murat Marouf eine Zigarette aus einem blauen Päckchen und rauchte schweigend, den Filter der Ducados zwischen Daumen und Mittelfinger.
»Das Einzige, was Sie in der Hand haben, ist unrechtmäßig erworbenes Beweismaterial!«, wetterte Sonck und lief rot an. »Vor Gericht hat das keinerlei Bestand. Ich werde …«
Murat Marouf blies ihm den Zigarettenrauch mitten ins Gesicht, woraufhin der Anwalt blinzelte und sofort schwieg. Duckmäuserisch wie ein Schoßhündchen setzte er sich hin.
Plötzlich sprang Marouf auf, geschmeidig wie eine Raubkatze, durchquerte das Zimmer, legte seine Hand auf die von Danielle und flüsterte ihr etwas ins Ohr. Sie nickte und verzog den Mund mit unergründlicher Miene.
Marouf setzte sich auf eine Ecke des Schreibtischs, schlug die Beine übereinander und sah den blauen Rauchschleiern nach, die zwischen seinen Fingern hervorquollen.
»Ich werde Ihnen die Zusammenhänge erklären, aber nur unter einer Bedingung.«
Sechs Augenpaare waren fragend auf ihn gerichtet.

»Erst will ich meinen Sohn zurück. Gesund und wohlbehalten.«
Die Spannung in dem sauerstoffarmen Raum war kaum auszuhalten.

56

Samstagmittag, 12.30 Uhr.

Als Nadia Mendonck an jenem Mittag erwachte, war die Vernehmung Maroufs schon seit einer ganzen Weile vorüber. Fluchend schüttelte sie ihren Radiowecker. Bis um halb vier am frühen Morgen hatte sie sich im Bett herumgewälzt, ratlos, verzweifelt und ohne so recht zu wissen, warum. Gefühle von Machtlosigkeit und des Ungeliebtseins überkamen sie.

Als sie aufstand, war es, als bliebe ihr Kopf auf dem Kissen zurück, als klebten ihre Haare noch an dem feuchten Bezug. Rasch ging sie in die Dusche und drehte das heiße Wasser auf. Der rauschende Strahl brachte ihre taube Haut zum Prickeln und weckte ihre Sinne. Mit offenem Mund prustete sie das Wasser aus.

Kaffee! Sie hatte schrecklichen Kaffeedurst. *Nein, keinen Kaffee, keine Zeit. Verdammt sei Jos Bosmans. Verdammt sei dieser ganze Fall. Es wird Zeit, dass ich mal was für mich tue. Veronica Li Hueng, mach dich auf was gefasst.*

Nadia putzte sich die Zähne, bis das Zahnfleisch brannte.

Dann streifte sie Unterwäsche, Jeans und einen weiten Pulli über.
Als sie die Jalousien beiseiteschob, kniff sie die Augen zusammen, doch zu ihrer Überraschung wurde sie nicht von der Sonne geblendet. Die Straße war tatsächlich nass. *Endlich! Regen, Abkühlung.*
Sie griff nach ihrer Handtasche, die auf dem Tisch stand, kontrollierte ein letztes Mal die Adresse und lief fest entschlossen die Treppen hinunter. Der Schalensitz ihres Clios fühlte sich gut an, vertrauter als ihr Bett.

Mit einem heftigen Ruck kam das Auto vor Haus Nummer sechsunddreißig zum Stehen. *Die letzten fünfzig Meter gehe ich zu Fuß. Das gibt mir noch ein bisschen Zeit, um mir eine gute Einleitung zu überlegen.* In der Nacht hatte sie sich eine ganze Reihe von Szenarien ausgedacht, alle gleich rosig. Alles war ihr ganz einfach erschienen, doch jetzt stellte sich die Situation anders dar. Trostlos wie das Wetter. Das hier war das wirkliche Leben.
Vor dem gepflasterten Gartenweg blieb sie stehen und atmete tief durch. Die spießige Dahlienreihe stand unverändert da, genau wie auf dem Foto. Das Klingeln der Türglocke schnitt durch ihre Haut und riss ihr das Herz aus der Brust. Es dauerte eine halbe Ewigkeit, bis endlich jemand kam, und Nadia blickte sich andauernd um, als habe sie Angst, ertappt zu werden.
Ertappt! Von wem? Von Frank, der seine Freundin abholen will? Oder, schlimmer noch, seine Frau und sein Kind?
Hilflosigkeit und Selbstmitleid übermannten sie, ohne

dass sie sich dagegen wehren konnte. Die Gefühle trübten ihr die Sinne und breiteten sich wellenförmig aus bis in ihre Fußspitzen.

57

Samstag, 13.30 Uhr.

Als Dirk Deleu die Augen öffnete, biss er sich auf die Zunge, die sich anfühlte wie ein Stück Hartgummi. Das Hämmern in seinem Hinterkopf brachte ihn dazu, die Augen rasch wieder zu schließen. Als er sich an den Schädel fassen wollte, durchzuckte ein stechender Schmerz seine Handgelenke. Langsam, wie in Zeitlupe, erfasste er die erschreckende Wahrheit. *Meine Handgelenke, sie sind eingeklemmt. Aber wo?* Zitternd versuchte er, sich zu erinnern, was geschehen war. *Wo bin ich? Mein Kopf. Meine Schulter. Au, tut das weh!* Er fuhr mit den Zähnen über die Unterlippe. *Geronnenes Blut! Mein Auto? Ich hatte einen Unfall!*

Quälend langsam verzog sich der Nebel, und er drehte vorsichtig den Kopf um neunzig Grad. Der Schmerz war schier unerträglich, als stächen tausend Nadeln in seinen Schädel. Er stöhnte und versuchte, die Arme hochzureißen, aber die Handschellen bewegten sich keinen Millimeter. *Ein modern eingerichtetes Wohnzimmer. Ich liege auf dem Bauch, auf einem Sofa.* Deleu zerrte wie wild an den Handschellen. Seine Brust hob und senkte sich heftig, als er über die breite Armlehne blickte und Leder roch. Seine gefesselten Hände waren an ein Heizungsrohr gekettet. *Trockene Lippen. Durst.* Schmatzend sah er sich um, doch es fühlte sich an, als durchbohre ein Blitz sein rechtes Auge und träte aus dem linken wieder heraus.

In der hintersten Ecke des Zimmers entdeckte er die Silhouette eines Menschen, der in der Hocke saß. *Ein Mann.*

Während er mehrmals blinzelte, um ein schärferes Bild von der reglosen Gestalt zu erhalten, fiel ihm alles wieder ein. *Antwerpen. Die Kneipe. Frank und Nadia. Frank hatte Geburtstag. Diese verschwommene Gestalt, das ist Frank. Frank Tack! Der Mann, der mich vor meinem Auto niedergeschlagen hat. Der Mann, der gerade aus Einzelteilen einen Revolver zusammenbaut. Eine groteske Magnum Kaliber .44. Frank Tack! Der Verräter. Der Mörder von Dewolf, Benaoubi, Abram und ... Deleu!*

»Guten Morgen, Kollege. Gut geschlafen?«

Dirk Deleu antwortete nicht.

»Entschuldige bitte die Unannehmlichkeiten.« Es klang sorglos, fast fröhlich und gut gelaunt. Frank Tack stand auf, kam langsam auf das Sofa zu und setzte mit einem Klicken das letzte Teil des Revolvers ein – die Trommel. Er ließ die Waffe um den Mittelfinger kreisen und steckte sie lässig in den Gürtel.

»Hast du kein Holster?« Es klang schwach, so wie Tack ihn vermutlich auch haben wollte.

»Willst du etwas trinken?«

Deleu nickte.
»Wasser?« Tack wartete die Antwort nicht ab, sondern ging in die Küche. »Mit Aspirin? Oder willst du lieber eine Ibuprofen forte?«
Deleu schwieg und überdachte seine Lage. Er hatte nicht vor, sich ohne weiteres liquidieren zu lassen, daher reckte er sich und betrachtete seine Handgelenke, auf denen die Handschellen rote Striemen hinterlassen hatten. Er lag mit der Brust auf der Armlehne und war an eine Rohrschelle gefesselt, an der die Heizungsrohre aufgehängt waren. Deleu blickte sich um. *Er ist weggegangen.* In der Küche klappte eine Tür oder eine Schublade zu. Deleu schwollen die Adern im Nacken, als er mit aller Kraft an den Handschellen zog, aber die stabile Rohrschelle gab nicht nach. Als die Schmerzen bis hinauf in seine Schultern ausstrahlten, gab er auf. *Es hat keinen Sinn.* Eine übernatürliche Ruhe ergriff von ihm Besitz.
Frank Tack, ein Lächeln auf dem Gesicht, brachte ihm ein großes, hochgefülltes Whiskyglas, in dem mehrere Eiswürfel gegen den Rand stießen. Vor dem Sofa kniete er sich hin. Das kühle Eis berührte Deleus aufgesprungene Lippen, als er gierig schluckte und das Eiswasser seine Kehle hinunterrann. Er schnappte nach Luft, schmeckte ein bitteres Aroma und spuckte Tack das Wasser ins Gesicht. Der sprang zurück und wischte sich mit dem Handrücken die Wange ab. Grinsend betrachtete er den größer werdenden blauen Fleck auf seinem Jeanshemd.
»Es ist bloß Aspirin, aber wie du willst.«
Er stellte das Glas auf dem verchromten Wohnzimmertisch ab und setzte sich wie beiläufig neben seinen ehema-

ligen Kollegen. Als Dirk Deleu etwas sagen wollte, schnitt ihm Tack das Wort ab.

»Es ist vorbei, alles.«

»Ist es auch mit mir vorbei?«

»Tut mir leid. Das habe ich nicht gewollt.«

»Habe ich den Satz nicht schon mal irgendwo gehört?«

»Nein, das war: ›Ich habe von nichts gewusst.‹ Ich dagegen, weiß genau, was ich getan habe, und ich kenne die möglichen Konsequenzen.«

Deleu schloss die Augen, legte den Kopf in den Nacken und verdrehte die Beine ein wenig. Er tat es möglichst unauffällig, als läge er unbequem. Er überlegte, ob er Tack mit voller Wucht ins Gesicht treten sollte, beherrschte sich jedoch. Die Aussicht, seinen Widersacher mit einem gezielten Tritt schachmatt zu setzen, war gleich null. *Ruhig bleiben, Dirk. Warte auf deine Chance. Sie wird kommen, sie muss kommen!*

»Seit wann weißt du es?«

Die Stille besaß etwas Sakrales.

»Die Spritze. Das Blut mit Aids, stimmt's? Gestern Abend. Im selben Moment habe ich es auch kapiert. Ich hab mich einfach verplappert.«

»Warum warst du in dem Fort in Walem? Was hattest du dort zu suchen?«

»Ich habe dem Kind keine Spritze gegeben, Deleu. Das sollst du wissen, merk dir das. Ich habe es am Leben gehalten.«

»Was hast du dort gemacht, Frank?«

Tack lächelte rätselhaft, stand auf und ging erneut in die Küche. Diesmal schlurfend wie ein alter Mann.

»Du bist ein Arschloch, Frank Tack. Ein Kindermörder und ein …« Weiter kam Deleu nicht.
Sein ehemaliger Kollege stürzte sich auf ihn wie ein wütender Kater, der sein Revier verteidigt, und versetzte ihm einen kräftigen Tritt in den Magen. Deleu zuckte und krampfte sich zusammen. Dann schnappte er nach Luft und versuchte blinzelnd, den roten Schleier vor seinen Augen zu vertreiben.
»Ich habe keine Kinder ermordet! Kein einziges!«
»Was ist mit Yussuf Benaoubi?«, fragte Deleu stöhnend.
Da war es wieder, dieses unbestimmte Lächeln auf Tacks Gesicht. Gott sei Dank schien er seine Selbstbeherrschung wiedergefunden zu haben. Er schwieg, starrte auf die Spitzen seiner Cowboystiefel und spielte mit den Perlmuttknöpfen an seinem Jeanshemd. »Willst du mir etwa die ganze Geschichte aus der Nase ziehen?«
»Ja«, hustete Deleu.
Frank Tack drehte eine Locke um seinen Zeigefinger und fuhr sich dann mit der Hand über die Schläfe.
»Frank. Ich habe ein Recht darauf, die Wahrheit zu erfahren.«
»Wie kommst du denn darauf?«
»Weil ich mich mit Leib und Seele in diesen Fall reingehängt habe und«, Deleus Stimme stockte, »weil jeder Todeskandidat das Recht hat …«
»Du guckst zu viele schlechte Filme«, antwortete Tack gleichgültig. »In denen der Böse am Ende gesteht und anschließend abgeknallt wird. Werd endlich erwachsen. Aber gut, einen letzten Wunsch will ich dir gönnen. Du bist dir also sicher, dass es keine Zigarette sein soll.« Es

klang nicht wie eine Frage. Es war auch keine, es war eine Feststellung. »Erzähl mir zuerst deine Version.«
Dirk Deleu betrachtete ihn mit halbgeschlossenen Augen. In seinem Kopf drehte sich alles. *Wenn er gestanden hat, ist es vorbei. Dann ist mein Leben keinen Pfifferling mehr wert.* Er begriff, dass das letzte Fünkchen Hoffnung, lebend davonzukommen, damit verlöschen würde. Doch seine Neugierde war stärker als sein Verstand. »Du hast Dewolf ermordet.«
»Stimmt.«
Deleus Fahndergehirn arbeitete auf Hochtouren und erschloss immer neue Zusammenhänge. Seine Pupillen verengten sich, und rote Flecken erschienen auf seinen Wangen.
»Abram hat die Drogen mit Maroufs Fingerabdrücken darauf bei Dewolf abgeliefert, und du hast ihn später umgelegt. Aber Abram wurde von Benaoubi beschattet, der dich mit Dewolfs Leiche erwischte und die Drogen stahl.«
Tack sah ihn bewundernd an. »Beinahe. Dasselbe habe ich anfangs auch gedacht, Kollege.«
Deleu leckte über seine Lippen, die sich anfühlten wie Sandpapier. »Deine Fingerabdrücke waren auf dem Drogenpäckchen. Du konntest es gar nicht schnell genug in die Hände bekommen, als Abram damit ankam, um seine eigene Haut zu retten. Richtig?«
Frank Tack massierte sich die Schläfen und atmete tief ein. »Hast du mich damals schon verdächtigt?«
Deleu blickte starr geradeaus auf den Nepp-Gauguin über dem falschen Kamin. Rundliche polynesische Frauen, die

ein Fest vorbereiteten. »Okay, hier ist mein Vorschlag: Wir schließen einen Vertrag. Gute Verträge, gute Freunde. Wenn du dreimal falsch rätst, ist das Spiel vorbei.«
Deleu blieb stumm.
»Ich meine v-o-r-b-e-i!« Tack sprach jeden Buchstaben einzeln aus.
Deleu würdigte ihn keines Blickes, nickte jedoch ergeben.
»Also, wie hat man mir das Päckchen Drogen gestohlen, Deleu? Jetzt komm schon, du Superbulle!«
»Du hast das Päckchen Benaoubi gegeben, weil er dich erpresst hat. Richtig?«
»Ich stelle hier die Fragen! Weißt du noch? Drei Fehler! Das hier war der erste. Erzähl du's mir.«
Dirk Deleu schloss die Augen. Er fühlte, wie die Adern an seinen Schläfen pochten, und konnte vor Müdigkeit nicht klar denken.
»Nein, ein Profi wie du trifft Vorsichtsmaßnahmen. Er würde niemals Fingerabdrücke hinterlassen, wenn etwas schiefgeht. Für dich muss es übrigens eine Leichtigkeit gewesen sein, an die Drogen heranzukommen. Du hast sie für Dewolf besorgt, damit er Marouf damit kompromittieren konnte. Doch als dessen Fingerabdrücke darauf waren, hat jemand das Päckchen gestohlen.«
Tack fasste sich an sein breites Kinn und dachte nach. »Hm … Weiter so, damit bin ich einverstanden, weil du mich und meine Qualitäten richtig einzuschätzen weißt.«
»Warum hast du es getan? Bist du so ein strammer Neonazi?«
Tacks Blick war kalt und abweisend. »Ganz im Gegenteil,

Kollege, ganz im Gegenteil.« Wieder dieses rätselhafte Grinsen. »Aber wie gesagt, ich stelle hier die Fragen. Gut, ich habe Dewolf ermordet. Und dann? Wen habe ich als Nächstes umgebracht?«

Deleu spürte, wie sein Gehirn gegen die Schädeldecke drückte. Diese Fährte führte in eine ganz neue Richtung, auf unbekanntes Terrain. In dieser Art und Weise hatte er noch nie über den Fall nachgedacht. Er war die ganze Zeit davon ausgegangen, dass der junge Benaoubi von Rechtsextremen ermordet worden war, und zwar aus Rache. Jetzt sah er alles in einem ganz anderen Licht, denn die Tat schien berechnet, ausgekocht. Die Morde waren offenbar Teil einer sorgfältig ausgeklügelten Intrige. *Eine Intrige, die wozu führt? Zu einem Chaos!*

Allmählich dämmerte es ihm.

Dewolf ... Benaoubi ... Marouf wurde kompromittiert und erpresst von Abram. Abram, der Infiltrant, der Überläufer, ebenfalls liquidiert. Dann el Hidrissi – ein bedauerlicher Unfall. Dann Somers, mit seinem Auto in die Luft gesprengt. Und der Mörder, der Auftragsmörder, noch dazu in geheimer Mission. Der Mörder ... Frank Tack. Der Auftraggeber ... Claude Verspaille.

Schweiß perlte ihm auf der Stirn. Tack, der sich vor Deleu auf den Boden gekniet hatte, blickte auf seine dicke Armbanduhr und stellte die Stoppuhrfunktion ein.

»Ich gebe dir eine Minute Bedenkzeit, Dirk. Das ist doch eine faire Chance, oder?«

»Benaoubi. Jemand hat dir einen Hinweis gegeben. Du bist zu ihm gefahren, hast ihn umgelegt und nach den Drogen gesucht. Aber mit dem Revolver hattest du Pech.

Vanderauwera war der unberechenbare Faktor X. Den Revolver hast du dem Jungen in die Hand gedrückt, nachdem du ihn ermordet hattest. Den Revolver, mit dem du vorher Dewolf umgebracht hattest. Dewolf war der Lockvogel!«

»Falsch!«, schrie Tack und schlug Deleu mit voller Wucht ins Gesicht. Dessen Lippe platzte auf, und alles um ihn herum wurde unscharf.

Tack eilte in die Küche, kehrte zurück und goss Deleu ein Glas Wasser über den Kopf. Ein stechender Schmerz fuhr ihm durch die Kopfhaut, als sein Peiniger ihn an den Haaren hochzog.

Der Ermittler sah Deleu genau in die Augen. »Ich hab dir doch eben gesagt, dass ich kein Kindermörder bin! Ich wollte die Drogen zurückholen, aber Benaoubi hat mich erwischt und mich mit einem Schmetterlingsmesser angegriffen. Es war Notwehr!«

58

In der Steenstraat in Deurne öffnete eine runzlige alte Frau die Tür von Haus Nummer 24. Lächelnd sah sie Nadia Mendonck an, nickte und zuckte bedauernd die Achseln, als wolle sie sich für irgendetwas entschuldigen.
»Veronica Li Hueng?«, erkundigte sich Nadia.
Die alte Frau schüttelte den Kopf, und ihr Lächeln wich einer traurigen Miene. Mit gesenktem Haupt wollte sie die Tür wieder schließen, doch die Ermittlerin stellte rasch den Fuß dazwischen. Die Frau sah sie mit ihren asiatischschmalen Augen misstrauisch an. Nervös zog Nadia das alte Foto aus ihrer Handtasche und hielt es durch den Türspalt. Das Misstrauen der Frau verwandelte sich in Erstaunen, und sie öffnete die Tür wieder etwas weiter.
»Frank Tack?«, fragte die Ermittlerin und zeigte auf ihren Kollegen.
Die alte Dame schien sich inzwischen von ihrem Schrecken erholt zu haben und sah Nadia mit einer Mischung aus Freundlichkeit und Abweisung an.
»Sprechen Sie Niederländisch?«, fragte Nadia nun.
Die Frau antwortete mit einem nichtssagenden Nicken,

das sowohl ja als auch nein bedeuten konnte. »Frank Tack. *Birthday, yesterday*«, erklärte Nadia Mendonck.

»*No Frank Tack. No Birthday. Birthday Hueng december. Sylvain september, me too september*«, erwiderte die Asiatin heiser, und ehe Nadia es sich versah, versuchte sie, ihr die Tür vor der Nase zuzuschlagen.

Geistesgegenwärtig hielt sie dagegen, und als die Tür gegen die Wand knallte, fing die Frau laut an zu kreischen. »Hueeeeng!« Sie ließ den Türgriff los und rannte den Hausflur entlang.

An dessen Ende erschien nun ein kräftig gebauter, halbwüchsiger Junge in einem ärmellosen T-Shirt. Als er mit geschmeidigen Schritten an die Haustür kam, bemerkte Nadia Mendonck, dass er asiatische Züge und flachsblonde, widerspenstige Haare hatte. Eine merkwürdige Kombination.

»Was ist denn los? Wer sind Sie?«, fragte der Jugendliche.

»Ich …« Nadia Mendonck wusste nicht, was sie sagen sollte. Sie betrachtete den Jungen von Kopf bis Fuß, und ihr Blick blieb an seinen Haaren haften.

»Gefärbt.«

»Wie bitte?«

»Meine Haare sind gefärbt! Was wollen Sie von meiner Großmutter?« Er stemmte die Hände in die Taille, wodurch seine muskulösen Oberarme noch stärker auffielen.

»Von deiner Großmutter? Nichts. Ich wollte fragen, ob dein Vater zu Hause ist.«

»Sind Sie eine Bekannte von ihm?« Der Junge mit den ausgeprägten Wangenknochen musterte sie forschend.

»Wir sind Kollegen. Frank und ich arbeiten ...«
»Wieso Frank?«, unterbrach sie der junge Mann.
»Na, dein Vater, Frank Tack.«
»Mein Vater heißt Sylvain, Sylvain Cluts. Sie haben sich in der Adresse geirrt. Guten Tag.«
»Und deine Mutter?«, wagte Nadia noch einen Versuch.
»Sie ist tot. Schon seit vielen Jahren.«
Kurz bevor er die Tür zumachen konnte, streckte Nadia ihren Arm durch den Spalt, das Foto von Frank Tack zwischen den Fingern. Sie schloss die Augen, biss die Zähne zusammen und hielt die Luft an. Langsam ging die Tür wieder auf, und der Junge sah sie verwundert an.
»Darf ich reinkommen?«
»Was ist mit meinem Vater? Woher haben Sie das Foto von meiner Mutter?«
»Ich bin von der Polizei.«
Der Junge erschrak sichtlich. »Was ist passiert?«
»Nein, nein, mach dir keine Sorgen. Es geht ihm gut, er hat mich nur gebeten, einige Papiere für ihn abzuholen. Er hat um drei Uhr einen wichtigen Termin, und um vier Uhr schließt das Amt.«
»Das Amt?«
»Ja, das Einwohnermeldeamt. Er muss seinen alten Pass abgeben.«
»Ja, aber was sollte dieser Frank-Tack-Unsinn?«, fragte der Junge skeptisch.
»Ach so, das«, antwortete Nadia gespielt gleichgültig, wenn auch ein wenig zu aufgesetzt. »Tack lautet sein Name bei der Polizei. Du weißt doch sicher, womit er gerade beauftragt ist?«

»Nein«, antwortete der Junge achselzuckend.
»Eigentlich darf ich es nicht verraten. Aber du bist schließlich sein Sohn, da kann man ja mal eine Ausnahme machen, stimmt's?« Der Junge nickte. »Du musst schon vierzehn oder fünfzehn sein?«, setzte Nadia noch einmal nach.
»Zwölfeinhalb.« Zum ersten Mal lächelte der Junge. Er hatte Grübchen in den Wangen, genau wie Frank.
»Du weißt sicher, dass dein Vater für das Drogendezernat arbeitet? Als verdeckter Ermittler?«
Hueng starrte sie mit überrascht geweiteten Augen an, und Nadia schlug theatralisch die Hand vor den Mund.
»Nein, das wusste ich nicht. Papa redet nie von seinem Beruf. Er hat mir nur erzählt, dass er für eine Behörde arbeitet. Im Innendienst.« Er schwieg kurz. »Was wollen Sie von uns?«
»Was wolltest du gerade noch sagen?«
»Er hat gesagt, die Arbeit sei mies und ich solle mich in der Schule anstrengen, damit später mal etwas Besseres aus mir wird.« Unbeholfen zuckte der Junge mit den Schultern und trat von einem Fuß auf den anderen.
Eine peinliche Stille trat ein. Abertausend Fragen brannten Nadia Mendonck auf der Zunge, als hätte sie glühendes Blei im Mund. Dies hier war Franks Sohn, ohne jeden Zweifel. Frank Tack war verheiratet oder besser verheiratet gewesen. Letzteres dachte Nadia mit einer gewissen Erleichterung. Sie betrachtete den Jungen mit gemischten Gefühlen. *Sylvain … Also heißt du gar nicht Frank. Ich habe mit Sylvain geschlafen, nicht mit Frank.* Nadia war, als wehte ein kalter Luftzug durch ihr Inneres, als lähme er ihr Herz und ließe es allmählich zu Eis gefrieren.

»Frank … Sylvain hat mich gebeten, seine Papiere abzuholen. Er konnte sich heute leider nicht freinehmen. Er sagte, die Unterlagen müssten bei seinen anderen Sachen sein, wahrscheinlich in einer Zigarrenkiste.« Es klang ganz natürlich, wie sie es sich vorgenommen hatte.
Der Junge bedachte sie mit einem skeptischen Blick.
»Ach, du weißt doch, wie Männer sind.«
Nadia zwinkerte ihm zu und klopfte ihm auf den Rücken.
Der Junge antwortete mit einer abwehrenden Handbewegung und wich einen Schritt zurück. Er spielte mit der Klinke und schwang die Tür hin und her. *Alles oder nichts, Nadia!*
»Weißt du was, sag doch Sylvain, er soll in Zukunft seine Angelegenheiten selbst regeln. Ich wollte ihm nur behilflich sein. Als hätte ich nichts Besseres zu tun!«
»Können Sie sich ausweisen?«, fragte der Junge und vergrub lässig die Hände in die Gesäßtaschen seiner Jeans.
Nadia Mendonck zog ihren Polizeiausweis heraus und blickte gereizt in eine andere Richtung, als sie ihn vorzeigte.
»Okay. Warten Sie bitte einen Moment. Ich sehe mal nach, ob ich etwas finde.«
Ehe sie antworten konnte, schlug er die Haustür zu.

59

Dirk Deleu hing wie ein nasser Lappen auf dem Sofa. Reglos, schlaff und ermattet. Die Handschellen schnitten ihm tief ins Fleisch und hatten leuchtend rote Striemen um seine Handgelenke hinterlassen. Die Schmerzen spürte er nicht einmal mehr. Einen Moment zuvor hatte ihm Tack einen Tritt zwischen die Rippen verpasst, so kräftig, dass es einen ausgewachsenen Esel umgehauen hätte.

Mit Schaum vor dem Mund beugte Frank Tack sich jetzt über sein Opfer. »Zum zweiten Mal falsch, Deleu! Ich habe Maroufs Sohn nicht ermordet!« Er rang nach Atem. »Ich hab dir doch schon gesagt, dass ich kein Kindermörder bin!« Er senkte die Stimme nach und nach zu einem heiseren Flüstern. »Deine letzte Chance, Kollege!«, zischte er drohend.

»Wo hast du den Jungen versteckt?«

»An einem sicheren Ort.«

»Du klingst ja schon wie Dutroux. Der hat auch nichts …«

Tacks Siegelring hinterließ eine Schramme auf Deleus

Wange, die vom Ohr bis zur Nase reichte. Als Deleus Nasenbein brach, traten ihm Tränen in die Augen, und aus den Nasenlöchern spritzte das Blut. Er wand sich wie ein Aal am Angelhaken, und zwar als stecke der Haken nicht in seinem Oberkiefer, sondern risse seine Eingeweide entzwei.

Er schnappte verzweifelt nach Luft, und sein Mund klappte auf und zu. Während er ein Auge öffnete, durchfuhr ihn erneut ein stechender Schmerz, zum wievielten Mal wusste er nicht. Seine Kopfhaut zog sich zusammen, als Frank Tack ihn an den Haaren packte und sein grimmiges Gesicht dem seinen bis auf wenige Zentimeter näherte.

Meine Hände!, schoss es Deleu blitzartig durch das überreizte Gehirn. *Meine Hände sind frei! Die Schelle hat nachgegeben! Ruhig. Ganz ruhig bleiben.*

Am liebsten hätte er sofort an seine aufgerissene Nase gegriffen, aber unter Aufbietung all seiner Selbstbeherrschung gelang es ihm, diesen Impuls zu unterdrücken. Er röchelte mit weitgeöffnetem Mund, und das Blut, das noch immer aus seiner Nase floss, sickerte ihm über die Lippen und das Kinn auf das Sofa. Tack starrte mit stechendem Blick mitten durch ihn hindurch. Seine Augen schienen aus Eis, sahen aus wie gefrorenes Wasser, erleuchtet vom aufgehenden Mond. Gleißendes Blau, eisiges Weiß.

»Hast du Kinder, Deleu?«

Die Frage überraschte den Privatdetektiv derart, dass er nicht wie geplant angriff. Seine Muskeln verkrampften sich, seine Hände zitterten, hilflos öffnete und schloss er

die geballten Fäuste. Aus Angst zu versagen, aus Angst, zuzuschlagen. Deleu gefror, er gefror in Todesangst.
Tack schüttelte sein willenloses Opfer durch. »Und?«
»Ja.«
»Wie viele?«
»Zwei.«
»Hm. Möchtest du etwas trinken?«
Deleu nickte schwach, und Tack drehte sich seufzend um.
Das war der Augenblick, auf den Deleu so lange gewartet hatte, jener Augenblick der Unachtsamkeit. Er biss sich auf die Unterlippe, füllte seine brennenden Lungen mit Luft, spannte die Muskeln an, schwang seinen Körper hoch und nahm den Hals seines Peinigers in die Beinschere.
Frank Tack wurde wie von einer Riesenfaust hintenüber gezogen. Mit allen zehn Fingern krallte er sich erst in Deleus Hintern fest und griff dann nach seinen Hoden. Deleu presste die Schenkel zusammen. Sämtliche Adern in seinem verkrampften Körper schwollen an, und während er unartikulierte Laute ausstieß, wurde alles um ihn herum blutrot. Nein, dunkler als das Blut, das aus seiner Nase rann und in Tacks strähnige Haare troff.
Deleu krümmte den Rücken und schlang die Kette zwischen den Handschellen um Tacks Handgelenke, und bevor dieser begriff, was geschah, kreuzte er dessen Arme und riss sie hoch. Tack stöhnte auf, als die Kettenglieder ihm die Haut von den Handgelenken rissen, und durch die straff gespannte Kette erlahmte sein Griff. Deleu schnaufte und zerrte noch stärker an Tacks Armen. Er musste die

Hände um jeden Preis von seinem Schritt wegbekommen. Frank Tack, der wie eine Ratte in der Falle saß, drehte den Kopf und schlug die Zähne tief in Deleus Oberschenkelmuskulatur. Als ihm der Schmerz durch Mark und Bein fuhr und über den ganzen Körper ausstrahlte, schrie er aus vollem Halse, doch er presste weiterhin die Schenkel fest zusammen. Zwei Männer, ehemalige Kollegen, im Kampf auf Leben und Tod. Zwei ringende Körper, zwei Tiere. Keine Regeln mehr, reiner Überlebensinstinkt.

Während Deleus Zähneknirschen in ein heftiges Keuchen überging, krümmte sein röchelnder Widersacher in einer letzten Anstrengung den Rücken. Er schwang die Beine nach hinten, doch durch die abrupte Bewegung rutschte er hinunter, wodurch sein Kopf vollständig eingeklemmt wurde.

Deleu, der jedes Gefühl von Raum und Zeit verloren hatte, spürte den Widerstand seines Feindes allmählich erlahmen und presste trotz seiner übersäuerten Muskeln immer weiter. Ein irres Funkeln blitzte in seinen Augen auf.

60

Es war keine Zigarrenkiste, sondern eine hübsch verzierte Plätzchendose, die der Junge, Tacks verheimlichter Sohn, ihr ausgehändigt hatte. Nadia Mendoncks Finger zitterten, als sie zum x-ten Male die raschelnden Papiere durchwühlte oder besser das, was von den Papieren übrig war.

Sie hatte lange gezögert. *Wenn ich die Dose öffne, gibt es keinen Weg mehr zurück, dann ist es aus zwischen uns. Das wird er mir niemals verzeihen. Liebe beruht auf Vertrauen.*

Über eine Viertelstunde lang hatte sie die Dose angestarrt. Frank war ein Betrüger. Als ihr dies vollends bewusst wurde, senkte sich ein Schleier der Wut vor ihre Augen. Der blanke Zorn kochte in ihr hoch, sie verlor die Beherrschung, warf die Dose auf den Bürgersteig und trat sie quer über die Straße. Als das Ding sich immer noch weigerte, seinen Inhalt preiszugeben, ging sie damit in den Wald.

Ein halbes Magazin hatte sie darauf leergeschossen, schließlich flog die Dose auseinander und sprang ein paar Meter weg. Nadia schoss noch zweimal aus der Hüfte heraus hinterher. Die letzte Kugel traf die Überreste in der Luft, wie in einem alten Western, anschließend lagen die Papiere in einem Umkreis von etwa zehn Metern überall verstreut.

Jetzt berührten ihre zitternden Finger einen braunen Umschlag, der bis auf den angekokelten Rand intakt geblieben war. Auf diesem Umschlag stand in einer schnörkeligen Handschrift *Frank Tack.* Er enthielt Fotokopien offiziell aussehender Dokumente. Die Verlustanzeige eines verlorenen Ausweises auf den Namen Frank Tack vom 12. Juni 1995, einen Antrag auf einen Ersatzführerschein, ein Schreiben von der Lebensversicherung, eine Rentenversicherungsnummer auf den Namen Frank Tack, ein notariell beglaubigtes Testament, in dem Sylvain Cluts sein gesamtes Vermögen Frank Tack hinterließ, eine Sterbeurkunde auf den Namen Sylvain Cluts und eine Heiratsurkunde. Veronica Li Hueng und Sylvain Cluts. Ein Foto derselben jungen Asiatin an der Hand eines kurzgeschorenen Frank Tack alias Sylvain Cluts. Die Sterbeurkunde war von Naib Abram unterzeichnet.

Nadia Mendonck wischte sich den Schweiß von der Stirn. *Alles ist möglich in diesem Land. Alles.* Sie verstaute die Papiere in den Resten der Plätzchendose und klemmte sie sich unter den Arm. Ratlos wählte sie im Auto Deleus Handynummer, doch nur die Mailbox antwortete.

In einem Anfall von Selbstmitleid schlug Nadia Mendonck mit der Stirn auf das Lenkrad. Frank war sie los. Rutger auch. Und Dirk ebenfalls. *Frank oder besser Sylvain. Egal. Von mir aus könnte er Pipo heißen.* Sie hob den Kopf und presste die Hände gegen die Wangen. »Idiotin!«, zischte sie ihrem Spiegelbild zu. Der Anlasser kreischte, als sie den Schlüssel des Clios bei laufendem Motor zum zweiten Mal umdrehte.

61

Frank Tack verdrehte halb betäubt die Augen, als ihm der eiskalte Wasserstrahl ins Gesicht spritzte. Sein blonder Schopf hing ihm in Strähnen in die Stirn, und eine gelbrosa Flüssigkeit troff an Wange und Kinn hinunter in seinen aufgerissenen Hemdkragen.

Das Erste, was er sah, als er die Augen öffnete, war sein Erzfeind. Deleu saß rittlings auf einem Stuhl, in respektvollem Abstand zum Sofa. Als sich seine und Tacks Blicke trafen, grinste er, und an seinen Zähnen klebte blutiger Schaum. Er stützte sich mit beiden Ellbogen auf der Stuhllehne ab und wirkte, als würde er jeden Moment zusammenklappen.

Tack presste den Kopf in das Sofapolster und zog stöhnend den Arm unter seinem Oberkörper hervor. Ein lautes Klicken ließ ihn mitten in der Bewegung innehalten. Deleus zitternder Daumen lag auf dem Hahn, und sein grimmiges Gesicht sagte mehr als der ausgefeilteste Satz.

»Lass das, Frank«, krächzte er.

Tack hustete nervös und drehte sich mühsam auf den Rücken, wobei seine Beine über den Sofarand baumelten.

»Wenn du mir nicht sagst, wer dein Auftraggeber ist, fange ich mit deiner rechten Kniescheibe an.« Deleus Grinsen verwandelte sich eine schmerzverzerrte, gequälte Grimasse. »Komm schon, Frankie-Boy. Raus mit der Sprache.«
»Ich verlange einen Anwalt«, erwiderte Tack lachend, zog sich hoch und stützte den Nacken an der Sofalehne ab.
Dirk Deleu schloss für einen kurzen Moment die Augen. Das tat gut. *Schlafen. Für immer und ewig.* Als er die Augen wieder öffnete, wackelte die Magnum in seinen zitternden Händen. Tack saß reglos auf dem Sofa, in sich zusammengesunken wie ein pensionierter Bahnbeamter. Wenn er sich nicht mit beiden Händen abgestützt hätte, wäre er sofort wieder umgekippt. Er nickte unentwegt, mit einem debilen Grinsen auf den Lippen.
Der ohrenbetäubende Knall ließ den Lampenschirm erzittern. Die Polsterfüllung rieselte in großen Flocken auf den Teppichboden, und im Lederbezug des Sofas klaffte ein beinahe faustgroßes Loch, zwei Zentimeter neben Tacks baumelndem Bein. Dieser sah den Einschlag desinteressiert und matt an, als gingen die Geschehnisse vollkommen an ihm vorüber. Er öffnete einen Knopf seines Jeanshemds und fasste sich in das gekräuselte Brusthaar.
»Wenn ich an deiner Stelle säße, hättest du jetzt kein Knie mehr.«
»Noch fünf.« Deleu spannte den Hahn.
»Willst du mich wirklich über den Haufen schießen? Ein Polizist, der einen anderen Polizisten umbringt, ohne den geringsten Beweis, ohne Prozess? Na schön.«
»Ich bin kein Polizist«, erwiderte Deleu trocken. Die

Worte erzielten die gewünschte Wirkung, denn Tack rutschte an den Rand des Sofas und stützte den Kopf in beide Hände.

»Kopfschmerzen?«

Tacks Gemurmel war nicht zu verstehen.

»Weißt du, was die im Gefängnis mit einem Lackaffen wie dir anstellen?«

Jetzt lachte Tack lauthals. Richtiggehend ausgelassen.

Deleu sah ihn überrascht an.

»Wenn du wüsstest, wo ich schon überall gewesen bin, du kleiner Bulle.« Sein Kichern artete in lautes Hohngelächter aus, und er wischte sich die Tränen aus den Augenwinkeln. »Verspaille«, zischte er. »Claude Verspaille. Das ist der Mann, den du suchst. Merk dir das.«

Deleu erschauerte. *Abrams rotes Notizbuch. V. C. Verspaille, Claude.*

»Warum?«

»Weil er mich erpresst, Deleu. Weil er Dinge über mich weiß, die … Ach, Scheiße. Bring mich um, aber mach es richtig. Frank Tack ist schon mehrmals vom Tode wiederauferstanden.« Sein erneuter Lachanfall wurde von Deleus klingelndem Handy unterbrochen. Deleu sagte nichts, er war viel zu erschöpft, und er spürte, wie ihm die Augen zufielen. Unaufhaltsam. Während sein Telefon hartnäckig weiterklingelte, klopfte er sich mit der freien Hand auf die Wange.

»Erzähl mir mehr, ich will alles wissen!« Der Lauf der Magnum zeigte nun genau auf die Stelle zwischen Tacks Augen, der heftig anfing zu blinzeln, als könne er dadurch die Gefahr bannen.

»Was soll's. Ist ja sowieso alles egal. Du kannst es ruhig wissen, alles. Verspaille ist der widerlichste Psychopath, der auf dieser Erde herumläuft. Verspaille, nicht Frank Tack!« Die letzten Worte schrie er mit sich überschlagender Stimme heraus, und sein warmer Tenor war in ein schrilles Kreischen umgeschlagen.
»Aber Frank Tack wird jetzt feierlich beichten«, erwiderte Deleu tonlos.
»Ein Mord. So lautete die Absprache. Ich sollte Dewolf umlegen und im Gegenzug eine neue Identität erhalten. Das war der Deal. Ich bin ein Ehrenmann, Deleu. Ich halte mich immer an meine Absprachen. Bei mir ist ein Ehrenwort noch ein Ehrenwort. Jetzt mal ehrlich, was hat die Welt an einem wie Dewolf verloren, diesem faschistoiden Unruhestifter? Und was hat sie von einem wie Verspaille, den sollte man doch …«
»Halt die Schnauze, Frank«, unterbrach Deleu ihn gereizt. »Hör auf zu predigen! Ich bin nicht an irgendwelchen Wildwestgeschichten interessiert, ich will die Wahrheit wissen!«
Die Kugel streifte Tacks linke Wange. Er griff nach der Stelle, mit beiden Händen, in Zeitlupe, mit ungläubigem Blick. Er betrachtete seine klebrigen Fingerspitzen und steckte sie in den Mund.
»Nach dem Mord hatte mich der Bastard in der Zange. Wenn ich nicht mitgearbeitet hätte, hätten die meinen Sohn …« Tack sank das Kinn auf die Brust. »Also, du warst der Idiot, der Claude diesen Heidenschrecken eingejagt hat«, murmelte er. »Wie in Gottes Namen bist du bloß an meine Nummer gekommen?«

»Gott hat nichts damit zu tun, Frank. Ich habe sie in Abrams Notizbuch gefunden, in dem roten kleinen Buch. Was für eine Rolle spielte er? Abram war wahrscheinlich derjenige, der die Drogen gestohlen hat. Und nicht Benaoubi.«

Tack grinste ihn bewundernd an. »Wow. Solide Ermittlungsarbeit. Abram, dieser Dummkopf hat geglaubt, wir bräuchten Maroufs Fingerabdrücke auf dem Päckchen, um ihn für den Mord an Dewolf in den Knast zu bringen.« Sein höhnisches Lachen klang hohl.

»Wie hat Abram die Drogen wieder in die Hand bekommen? Er behauptete, er habe sie von el Hidrissi erhalten, der sie wiederum von Benaoubi haben soll.«

»Er ist ein Idiot, Deleu. Abram muss zurückgekehrt sein, nachdem ich Dewolf erschossen hatte. Er bekam es wohl mit der Angst zu tun und stahl die Drogen aus Dewolfs Landhaus. Dann hat er Verspaille angerufen, um ihm mitzuteilen, dass er von Benaoubi beschattet worden war. Der schaltete schnell, und auf der Suche nach den Drogen musste ich Yussuf Benaoubi töten. Verspaille hatte kein Problem damit. Ich dagegen schon, Deleu!« Wieder lachte Frank Tack laut auf, ein wildes Funkeln in den Augen.

»Trotzdem hast du ganz nebenbei noch die Inszenierung mit der Mordwaffe hinbekommen«, flüsterte Deleu.

»Stimmt. Und dann habe ich noch ein bisschen Öl ins Feuer gegossen und habe Marouf gesagt, Abram habe seinen Sohn gekidnappt. Daraufhin musste Abram wohl oder übel mit seinem Beweismaterial rausrücken, um seine Haut zu retten und Marouf das Ganze in die Schuhe zu schieben.« Ein wieherndes Lachen durchbrach die

Spannung. »Verspaille, dieser fette, aufgeblasene Angeber, glaubt tatsächlich, er habe alles unter Kontrolle! Er wusste nicht mal, dass Abram die Drogen hatte. Ach ja, übrigens, Deleu – Verspaille hat mich auch damit beauftragt, dich umzulegen.«

»Deshalb warst du also im Walemer Fort.«

»Genau.«

»Wie kann man nur so tief sinken«, grollte Deleu. Er hatte es böse gemeint, es klang aber eher resigniert.

»Ich habe zumindest nie meine Frau und mein Kind im Stich gelassen«, erwiderte Frank Tack, der sich ebenfalls völlig gleichgültig anhörte.

Deleu blickte seinen besiegten Widersacher erwartungsvoll an, doch der hatte nichts mehr hinzuzufügen. Zerfressen von Zweifeln wankte der private Ermittler zur Anrichte, wo sein Handy inzwischen verstummt war. Er wählte Bosmans' Nummer, erreichte aber nur die Mailbox. Deleu wartete, unschlüssig.

62

Deleu ging nicht dran. *Natürlich geht er nicht dran. Er ist tot. Tot oder in Lebensgefahr. Wo sind die beiden gestern Abend bloß hingegangen?* Nadia raufte sich die blonden Haare und stieß die Tür ihres Clios auf. Die Drogerie »Zum Goldenen Schaf« hatte geöffnet. *Welche Rolle spielt Deleu in dieser Farce? Warum haben sich die beiden gestern Abend plötzlich wie die besten Kumpel aufgeführt?*

Die schroffe Frage »Kann ich Ihnen helfen?« riss Nadia Mendonck aus ihren Grübeleien. Sie blickte in das zerfurchte Gesicht des Drogisten, der seine Hornbrille abnahm und diese an seinem Kittel putzte.

»Ja, vielleicht«, stotterte die Ermittlerin verwirrt.

Der glatzköpfige alte Mann musterte sie forschend. Sein strenger Blick wurde milder und verwandelte sich schließlich in ein Lächeln. Nadia Mendonck öffnete ihre Handtasche, nahm den Plastikbehälter heraus, schüttelte ihn und stellte ihn auf die Theke. »Können Sie mir bitte sagen, was das ist?«

Der Drogist schaute über den Rand seiner Brille hinweg,

seufzte tief, nahm das inzwischen verfärbte Fläschchen zwischen Daumen und Zeigefinger und schraubte den Deckel ab. Er hob es an die Nase, hielt jedoch mitten der Bewegung inne.

»Das ist keine Kunst. Es handelt sich um Salpetersäure.«

Nadia Mendonck riss ihm das Fläschchen aus der Hand und rannte zum Ausgang. »He, hallo!«, rief ihr der Mann hinterher, aber seine Worte verloren sich in dem Geklingel der zuschlagenden Tür.

Als Nadia in ihrer Handtasche wühlte und zu ihrem Wagen lief, fiel ihr Handy auf die Pflastersteine. Fluchend bückte sie sich danach, doch als sie es aufhob, blieb eine Hälfte liegen. Keuchend rannte sie weiter. Kurz darauf zerschellten die Reste des kanariengelben Telefons krachend an einer Häuserwand.

Da, dieser aalglatte Yuppie mit der Designerbrille!

Sie sprach den jungen Mann an, der keineswegs zurückhaltend reagierte, sondern nur selbstbewusst grinste. »Geben Sie mir Ihr Handy!«, forderte sie.

»Augenblick mal, was soll das denn?«

Nadia packte den Mann am Kragen seines hellgrünen Polohemdes und zerrte daran. »Polizei! Her mit dem Handy, und zwar ein bisschen plötzlich!«

Der Mann blieb verdattert stehen, und die Ermittlerin riss ihm die Herrenhandtasche aus Krokoleder vom Handgelenk. Mit zitternden Fingern durchwühlte sie die Tasche und fand, was sie suchte. Doch als sie die Nummer wählen wollte, fiel ihr ein, dass sie sie in ihrem Handy eingespeichert hatte und nicht auswendig wusste. Kurz entschlossen wählte sie die Notrufnummer. Es dauerte eine Ewigkeit, bis jemand abnahm. Der fitnessklubgestählte junge Mann witterte seine Chance, nahm die verrückte Frau in den Schwitzkasten und versuchte ihr die Luft abzudrücken. Plötzlich wurde er kreidebleich, denn der Lauf eines Revolvers bohrte sich tief in seine glattrasierte Wange.

63

Der schielende Pierre und Vanderkuylen waren zufällig gerade in der Nähe, als Walter Vereecken im Präsidium Mechelen Nadia Mendoncks Anruf entgegennahm. In wenigen abgehackten Sätzen informierte dieser seine Kollegen, und noch während er die Adresse angab, rannten die beiden den Flur hinunter. Walter Vereecken rollte fluchend hinterdrein.
Weg sind sie. Hätten ja mal warten können.
Hoffentlich hat Pierre sein Handy dabei. Und hoffentlich geht er dran!

Nadia Mendonck presste ihr Ohr gegen die Tür von Franks Wohnung und hielt den Atem an. Sie hörte eine Stimme, konnte sie jedoch nicht zuordnen. Einen Moment erwog sie zu klingeln, tat es aber nicht. Langsam drückte sie die Klinke hinunter.
Dann ging alles unglaublich schnell. Auf dem Sofa lag ein heftig blutender Mann. Ein anderer Mann saß rittlings auf einem Stuhl und starrte mit irrem Blick in ihre Richtung.
Frank und Dirk … Sylvain und Dirk!

»Runter mit der Waffe!«
Deleu drehte den Kopf weg und sah sie nicht an, Tack dagegen schon. Erleichterung blitzte in den blauen Augen auf, und Nadia Mendonck spürte einen stechenden Schmerz, als würde ihr Herz mit einem stumpfen Messer durchbohrt.
»Auf den Boden!«
»Was?«, krächzte Deleu.
»Den Revolver! Auf den Boden! Wird's bald?«
»Nadia, bitte!«, keuchte Deleu mit ungläubiger Miene.
Der Lauf der Magnum schwenkte in ihre Richtung. Eine exklusive Kristallvase aus Val-Saint-Lambert zerplatzte in tausend Scherben, und die Waffe fiel auf den Teppich. Dirk Deleu zitterte am ganzen Körper, als hätte er einen Anfall von Gelbfieber. Frank Tack sprang auf und rannte auf seinen Exkollegen zu, während Nadia Mendoncks überreizte Sinne unzählige Eindrücke gleichzeitig wahrnahmen. Jemand kam die Treppe heraufgerannt, und sie blickte sich instinktiv um. Tack erreichte die Magnum als Erster und richtete die Waffe auf Deleu, der fix und fertig auf seinem Stuhl hing.
»Frank!«, schrie Nadia Mendonck, und Tack zielte mit der Waffe auf sie.
Während sie in das schwarze Auge starrte, kam ein Mann hereingehechtet. Pierre zielte erst auf Deleu und hielt dann kniend seine Waffe auf Tacks Brust gerichtet.
Die Szene hatte etwas Unwirkliches: vier Polizisten, drei Waffen. Die Wohnung strahlte Unheil aus und nahenden Tod. Die Ruhe vor dem Sturm, verkniffene Lippen, aufgerissene Augen, lauernde Blicke. Es war Frank Tack, der die Geschehnisse ins Rollen brachte.

Er warf sich zur Seite und versuchte gleichzeitig, Pierre ins Visier zu bekommen. Der schoss, traf aber daneben. Er sah orangerotes Mündungsfeuer aufblitzen und spürte einen stechenden Schmerz, der seinen Unterarm lähmte. Die Walther P99 flog klappernd gegen die Wand. Während Pierre Vindevogel stöhnend in die Knie ging, nahm der rauchende Lauf der .44 die zu Eis erstarrte Nadia Mendonck ins Visier. Ohne nachzudenken, warf sich Deleu auf Frank Tack und griff nach dessen Handgelenken, der mit der Magnum nach seinem Angreifer schlug. Deleu parierte den Schlag mit der angehobenen Schulter, dennoch streifte der Kolben seine Schläfe. Der vernichtende Hieb ließ ihn zu Boden gehen, und krampfhaft krallte er sich in den hochflorigen Teppichboden.
Nadia Mendonck kniff die Augen zu Schlitzen zusammen, als ihre Waffe durch den Rückschlag heftig aufwärtsfederte. Zweimal hintereinander ein trockener Knall. Als sie keuchend Luft holte und in die Knie ging, versengte sie mit dem glühenden Lauf der Python den Teppichboden und hinterließ ein Brandloch.
Frank Tack wurde wie von einem Sturm rückwärts umgeblasen, und sein Rückgrat knackte, als er gegen das glänzende Büfett krachte. Als sein massiver Körper daran hinunterglitt, blieben auf der Schranktür zwei breite, feuchte Streifen zurück. Das Kinn sank ihm auf die Brust, und seine erstaunten Augen suchten die unregelmäßigen Löcher in seinem Hemd. Als er den Kopf mühevoll wieder hob, traf sein glasiger Blick den Nadias, und er starrte sie an. Er saß mit angezogenen Knien da und vollführte mit dem rechten Arm unkontrollierte Flatterbewegungen,

wie der Flügel eines riesigen Albatros, der in einem Ölflecken gefangen ist. Voller Unglauben starrte er die sich ausbreitenden rotbraunen Kreise auf seinem Hemd an und zerrte röchelnd an seinem Kragen. Zwei schwarze Krater mitten in seiner Brust.

Sein Mund klappte auf und zu, als seine Augen Nadias fanden, und er lächelte. Als er die Lippen öffnete, quoll ihm Blut aus dem rechten Mundwinkel. Das »Warum?« wurde von dem Schwall erstickt, der am Kinn hinunter in sein krauses Brusthaar floss.

Nadia sprang auf und hatte nur noch Augen für Frank Tack. Er winkte ihr, wobei sich seine Finger bewegten wie die suchenden Fühler eines Insekts. Eines umherirrenden, sterbenden Insekts. Vorsichtig nahm sie seinen Kopf in ihre Hände und drückte ihn an ihre Brust. Dann kamen ihr die Tränen, unaufhaltsam. Ihr Geliebter öffnete die brechenden Augen, eine Mischung aus Unglaube, Glück und Angst im Blick. Eine Skala menschlicher Gefühle, die Nadia Mendonck das Herz brach, die Narben auf ihrer Seele hinterließ.

»Nadia«, rief Dirk Deleu, »geh da weg!« Doch seine Worte verhallten ungehört und echoten hohl durch den Raum.

Vanderkuylen stand noch immer reglos in der Tür und ließ nun die Hand mit dem Revolver zwischen die Beine sinken.

Deleu zerrte Nadia am Arm. »Komm her. Dieser Mann ist ein Ungeheuer, Frank Tack ist ...«

Sie stieß ihn so grob von sich, dass er das Gleichgewicht verlor und mit rudernden Armen über den Wohnzimmertisch stolperte. Während er mit dem Hinterkopf gegen ein Tischbein knallte, kroch Pierre mit verbissen verzerrtem Gesicht und starrem Blick auf seine Waffe zu. Als Deleu in die Knie ging, fuhr Nadia ihn an: »Halt den Mund, du Idiot!«

Als sie das Gesicht abwandte, griff Tack nach dem Revers ihrer offen stehenden Bluse und bewegte mühsam die Lippen. Er stieß unzusammenhängende Laute aus, unbegreiflich und wirr. Sie hielt ein Ohr dicht vor seinen Mund, und als ihre Tränen auf seine Brust tropften, stöhnte er.

»Sylvain«, murmelte Nadia Mendonck, »vergib mir.«

»Maroufs Junge … Jubellaan achtunddreißig«, das heisere Murmeln wurde zu einem leisen Röcheln, »im Keller … noch ein bisschen Geld unter dem Gemüse für Hueng, meinen Sohn …« Seine Lippen erstarrten, und seine zitternde Hand fand ihre weiche Brust.

Nadia spürte, wie sein Zeigefinger über ihre Brustwarze fuhr, und als die Hand schließlich in ihrem Schoß ruhte, ging ein Zittern durch seinen ganzen Körper. Nadia Mendonck schluchzte und starrte die Wand an, die rasch näher kam. Sie machte die Augen zu, streichelte ihm über die Wange und schloss in einem Reflex seine weit aufgerissenen Lider. An das Büfett gestützt, stand sie auf und nickte Pierre, der mit entgeisterter Miene am Sofa lehnte, aufmunternd zu. Er reagierte nicht. Dann fiel ihr Blick auf Deleu, der nur noch ein Häuflein Elend war und sich offensichtlich die Schmerzen verbiss.

»Sylvain war kein Ungeheuer«, sagte sie leise, fast ausdruckslos. »Aber Frank Tack war eines. Es tut mir so leid, Dirk.«

Nadia Mendonck ging zur Tür und schob den telefonierenden Vanderkuylen beiseite. Sie ging die Treppe hinunter, hinaus ans Tageslicht, an die frische Luft. Auf der Suche nach Erlösung.

64

Angespannt war nicht das richtige Wort. Die Atmosphäre auf dem Mechelner Grote Markt war vielmehr geladen. Ein monotones Summen, das hin und wieder anschwoll, dann wieder abebbte, ein saugender Mahlstrom, eine wogende, brodelnde Menge.

Als der tiefgebräunte Mann die Rednertribüne erklomm, ertönten hier und da aufmunternde Rufe. Mit einer weitläufigen Geste gebot Murat Marouf, der einen dreiteiligen schwarzen Anzug und eine dunkle Brille trug, der Menge zu schweigen. Es war ein beeindruckender Anblick. Die Menschenmasse blieb reglos stehen und wurde mucksmäuschenstill, als hätte eine urplötzlich einfallende Dunkelheit das Tageslicht verschluckt. Es war so still, dass man die zahlreichen Kameras summen hörte. Dutzende hochgehaltene Richtmikrophone verliehen der Szenerie eine mittelalterliche Atmosphäre. Es war, als stünde Murat Marouf auf dem Scheiterhaufen, bewacht von Soldaten mit Hellebarden.

Als sein Sohn in einem Rollstuhl auf das Podium getragen wurde, ging ein Raunen durch die murmelnde Menge.

Murat Marouf wandte den Blick nicht ab, und sein Gesicht verriet keinerlei Gefühl, bis auf die geschwollenen Augen, die jedoch hinter der dunklen Sonnenbrille verborgen blieben. Seine Lippen zitterten, und als er sich zum Mikrophon beugte, brach spontaner Applaus los.
»Murat!«, ertönte es aus Hunderten Kehlen. Das Flüstern schwoll an wie das Hufgetrappel einer herbeirasenden Bisonherde.
»Brüder und Schwestern, meine Damen und Herren, es ist der Wille Allahs, dass diese sinnlose Gewalt ein Ende hat.« Murat Marouf breitete in einer einladenden Gebärde die Arme aus. »Mein Sohn Ali wurde entführt und mit einer Aids-infizierten Spritze bedroht, mit dem schleichenden Tod. Entführt und bedroht im Auftrag Naib Abrams«, log er. »Verdammt sei er in alle Ewigkeit.«
Die Stille war beeindruckender als der Klang eines riesigen Symphonieorchesters.

65

Walter Vereecken, der Bereitschaftsdienst hatte, hörte Stimmengemurmel aus dem Aufenthaltsraum der Dienststelle. Leise rollte er zur Tür und spähte um die Ecke. Der Fernseher lief.

Pierre Vindevogel hing matt auf dem Sofa, ein Arm baumelte kraftlos herunter, der andere ruhte in einem Schulterverband. Als er, aufgeweckt von dem anschwellenden Geräusch, die Augen öffnete, erschien ein Kind im Bild. Es folgte eine Großaufnahme von dem blondgelockten Mädchen, das ein weißes Kleidchen und weiße Schuhe trug. Das Publikum verstummte, als die Kleine mit einer Hand den Saum ihres Kleides anhob, die Treppe zur Rednertribüne erklomm und mit der anderen Maroufs Sohn einen Blumenstrauß überreichte.

Walter schluckte, als Pierres Schultern zuckten. Dann wischte er sich mit dem Ärmel seines ungebügelten Hemdes über die Wangen. Als er sich mit einem Ruck umdrehte, schien er vor Schreck die Luft anzuhalten. Mit Tränen in den Augen wandte er sich an Walter Vereecken, seinen besten Freund und langjährigen Kollegen.

»Ich habe ein Kind ermordet, Walter.«
Vereecken umfasste die bebenden Schultern seines Freundes und drückte dessen Kopf an seine Brust, die Lippen fest zusammengepresst. Sein Adamsapfel bewegte sich in demselben Rhythmus wie der stockende Atem seines Freundes.

66

Einbandagiert wie eine ägyptische Mumie lag Dirk Deleu da und wandte den Blick ab. Jos Bosmans grinste zufrieden über das ganze Gesicht, denn er hatte Marouf zu diesem öffentlichen Schmierentheater überredet. Dennoch rang er um Beherrschung, so tief bewegten ihn die fesselnden Bilder, obwohl er genau wusste, dass es sich um eine sorgfältige Inszenierung handelte. Das Timing war einfach perfekt für die große Versöhnung. Was sie im Fernsehen nicht zeigten, waren die Tumulte, die sich in den Seitenstraßen rund um den Grote Markt abspielten. Auch dort kochten die Gefühle hoch, und eine aufgebrachte Menge militanter Rechtsextremisten musste mit Schusswaffen in Schach gehalten werden.
Dirk Deleu beobachtete die Szene auf dem Bildschirm mit gemischten Gefühlen. In seinem Inneren kämpften widersprüchliche Emotionen miteinander – von Erleichterung über Einsamkeit bis zu blindem Hass. Erleichterung, weil Murat Marouf gerade die Lunte aus dem Pulverfass zog, Einsamkeit, weil seine Familie so unermesslich weit weg schien, und blinder Hass, weil Bosmans ihm soeben ver-

kündet hatte, dass Verspaille ungeschoren davonkommen würde.
Deleu wandte sein bläulich lila geschwollenes Gesicht seinem Freund zu. »Jos?«
»Hmmm.«
»Er muss dafür büßen, oder ich mache ihn eigenhändig fertig.«
Der Untersuchungsrichter drehte sich langsam um. Resignation lag in seiner Miene, während er an die makellos weiße Decke starrte, als erschiene dort jeden Moment die Antwort. Seine Gedanken kreisten nur um eines: eine schöne Zigarette.
Bosmans fühlte sich leer und ausgebrannt. Es gab keine offizielle Verbindung zu Claude Verspaille, denn die einzige konkrete Verbindung, nämlich Frank Tack alias Sylvain Cluts, war abgerissen. Maroufs Sohn, von den Kollegen Mendonck und Vanderkuylen befreit, konnte Tack identifizieren. Frank Tack, der ihn am Leben gehalten hatte, aber nicht mehr als das. Der kleine Junge war wahrscheinlich traumatisiert für den Rest seines Lebens.
»Warum, Jos? Was ist mit Abrams Frau? Sie hat doch zugegeben, dass ihr Mann Verspaille kannte, und zwar über Frank Tack.«
»Weil«, die Worte kamen zögernd, »die Zeugenaussage von Abrams Frau als nicht rechtsgültig abgelehnt wurde und weil diese Aussage der einzig konkrete Hinweis ist, den wir gegen Verspaille gefunden haben.«
»Aber die Akte ist nicht mal gründlich durchgearbeitet worden!«
»Die Akte ist abgesoffen. Sie ist futsch!«

»Und Tacks Geständnis?«, fragte Deleu verzweifelt.
»Das Geständnis eines Bullen vor einem anderen Bullen, von dem kein Wort aufgezeichnet wurde. Jetzt komm schon, Dirk!«
»Ich bin kein Bulle!«, zischte Deleu.
Bosmans sah zum Fenster hinüber, auf dem der plötzliche Regenguss dicke Tropfen hinterlassen hatte.
»Jos, du weißt, dass er für alles verantwortlich ist. Du weißt hundertprozentig genau, dass er der Schuldige ist, dass er das ganze Blutvergießen verursacht hat.«
»Ja.«
»Warum dann, Jos Bosmans, mein bester Freund?« Er klang verbittert.
Bosmans schaute seinen Freund mit funkelnden Augen an.
»Glaubst du vielleicht, ich bin begeistert darüber? Glaubst du vielleicht, ich würde diesem Kerl nicht auch am liebsten die Gedärme zum Maul herausziehen?«
»Dann tu's doch.«
»Das kann ich nicht, und das weißt du ganz genau. Verdammt, Deleu! So ist das nun mal in der Rechtsprechung: keine Beweise, keine Verurteilung.«
»Was ist denn mit diesen Schuften am runden Tisch in diesem vermaledeiten Kloster?«
»Die halten natürlich dicht. Kein Mensch wird je erfahren, welche Pläne sie dort geschmiedet haben. Kein Mensch, Deleu. Ich habe übrigens nur dir davon erzählt, im Vertrauen.«
Deleu knetete seine Hände. Mühsam richtete er sich auf, trank einen Schluck lauwarmes Wasser und schluckte

gurgelnd, als wolle er alle finsteren Machenschaften mit einem großen Schwall hinunterspülen.
»Dieser Schnitt in deiner Hand«, Deleu rieb sich ungeschickt mit der verbundenen Hand über das Kinn, »sieht wieder gut aus, ist echt prima verheilt. Hast du dir eine Tetanusspritze geben lassen?«
Bosmans musterte seinen Freund.
»Bei einem Kerl wie Bels besteht doch mindestens Tollwutgefahr, oder nicht?«
Der Untersuchungsrichter schaute seinen rechten Handballen an und leckte sich über die Lippen, doch er sagte nichts.
»Hat es dir Spaß gemacht?«
Jos Bosmans fuhr langsam mit den Fingern der anderen Hand über die gezackte weiße Narbe. Deleu hatte ein infantiles Grinsen im Gesicht.
»Du bist der Beste, aber das wusstest du ja bereits.«
»Warum konnte die Aussage von Abrams Frau vor Gericht nicht verwendet werden?«, hakte Deleu nach. Er wollte, dass Bosmans den Kelch bis zur Neige trank, die Schuldgefühle sollten ihn so richtig beuteln.
»Weil die Aussage in Frankreich unter Eid geleistet wurde. Deshalb.«
»Na und?«
»Eine im Ausland polizeilich aufgenommene Aussage gilt nicht als Beweismaterial, zumindest nicht, wenn sie unter Eid geleistet wurde.«
»So ein Blödsinn!«, höhnte Deleu. »Findest du nicht auch? Irgendein Idiot verstößt mal wieder gegen die Vorschriften, ob wissentlich oder nicht, und schon können

wir noch einmal von vorne anfangen. Da würde man am liebsten zur Selbstjustiz greifen, oder?«

»Es geht nicht darum, was ich persönlich davon halte, das spielt überhaupt keine Rolle.«

»Warum lässt du die Frau nicht nach Belgien kommen, und sie wiederholt hier ihre Aussage?«

»Weil die Frau inzwischen nach Marokko zurückgekehrt ist, und zwar für immer. Die Schande war für sie und ihre Kinder einfach unerträglich. Das Haus ist sogar schon verkauft. Verwandte aus Frankreich haben sie in ihre Heimat begleitet. Deswegen.«

»Mist! Dann hol sie eben aus Marokko zurück. Eine Marokkanerin, die nicht nach Belgien kommen will? Das glaubst du doch selbst nicht.« Deleu kniff die Augen fest zusammen und wedelte mit der rechten Hand, als wolle er seine ausländerfeindliche Bemerkung verscheuchen. Er fühlte, wie ihm das Blut in die Wangen stieg.

»Das ist unmöglich. Sie selbst hat ja nicht gegen das Gesetz verstoßen, und sogar Abram hat juristisch gesehen nichts verbrochen. Seine Aussage hätte gegen die von Marouf gestanden, nicht mehr und nicht weniger. Diejenigen, die ihn hätten anprangern können, Cluts und Verspaille, sind tot oder …«

»… so gut wie tot«, fauchte Deleu. Es klang ernst gemeint.

»Wann kommst du aus dem Krankenhaus?«, fragte Bosmans in dem Versuch, dem Gespräch eine andere Wendung zu verleihen.

»Ich bin doch gerade erst reingekommen«, antwortete Deleu grinsend.

Bosmans lächelte, denn Dirk hatte recht. Bevor er ins Krankenhaus gefahren war, hatte er einen Umweg über Kampenhout gemacht.
»Ich musste nur noch jemandem einen kurzen Besuch abstatten und ein Päckchen abliefern. Schließlich konnte ich mir denken, wie dieser Fall ausgehen würde«, sagte Deleu grinsend und dachte mit tiefer Zufriedenheit an seinen Besuch bei Ewoud Dewolf zurück. Zuerst hatte sich der alte Mann unzugänglich gezeigt, und es hätte nicht viel gefehlt, und er hätte Deleu eigenhändig umgebracht. Nicht einmal von Abrams rotem Notizbuch ließ er sich überzeugen. *Erst als ich ihm die Adresse von Abrams Frau und den Kindern gab, leuchtete ein Funken heiliger Zorn in seinen Augen auf. Ganz kurz nur.* Die Enttäuschung war ein schwerer Schlag für ihn. Er sank auf die Knie und musste gestützt werden, als er die nackte Wahrheit, nämlich dass Verspaille den Mord an seinem Sohn auf dem Gewissen hatte, endlich in ihrer ganzen Tragweite erfasste.
Bosmans saß immer noch in Gedanken versunken da. Er ließ sich von Deleu nicht provozieren und starrte die Wand an. Während er belehrend den Zeigefinger hob, ging die Tür auf, und Rob betrat das Zimmer, mit Charlotte in den Armen. Er lächelte verlegen und zuckte mit den Schultern. Dass Bosmans »Mach bloß keine Dummheiten, Dirk« sagte, als er aufstand, bekam Deleus Sohn gar nicht mit.
»Ich hoffe, dass du auf der Pressekonferenz ein paar klare Worte sprichst, Jos Bosmans!«
Bosmans stand bereits draußen auf dem Flur und lächelte, als er Barbara bemerkte. Sie lehnte mit dem Rücken an der

Wand, gemischte Gefühle in ihren forschenden Augen. Der Untersuchungsrichter strich ihr zärtlich über die Haare und ging, fast zum Pfeifen aufgelegt, über den nach Formalin riechenden Flur. Maud hatte Schmorkoteletts in Weißwein auf dem Herd stehen.

67

Eine verlorene Schlacht bedeutete noch keinen verlorenen Krieg, dennoch fühlte Claude Verspaille sich unbehaglich und rutschte auf dem Sitz seines grünen Jaguars hin und her. Er befand sich auf dem Weg nach Kampenhout, zur Villa von Ewoud Dewolf, der ihn dringend sprechen wollte.

Was kann Ewoud von mir wollen? Die können mir nichts anhängen, nicht das Geringste. Abram und Cluts sind tot, wie praktisch. Claude Verspaille biss sich auf die Fingerknöchel. *Habe ich vielleicht einen Fehler gemacht?*

Er ließ die Ereignisse der letzten Wochen noch einmal Revue passieren. *Ich und einen Fehler gemacht? Nein, natürlich nicht. Ewoud braucht mich einfach.* Verspaille trat das Gaspedal des Jaguars durch, bis der Motor brüllte. Es ging ihm schon wieder viel besser. *Bosmans, du dreckiger Hund! Strafvollzug bis auf weiteres ausgesetzt. Diese lächerliche Aufführung im Fernsehen. Das glaubt dir doch kein Mensch!* Plötzlich schlug seine Stimmung um, und zwar um hundertachtzig Grad innerhalb von einer Sekunde. *Abram, die Ratte, die alles zu verderben drohte.*

Ich wünschte, du würdest verscharrt und lebendig in deinem Sarg verrotten. Verspaille zerrte wütend an seiner Krawatte. »Rot, verdammt!« Er trat auf die Bremse. *Deswegen ist das Päckchen nie wiederaufgetaucht. Das hätte ich näher überprüfen sollen. Wenn man nicht alles selbst macht, passiert überhaupt nichts!*
Claude Verspaille lachte der Blondine freundlich zu, die mit dem Fahrrad über den Zebrastreifen fuhr.
Mist! Dabei war mein Plan so simpel, und zwar so simpel wie alle Pläne genialer Denker. Eine blutige Kettenreaktion, eine Aufeinanderfolge von Morden, die ein einer totalen Apokalypse münden sollte. In einer atomaren Explosion, im totalen Krieg, einem Heiligen Krieg.
Als die Ampel auf Grün sprang und er das Gaspedal durchtrat, dämmerte es Claude Verspaille allmählich. *Sylvain. Du elender Kriecher! Bosmans hat nicht gelogen, denn Abram hatte ihm die Drogen übergeben. Aber wie war der daran geraten? Ich habe ihm verdammt noch mal fünfundzwanzigtausend Euro bezahlt für diese Fingerabdrücke. Und du, Sylvain Cluts, hast das Päckchen mit Dewolfs Blut besprenkelt. Und dann?* Verspaille hieb mit der rechten Faust auf das Armaturenbrett. *Du hast die Drogen an Abram verhökert, stimmt's? Konntest wohl den Hals nicht voll bekommen. Na schön, du hast gute Arbeit geleistet und den Jungen entführt. Abram wusste zu viel, also hast du ihn aus dem Weg geräumt. Professionell, wie es sich für einen Profi gehört. Gut für mich.* Verspaille erstickte sein zynisches Lachen in seinem Taschentuch. *Ach, Sylvain. Wir werden es nie erfahren. Sylvain Cluts … Ungeheuer unter Ungeheuern. Du hattest es verdient, zu*

sterben. Durch deine Habsucht hättest du mich, den Retter des Vaterlandes, beinahe mit in den Abgrund gerissen. In der Ferne tauchte Ewoud Dewolfs imposantes Landgut auf.

Ich habe keine Söldner mehr, Ewoud. Diese letzte Aufgabe musst du wohl oder übel selbst erledigen.

Wieder lief der Film mit den Ereignissen der letzten Tage vor Verspailles innerem Auge ab, und es gelang ihm nicht, ihn anzuhalten. *Murat Marouf, du stinkender Misthaufen.* Claude Verspaille knirschte mit den Zähnen und drückte eine halbgerauchte Dunhill im übervollen Aschenbecher aus. *Es wird Zeit, ein neues Auto zu kaufen.* Sein wahnsinniges Lachen stand in schrillem Gegensatz zu der lieblichen Landschaft.

In Kürze kann ich über ein ganzes Heer von Söldnern gebieten, Ewoud. Du solltest dich besser in Acht nehmen. Somers ist erledigt. Wahrscheinlich hängen noch Reste von ihm an der Decke des Parkhauses. Für die Fliegen.

Diesmal lachte er langgezogen und hysterisch. Ein Lachen, bei dem sich seine Stimme überschlug.

Ach, gewonnen habe ich so oder so. Ewoud wird sich Marouf schon vorknöpfen, und dann kann das Spiel von vorn beginnen. Mit Claude Verspaille im Cockpit. Cluts, du Idiot, lässt dich von einem Weib abknallen. Na schön, jetzt muss ich diese Arbeit wenigstens nicht mehr selbst erledigen. Und meine Freunde? Wenn einer von ihnen auch nur ein Sterbenswörtchen verrät, reiße ich sie mit in den Untergang. Allesamt.

Claude Verspaille blickte in den Spiegel und rieb sich mit dem Zeigefinger über den Zahnbelag. *Du warst eine Ner-*

vensäge, Sylvain. Richtig lästig. Das Wort Dankbarkeit war dir unbekannt.

Er dachte daran, wie er Cluts damals begegnet war. Dieser hatte damals gerade erst beim Verfassungsschutz angefangen und spielte den Drahtzieher beim Weiterverkauf einer von der Drogenfahndung beschlagnahmten Ladung Koks an das niederländische Delta-Kartell. Als Cluts' niederländischer Kontaktmann, ebenfalls ein Drogenfahnder, verhaftet wurde und die Sache beinahe aufgeflogen wäre, wollte Cluts abhauen.

Claude Verspaille, damals der Newcomer in der Brüsseler Justiz, der den Vorgang überwachte, leitete und sich einen kleinen Nebenverdienst sicherte, indem er selbst als Informant für die Drogenfahndung arbeitete, sah ihn wieder vor sich. Den jungen Sylvain Cluts, wie er ihm an seinem Schreibtisch gegenübersaß, mit übereinandergeschlagenen Beinen. Bis zum Hals in der Scheiße und dennoch absolut cool und unbewegt hinter den verspiegelten Gläsern seiner Sonnenbrille. *Ein Kerl mit Mumm in den Knochen und skrupellos dazu. Zwei junge Wölfe, Claude und Sylvain.*

Cluts' sorgfältig formulierter Vorschlag, seine Vorgesetzten in die Pfanne zu hauen, gefiel Verspaille ausnehmend gut. Im Tausch gegen Sylvains Aussage bot ihm der gerissene Fuchs Verspaille eine zweite Chance an. Zwar nicht mehr beim Verfassungsschutz, aber immerhin.

Cluts hatte damals sofort angebissen.

Natürlich, er hatte keine andere Wahl. Aber als ich ihn nur ein Jahr später um einen zweiten, winzigen Gefallen bat, war ihm das schon zu viel. Als sei die eigene Freiheit,

des Menschen wichtigster Besitz, es wert, sie wegen einer unvermeidlichen Kleinigkeit aufs Spiel zu setzen. Der undankbare Idiot setzte sich ab. Sein innig geliebtes Weib, die Erbin des Farbenfabrikanten Peulders in Grobbendonk, ließ er sitzen. Ein ruhiges, beschauliches Leben war nichts für Sylvain Cluts, und in die Scheidung hätte sie nicht eingewilligt. Doch das war unserem Freund Sylvain egal. Während sein Frauchen zu Hause Kücheneinrichtungen verkaufte, bot er seine Dienste dem Meistbietenden feil. In Vietnam, wo er sich als Söldner verdingte, lernte er dann diese kleine Asiatin kennen und schwängerte sie. Als wenn es da nicht genügend Weiber zum Vögeln gegeben hätte. Er rutschte auf dem Sitz nach vorne, bis er mit dem Schritt das Lenkrad berührte.
Plötzlich war Onkel Claudy wieder gut genug. Mijnheer Cluts wollte zurück nach Belgien mit seiner frischgebackenen Familie, aber seine Gespielin und ihr altes Mütterlein bekamen keine Aufenthaltserlaubnis. Na, so was. Außerdem lag Sylvains Küchenprinzessin auf der Lauer. Ja, und da war Onkel Claudy wieder oh so nützlich. Gut genug, um für eine neue Identität zu sorgen, für eine Sterbeurkunde und ein bisschen plastische Chirurgie für schlappe fünfzehntausend Euro. Wer hat das Geld vorgeschossen? Na also. Da besorgt man einem Taugenichts, der sich nirgendwo mehr blicken lassen kann, eine neue Identität, streckt ihm einen Haufen Geld vor, regelt eine Scheinehe und einen Scheintod, und was ist der Dank?
Verspaille lachte amüsiert auf.
Leider hattest du die Rechnung ohne Claude Verspaille gemacht, mein lieber Sylvain. Da kommt so ein Kerl, der

sich in Vietnam herumgetrieben und auch noch gegen die Amerikaner gekämpft hat, nach Hause und glaubt, alles Gute falle einfach so vom Himmel. Ein einziger läppischer Mord als Dank für ein ganzes neues Leben. Irrtum! Gut, dass du in Vietnam als Söldner mit einer vietnamesischen Nutte und einem Bastard nicht überleben konntest, sonst hättest du dich gleich wieder aus dem Staub gemacht. Stimmt's, du undankbarer Hund?

Der ehemalige Staatsanwalt trommelte auf der Nussholzverkleidung seiner Limousine herum. »Wer hat jemals etwas für mich getan?«

Ehre, wem Ehre gebührt. Im Grunde war Sylvain gar nicht so übel. Er ist Profi gewesen und hat der guten Sache einen großen Dienst erwiesen, auch wenn er es nicht aus Idealismus getan hat, sondern nur aus purem Egoismus.

Das Gesicht von Bosmans, als der farblose Beamte inmitten all dieser nationalen Größen stand. Donnerwetter! Diese Szene würde ich gerne noch einmal erleben. Einfach unbezahlbar! Meine Chancen, Parteivorsitzender zu werden, sind durch die Ereignisse nicht kleiner geworden. Alles läuft nach Plan.

Was willst du von mir, Ewoud? Ich brauche dich nicht mehr. Sylvain, du Dreckskerl! Hast du vielleicht etwas Wichtiges verraten, bevor du den Löffel abgegeben hast?

68

Während Claude Verspailles Limousine in die breite Einfahrt einbog, ergriff Dirk Deleu vorsichtig eines der Händchen seiner kleinen Tochter.

Charlotte lachte fröhlich, und ihr unschuldiger Blick, der erste in dieser Art seit dem Beginn des beklemmenden Falls, ließ ihm das Blut ins Gesicht steigen. Dirk Deleu errötete. Als er sie zärtlich auf die rosa Wange küsste, fing sie plötzlich laut an zu schreien.

Deleu war so erschrocken, dass er das Baby beinahe fallen gelassen hätte.

Rob zuckte mit den Schultern. »Hast du eigentlich schon mal in den Spiegel geguckt, Papa? Du siehst aus, als wärst du unter einen Lkw geraten«, bemerkte er trocken.

Rob trug einen jugendlichen Flaum im Gesicht, den Ansatz eines Bartes.

»Du hast vergessen, dir das Kinn zu waschen«, grummelte Deleu und rieb mit dem Handrücken unter seinem eigenen Kinn entlang.

Sein Sohn verdrehte die Augen, und während er seufzend hoch zur Decke schaute, wurden die strengen Züge seines

Vaters weicher. Im nächsten Moment verhärteten sie sich wieder, denn Barbara betrat das Zimmer.

Ohne ihren Mann eines Blickes zu würdigen, nahm sie Charlotte in die Arme. Sie streichelte dem strampelnden Baby über die Bäckchen, und augenblicklich beruhigte sich das Kind. Zufrieden glucksend wandte sich die Kleine der warmen Mutterbrust zu. Als sich Barbaras und seine Blicke trafen, verspürte Deleu einen Kloß im Hals. Er konnte weder Zorn noch Enttäuschung in Barbaras mandelförmigen Augen erkennen, als sie ihn klar und nüchtern anblickte.

»Würdest du mir …«

Sie legte ihm ihren Zeigefinger auf die Lippen und brachte ihn damit zum Schweigen. Dann entblößte sie ihre linke Brust und legte das Baby an.

»Männer sind viel zu direkt, Dirk Deleu«, sagte sie, ohne ihren Gatten dabei anzusehen. Der Ansatz eines Lächelns umspielte ihre Lippen.

Im stumpfen Blau von Deleus Augen glühte ein Funke auf. Ein Funke der Hoffnung.

Auch in einem kleinen Haus in der Lange Schipstraat kam es zu heftigen Gefühlsausbrüchen. Fatima el Kamali stand voller Zorn vor ihrem Mann Ali, der bereits seit über einer Woche auf dem Sofa vor sich hin vegetierte, und drückte ihm das klingelnde Telefon in die Hand.

»Hier, das muss für dich sein. Soll ich es etwa auch noch für dich festhalten?«

Ali Benaoubi seufzte nur, als er das Telefon entgegennahm. Fatima el Kamali schenkte sich ein großes Glas

Wasser ein und ging kopfschüttelnd zu ihrem Schaukelstuhl. Als sie sich setzte, schreckte ein wütendes Knurren sie auf, und sie runzelte die Stirn. Ihr Mann saß jetzt kerzengerade und aufmerksam da, und es schien, als sei jede Faser seines Körpers angespannt. Er sagte kein Wort, doch seine Augen funkelten.

69

In Nadia Mendoncks himmelblauen Augen war kein Funke der Hoffnung zu erkennen. Halb verborgen hinter einem schief eingesunkenen Grabstein, auf dem eine Kreuzdarstellung entzweigebrochen war, schob sie sich eine Locke aus dem Gesicht. Sie hatte dem Trauergottesdienst beigewohnt, doch die vorwurfsvollen Blicke von Franks Sohn hatten sie vorzeitig aus der Kirche vertrieben. Nachdem der Gottesdienst vorbei war, hatte sie der alten Frau vor dem Portal das mit Zeitungspapier umwickelte Päckchen in die Hände gedrückt. Bevor diese reagieren konnte, war Nadia Mendonck bereits auf und davon. In dem Päckchen befanden sich knapp fünfzigtausend Euro in kleinen Scheinen. Das Geld hatte Nadia bei Frank im Keller unter einer Gemüsekiste gefunden.

Am Tag nach den Ereignissen war die Ermittlerin in Franks Wohnung zurückgekehrt und hatte, ohne dass jemand versucht hätte, sie daran zu hindern, das Geld aus dem Keller herausgeholt. Wo es herkam, war ihr egal. Die Summe war für den Jungen bestimmt, den Jungen, der sie jetzt wütend anstarrte. Frank Tacks Sohn Hueng Cluts.

Mit gebührendem Abstand war sie der kleinen Trauergemeinde auf den Friedhof gefolgt, wo Franks billiger Sarg ohne großes Tamtam in die sumpfige Erde hinuntergelassen wurde. Nadia Mendonck schloss ihren Regenschirm und schüttelte ihn aus. Sie erschauerte, als sie an den nackten Körper ihres Geliebten dachte. Dass es ausgerechnet jetzt derartig schütten musste! Die feuchte Erde würde den Holzsarg im Nu zerstören.

Nur sieben Menschen hatten sich rund um das Grab versammelt. Der Pastor, zwei Mitarbeiter des Bestattungsunternehmens, Tacks Schwiegermutter, sein Sohn und zwei Männer mit Fotoapparaten, wahrscheinlich Journalisten. Na, wenigstens zeigten sie Anteilnahme.

Was ist mit deiner Frau geschehen, Frank? Warum hast du mir nie von ihr erzählt? Und wo sind deine Eltern?

Noch einmal betrachtete sie Franks Sohn. Der Junge starrte abwesend auf die schlammverschmierten Kappen seiner Schuhe, einen grimmigen Zug um den Mund. Die kleine Asiatin wurde zum Teil von seinen Schultern verdeckt. Ihr zarter Körper zuckte.

Während Nadia den nassen Schirm aufrollte, schloss sie die Augen. Und da sah sie ihn, Frank, wie er unter der Dusche stand. Wassertropfen spritzten auf seine muskulösen Schultern und zerstoben zu diffusen Nebelschwaden. Als er sich mit seinem jungenhaften Blick endlich umdrehte, tat sie dasselbe. Die Pflastersteine glänzten matt. Ihr Clio stand zwei Straßen weiter. *Jetzt muss ich auf jeden Fall in die Waschstraße, bei dem ganzen Dreck. Regen und Staub, eine fatale Kombination.*

70

Claude Verspailles Bedürfnis nach Körperhygiene war offenbar weniger ausgeprägt als das nach persönlichem Erfolg, wie der gelbe Fleck vorne auf seiner Unterhose verriet. Bis auf die Unterhose war er nackt und befand sich in einem derartigen Schockzustand, dass sich das weiche Fleisch seiner Beine zitternd berührte. Die Arme hatte er vor dem Körper verschränkt, um seinen Brustansatz zu verbergen.

Er starrte Ewoud Dewolf an, der steif an seinem Mahagonischreibtisch saß. Das Gesicht des alten Fabrikanten war aschfahl, und er schien nur noch Augen für den mitgenommenen Pappkarton mit den eingerissenen Klappen zu haben, der mitten auf dem Schreibtisch stand und sich von dem Rest des Interieurs abhob. Der Schreibtisch, normalerweise ein Musterbeispiel für Ordnung, war mit Papieren übersät. An einer Ecke lag ein zerfleddertes Notizbuch mit rotem Einband.

Sylvain, du dreckiger Judas! Du hast für Geld meine Seele verkauft. Claude Verspailles Unterlippe zitterte in einer Mischung aus Angst und Raserei. Seine Augen huschten wild von rechts nach links. *Aber ich habe noch eine letzte Chance. Cluts hat die Drogen Abram verkauft, der sie dann Bosmans gegeben hat. Ewoud will mich nur auf die Probe stellen. Typisch Ewoud. So ist er nun mal, ein Perfektionist durch und durch.*

Dewolf fuhr mit seiner knochigen Hand über den Rand des Pappkartons und dann mit dem Zeigefinger über die unregelmäßigen Buchstaben auf der Seite. Dirk Deleu – Kriminalpolizei Mechelen.

»Du weigerst dich also zu gestehen.« Es klang wie eine nüchterne Feststellung, und Dewolfs Lippen bewegten sich beim Sprechen kaum.

»Ewoud, bitte! Es gibt nichts zu gestehen, glaub mir doch. Ich weiß gar nicht, was du von mir willst. Zum Beispiel das mit diesem Cluts. Ich habe den Mann gar nicht gekannt!«

Da erst bemerkte Verspaille den Namen an der Seite der Kiste. *Deleu!*, schoss es ihm durch den Kopf.

»Und Abram, hast du den etwa auch nicht gekannt?« Dewolf hob das rote Notizbuch hoch.

»Doch, den habe ich gekannt, aber nur oberflächlich. Abram ist tot, damit steht das Wort eines Marokkaners gegen mein Wort. Ewoud, wie lange kennen wir beide uns schon?«

Dewolfs Nasenflügel wurden weiß, wodurch seine Nase noch raubvogelartiger wirkte als sonst.

»Ewoud, bitte. Wer kann schon sagen, ob Abrams Aufzeichnungen auch nur im Mindesten stimmen.«

»Seine Frau«, hallte es durch den hohen Raum.

Claude Verspaille stockte der Atem. Der Lampenschirm

auf Dewolfs Schreibtisch verwandelte sich in eine fliegende Untertasse, riesig und grün. Wenn man den Atem anhielt, konnte man sie bei der Landung summen hören.
»Wer repräsentiert gleich wieder die überlegene Rasse, Claude?«
»Wir, Ewoud.«
»Nun, dann denke ich, nein, dann bin ich zutiefst davon überzeugt, dass ich dir eine faire Chance einräumen sollte.«
»Ewoud!« Verspailles Stimme überschlug sich. »Ich habe es nicht getan. Die haben mich reingelegt.«
Dewolfs stechender Blick brachte ihn zum Schweigen. Die farblosen Augen durchbohrten seine Seele und lähmten seine Sinne.
»Sei ein Mann, Claude! Geh!«
Claude Verspaille senkte demütig das Haupt und schluchzte.
Dewolf nickte fast unmerklich den beiden Muskelmännern in schwarzen Anzügen zu, die rechts und links neben dem zitternden ehemaligen Staatsanwalt standen. Sie griffen ihn unter den Achseln und schleiften das zappelnde Häuflein Elend bis vor die Tür gegenüber von Dewolfs Schreibtisch.
Claude Verspaille starrte die glänzende Kupfertürklinke an, dann schloss er die Augen und heulte mit kurzen, jaulenden Atemzügen. Noch einmal drehte er sich um, die Verzweiflung stand ihm ins Gesicht geschrieben. »Lass mich am Leben!«
»Du bekommst eine faire Chance.« Dewolfs Stimme klang jetzt salbungsvoll. »Das ist mehr, als du verdient hast.«

Claude Verspaille nickte ergeben und blickte zur hohen Decke. Nirgendwo in dem düsteren Raum war ein Fenster, und natürlich hatte Ewoud daran gedacht, der nun sanft und ermutigend lächelte. Claude Verspailles Herz machte einen Hüpfer, als ein Funken Hoffnung seinen ganzen Körper erwärmte.
Quälend langsam drückte er die zierlich geschwungene Klinke hinunter. Er stieß gegen die Tür, die geräuschlos aufschwang, atmete tief ein und schlüpfte hindurch. Während er seine nackten Füße auf dem frisch gebohnerten Dielenboden anstarrte, hörte er hinter sich ein knarrendes Geräusch. Der Schlüssel wurde umgedreht.
Claude Verspaille schloss zitternd die Augen und atmete laut aus. Da stach ihm ein ranziger Geruch in die Nase, ein Geruch nach verbranntem Fett.
Als er den Kopf hob und gleichzeitig die Augen öffnete, gefror ihm das Blut in den Adern. In der Ecke saß ein Mann auf dem Boden, im Schneidersitz. Ein farbloses, aber kunstvolles Gewand mit einer riesigen Kapuze bedeckte seinen Körper und seinen Kopf, nur seine bloßen Füße waren zu sehen. Neben dem wollweißen Teppich, auf dem der Mann saß, stand ein Paar abgetragener Sandalen.
Plötzlich kam Bewegung in die formlose Gestalt.
Das Erste, was Claude Verspaille auffiel, waren die Augen des Mannes. Sie waren schwarz wie die Hölle. Es waren die Augen Ali Benaoubis, die mitten durch ihn hindurchstarrten.
Das Letzte, was Claude Verspaille bemerkte, war das blitzende Schlachtermesser, das aus dem weiten Ärmel des Kaftans hervorschnellte.

GLOSSAR UND HINWEISE ZUR AUSSPRACHE DER NIEDERLÄNDISCHEN WÖRTER

Die folgenden Hinweise sind praktischer Art und sollen das Lesen erleichtern, erheben jedoch keinen Anspruch auf hundertprozentige phonetische Korrektheit.

ae (kommt nur noch in Eigennamen vor) = langes *a*
eu = *ö* (etwa in *Deleu*)
ij (und auch *y*, das nur noch in Eigennamen vorkommt) = *äi*
g vor und nach einem Vokal = *ch* wie im deutschen Wort *lachen*
oe = *u* (etwa in *Tsentroem*)
ou = *au*
u = *ü*
ui (auch *uy*, in Eigennamen) = *öi*
z = weiches *s* (etwa in *Jozef*)

Ein *w* am Ende, etwa in *mevrouw*, hört man fast nicht. Doppelte Vokale, wie in *mijnheer* oder *hoofdcommissaris* werden lang ausgesprochen.

Das Niederländische in Flandern und in den Niederlanden unterscheidet sich in mancher Hinsicht, in etwa vergleichbar mit dem Deutschen in Deutschland und in Österreich.

Mijnheer = Anrede: Herr
Mevrouw = Anrede: Frau
Juffrouw = Anrede: Fräulein
Commissaris = Dienstgrad bei der Polizei, zwei Dienstgrade über dem Inspecteur (s. u.)
Hoofdcommissaris = ein Dienstgrad über dem Commissaris
Inspecteur = Dienstgrad bei der Polizei, entspricht in etwa dem deutschen Kommissar
Agent = einfacher Dienstgrad bei der Polizei
Untersuchungsrichter = Richter, der für die Ermittlungen in Straffällen zuständig ist
Rijkswachter = Angehöriger der Rijkswacht (Polizeieinheit)

Vlaams Blok (der flämische Block) = seit November 2004: Vlaams Belang (Flämische Interessen). Es handelt sich um eine separatistische Regionalpartei im Landesteil Flandern, die nach Unabhängigkeit der niederländischsprachigen Region Belgiens strebt. Ihr Einsatz gilt der Bewahrung des flämischen Kulturgutes und der niederländischen Muttersprache. Getreu dem parteieigenen Motto *Eigen volk eerst* (Das eigene Volk zuerst) kommt es vonseiten mancher Parteimitglieder zu Diskriminierungen von Ausländern, ja sogar ausländerfeindlichen Hassparolen. Besonders wegen dieser Fremdenfeindlichkeit wird der Vlaams Belang im In- und Ausland stark kritisiert.

DIE POLIZEI IN BELGIEN

Belgien hat ein kompliziertes Polizeisystem mit teilweise überlappenden und sich gelegentlich sogar widersprechenden Aufgabenbereichen der einzelnen Abteilungen. Seit einiger Zeit bemüht man sich, das System mit Hilfe von Reformen zu vereinfachen, aber noch sind viele Stellen für unterschiedliche Angelegenheiten zuständig. Verbrechen und Verstöße gegen die Straßenverkehrsordnung werden von der nationalen Polizei geahndet. Die kommunale Polizei sorgt für Recht und Gesetz in den Verwaltungsbezirken der Städte. Bis heute erschweren Animositäten zwischen den Abteilungen oftmals die Ermittlungen.

Eine Besonderheit stellt die Rijkswacht dar. Sie wurde im 18. Jahrhundert unter der französischen Regierung nach dem Vorbild der *Gendarmerie nationale* gegründet. Die Rijkswacht war anfänglich eine militärische Einheit und unterstand dem Verteidigungsministerium. Seit 1992 wurde sie demilitarisiert. Die Meinung über die Rijkswacht war in der Bevölkerung von jeher geteilt: Während die einen die Disziplin und die exzellente Ausbildung der

Einheitsangehörigen lobten, kritisierten andere korrupte Offiziere und rechtsextreme Tendenzen. Den größten Schaden erlitt das Image der Rijkswacht durch ihr Versagen im Fall Dutroux.

Im Jahr 2001 wurden Rijkswacht, Gemeentepolitie und Gerechtelijke Politie zu einer integrierten Polizeibehörde zusammengefasst, die auf zwei Ebenen strukturiert ist, der nationalen und der kommunalen Polizei.